中公文庫

カエサルを撃て

佐藤賢一

地図　加藤孝雄
DTP　ハンズ・ミケ

モサ河
ロネス族
トレウェリ族
レヌス河
ンゴネス族
レシア
セクアニ族
ヘルウェティイ族
ヴェルニア族
アルプス山脈
パドウス河
ロダヌス河
ルビコン河
アドリア海
地中海
ローマ

北海
モリニ族
アトレバテ
セクァナ河
パリシ
レクソウィイ族
ウェリオカッセス族
セノネ
アレモリカエ族
カルヌテス族
ケナブム
リゲル河
ノウィオドゥヌム
大西洋
トレウェリ族
ピクトネス族
ボイイ族
ビトリゲス族
レモヌム
ピレネー山脈

一八六五年八月二十七日、フランス皇帝ナポレオン三世の命により、アリーズ・サント・レーヌ、かつてアレシアと呼ばれたオスワ山頂の城跡に、巨大な銅像が建立された。それは古代の武器装束を身に纏い、戟槍のような口髭を垂らす、勇猛なガリアの戦士像である。相貌に浮かぶ緑青の錆が、なぜだか悲しげにみえる大男に、この物語を捧げる。

カエサルを撃て

プロローグ

それは英雄の死だった。紀元前六三年冬、土地の言葉にいう接骨木《にわとこ》の月、落ちて刑に処された男は、伝えられる名をケルティル、またはケルティロスといった。

無彩の景色は風の音まで荒涼として静かだった。鉛色の空に点描のような雪が流れ、峰を重ねる山々の陰影だけが、ぼんやり遠くに覗いていた。深山の城市《じょうし》ゲルゴヴィアは、ガリア中央山地に勢を張る、アルヴェルニア族の都だった。後世に「オーヴェルニュ」と呼ばれる土地のあたりである。

人々は皆が顔を伏せていた。城市広場の中央に、ぬっと突き出た丸太の様は、確かにみるに忍びなかった。おかしな形で腕を歪《ゆが》め、後ろ手の荒縄で生木の丸太に括《くく》られながら、うなだれたケルティルは長い髪を不潔な感じで、ざんばらに垂らしていた。濡れた束が張りつけば、蠟《ろう》のような頰の白さが際立った。総身の血の気が失せたかわりに、べっとりと毛織の肌着が血塗られていた。

紫色の唇は、もう息をしていなかった。そうすると民の心を捉《とら》えるのは、ケルティルのひどく疲れた横顔だった。五十を超えて間もない男が、まるで孤独な死を迎えた老人のようだった。こんな萎《しお》れた男ではなかった。ほんの昨夜まで、ケルティルはアルヴェルニア族の首長だったのだ。

精力的に働き続けた指導者が、不意の失脚に見舞われていた。恒例の長老会議に臨んだところを、数人の刺客に襲われて果てた。暗殺の首謀者は、ゴバンニチオスという名の実弟だった。けばけばしい赤と緑の縞《しま》模様の出で立《いた》ちで、なにやら広場で演説を始めた男のことである。兄の命を絶ち、首長の位を簒奪《さんだつ》するや、処刑の体裁まで整えて、今は断罪の名を借りた勝利宣言というわけである。

なんでも、ケルティルは部族の法を犯したらしい。でっちあげだ。ありがちな政変にすぎない。陰惨な権力闘争は、ガリアでは珍しくないものなのだ。わかっているから、人々は溜め息を白い霧にして、静かに流すだけなのである。諦めるしかない。とはいえ、仮借《かしゃく》ない世の理《ことわり》を、まだ十歳の少年に理解しろと求めるのは、やはり酷な話だった。

——どうして。

と、ヴェルチンは心に問うた。答えが得られないことに苛立ち、痛いくらいに自分の頭を掻《か》いていた。せわしなく動いた手は左だった。染の毛織の袖が捲《めく》れて、生白い腕に具象化された烏《からす》の刺青《いれずみ》が覗いていた。針で墨を擦りこまれたときは、痛くて泣き叫んだものだが、たとえ望む者がいても、それは易々とは許されない模様だった。

「烏」はアルヴェルニア族の首長の家の紋章だった。刑場の軀にも腕に、そっくり同じ刺青がある。印を受け継ぐヴェルチンは、英雄ケルティルが残した独り息子なのである。

少年が頭を掻くたび、乾いた金色の光が弾けた。ガリアの民に金髪は多いが、わけても見事な白金の光沢だった。色が白く、痩せぎすで、おまけに目鼻が精巧な人形のようなので、普段から女の子にも間違えられたが、それは手のかかる男の子とは思えないほど、おとなしい性格だからでもあった。

人垣に押し出され、それでも駆け寄る一歩を恐れ、父の処刑に立ち会う姿は、いかにも頼りなげだった。周囲は啜《すす》り泣く顔を伏せ、容易に目を上げられなかった。といって、当のヴェルチンには一雫《ひとしずく》の涙もない。芯が気丈というわけでなく、まだ泣けるほど、事態が呑みこめないということだった。

広場の根雪に難儀しながら、ゴバンニチオスの下僕が荷車を押してきた。刑台の足元に、小山の薪《まき》が丁寧《ていねい》に積まれ、念入りに油まで撒《ま》かれると、その刺激臭がヴェルチンの鼻を襲った。くさめに似た表情で耐えながら、少しも落ちつかない袖で、ごしごしと鼻の頭を擦らずにはいられない。父が無残に焼かれるという現実は、確かに目の前にあり、どうあっても動かせそうになかった。なのに、その意味が少しも、わかってこないのだ。

どうして、どうして。ヴェルチンは困惑していた。父上は偉い人だった。誰よりも強い人だと教えられた。それこそ遠い人に感じられるほどだった。なのに、どうして殺されるの。理解できない現実に、少年は理不尽を感じた。恐怖とさえ自覚できない、漠とした不安に襲われながら、それが嫌で逃げたい気持ちが、ほどなく腹立ちに転じた。どうして僕が、こんな目に遇うんだ。叔父さんは昨日まで、さらさらと僕の髪を撫でてくれた。なのに今の声ときたら、僕を殴りつけるようじゃないか。

「これより、大罪人ケルティルを雷神タラニスの生贄《いけにえ》とする」

ゴバンニチオスが宣言していた。罪人の命が捧げられる神が、テウタ一テスなら水死刑、エススなら絞首刑、タラニスなら火刑という意味である。

新しい首長の命令に、下僕は松明《たいまつ》の火を下ろした。薪の山に火種が燻《くすぶ》り、茶色がかった白い煙が、ゆらゆら揺れて雪空に同化していく。ぼっと燃え上がったとき、ヴェルチンは自分の心細さだけ認めた。父上は死んだ。叔父上も味方じゃない。最後に残った希望を信じていたいだけ、少年は右手で強く握りながら、決して放そうとしなかった。

縋《すが》る目で仰向くと、今も優しく迎えてくれる。少しだけ背伸びすれば、柔らかな二山の安らぎに顔を埋め、今も甘えることができる。最後の希望は母だった。しかも、若く、優しく、美しい。それは少年なら、誰もが母に持ちたいと思うような女だった。

ヴェルチンの母は名をダナといった。多忙を極めた英雄が、やむなく晩婚になったため、選ばれて嫁《とつ》いだ女は男児を産み育てて、まだ三十歳にも届かない。

この母を少年は深く愛した。甘えん坊には、全てだったといってよい。父上は遠い人だった。けれど、いつも母上がそばにいてくれた。ああ、なにも変わらないじゃないか。ヴェルチンは得心を呟くと、ふうと大人びた息をついた。ああ、そうだ。父上がいなくても、母上がいれば、なにも僕には関係ないんだ。

ヴェルチンは安息の地を疑わなかった。が、なおも不安はなくならない。なぜなら、母は美しかった。白金の板のような髪を風に遊ばせながら、ケルティルの奥方は唇に強気な紅を引き、わけても今日の美しさは、思わず息を呑むほどだった。はっそりした手首には金の腕輪を揺らし、赤布に黒で太線、細線二重の交差を描くキルトで華奢《きゃしゃ》な肩を守りながら、銀細工の留具まで鎖骨のあたりに光らせる麗人は、少年には美しすぎるように思えたのだ。母上は温かな光を湛《たた》える真珠のようなひとだった。なのに、これじゃあ、まるで冷たいダイヤモンドの石じゃないか。

母が変わったとは思わない、いや、思いたくなかった。なにか証文のようなものが欲しくて、ヴェルチンは顎を上げて訴えた。僕をみて。優しく笑って。それは誰にも覆《くつがえ》されることのない、自分の権利なのだと少年は考えていた。

──なのに、どうして。

ダナは刑台から少しも目を逸《そ》らさなかった。ともにありたいという思いが、ヴェルチンに母の視線を追わせた。広場には、いつの間にか黒い魔物が育っていた。ケルティルは濛々たる業火に遊ばれ、くねくね踊るようにもみえた。そんな夫をダナは、みるというより、きつく睨みつけるばかりで、息子には、ちらとも瞳をくれないのだ。

ひゅうと風が吹いた拍子に、熱を孕《はら》んだ黒煙が流れ、少年の目に鋭い痛みを運び来た。これみよがしに、きつく目を瞑《つむ》りながら、ヴェルチンは思う。こんなの嫌だ。むかむかして、我慢できない。だから母上、もう御屋敷に帰りましょう。

心に何万語を連ねたところで、無言の訴えは母に届きそうになかった。ぐいと毛織の袖を引いて、ヴェルチンは遂に声にした。母上、どうしてなのですか。

「どうして、父上は燃やされるのですか」

「じき、わかります。ヴェルチン、父上の最期を、よくみておきなさい」

震える声を無理に制する気丈な女は、母として見上げる息子の目には、やはり冷淡なように映った。ヴェルチンは泣いた。理不尽だと思う気持ちが、すぐに涙に変わっていた。泣けば、優しく撫でてくれる。泣けば、抱いて慰めてくれる。それは甘えたがりの本能のようなものだった。

あるいは愛された息子の自信だろうか。この僕に母上が、どうやっても、かなうはずがないんだ。負けた印に御顔を崩すに違いない。この子は、もう、いつまでも甘えん坊なんだから。せめて小言をいいながら、終《しま》いには必ず僕を受け入れるんだ。

けれど、ダナは変わらなかった。みなさい、ヴェルチン。あなたも英雄ケルティルの息子なら、目を逸らさずみつめなさい。そして父上の無念を、心に刻みこむのです。

ヴェルチンは逆上した。母が放った厳しい言葉は、息子には卑劣な裏切りに等しかった。叱りつけるなんて、ぜんたい、僕がなにをしたというんだ。悪いことなんかしてないのに、こんな仕打ちってあるか。

少年は増して声を張り上げた。こうなったら、絶対に負かしてやる。泣いて、泣いて、根比べになったなら、僕の勝ちに決まってるんだ。その程度の思惑から、一歩も踏み出すことができない。

もう分別できる歳だと、あるいは責められるべきだろうか。むしろ、ヴェルチンは分別したくなかった。そろそろ、十歳の少年にもわかってくる。現実を認めれば、そこは地獄だ。

「めそめそするのは、おやめなさい」

遂にダナは一喝した。あなたは男の子なんですよ。ケルティルの跡を継ぐのですよ。もう一家の長なのですよ。認めたくないと、どれだけ目を伏せたところで、早晩、過酷な運命は避けられないものらしかった。その証拠に温もりが、すっと抜けてヴェルチンの掌から逃げた。踵《きびす》を返して、母はどこかに去ろうとしていた。母上……。

「すぐに戻ります」

「母上、母上」

逃すまいと、ヴェルチンは抱きついた。すぐに戻ります。戻りますから、聞き分けなさい、ヴェルチン。苛立ちの混じる声さえ、少年は聞かなかった。括《くび》れた腰に両手を回し、女の下腹の三角に顔を埋め、もう駄々をこねる幼子である。許さない。こうまで無視するなんて、僕は母上を絶対に許さないんだ。安住の地に縋る思いを砕いたのは、あどけなさを残す頬を、鋭く走った痛みだった。

「………」

母が手を上げていた。唖然として見上げると、ダナの目尻は引き攣《つ》りながら、妙な昂《たかぶ》りを宿していた。母上じゃない、とヴェルチンは思った。こんなに生っぽい女は、僕の母上じゃない。なぜなら、ごまかすような怒面の裏に、隠微な羞恥《しゅうち》が隠れていた。とっさに感じ取った空気は、明らかに不潔なものだった。

「そこで待ちなさい。いい子だから、ね、ヴェルチン」

やっと注がれた笑顔は卑しく、やはり堕落した媚びだった。母は去った。永遠に去ったのだ、とヴェルチンは思った。父上ばかりか、母上まで失った。母上まで……。現実感なく燃えてゆく父とは異なり、その衝撃は否応ない実感だった。どれだけ否定したところで、この現実は動かない。

ヴェルチンは歯を食いしばった。とっさに身構え、恐怖に引き抜かれてしまわないよう、無駄な問いを何度も何度も繰り返した。どうして僕が、こんな目に遇うんだ。僕は正しいんだ。ひとつも間違っていないんだ。過ちを冒したのは母上のほうなのに、どうして僕が、こんな目に遇うんだ。

誰かに答えを求めようにも、混み合う群衆は目が合い次第に、気まずい相で伏せてしまう。みんな、卑しい。みんな、間違っている。動じることなく目を合わせるのは、ひとりの男だけだった。

――ルーゴス。

それは光の神の名前だった。鉛色の雪空に突き抜けて、巨大な像が聳《そび》えていた。西の山に建立された、高さ四十メートルの巨大ブロンズは、アルヴェルニア族が誇るガリア最大の彫像である。象《かたど》られた神の名を「ルーゴス」という。

光の神ルーゴスだけが堂々として隠れなかった。正しいからだ、とヴェルチンは思った。やましくないから、媚びたり、逃げたり、目を逸らしたりしないんだ。

広い肩に長槍を担ぎ、手には石投げ紐を携《たずさ》え、腋《わき》に太陽を象徴する大きな車輪を抱えながら、光の神ルーゴスは筋骨隆々たる若者の形を取る神だった。父上じゃない。母上であるはずがない。あれは僕だ、とヴェルチンは思いついた。ああ、そうだ、僕は光の神ルーゴスになろう。僕なら、ルーゴスになれるはずだ。僕だけが正しいのだから。僕だけが美しいのだから。

——そのことを、わからせてやる。

裏返った声を張り上げ、直後にヴェルチンは叫んだ。ああ、ああ、ああ、ああ。拳を握り、足を踏んばり、声の限りを張り上げる。正しいならば、ぶつけないではは済まされない。ぶつけないなら、立っていることさえできない。

「ああ、ああ、ああ、ああ」

少年に宿った正義は怒りだった。

第一章

ウェルキンゲトリクスは志を捨てず、野において貧者や無頼の者を集める。かくて手勢を得ると、城市の誰彼となく口説き、自らの決意に引きこむ。あまねくガリアの自由のために、武器を取れと鼓舞激励して大勢力をなすと、先に彼を追放していた敵対派を城市から放逐する。同士からは王と呼ばれる。

（ガリア戦記、Ⅶ‐五）

一、蜂起

男は目を血走らせていた。薄闇の一角をみつめながら、はあはあ、と音になるほど息も荒い。可愛がって、え、おまえ、可愛がってほしいんだろ。

眼下には膝を窄《すぼ》め、尻で後ずさる女がいた。がさがさと敷藁《しきわら》の音がして、そこは火の気もなく、切るような真冬の寒気が張り詰めた、夜半すぎの厩《うまや》だった。

男は小刻みに震える指で、しびんに似た形のランプを高く掲げた。やっぱり、上下だ。袖無の肌着は細い肩の造りを覗かせ、まだ蒼い娘の身体を仄《ほの》めかす。雪のように白い肌に、ほんのり赤みが射しているから、たまらない。明るい褐色の髪の毛を、可憐な三編みにして垂らすのは、無理矢理に連れこんだガリア人の娘だった。

「ほら、おまえ、いってみな。キタさま、わたしを可愛がって下さい、なんてな」

ガリアの娘は答えなかった。円《つぶ》らな瞳に困惑の色を重ねながら、続けて後ずさるだけである。ほら、いってみろったら。繰り返しても伝わらないのは、ガリアの言葉でないからである。ガイウス・フフィウス・キタはローマ人だった。

通じないことは、白も承知である。その証拠に男の言葉は、呼びかけと独り言が勝手に交互になっていた。寒いんだろ、え、おまえ。キタさま、あっためて下さい、なんてな。へへ、こいつ、怯えた顔して、そそりやがる。やっぱ、まだ生娘なんだろうな。

「ほら、いってみろ。わたし、初めてはエクイテスみたいな殿方と決めてたんです」

なんてな。ほんと、たまんねえぜ。自分の言葉に興奮しながら、キタは不潔な音で涎《よだれ》を啜った。会話の意味など悟れなくとも、目を血走らせた男の望みは、ありありとみえている。ガリアの娘が困惑するのは他でもない。

ローマの言葉にいう「エクス」は、ガリアの言葉で「エポス」という。「馬」の意である。「エクイテス」といえば、転じて「馬乗り衆」くらいの意になるだろうと、これくらいは少し気の利いた者なら、ガリア人でも察しがつく。困惑するのは目の前の風体が、颯爽《さっそう》たる語の響きを完全に裏切っていたからだった。

ぶよぶよと毬《まり》のような肥満体は、とても馬鞍に上がれるようにはみえなかった。頭は茹《ゆで》卵《たまご》のように禿《は》げ上がり、てらてらと不潔な脂《あぶら》で光りながら、文明の印と刈り揃えた髪は、もう後頭部に一塊《ひとかたまり》だけである。こんなベーコンの塊を炙《あぶ》ったような中年男に、どこの娘が進んで処女を捧げたがるのか。

それくらい、いわれなくてもわかっている。まともに望んで、相手にされるわけがない。わかっているから、キタは華の都を後にして、ガリアくんだりまで来たのである。アルプスさえ越えてしまえば、ローマ人にかなわない望みはない。

ときはガリア受難の時代だった。ローマの侵略が始まり、そろそろ七十年になろうとしていた。

ケウェンナ連山の南方は「越アルプス属州」として、すでにローマの官吏が治めている土地だった。別に「短髪のガリア」と呼ばれるのは、半島からの植民事業で、急速なローマ化が進行したからである。独立を保つ「長髪のガリア」、すなわち、北方に盤踞《ばんきょ》する諸部族とても、近年に加速化した新たな征服事業の好餌《こうじ》とされ、強力無比のローマ軍に次々屈伏させられている。

紀元前五二年、真冬一月の雪を掻き分け、キタが訪れたのはケナブムだった。リゲル河に面する城市は、カルヌテス族の都である。この部族がセノネス族、トレウェリ族と共謀の上で、ローマに造反の動きを示したのは、つい昨年のことだった。

首領アッコの処刑を皮切りに、弾圧は熾烈を極めた。カルヌテス族でも首謀者一党は誅《ちゅう》され、あとに残された民も、おとなしくならざるをえない。現在はローマの「アミキ（友邦）」として、かろうじて生き延びている状態である。

こうした部族には、友好の証《あかし》を示せと、必ずキタの手合いがやってくる。本人は穀物仲買人を名乗り、「ネゴティアンディ・カウサ（商用）」などと気取るのだが、要するに問答無用の徴発を断行するのだ。

後ずさる娘は方形の飼葉の山に、背中の退路を絶たれていた。良質の小麦に加えて、空豆、エジプト豆と穀類が、既に別な山をなしていた。やってくるなり、ガリア式の地下に掘られたサイロを開け、それはキタが奴隷に袋詰めさせたものである。ローマ人の好みではないが、塩漬け豚の瓶も所狭しと並んでいる。これら補給品をキタは、急ぎ軍まで届けるという役分である。

占領した城市を「冬営地」と称しながら、ガリアに居座る軍隊は、ほどない春には活動を再開する。それまでに「友邦部族」を回り、必要分を調達しておかねばならない。ために冬の労苦を厭《いと》うわけにはいかないのだが、誰に強いられたわけでなく、この仕事をキタは自ら買って出ていた。

もうひとつ、兵士には給金を払わねばならない。同じく貢納として、ガリアから吸い上げる手筈だが、この手間を兵士は待てない。先に給金を用立てるのが、ローマのあくどい金満家、その昔に国民皆兵が行われたとき、財産評価で「騎兵」の義務を負わされた名残で、「エクイテス」と呼ばれている連中だった。

前払いと引き換えに、御上からは徴税の権限を与えられる。ローマに広くみられた徴税請負という仕組みである。その実際をいえば、エクイテスとは公共事業請負組合の構成員のことだった。

これが儲かる。徴税権を落札すれば、現地の集金は請負人の随意だからである。権限だからと奪えるだけ奪い、いうところの「ルクルム（儲け分）」を稼ぎ出す。穀物仲買人といいながら、銅貨一枚払わないのも、現物徴収と言い張れるからなのだ。

前金を払い、御上の御墨付きを得ているからには、ガリア人に文句などいわせない。それが証拠にケナブムに赴《おもむ》いたキタなどは、軍の穀物仲買人、並びに総督の徴税請負人として、護衛の兵士を三百人も与えられていた。

こうなると、エクイテスの「商用」は盗賊行為に近くなる。厩の隣が母屋だったが、覗いてみれば、荒稼ぎの凄まじさがわかる。ガリア人の金貨、銀貨は無論のこと、綺羅《きら》のある宝飾品は根こそぎ奪い、さらに都で高く売れそうな壺や香炉、彫金や象牙細工、織物や敷物、きっちり紫染料の瓶まで掻き集めて、そっくりローマに持ち去る気なのだ。

盗賊だって、もう少し遠慮がある。いや、盗賊どころか人攫《ひとさら》いである。今も微かに啜り泣きが聞こえていた。払えない者には身売りを強要する手口も、徴税請負人の十八番だった。元の要求を法外にして、半分は、はじめから人身売買が狙いなのだ。

男なら、奴隷として売り払う。女なら、淫売屋に送りこむ。家畜のように手縄をかけ、ローマまで連れてゆく道中に、男は荷物運搬に酷使する。それが女となれば、たっぷり味見を楽しむという付録も、徴税請負人の役得だと考えられていた。

これが友邦政策という、ガリア搾取の体系である。

大収穫を喜ぶままに、キタは城市ケナブムの広場に面する、貴族の屋敷に迎えられていた。徴税請負人は地元有力者に歓待される、いや、ローマの上役に請願を言伝てやると恩を着せ、歓待させるのが常だった。酒池肉林と馳走させ、腹がくちくなった頃に、キタは尻が落ちつかなくなったのだ。陰で笑われているとも知らず、中年男は目を濁らせ、肥満体を厩に翻《ひるがえ》したものである。

捕らえた男は吹雪の野外に放っていた。が、女のほうは痛んでは値が下がるということで、きちんと納屋に入れてある。五十人も出させた中から一人を選び、キタは晩餐《ばんさん》の前から厩に放りこんでいた。ガリアに暮らすといわれている、妖精を思わせる娘である。それが恐怖を感じる以前に、寒くて、がちがち震えているのだ。

屋敷には温かい寝所があるが、粗雑な敷藁の風情が、かえって凌辱《りょうじょく》の気分を高めてくれる。これがガイウス・フフィウス・キタの、屈折した好みである。

「ひへ、ひへ、この女、カルヌテス族じゃあ、れっきとした姫さまなんだろ」

怯える女の表情を楽しみながら、ローマの徴税請負人は独り続けた。「姫さま」と大袈裟にいうが、実際は貧乏貴族の娘にすぎない。好みといえば、キタは高貴の女が好みであり、言葉も自ずと誇張になる。でなければ、ガリアまで来た甲斐がない。

遊廓が何万と軒を連ね、ローマは快楽天国だった。美人も、処女も、金で買えないものはない。金満家に手が届かない憧れが、高貴の女という奴なのだ。快楽天国というからには、ローマでは乱れた饗宴《きょうえん》も際限なく、女たちは自意識が昂るままに、その身体を男の手に委ねたりするのだが、だからこそ、金で買えない女たちは手強《てごわ》いのだ。

劣等感から、キタは強く出ることができなかった。醜い容姿のことではない。禿頭も、肥満体も、享楽的なローマでは恥じるべきものではない。気になるのが、エクイテスという身分だった。平民よりは遥に上だが、元老院議員《げんろういん》を出すような、名門貴族には届かない。下手に権勢近くにあるだけ、ローマでは格下なのだと思う劣等感が、なかなか晴れてくれないのである。

「だから、ガリアはやめられねえ」

この土地では、ただローマ人であるだけで、一段も二段も格が上がった。虐《しいた》げられるガリア人を見下しながら、少なくとも本人は格が上がった気になれた。高貴の姫君だって、思いのままに犯して捨てることができる。だから、キタは有頂天なのである。巨大な国家の威を借りながら、ガリアに赴く男というのは、なべてローマの二流ということだった。

びく、とガリアの娘は肩を竦《すく》めた。外から女の悲鳴が聞こえたからだった。キタは少し顔を顰《しか》めた。兵隊どもめ、羽目を外しすぎだ。酔いに乗じて繰り出すと、ケナブムの街娘を物陰に連れこんだようだ。まあ、いい。その男がローマ人なら、強姦も節度の内である。

「このガリアでは、な」

心地よい痺《しび》れを伴いながら、股間に熱いものが集まっていた。もう外の騒ぎなど眼中にない。ひひ、ひひ、と奇怪な笑いを刻みながら、キタは肩の銀細工を握り、そのまま大きく腕をはらった。身体に巻いた大きな白布は、「トーガ」と呼ばれるローマ男性の正装だった。荘重に襞《ひだ》を整え、官吏の威風を装っていたものを、もがくような動きで脱いだのだ。

「どうだ」

キタは前を突きつけた。「トゥニカ」と呼ばれる胴着も、「スブリガクルム」と呼ばれる腰衣も、あらかじめ脱いで下は本当の裸だった。期待通りに娘が怯え、さっと顔を伏せるのだから、中年男の屈折した凌虐《りょうぎゃく》心は、搔き立てられるばかりである。

「どうだ、え、おい、どうなんだ」

突き出すように太鼓腹を反《そ》らし、徴税請負人は露《あらわ》なものを揺らしながら、ガリアの娘の頭上に迫った。高貴の女を犯してやる。俺を馬鹿にした女を罰してやるんだ。それも獣《けもの》が暮らす敷藁の上で荒っぽく、な。

「怖がるふりして、ほ、ほんとうは欲しいんだろ。え、どうなんだ、この雌犬が。とっくに湿ってんだろ。ぐっしょり、あそこの毛を濡らして」

また不潔な音で唾を啜る。キタの言葉は独り言に戻った。こ、こいつ、どうなってんだろ。まだ、ちょろちょろかな。もしかすると、こんもり藪だったりして。可愛い顔して、へ、へへ、あそこは獣なんじゃねえか。独りよがりな興奮が、中年男の歪んだ笑みを広げていた。うん、うん、俺は生えてるほうが好きだな。文明あるローマの女に恥毛はない。都では綺麗に剃るのが身だしなみとされている。これがキタには不満である。

「だから、ちょっと、みしてみな」

充血した男の目が女の裾布に留まっていた。作り物めいた足の指が、小さく並んで覗いている。その奥に隠されたものを、ひらと捲って暴こうと、キタが手を伸ばしたときだった。

ぐんと空気の塊が動いた。そんな風に感じたのは、強烈な力で後ろに引き抜かれたからだった。なんだ、なんだ。じたばた慌てるローマ人は、顎の重苦しさに気づいた。背中に巨大な壁を感じる。丸太のような太い腕が、自分の首に巻きついている。こいつは剛毛だ。しかも、もじゃもじゃ生えてやがる。

女ではない。鉄のような感触は、明らかに男の筋肉だった。腕に生えた金色の毛を透かして、黒い刺青が覗いていた。無数の渦巻きを走らせながら、刺青の線画は上腕に収斂《しゅうれん》すると、具象化した烏の印を際立てていた。

「ガリア人か」

と、ローマ人は慌てた声を上げた。身体が宙に浮いていた。ガリア人は一体に、ローマ人より大柄である。わけても背中の男は、とんでもない巨漢なのだ。襲われれば、ひとたまりもない。

が、すぐにキタは自分を取り戻すことができた。この巨漢どもを軍門に降した英雄は誰か。ローマ人である。部族の首長であれ、ガリアの男など塵屑に等しい。

「それが一丁前なことを……」

利に聡《さと》い商売人だけに、頭の回転は速い。キタは見当をつけた。背中の巨漢は、ガリアの娘の許嫁《いいなずけ》かなにかに違いない。ふん、敗者が一丁前に悔しがりおって。

「はなせ、下郎」

もとより、ローマの言葉は通じない。キタは声の凄味で、男の頭を冷やしてやろうと考えていた。我らに逆らえるはずがない。一寸でも手を出せば、直ちに身の破滅である。わかっているはずだ。カルヌテス族の造反は徹底的に弾圧されたのだ。首謀者は全て処刑された。まだ記憶に新しいはずだ。とち狂う馬鹿な男も、我に返るに違いない。

「なんだ、どうした」

ガリア人は畏《かしこ》まるどころか、ぬっと背後から手を伸ばした。おまえ、こんな真似をして。おまえ、わかってるんだろうな。危害を加えられるかと焦ったが、そうではなかった。

キタが男の腕越しにみると、自分の太鼓腹が目に入った。大きな手が横から押して、脂肪の塊をずらしている。覗きみえたものが、半端に興奮を残した男根だった。こんなに小さかったのか。我ながらに粗末で、しかも滑稽《こっけい》な感じがした。

事実、ガリアの男は大笑いである。ローマの男は、ものが小さい。そんな風に我らを嘲《あざけ》るのだと、話に聞いたことがある。はん、ウドの大木が。こんなもので男の価値が計れるか。つまるところ、敗者の負けおしみではないか。

「きさま、只で済むとは思うまいな」

思い知らせてやる、とキタは思った。ケナブムには護衛の兵士が三百人も同行している。それが、わしの一声で飛んでくる。おまえの命など、虫けら同然に握り潰せるのだ。

誰かある。誰かある。徴税請負人が動員を叫ぶ間も、ガリアの巨漢は不敬な哄笑《こうしょう》を転し続けた。どころか、大切なものを指で弾く。かっと頭に血が昇り、誰か、誰か、とキタが怒声で繰り返すと、確かに飛びこむものはあった。

ばきと板が割れる音が響いた。ひゅうと寒風が吹きこんで、厩の扉が破られたことが知れた。外の物音が大きくなっていた。兵士の騒ぎは知っていたが、それにしても尋常でない風がある。なんだ、なんだ。背後から顎を締められ、キタは振り返ることができない。事態を呑みこんだのは、ローマの言葉が悲鳴に混じるからだった。

「助けて、助けてくれ」

叫びながら、最後が言葉にならなかった。仕留められる獣のような咆哮に、ぐちゃ、ぐちゃ、と湿った音が続いていた。刃物が肉を裂く音だろうか。ローマ兵が殺されたのか。まさか、そんなはずは……。徹底的に弾圧されて、カルヌテス族に立ち上がる気力はないはずだ。兵士同士の喧嘩か。それにしても感じられる騒動は、音に山鳴りのような厚みを孕《はら》んでいる。間違いない。なにか巨大なものが動いている。

目を動かしてもみえない背後で、ガリア人が、また別なガリア人と話していた。意味のとれない数語を交わすと、戸口の男は野獣のような雄叫びを上げ、また駆け出したようだった。開いたままの扉から、外の様子が聞こえていた。大きな物が倒れる音、金属が衝突する音、馬の嘶《いなな》き、犬の咆哮、人間の怒号、そして断末魔の悲鳴。意味が理解できるのは、やはりローマの悲痛な言葉だけだった。

「ああ、殺さないで。いやだ、いやだ、ああ」

蜂起だ、とキタは認めた。性懲りもなく、ガリア人が武器を取った。また愚かなことをする。が、いくら冷笑してみても、現実は変わらなかった。身動きが取れない。

背後の巨漢は、また指で弾いた。目を戻すと、さっきまで怯えて震えていた娘が、あからさまな侮蔑の相で、鼻から息を抜いていた。わしは金持ちだ。ローマの女だって、ここまで嘲りを露にしない。この女め、わしを馬鹿にしおって。

一瞬の憤《いきどお》りに駆られるも、キタは怒鳴る気になれなかった。不意の恐怖に一物は縮み上がり、もはや弁解の余地もなくなっていたからである。犯して捨てるどころか、これでは犯される少女だ。

「いい、いた、いい」

直後に尻に激痛が走った。ガリアの男は背中で刃物を抜いていた。耳元で意味の知れない言葉が吐かれる。ぶちこまれるのは、てめえの番だ。そういう意味だと肉の痛みが教えていた。ぐりぐり刃が捩《ね》じこまれるほど、火が尻から脳天まで突き上げる。

顎の腕を外されると、キタは尻から血を零して転げた。といって、行く手は補給品の山であり、どこにも逃げ場などはない。身体を翻すと、やっと巨漢の姿がみえた。金色の髪が逆立っていた。が、あとの記憶は指輪を嵌《は》めて迫り来る、大きな拳だけである。

ぱあ、と鼻血が四散した。問答無用の鉄槌《てっつい》に、ローマ人は悲鳴を挙げた。紀元前五二年、土地の言葉にいう白樺の月、寒い夜の奇襲がガリア解放戦争の始まりだった。

二、帰還

失せやがれ、この乞食野郎が。乱暴に突き飛ばされて、その男は雪にのめった。頬を下にして滑ると、冷たい飛沫が与える痛みは、残忍な刃物すら思わせるものだった。

「性懲りもなく、うろうろしてやがったら、いいか、てめえ、今度は容赦しねえぞ」

棒杖を振り上げながら、厳《いか》めし顔の門番は脅しつけた。山々に罵倒の文句が木霊《こだま》すると、ばたばた羽音を鳴らしながら、怯えた鳥が森を飛び立つ。なのに男は雪に投げ出されるまま、逃げるでも、また怒るでもなかった。

打たれ、痛々しく伏せたとき、うなだれた敗者の顔が、ただ小さな笑みに歪んでいた。往来の車に掘り返され、門前の雪は汚らしい泥混じりである。転べば、ひどい。それは泥に汚れ、寒さに震え、なのに耐えるしかない境涯を、かえって楽しむような笑みだった。

門番は今度は蔑《さげす》みの言葉に代えた。

「へらへらしやがって、けっ、骨の髄まで落ちぶれてやがる」

汚水が滲《にじ》む革外套《がいとう》を、力なく二度、三度と叩きながら、のっそり立ち上がると存外に体軀の立派な男だった。胸の厚みといい、肉の盛り上がりといい、これは並外れた巨漢というべきである。反撃を予想してか、門番の表情が少しだけ強張った。

が、巨漢のほうは気味の悪い薄笑いのまま、やはり黙って踵を返した。同じように背は高いが、比べると肩が尖った若者がひとり、城門の外から庇《かば》う手つきで近づいていた。

「どうだった、ヴェルチン」

「そいつは愚問だ、ヴェルカッシ」

短く頷きを交わし合い、それで二人は了解した。無駄口のいらない、長年の相棒ということである。門前の大路にしては細い坂道に向かうと、拍子を取る足取りさえ、どこか息を合わせたようで、実際のところ、二人は血の繋がった従兄弟同士の関係だった。

金色の髪から青色の瞳まで、風貌が似るのも当然である。すっぽり被った頭巾の口から、むさくるしい髭を覗かせ、ちらと見では二人とも年配にみえるのだが、これは土地の習俗にすぎない。

ガリアでは大人の男は皆こうだ。が、大人にしては青の瞳が、危ういくらいに澄んでいた。二十歳を超えて間もない若さは、きびきびと歩を進める軽快な様にも現れていた。

二人が進んだ細道は、急な下り坂として赤松の森に通じていた。樹木の宮には神が宿るといわれるだけに、昼でも霊気が漂うような暗がりである。今にも頭上を囲まれようとしたとき、筋骨隆々たる若者のほうが、痩せた肩に手を回した。

「なあ、ヴェルカッシよ、思い出さねえか」

一緒に頭を巡らせて、背後の城門を示す。ちらちら流れる雪模様の彼方に、城壁の連なりがみえていた。凹型の窪みが影に沈んでいるが、そこは大扉を左右の足場から守れるよう、巧みに工夫された楼門である。

今の季節は防備もなにも、至るところが城壁の半ばまで、こんもり積もる雪の山に埋もれていた。冬に閉ざされた深山の城市は、アルヴェルニア族の都ゲルゴヴィアだった。

「あのときは惨めだったよなあ」

と、巨漢は続けた。あのときは惨めというが、今も褒《ほ》められた風体ではなかった。門番が「乞食」と罵《ののし》る通り、風雨に叩かれ擦り切れた、みすぼらしい身なりなのだ。

「身なりだけじゃねえ。あの門から叩き出されたときは、痩せっぽちな子供だったんだ。転ぶと雪が冷たくてな。手も足も指先が凍えてな。ただ泣いてばかりいたもんさ」

へへ、あんな苦労は初めてだったからな。瘦軀《そうく》の男も隣で頷く。二人とも生まれは高貴だった。子供時代に政変で城市を追われ、流浪の境涯に落とされたのである。過酷な人生を生き抜いて、頼りなげな少年も今は芯の通った大人だった。

ヴェルチンが帰ってきた。失脚した前の首長、ケルティルの息子が十年の時を経て、故郷ゲルゴヴィアに帰っていた。

かの政変では、係累とみなされた郎党が、一緒に追放されていた。ためにケルティルの妹と、英雄の側近を勤めた男の間に生まれた息子、ヴェルカッシが命運を共にしている。従兄弟というが、三歳ほど年長であり、それだけ性格が慎重でもある。そうするとヴェルチンは、できた年上の従兄弟に苦情でもいうようだった。

「ゲルゴヴィアの連中は、まるで変わっちゃいねえんだよ」

ヴェルカッシは答えず、ただ唇の端を噛んだ。先の尖った鼻を撫でると、年下の従兄弟に倣《なら》い、恨めしげに背後を眺めただけである。

アルヴェルニア族の政権は、今もゴバンニチオスのものだった。打倒した旧政権に繋がる若者を、易々と受け入れるはずがない。それくらいは百も承知の上なのだが、ヴェルカッシは一縷の望みを捨て切れず、従兄弟に話し合いを勧めたのだ。なぜなら、これは復讐ではない。

「ケナブムの蜂起は伝えたんだろう」

カルヌテス族のゴトゥアトスとコンコネトドゥムノスに率いられ、武装の一団が城市ケナブムにローマ人を襲った。これを合図に有志が各部族を説き、一斉に反ローマの兵を挙げることになっていた。昨年暮れの密謀にはヴェルチンも加わり、故郷アルヴェルニア族の合力を請け負っていた。

十年ぶりの帰郷は私怨でなく、ガリアの大義のためだった。部族を挙げて蜂起してくれ。熱心に説くも故郷の人々は、やはり耳を貸そうとしなかった。

「だから、ゲルゴヴィアの連中は、ことなかれ主義の腰抜け野郎ばっかりなんだよ」

「ヴェルチン、おまえ、ちゃんと伝えたんだろうな」

「伝えたさ」

「どうだか。のっけから、また悪態なんか、ついてきたんじゃないだろうな」

「けっ。愚かだの、正気の沙汰でないだの、悪態ついたのは、むこうのほうだぜ」

ヴェルチンは髭を動かし、男の割には薄い唇を尖らせた。すでに部族の対応は、門番の態度に現れていた。ヴェルカッシとて見越している。まさに愚問だ。それでも諦め切れないから、不毛な会話に及んだのだろう。

首長ゴバンニチオスはじめ、アルヴェルニア族の現政権は親ローマをもって、部族の方針となしていた。なにも驚くべきではない。ローマの圧倒的な武力に恐れをなし、侵略者の抑圧に甘んじる部族は、ガリアでは特に珍しいものではなかった。

そうか、とヴェルカッシも重い口調で遂に認めた。そうか、やはり、話し合いは無駄だったか。ああ、無駄、無駄。腐れ野郎に誠意の言葉なんざ通じるもんか。

「はん、アルヴェルニア族も地に落ちたもんだ」

歪んだ笑みで背後の城市を見限ると、ヴェルチンは赤松の森に歩を進めた。警戒の色で見送った門番も、やっと城市に引き揚げた。けっ、馬鹿野郎が。

ゲルゴヴィアは山の頂に立つ城市だった。欝蒼《うっそう》たる針葉樹の森に、深く呑まれるような細道は、勾配のきつい坂で、しかも曲がりくねっている。遠ざかる城市の姿は、みる間に木々の影に隠れた。もう二人は振り返らず、若者らしい迷いのない足取りで、ずんずん坂道を下っていく。

部族の説得は諦めたということだろうか。いや、諦められるはずがない。愛着を別にしても、アルヴェルニア族は合力を頼むべき、一部族に留まらなかった。むしろ合力の核となるべき、ガリア最大の部族なのである。

昨年、無残に散ったセノネス族、トレヴェリ族、カルヌテス族の造反に留まらず、これまでもガリアは幾度か蜂起を試みていた。ことごとくが、ローマ軍に鎮圧されて終わる結末には、ひとつにはアルヴェルニア族が、臆病な静観を貫いたことがある。

合力を頼むべき、一部族ではない。いや、一部族であってはならない。

ガリアは大小様々の部族が、各地にゲルゴヴィアのような城市を建て、無数に群雄割拠している土地だった。部族の内に仮に秩序があったとしても、ガリア全体としてみれば、無政府状態といってよい。が、ほんの七十年前までは、超部族的な大義を掲げる巨大勢力が、ガリアに隆盛を極めていたのだ。

これを歴史家は「アルヴェルニア帝国」と呼んでいる。「帝国」というのは後世の観念で、部族の自主性を認めながら、ゆるやかな連邦制を志向する政体の意である。かのカルタゴを相手に、ローマが血みどろの抗争を繰り広げた時代に、その間隙を縫うように出現した巨大勢力は、「ガリア王」を名乗るアルヴェルニア族の首長、ルエルニオス、ビテュイトス父子によって、築き上げられたものである。

――栄光の歴史を……。

忘れてはならない、とヴェルチンは思う。まして栄光を奪われた屈辱を、忘れてはならないのだと、自分に言い聞かせている。古《いにしえ》のアルヴェルニア帝国を崩壊に導いた怨敵こそ、誰でもない、ローマなのである。

カルタゴを徹底破壊した軍事大国は、紀元前一二五年、その矛先をガリアに向けた。地中海沿岸のギリシャ植民市、マッシリア救援を口実として、遂にアルプスを越えたのだ。迎えた紀元前一二一年の合戦に、ビテュイトス王が率いたガリアの大軍は、執政官ドミティウス率いるローマ軍と矛を交え、激戦虚しく敗退した。

これを機に海まで続く南方の大地が、ローマの版図に組み入れられた。今や「短髪のガリア」と呼ばれる、「越アルプス属州」のことである。他方、アルヴェルニア帝国は崩壊した。ローマは和平を騙《かた》りながら、ビテュイトス王を出頭させ、その長子コンゲンティアトスともども、獄死に追いやったのである。

以来、ガリアは無政府状態だった。不毛な部族闘争に及びこそすれ、団結して事にあたることなく、ローマの好き放題を許している。これを変えなければならない。アルヴェルニア族こそ、先頭に立たなければならない。屈辱的な先祖の歴史を心得るなら、卑しく保身に走るべきではない。反ローマこそ、部族の正しい道なのだ。

——なのに糞《くそ》じじいども……。

ざく、ざく、と雪を踏む音が続いていた。森の下草は表面が氷化して、踏みつけると足の裏に、細かく砕ける感触がある。

凍えるくらいに温度が下がり始めていた。もう夜が近い。もとより、針葉樹の森は昼でも薄暗いのだ。雪を纏う枝に阻《はば》まれ、いくら振りかえっても、もうゲルゴヴィアの姿はみえなかった。同時にゲルゴヴィアから、森の中を見透かすこともできない。

ざく、ざく、と雪を踏む音が続いていた。が、大地を小さく軋《きし》ませる物音は、段々と厚みを増して、今や微かな地響きだった。

どさと鈍い音を立て、木々の枝は雪の塊を落とした。気がつくと、森の狭道に行列ができていた。ひとり、また、ひとりと森陰から現れて、男たちがヴェルチンの背後に追従したのだ。

「へへ、あの馬鹿門番の奴、俺たちを乞食野郎だとさ。へへ、学がねえな。ローマ野郎は『デスペラトゥス』とか、もっと洒落《しゃれ》た呼び方をするんだろう」

ヴェルチンは茶化し加減で口走った。ヴェルカッシは俄《にわか》に緊張を帯び、まして尖った薄い頬で頷きを返した。ラテン語で「スペロ」は「望む」という意味である。頭の「デス」で否定して、「デスペラトゥス」は「希望を失いし者」くらいか。

「デスペラトゥス」が溢れている。


「なるほどね。ローマ野郎も、うまいこといいやがるぜ」

　ガリアを流浪していれば、この種の人間は珍しいものではなかった。ローマ軍に全てを奪われた者、ローマ官吏の搾取に耐えかねた者、果ては部族に追放された者まで、ガリア中に「デスペラトゥス」が溢れている。

　それが大挙徒党を組んで、ヴェルチンの背に従っていた。いずれも眼光鋭く、物騒な風体である。頬あての鉄兜《てつかぶと》を被り、革の具足と鎖帷子《くさりかたびら》に身を固め、だぶだぶの股引《ももひき》は派手な縞模様に染めながら、なかんずく、ガリア風の長剣だの、ローマ風の投げ槍だのと、物々しい得物を肩に担いでいる。ヴェルチンは裏返った笑いを刻んだ。

「へへ、ひへへ、こいつは全く、デスペラトゥスだ」

　希望を失えば、人間は自棄《やけ》になる。野に下って、どんな蛮行も辞さなくなる。だから、デスペラトゥスという言葉は「無頼漢」の意味にもなる。それは落ちたアルヴェルニア族の貴公子が、自ずと選んだ生き方だった。

　――それを、わからせてやる。

　ぎら、とヴェルチンの目が光った。ゲルゴヴィアの馬鹿どもめ。分別面して、説教なんぞ垂れやがった。けっ、話し合いなぞ、笑止だ。おまえらに頭を下げる気などない。俺は話し合いに行った、いや、行ってやったのだ。

「だから、もういいいな、ヴェルカッシ」

「仕方あるまい」

ヴェルチンは立ち止まり、くるりと踵を返した。森の狭道には年若の少年が並び、革の胴着、絞り染の股引、長靴、肩掛けキルト、鉄の具足、金板の胸甲、金箔の角を生やした鉄兜、大きな両刃の剣と全てを揃えていた。

森の霊気が漂うなかに、ヴェルチンは乞食めいた装束を捨てた。筋骨隆々たる肉体が露になると、上腕の黒い模様は確かに烏の刺青だった。アルヴェルニア族の首長の印だ。ガリアの王となるべき印だ。

「さて、もう一仕事と。ケナブムの次はゲルゴヴィアか」

徒党に鬨《とき》の声はなかった。下手に騒いで、勘づかれてはつまらない。男たちは不気味な低い笑いだけで応えた。瞠目するのは数人が、生首を高く掲げたことだった。

生首の髪は短い。ローマ人である。短髪も長髪もなく、なかには脂ぎる禿頭も白目を剝いているのだが、いずれも蒼白な顔をして、全ての血を抜かれていた。

血は供物である。瓶に搾って、ケナブムの神殿に捧げてある。話し合いなど不信心だ。ガリアの神は血を求めるのだ。願いが大きくなるほどに、捧げるべき血も多くなる。志を抱くなら、血を流さずには済まされない。

そろそろ、ゲルゴヴィアも夜だった。

おい、こら、おきろ、ローマの犬。ヴェルチンは夜の闇として囁《ささや》いた。ゴバンニチオスは慌て、がばと身を起こしたが、巨大な力で寝台に押し戻されるだけだった。

闇は不遜な言葉を続けた。豚野郎が阿呆面こいて、いつまでも鼾《いびき》かいてんじゃねえぞ。いわれて、やっと夢から覚めたらしい。中年男の口許に、ハッと息を呑む気配があった。お、おまえ、ヴェルチン。

「へへ、また会ったな、叔父さんよ」

「ヴェルチン、おまえ……」

「しっ、夜中なんだぜ、叔父さん。大声出したら、みんな、起きるじゃねえか」

「おまえ、おまえは、どうやって」

叔父の慌てぶりが、ヴェルチンには愉快だった。信じられない気持ちで、まだゴバンニチオスは懸命な自問の最中だろう。あの若造が本当に戻ってきたのか。だが、どうやって。ゲルゴヴィアの城門では番兵が交替で詰め、寝ずの監視を朝まで続ける決まりなのだ。のこのこ再び訪ねてきても、すんなり入城を許されるはずがないのだ。

「叔父さんよ、俺だって今日まで生きてきたんだぜ」

相手の戸惑いを楽しむように、ヴェルチンは嚙み合わない答えを返した。叔父さんが養ってくれなかったから、俺も地道に働いたというわけさ。

「拳骨でな」

世の中は力さ。俺は拳骨ひとつで、血塗《ちまみ》れの毎日を生きてきたんだ。ゴバンニチオスは笑止とばかり、音もなく鼻から息を抜いていた。また大袈裟なことをいう。大した経験もないくせに、わかった風な台詞《せりふ》を吐いて、高が若造が粋《いき》がりなさんな。

叔父の無言の反感が、ヴェルチンには手に取るようにわかった。この手の中年男は世に珍しくないからである。若者に悩みや苦しみ、苦悶や苦痛を訴えられても、真面目に取らず、軽んじる癖がついている。自分が歩んだ人生なら、どんな些細《ささい》な出来事でも美化して大事に抱えるのだが、いうはどに大した能があるわけではない。中年男にあるのは、馬鹿でも歳を取ったもの勝ちという理屈だ。

――これで通るんだから……。

幸せな男だぜ、とヴェルチンは思う。こいつは自分の立場がわかっていない。鼻で笑って、偉ぶる余裕があるんだったら、先に心配することがあるだろうに。

「ゲルゴヴィアは制圧した」

がらりと変えて、ヴェルチンは低く凄んだ。番兵には死んでもらった。主だった貴族の屋敷も包囲した。厩も武器庫も全て押さえた。

また息を呑む気配がよぎった。大いに遅れて、ゴバンニチオスも気づいたようだ。よるべない乞食と思いきや、この若造には仲間がいたのだ。屋敷に押しこまれ、数人に押さえつけられ、手も足も動かないのだから、中年男は寝ぼけたにしても鈍かった。はん、この平和惚けが。まして甥子が蓄えた実力などに、想像が追いつこうはずもない。

「ゲルゴヴィアに忍びこむくらい、現役の傭兵隊には朝飯前なんだよ」

「………」

「あっちこっちの部族に傭《やと》われてさ。ゲルマニア人と戦争したりさ。へへ、叔父さんは喜んでくれるかなあ。ローマ人にも備われていたんだぜ」

ガリア騎兵は優秀だ、なんて総督閣下に褒められてさ。へらへらと続けるほどに、ゴバンニチオスが息を呑む気配も繰り返されていた。血塗れの毎日を生きてきた。誇張でもなんでもなく、それは戦の前線にいたという意味である。てめえは、ろくろく戦に出たこともないくせに、なあ、叔父さんよ、よくも俺さまを鼻で笑ってくれたもんだぜ。

「な、なにをする気だ、ヴェルチン」

「おいおい、叔父さん、耄碌《もうろく》したんじゃねえだろうな」

鉄の籠手で、ひたひた叔父の頰を叩き、ヴェルチンは続けた。さっき、ケナブムが蜂起したと教えたろう。あれも俺がやったんだ。俺が首謀者として、他の部族に働きかけたんだよ。なのにアルヴェルニア族が、のんびり高処《たかみ》の見物とはいくまいさ。

「ガリアの自由を取り戻す。アルヴェルニア族を先頭に、ガリア総決起を遂げるんだ。ローマのちびどもをアルプスの彼方に追い返すんだよ」

「ば、ばかをいうな、ヴェルチン。ローマの軍隊を相手に勝てるわけがない。将軍連中のいうことを聞いて、僅かばかりの貢納を払って、たまに軍隊の食糧を出してやれば、我らはローマの、ほら、アミキ（友邦）として安全でいられるのじゃないか」

「ローマの犬が、ローマの言葉で、べらべらと喋りやがるぜ」

「しゃ、しゃべる時代になったのだ。昔のようには行かない。ローマには逆らえない。このことは、すでに話し合っただろう」

「けっ、愚かだの、正気の沙汰でないだの、悪態ついて追い返したくせに。ハイカラなローマの犬は、田舎くさいガリアの言葉なんざ、耳にも入らねえというわけだ」

「そ、そうじゃない。と、とと、とにかく、ヴェルチン、ローマに戦を仕掛けたりすれば、た、たいへんなことになるんだぞ。アルヴェルニア族の首長として、そんな暴挙を許すわけには……」

言葉を呑ませたのは、いきなりの拳骨だった。くは、とゴバンニチオスが呻《うめ》くと、あたりに鉄の臭いが流れた。ぶっと吐き出すのは多分、衝撃に折れた前歯だろう。構わず、ヴェルチンは脅すように宣言した。

「アルヴェルニア族の首長は、この俺だ」

「だが、げほ、おまえ、過去の恨みは忘れようと、先刻、そういったではないか」

「恨みじゃねえさ。これは大義の問題なんだ。アルヴェルニア族が立ち上がり、ガリア総決起を実現しなければならない。あんたが動かないんなら、かわりに俺が首長として動く。ケルティルの意志は継がれなければならない」

「お、おまえ、まだ父親の夢をみているのか。古《いにしえ》のアルヴェルニア帝国を再興するなど、ケルティルは無謀だった。そんなものは愚か者の夢想にすぎん」

志半ばに倒れた、それが英雄の偉業だった。古のアルヴェルニア帝国を再建する。諸部族の力を結集させる。この傑出した指導者の手腕によって、無政府状態のガリアは再統一され、今にもローマを駆逐せんとしていたのだ。それを、なにが夢想だ、ふざけるな。

反ローマは無謀な道だと反対する輩《やから》がいた。それも孤高の英雄を支えるべき、アルヴェルニア族の膝元に潜んでいた。ケルティルが今にも「ガリア王」を名乗ろうとする時局に、あの凄惨な失脚劇は起きたのだ。なるほど、政変の首謀者ゴバンニチオスは、今も熱心な親ローマであるらしい。

「仮にガリアを統べたとして、あの強大なローマを相手になにができる。全ては部族のためだった。みすみす破滅の道を歩ませたくないから、わしは泣く泣く兄の失脚に加担したのじゃないか」

「失脚とは綺麗な言葉を使いやがる」

「…………」

「だったら、あんたはなにをした。権力に胡座《あぐら》をかいただけだろうが」

違うか、この豚野郎が。ヴェルチンは叔父の顔に、ぶっ、と唾を吐きかけた。事実、ケルティルを殺した理由は政見の対立などという、綺麗なものではなかった。ガリアには混沌という病根がある。全体が無政府状態にあるのみか、部族の内まで統制が取れず、権力闘争を際限なくしているのだ。

ローマという外圧があれば、団結するより親ローマ、反ローマと分かれて、いっそう対立を激化させる。それは闘争のための闘争だった。部族の主導権を掌握する野心の他には、いかなる信義も、大義も持ち合わせていやしない。

——ケルティルだけが正義なのだ。

それは受け継がれて今、我が手にある。ヴェルチンは身体の底から噴き上げる火を感じた。なにも躊躇《ためら》うことはない。それが私怨の復讐であり、卑俗な権力闘争の延長であるとしても、この俺の怒りは全て、正義にかなったものなのだ。

「おろせ」

と、ヴェルチンは冷やかな声で命じた。無言の動きで返事に代えると、郎党は毛皮で裏打ちされた布団を剝いだ。のみならず、いきなり中年男の腰紐を解き、ざっと股引を足元まで引き下ろしてしまった。なにを、きさまら、なにをする。もぞもぞ動いて、ゴバンニチオスは抵抗したが、手足を押さえこまれて、動けるはずがない。

「灯を」

命令に応じて、闇に火打ち石の音が響いた。橙《だいだい》色の灯が広がると、芋虫のように捩《ねじ》れる動きで、中年男の腹に贅肉が波打つのがみえた。やめろ、きさまら、冗談にも程があるぞ。威勢よく脅す言葉とは裏腹に、恐怖で縮み上がるものがある。

「ほう、こいつが権力って代物かい」

意外に可愛らしいじゃねえか。ぼんやりと薄闇に浮かぶ髭面の列が、首領の言葉に低い笑いで応えていた。かたわら、刺すような寒気に洗われ、ゴバンニチオスは萎縮するばかりである。馬鹿なのか、利口なのか、それでも口先だけは達者なのだ。なあ、ヴェルチン、話し合おう。

「おまえも過去にはこだわらないといってくれた。態度を改めるなら、わしも無礼を水に流そう。なあ、ヴェルチン、お互い前向きに考えて、話し合おうじゃないか」

「ん?」

「文明国ローマには立ち向かえない。徒に歯向かうのでなく、我らは友好関係を築いて、謙虚に先進文明を学ぶべきじゃないか。え、違うか、ヴェルチン」

「そんでもって、ちびに倣って、ちんちんまで可愛くしようって腹か」

緩い腸詰めのような先端を、ヴェルチンは力任せに引張った。いい、いたい、と声を上げる叔父を無視して、さらに続ける。へへ、よく伸びるぜ、皮かむり野郎が。ぶよぶよ太って腹が出て、このまま肉に埋もれちまったら、え、叔父さんよ、あんた、女の子になっちまうぜ。

「それでも、ぶちこむんなら、俺は本物の女のほうがいいな」

「………」

「叔父さんだって、そう思うだろ」

「おまえ、ヴェルチン、おまえ、まさか……。か、家族は関係ないぞ。悪いのは、仮に悪いのだとしても、悪いのは、わしであって、わしの妻にも娘にも罪は……」

「罪はない。が、追放された俺にも罪はなかった」

「………」

「俺のは、でかいぜ。強いていうなら、こいつが罪かな。へへ、みたかったら、叔父さん、あんたもみてていいんだぜ」

「なに、な、なに」

「てめえの娘の股ひらいて、でかいものを根元まで、ぶちこんでやるからさ。みたかったら、あんたにもみしてやるよ」

へらへらと笑いながら、灯に浮かんだヴェルチンの髭面に、迷いは微塵も浮かばなかった。叔父さんよ、俺の可愛い従姉妹の尻を、立派に育ててくれたんだろうなあ。

「ヴェルチン、なあ、おまえ、勘弁してくれ。まだ娘は子供なんだ」

「俺も子供だった」

「後生だから、ヴェルチン。こ、ここ、殺すなら、わしを殺せ。だから……」

あ、そう。直後に獣の悲鳴が上がった。なんだい、叔父さん、やっぱり、みたかったのかい。奇妙な笑いを響かせながら、ヴェルチンは血に汚れて楽しげですらあった。

三、民衆

冬の朝は空気が痛い。低く呻いて堪えながら、それは仕事場に一番火を入れたときだった。アステルは奇妙な音を聞いた。ちりん、ちりん、と澄んだ響きは、なにか純度の高い金属と金属が、軽く触れ合うような音だった。

金属は珍しくなかった。青銅器文化を克服して、ガリアは後世が命名するところの、「鉄器文化ラ・テーヌ第三期」に移行していた。わけても炭化鉄を鍛える技術には定評があり、刀剣、兜、鎧《よろい》といった武具はもとより、農機具なら鎌、鍬《くわ》、犂《すき》と揃え、日用品でも包丁、鋏《はさみ》、縫い針まで製造している。

ために、ガリアでは鍛冶屋の地位が高かった。自由自在な造形をほしいままに、良い意味で「魔法使い」と呼ばれながら、どの部族でも珍重、尊敬されている。ゲルゴヴィアで一番の刀鍛冶、アステルも世の信頼に恥じない、実直な中年男だった。

竈《かまど》に火を入れ、やれと冷たい土間に腰掛ける。かじかむ指に息を吐くと、顔にかかる長い髪を、手早く後ろに纏めてしまう。律儀なガリアの職人らしく、なめし革の股引の裾も、ぐるぐる紐で結ばなければならない。それは腹の脂肪を気にしながら、足元に屈んだ拍子のことだった。

ちりん、ちりん、と澄んだ音が確かに聞こえた。いつもなら、しんと静寂の音ばかりが張り詰める時刻である。頑丈な四角い顎を、白いものが混じり始めた髭ごと掌に撫でながら、なんだろう、とアステルは怪訝な顔をした。どことはなしに不穏な気配が感じられる。なぜだか胸騒ぎがしてならない。いや、考えすぎだろうか。

刀鍛冶は強いて冷笑を試みた。この真冬の山里に、まさかローマ軍でもあるまい。ああ、ローマといえば、将軍さまの進物用に春まで二振り、新しい刀を打たなければならないのだ。遊んでいる場合じゃない。が、そうやって仕事を思う間にも、胸騒ぎは切迫の度を増すばかりで、仕事など、とても手につきそうになかった。足首の紐を結ぶ手を早め、できるや、アステルは固太りの体軀を外に翻した。

鍛冶街は低い軒が鬩《せめ》ぎ合う場所である。狭苦しい辻に出ると、昨夜積もった新雪に無数の足跡がついていた。やはり、なにかある。導かれて界隈を進むと、行き着く先は城市の中央広場だった。

アステルは一種の気味の悪さを覚えた。冷たい暁の空の下、群れた人垣ができていた。これが異様に無口なのだ。

昨夜の雪は止んでいたが、灰色の景色は、おいそれと変わるものではなかった。雪の層が音を吸収するのかとも思いつくが、興奮して駆け回る犬の声は、かまびすしい。無分別な騒ぎ好き、お喋り好きと揶揄《やゆ》されるガリア人が、これだけの数で集まりながら、これだけ静かなままというのが、すでにして尋常ではなかった。

ぜんたい、なにごとが起きた。アステルはハッとして、自分に注がれる目に気づいた。顔馴染みの数人が縋る日になっていた。

平民ながら、鍛冶屋という尊敬される仕事にある。生業《なりわい》に恥じない人物として、その見識にも一目置かれている。鍛冶街では独立の窯を持ち、五人も弟子を抱えているのだ。担う責任を自覚するだけ、自分が見極めるのだと奮起して、アステルは連なる肩を押し分けた。

広場が開けると、みえたのは人肌の温度を思わせる息遣いだった。白く煙る空気の塊は、上下に分かれて宙を舞う。啜り泣きは地を這って、まるで流れる霧である。

その女は雪の大地に獣のような四つんばいで、しかも本当の裸だった。薄い乳房も痛々しく、細長い筒のような身体に肋骨が浮くような、まだ若い娘である。無残に暴かれた弱い肌が、冬の寒気に赤くなって爛《ただ》れている。

「ありゃあ、ゴバンニチオス様の……」

やんごとなき、アルヴェルニア族の首長の名前である。その娘ともあろう姫君が、あられもない姿に剝かれている。アステルは自分の言葉を疑うように、幾度か目を瞬《しばたた》かせた。が、どれだけ検《あらた》めてみても、きらきらと金の光が閃《ひらめ》いて、動かない事件の証になっていた。

ガリア人というが、この時代のガリアに暮らしていた人々は、いわゆるケルト人である。実際、ガリア人は自分たちを「ケルト人」という。「ガリア」とは、むしろローマ人の命名である。とまれ、ケルト人は装飾美術の秀逸で、広く知られた民族だった。その代表的な工芸のひとつが「トルク」と呼ばれる、細密な彫刻が施された金輪だった。貨幣の代わりになる貴重品だけに、金のトルクは貴族身分の表現でもある。

裸に剝かれた娘は、その身に華やかな装身具だけ残されていた。やはり、アルヴェルニア族の首長、ゴバンニチオスの娘だ。手首に光り、足首に閃き、なかんずく豪奢に二重に巻かれた首のトルクが、前後に揺れて互いに擦れ合っていた。その動きが、ちりん、ちりん、と澄んだ音になっていたのだ。

清々しい音の印象に反して、行為は荒々しいものだった。涙ながらに喘ぐ娘の痩せた身体が、がくがく軋んで壊れそうにみえるのは、小さな尻の狭間を割られ、後ろから激しく突き上げられているからだった。

これみよがしの強姦だった。わざとトルクを残したのみか、栗色の編み髪を馬の手綱のように引き、殴られた痣の残る女の顎を上げさせることで、慰み物が誰でもない、首長の愛娘であることを衆に誇示して憚《はばか》らないのだ。こんな暴挙を許して、ゴバンニチオス様は……。

自問の直後に、アステルは髭を舞わせて息を呑んだ。

城市広場の周囲は、ぐるりと貴族の屋敷だった。門柱に伝来の紋章を掲げ、軒に敵将の骸骨を飾り、古の武勲と現下の威勢を競うような屋敷の並びも、一軒の玄関だけが、純白の新雪を赤黒い血で汚していた。ひときわ大きな藁葺《わらぶ》き屋根は首長の館だ。白太りな晒《さら》し者の正体は、よくよく目を凝らすまでもなかった。

その遺体は、まるで獣の串焼きだった。槍だろう。穂先を尻の穴に突き立てられ、ぶよぶよした肥満の身体が、裸で晒されていた。股ぐらから両の太腿にかけて、まるで破裂したかの鮮血がある。もう一本の槍の穂先が、白眼を剥いた生首を掲げていたが、これが阿呆の形相でくわえている肉塊が、恐らくは切り取られた男根なのだろう。

ゴバンニチオスは死んだ。えっ、本当に死んだのか。父親を惨殺したあげく、年端も行かない娘を公衆の面前で、無残に犯しているというのか。

ひどい。頭が混乱するなりに、アステルは良識ある人間として、義憤に駆られようと努めた。なのに凄惨な現実は容易に頭に入ってこない。目を戻した刀鍛冶は、小さな尻に卜腹をぶつける、卑劣な男の姿を目撃したからである。

——なんと、美しい。

男は金色に輝いていた。が、今度は姑息な工芸品などではない。鉱物に喩《たと》えるなら、金というより白金か。凄むような光の色を、ぐっと孕んで周囲を圧倒しているのは、まさしく白金の板のような金髪だった。

ガリア人は髪の毛を水で溶いた石灰で洗う。金髪の輝きを増す処方だが、それにしても尋常な輝きでなかった。石灰が固まるまま、乾いて逆立つ白金の長髪は、その峻厳とした美しさで、目にする者の背中に霊感のようなものを、ぞくと寒く走らせるのだ。刹那《せつな》の感慨を形容するなら、なるほど、神々しいものをみた。

――ルーゴスか。

と、刀鍛冶は閃いた。もしや光の神ルーゴスが、この地上に降臨したのか。ならば、合点が行く。目の前の光景は、神話の風景として、はじめて合点の行くものなのだ。

アステルは彼方を見上げた。西の山に聳《そび》えるはずの銅像は、今は鉛色の空に遮《さえぎ》られてみえなかった。まさか、まさか。そんなことがあるはずがない。

中年男は冷たい美貌に目を凝らした。まさか。しかし、ルーゴスは筋骨隆々たる若者の姿を取る神である。この男も若い。ギリシャ人の彫像のように、美しく隆起する筋肉を持ち、しかも驚くべき巨漢だ。

渦巻き模様の刺青を、くまなく全身に施しているために、肢体の素晴らしさに嘆息してから、やっと丸裸なのだと気づく。してみると、それは残酷な対比だった。この瞬間に誰かが汚れ、卑しいとするならば、それが無垢でも可憐でも、十人並の器量でしかない首長の娘のほうだった。

　事実、人垣は無口である。圧倒されて声も出ない。いくらか落ち着きを取り戻しても、遠巻きに囁き合うのが精一杯である。誰も止めようとしない。誰も近づく気になれない。その間に黙々と杭を打ちこむ動きを止めて、美貌の若者は「うおふ」と喜悦の呻きをもらした。終えたらしい。ゴバンニチオスの娘も啜り泣きを高くしていた。

　どよめきが、そよぐように広場に流れた。元の身体が巨軀だけに、ものは丸太のようだった。指で摘まみ、男が先の汚れを払うと、てらてらした湿りが、ゆらゆら湯気を立ち登らせた。臭いまで伝わるような不潔感に、アステルは怒気と嫌悪感を、今度は手応えのある実感として覚えた。こいつは光の神なんかじゃない。

　みとれている場合ではなかった。首長は殺され、娘は犯され、これは明らかに事件なのだ。巨漢は鷲づかみに女の髪を握り、ぶんと物のように放り投げた。おまえら、好きに使っていいぜ。目で追うと、男たちが低い笑いで応えていた。

　アステルに戦慄が走った。仲間がいた。今さらながら、美貌の巨漢には仲間がいたのだ。むくつけき髭面は流浪の垢《あか》に汚れ、醜い刀痕を刻みこむ相貌も少なくない。荒くれどもが鉄色に身を固め、我らが城市に押し入っている。わしは馬鹿だ。どうして一番に気づかないのだ。詰めかけた皆も馬鹿だ。どうして騒ぎ立てないのだ。

　五十人、いや、百人、いや、いや、もっといる。盗賊なんて、ちんけなものではなかった。武装の一団が潜入して、夜の間にゲルゴヴィアの街を制圧したのだ。これを軍隊と呼ぶならば、一連の暴挙は、どこの軍隊の仕業なのか。

明らかにローマ軍ではなかった。ゴバンニチオスの死体は首が刈られていた。頭に霊魂が宿ると考え、ひとつには故人の力を我がものとする意味で、ひとつには怨霊の報復を封じる意味で、敵の首を落とす習慣はガリア人のものである。連中の風体も長い髪に長い髭と、みるからにガリア人なのだから、これは部族と部族の抗争ということになる。すると、どこの、どいつだ。

衆目が集まるなか、裸の巨漢は服をつけ始めていた。数人の少年が駆け寄り、貴人に世話を差し上げるように、ひとつ、ひとつ、袖を通して着せている。肌着のみか、物々しい鉄まで運ばれ、みるみる武装が完成してゆく。

わけても刀鍛冶の目からすると、どれも、たまげるような逸品ばかりだった。金角の兜、金板の胸甲、金輪を連ねた剣帯などは、明らかにルーゴスを意識したものである。この男は自ら光の神を気取り、ぜんたい、どういうつもりなのだ。

少年が男の腿に組紐を巻き、だぶついた斑染の股引を締める脇から、もうひとり男が前に出てきていた。背は巨漢と競うほどに高く、やはり相貌も若いのだが、比べると痩せぎすだった。にしても、また金だ。

手に携える品物は、金色の杖に似ていた。ガリア人なら、すぐにわかる。杖は中空の管になっている。先端に載る装飾の口から、野太い音を発する楽器は、戦場で首長の命令を伝えるための道具だった。

軍笛は「カルニクス」と呼ばれていた。これを委ねられる男は、どの部族でも首長の側近、往々、血縁の者と決まっている。いったい、どの部族だ。目を凝らすほどに、アステルが戸惑うのは、カルニクスの装飾が「烏」の具象だからだった。

それはアルヴェルニア族の首長の紋に他ならない。ゴバンニチオスの屋敷から、勝手に持ち出したものかとも思ったが、再び巨漢に目を戻すと、着替えの仕上げに肩に掛け、鎖骨の留め具で巻いたキルトは、青地に細い黒線が交差するチェックだった。

チェックはガリア人の民族衣装である。キルトの色も線模様も部族ごとに異なり、それで出自を見分けることができる。若者が纏う青地に細い黒線も、やはりアルヴェルニア族に伝わる色柄だった。

「ゴバンニチオス様に恨みを持つ者だろうか」

と、アステルは隣から囁かれた。みると付き合いのある炭屋だった。しょぼくれた山羊鬚は普段からだが、このときは目尻まで情けなく下げ、いい大人が今にも泣き出しそうだった。

励ます意味でも強く頷き、ありえる、と刀鍛冶は答えた。アルヴェルニア族を攻め滅ぼすつもりなら、ゲルゴヴィア突入と同時に火を放ち、また家々に雪崩こんでいるはずだ。夜陰に乗じて、すみやかに潜入するや、首長の家だけ襲うのだから、ありえる、とアステルは心中に繰り返した。

我らが部族の首長であり、なおのこと死人の悪口は快くないのだが、ゴバンニチオスは褒められた男ではなかった。質の悪い小心者で、なんら大胆な英断を下すことなく、無為無策な前例踏襲を続けながら、ひたすら敵対者の粛清だけに熱を入れた。

恨みを持つものは数知れない。死人の怨霊を除いても、なお追放された者だけで千人は下るまい。一応の見当をつけながら、さらに刀鍛冶の困惑は深まった。これだけの男なのだ。ゲルゴヴィア縁の人間なら、よもや忘れてしまうとは思えない。

アステルは目に痛いほど力を入れた。なにか手掛かりはないか。美貌の巨漢は腰に金輪の剣帯を巻いていた。それは、よい。目が惹き寄せられたのは、剣帯に括られた刀剣のほうだった。

鉄鞘の錆《さび》が相応の年季を物語る品で、思えば、それだけ周囲の綺羅にそぐわなかった。といって、柄の見事な装飾が、安物とも思わせない。それはガリア様式を代表する人形《ひとがた》の柄だった。剣士は人形の胴体を握る格好で、頭と開いた両腕が柄頭に、同じく開いた両脚が鍔《つば》になっている。

覚えがある、とアステルは呟いた。わしの作だ。柄の細工は職人に任せたが、あの鉄鞘は、このわしが丁寧に板を折り、渦巻の筋彫を刻み入れたのだ。鞘は刀身に合わせて作らねばならない。その刀身こそ、わしが鍛えたものなのだ。

間違いではない。鍛冶の神ウルカヌスに祈りながら、霊力が宿る森の泉に幾度も浸し、丹精こめて鍛えた特別な鋼《はがね》だ。忘れられるはずがない。まだ見習い職人だった時分に、我らが英雄と心酔した指導者に、震える手で献上した刀剣を、誰が忘れられるものだろうか。

——あれは、わしがケルティル様に……。

あっ、と刀鍛冶は声を上げた。もしや、ケルティル様の形見なのか。この美貌の男は前の首長に繋がる人間なのか。ああ、そうか。巨漢に覚えがないのは当然だ。まだ小さな子供だったのだ。なるほど、どことなく面影がある。父親似というよりも、ああ、そうか、奥方様はガリア一の麗人と、美貌の誉れが高い方だった。

「すれば、ケルティル様の御子息か」

素頓狂な声が冬空に響いていた。ざわめきが後に続いて、アステルの周囲から無数の問いかけがあがった。ケルティル様の御子息だって。本当なのか、アステルの。ああ、本当だとも。みなよ、あの剣を。わしがケルティル様に献上したものだ。

そのときだった。痩せ男のカルニクスが、鼓膜を破らんばかりの轟音で、群衆の囁き声を吹き飛ばした。恐らくは会話を聞き分けたのだろう。ふんと長い髭を舞わせながら、かたわらでは美貌の巨漢が高らかに宣言していた。

「我はケルティルの息子、ヴェルチンジェトスである。今日このときより、我こそはアルヴェルニア族の首長となる」

ずいと太い腕が差し出されていた。示された上腕は、おびただしい渦巻き模様が収斂して、ひとつの具象を際立たせていた。からす、の紋なのか。

群衆は、すぐには反応できなかった。もはや疑いようはない。男の正体は明らかである。が、まだ戸惑いが先に立つ。唐突にすぎて、よく事情が呑みこめない。それでも曙のように、じんわり心の地平に広がる感慨は、なべて反感からは遠いものだった。

「烏の紋だ」

「ああ、あれは確かに烏の紋の刺青だ」

「首長の総領息子の証だぜ。形見の剣は盗めたところで、刺青までは盗めまいよ」

「おおさ。ガリア広しといえども、ふたつとない刺青だ。首長なんて威張りながら、ゴバンニチオスの野郎は針が痛くて、遂に入れられなかったんだ」

はん、いんちき首長が。血塗れの死体を一瞥して、群衆の見方が裏返り始めていた。復讐というわけだったか。お嬢さまには気の毒だが、だったら手こめにされても仕方あるめえ。おおよ、おおよ、ケルティル様の御子息だって、不当に追放されたんだからな。もとより、ゴバンニチオスの奴は殺されて当然の輩だった。

「あの野郎、我らが英雄を闇討ちで殺しやがった」

ケルティルの悲劇は周知だった。その死は悼まれ、持ち出されれば、今でも部族の人々は、憤りの火を再燃させる。かの英雄は民衆を魅了して、絶大な人気を誇った指導者だった。なにより、その偉業は民の求めに応えたものだったのだ。

ケルティルはガリア統一に邁進した。ばらばらのガリアは、それまでは部族紛争を際限なくして、徒《いたずら》に血を流す土地だったということである。いうまでもなく、戦争のつけを払うのは、いつだって貧しく無力な庶民だ。

「すでにカルヌテス族は蜂起した」

と、ケルティルの息子は宣言した。歯切れよく、また迷いのない弁舌が、かの英雄を彷彿《ほうふつ》とさせていた。知らず惹きこまれながら、またしても群衆には、すぐには意味が取れなかった。

人垣の中ではアステルが、再び縋る目を浴びせられたが、理解が及ばないのは刀鍛冶とて同じである。いや、さっぱりだ。カルヌテスの話など、まるで初耳だわい。と、とにかく、ヴェルチンジェトスの話を聞いてみようじゃないか。

「ゴトゥアトス、コンコネトドゥムノス率いる一党が、城市ケナブムにローマ人を虐殺した。土足で我らの家に踏みこみ、根こそぎ奪う、あの豚どものことだ」

目下のところ、それが民の怨敵である。「ローマ」と名前が出たとたん、不可解な話が通じた。筋道立った理屈でなく、無性に激しい内心のたぎりとして、人々に強く納得されたのである。またアステルも、ぎり、と奥歯を嚙み締めていた。

ゴバンニチオスの臆病な施政に基づき、アルヴェルニア族も現在はローマの「アミキ（友邦）」だった。にやにや笑いの徴税請負人は、ゲルゴヴィアにも訪れていた。

「…………」

とても払える額ではなかった。身を切られる思いをしながら、アステルは今年で十五歳になる一人娘を差し出していた。家畜のように引きながら、あの醜い肥満男は、わしの愛娘を恐らくはローマまでの道中で……。

かっと頭に血が上る。ローマ人は許せない。叩き殺して、首を刈って、総身の血を絞り尽くしても気が済まない。怒りに駆られて拳骨を固めるのだが、己の無力を知る庶民は、やり場のない炎を握るが関の山だった。

たとえ拳骨を振り上げても、それを振り下ろす勇気はない。なにを、どう怒ろうと、なにが、どう変わるわけではない。胃の腑に悔しさを溜めながら、この無念を一体どうするべきなのかと、ただ民は悶々と自問を続けるだけである。が、そうした問いに、ヴェルチンジェトスが答えたのだ。

「カルヌテス族の蜂起を合図に、全ガリアが蜂起する手筈だ」

「………」

「よって、アルヴェルニア族も蜂起する」

ケルティルの息子が宣言していた。ガリアの自由を取り戻す。ローマ人を駆逐して、ガリアを解放してみせる。あまねくケルトの民人を、このヴェルチンジェトスが勝利に導いてやる。よって、アルヴェルニアも部族を挙げて我に従え。

言葉を反芻《はんすう》する数秒を置き、ゲルゴヴィアは爆発した。人々は手でも足でも、とにかく叩いて打ち鳴らす。これがガリア流の賛意の表し方だからである。

言を改めるまでもなく、ローマに覚える恨みは積年のものだった。同時に無力な民は、とうの昔に諦めていた。が、諦めるしかないからこそ、不断に夢をみていたのだ。この不幸なガリアを憂い、我らを救いに導くような英雄は果して、いないものだろうかと。

「時は来た」

と、アステルは声に出した。いや、それを待たずに、皆が騒然となっていた。いや、いや、感動に胸が詰まり、震える声は、ろくろく音になりやしない。ああ、やんごとなき貴公子が立ち上がってくれた。なるほど、神とも思えたはずだ。待望久しい指導者が遂に現れたのだ。それもケルティル様の御子息だ。ああ、ヴェルチンジェトス様ときたら、なんと立派な若武者に成長なされたことか。復讐だけじゃない。あっぱれ、父上の志を継いで下されたのだ。

「異議ある者は、この場で直ちに申し出よ」

群衆に痩軀の若者が問いかけた。カルニクスを掲げ持つからには、首長の側近ということになる。そうか、ヴェルチンジェトス様の従兄弟君だ。ご幼少の頃から部族一の利発者で知られた、あのヴェルカッシヴェラーノス様ということなのだ。この方の御父上も、ケルティル様の軍笛を掲げ持つ、側近中の側近であられたのだ。

誰が異議など唱えよう。ガリアに希望の光が戻った。世代を新たに、かの英雄ケルティルの御世が、今ここに蘇ったのである。そう信じて、皆が疑わないかと思いきや、このゲルゴヴィアには心地よい昂りに冷水を浴びせる悪意が、まだ同居するようだった。

「ちっ、まったく、なにを騒いでおる」

ほんの小声の苦言だったが、アステルは庶民の本能で、とっさに身を引いていた。

四、奮起

ぎろと左右を睥睨《へいげい》して、それだけで仏頂面は難なく人垣を左右に分けた。金のトルクを負けず輝かせながら、ずんずん広場に進み出るのは、アルヴェルニア族の長老たちだった。

長老とは年配という意味ではない。頭頂が薄くなった中年から、白髪の初老という風体が大方である。総じて立派な髭を蓄え、大人の男の嗜み以上に威風を感じさせるのは、連中が「長老」と呼ばれる家門を継いだ、部族の有力者だからである。

空気が一変していた。群衆は一転、こわばる静寂に後退した。伏せた顔が赤面するのは、浮かれ騒いだ自分が恥ずかしいようにも、幼かったようにも感じられたからである。この世に奇跡などない。夢などみるものではない。なぜなら、ここに現実がある。そうだった。冬季は部族の長老連が、揃って城市に暮らしているのだ。

行列には無頼の男たちが同道していた。知らぬ顔は、いかつい肩に槍を担ぎ、恐らくはヴェルチンジェトスの郎党だった。つまりは連行される形なのだが、長老たちの大股な歩みは、まるで下賤の兵隊に身辺を警護させているようだった。

そうみえるくらい、庶民の目は卑屈だった。畏怖の念が骨の髄まで染みこんでいる。同じ人間という気がしない。神々といわないまでも不可侵の存在なのである。なぜなら、長老たちは凄まじい権威と権力を持っていた。

ガリアは貴族と平民の差が大きな土地だった。荘園財産を持てるのは、貴族に限られるからである。なかんずく、頂点を占める大貴族、すなわち、長老門閥の財力は破格で、領地とする大荘園の経営に忙しいため、夏季はゲルゴヴィアの屋敷に暮らせなくなるほどなのだ。

荘園どころか、数人は小さな城市を丸ごと従え、首長の財力さえ凌《しの》ぐ。すなわち、首長と長老の間に、さして大きな力の差はなかった。真の権力者は首長ではない。無残な死を認めても、長老たちが顔色ひとつ変えないことから知れるように、ゴバンニチオスなど端から問題ではなかったのだ。

首長は担ぎ上げられるだけで、政治の実権は長老会議が握っていた。さもなくば、十年前のケルティルの失脚とて、ありえなかった。

当時は首長派、長老派という言葉があった。反ローマ、親ローマという政見の違いでなく、単なる権力闘争だというが、内実を詳らかにするならば、それは異なる政治構造の対立でもあった。抜きん出た指導者が登場しては、寡頭政治の有力者は面白くない。強い首長にのさばられては、談合体質の長老連中はたまらない。そうした思惑から作為して、長老会議は無能なゴバンニチオスを選び、すみやかに籠絡《ろうらく》したのである。

かくて遂行されたケルティルの暗殺、さらに仕立てられた処刑は、首長派の完全敗北、長老派の完全勝利を意味する出来事だった。執政を維持するまま、今も長老たちの自信は揺るがない。ヴェルチンジェトスの面前まで進むと、ひとりが分かれて、恭《うやうや》しさすら押しつけがましく会釈した。

「バラクラノスと申し上げます」

居並ぶ長老の中でも、随一の実力を持つ貴族だった。アステルなども平素、この初老の男を「旦那」と呼び仰いでいる。大荘園を領有するに留まらず、冶金工場の経営者でもあるからである。

ゲルゴヴィア東端に位置する鍛冶街では、錫《すず》めっき、琺瑯《ほうろう》引き、螺子《ねじ》切りと、水力機械まで入れた大工場が軒を連ねているのだが、その全てがバラクラノスの金で動いていた。アステル本人は独立の窯を持つ鍛冶屋だが、その営業権を認める、認めないの裁量も、やはり長老会議の胸先三寸になっている。

「ん、んん」

と咳払いで改めた小男は、短い首に二重のトルクを巻いていた。そこはガリア人なのだが、首の下は「トーガ」といわれる、白衣を折り重ねたローマ人の装束だった。股引は男らしくないとする、侵略者の言に泳いだのか、この寒い日に脛毛の素足をみせながら、足元まで革編サンダルで固めて、すっかりローマにかぶれている。

バラクラノスは部族では、ローマ友邦政策の熱心な推進者で通っていた。徴税請負人がやってくれば、いそいそと出迎える。威厳を繕《つくろ》う平素の渋面が嘘のように、にこにこ愛想を振りまきながら、片言のラテン語で歓待など申し上げるのだ。憎きローマ人も癒着する長老だけには、それなりの益をもたらすらしかった。

「…………」

いいたいことは山ほどある。が、口が裂けても声には出せない。市井の刀鍛冶には生活があるからだ。長老に睨まれれば、即座に身の破滅だからだ。アステルは誰かの背に隠れる気分で、臆病に耳だけ欹《そばだ》てた。

「ヴェルチンジェトス様、我ら部族の長老一同、すぐにも会議を召集いたし、衆議の上、あなたさまの御処遇と、また今後の部族の方針を、決定いたしたく存じます」

遜《へりくだ》る言葉面に反して、眼光を伴うバラクラノスの低い声には、ごくと唾を呑むほどの凄味があった。この若造がやってくれた。ケルティルの息子だというが、すると叔父に復讐したわけだ。まあ、いい。あんな愚図のことは、どうだっていい。ただ、復讐と部族の大事を混同してもらっては困る。おまえを首長に認めてやるほど、わしらは好々爺《こうこうや》ではないわ。裏側の恫喝《どうかつ》は、そんなところだったろうか。

相手が悪い。英雄ケルティルの息子といえど、トルクの輝きで長老たちが仄めかす有形、無形の圧力には屈せざるをえないはずだ。

世の中を知る中年男は、夢から覚めた思いだった。このまま首長になれるはずがない。部族に一家を賜《たまわ》れれば、追放者の帰還としては上出来の部類なのだ。鍛冶屋の神ウルカヌスに願わくば、長老会議が穏便に進められますように。そんな風に早くも神頼みなのだから、アステルは度肝を抜かれた。

長老を迎えて、ヴェルチンジェトスは髭一本、動かさなかった。美貌に居直る斜の構えで、口ぶりは横柄《おうへい》というよりも、かえって面倒臭げな風がある。

「その必要はない」

「は？　しかし、アルヴェルニア族の定めによりますれば、部族の首長は……」

「おまえに認められようとは思わない」

一方的に断じて、ヴェルチンジェトスは媚びなかった。えっ、相手は長老なのだぞ。見守る群衆も、当の長老連中も、俄には信じられずに、ぎこちない空白に捕らわれた。やはり、この貴公子は神なのか。さもなくば、見下す不当な目の高さは説明がつかない。ああ、そうか、長老だとわかっていないのか。いや、そういうわけでもなかった。

「なにが長老だ」

と、ヴェルチンジェトスは続けた。にやと若者が髭ごと口角を歪めたとき、もうひとつ印象が裏返った。刹那に感じられたのは、ちょっと近寄りがたい危うさだった。

「え、おい、しなびた、じいちゃん。つまるところ、ことなかれ主義の腰抜け野郎が、気取った馬鹿面ならべながら、うだうだ理屈こねてるだけじゃねえか」

まるで不良少年だった。けっ、なにも決めやしねえ。どうやったら、てめえが威張っていられるか、それしか頭にねえんじゃねえか。えっ、じいちゃん、他になんか詰まってたっけ。バラクラノスの白髪頭に、こつこつと拳をあて、へらへら嘲弄《ちょうろう》する段になると声も出ない。

アステルは、あんぐりと口を開けた。呆気に取られはしたのだが、その直後に、すっと胸の支《つか》えが消えたことも事実である。

――いってくれた。

それが悪態に近くとも、まさに正論だった。ヴェルチンジェトスは、いいにくいことを、いってくれる。みんな、ローマ打倒に燃えてんだよ。なのに、おまえら糞爺どもが、いつだって足を引張るんだ。あげくが保身大事とローマに媚を売りやがって。

「なにが長老の衆議だ。ろくでもない繰り言につきあう馬鹿がいるもんか」

ぷっ、と吹き出すのは、アステルだけではなかった。庶民の本音が代弁される喜びが、本当に代弁された驚きと一緒になって、痛快な笑みを誘っていた。はん、そんな暇あるんなら、女と乳くり合うほうがいい。そのうち餓鬼が生まれてくるだけ、なんてんだ、ほら、生産的てなもんじゃねえか。言葉が若者らしく乱暴なだけ、不思議と耳に小気味よかった。どころか、萎えかけた蜂起の気運も蘇《よみがえ》る。

「もっとも、こんな悲惨な世の中じゃあ、餓鬼なぞ生まれてくるだけ無駄だ。だから、なにより先にローマ野郎を打《ぶ》ち殺す。こんな簡単な理屈に衆議なんざいらねえだろ」

わからないんなら、じいちゃん、実は頭わるいんじゃねえか。いちいち頷きながら、群衆は今度は笑わなかった。今日の惨状は、もう笑えないからである。

ふんふんと口髭を舞わせながら、気分を高揚させた顔は少なくなかった。髭の粗末な若者たちは、かわりに目玉を熱く燃やし、すでに激昂の相である。その横顔にアステルは、ふと昔の自分をみた気がした。そういえば、ケルティル様の演説に聞き入って、わしも強く拳を突き上げたものだった。

当時の首長派は、身分でいうなら中小貴族から暮らし向きの良い平民を、世代でいうなら圧倒的に若者を中心にして、頑固な長老派に挑んでいた。運動を広げたいと思うのに、大人たちが距離を置くのが歯痒《はがゆ》かった。じいさん、頭わるいんじゃないのか。慎重な年寄り連中をつかまえては、若き刀鍛冶も口角泡飛ばしながら、ガリアの大義を熱く論じたものである。いや、いや、だから、もう若者ではないのだ。

群衆の熱気に包まれながら、アステルは独り冷たく、今の自分に立ち戻った。振り返れば、あれは熱病のようなものだった。首長の顔色に一喜一憂する身にして思えば、どうして、あんな大言を吐けたのかわからない。なんとなれば、人間は臆病でも、無様でも、たとえ不実であったとしても、生きていかねばならないのだ。

アステルは歳を積み重ねるにつれ、かつて煮え切らないと非難した大人の理由を、徐々に体感できるようになっていた。ああ、そうだ、若さは必ずしも肯ではない。

確信は動かないのに、なぜか心が敗北感に捕らわれていた。認めまいとする焦りが生まれたとき、ヴェルチンジェトリクスに覚える印象が、反感に裏返ろうと動き始めた。え、おい、じいちゃん、それでも俺さまに話を聞いてもらいてえか。

――なんと無礼な若造だ。

と、アステルは汚い言葉を聞きながら思う。いや、すでに言葉だけではなかった。若者は老人の襟を取り、ぐいと手元に引き寄せていた。巨漢に襟首で吊られ、小男はサンダルの足を、ばたばたさせるしかなかった。はなしなさい、はなせ、この、この……。

大人の抗議を無視しながら、あくまで体力にものをいわせるなら、その若さは卑劣である。

ヴェルチンジェトスときたら、まるで、ごろつきではないか。

アステルは憤懣《ふんまん》した。この若者は神の高みにあるのではない。まともに嚙み合わないのは、最低限の常識さえ持ち合わせないからなのだ。ケルティル様の御子息と思えば、なんとか我慢する気にもなるが、これが自分の倅《せがれ》なら、つんつん尖った頭のひとつも、張り叩いているところだ。

なのにヴェルチンジェトスといえば、ひとつの声も斟酌《しんしゃく》することがなかった。

「へっ、耄碌爺《もうろくじじい》が昔話を語りてえなら、隠居してから子供を相手にするもんだぜ」

耄碌ではない、とアステルは思う。少なくとも長老は、無難に部族を治めている。ことなかれ主義というが、その保守的な施政は一定の秩序と平静、そして安心をもたらすのだ。それも庶民の望みなれば、我らは長老に敬意を払って、惜しまないのではないか。逆に波瀾万丈の人生など、それこそ子供がみる夢ではないか。

ヴェルチンジェトスの物言いも、俄に癇《かん》に障《さわ》ってくる。おまえに認められようとは思わない、と若者は口走っていた。それは長老会議の承認を得ることなく、首長の座につくという意味だ。言葉を変えれば、部族の掟を一方的に破るということだ。

長老会議の衆議は決して無駄な段取りではない。首長が不当な専横に走れば、これを掣肘する。愚かな施政に迷えば、これを諫《いさ》める。そうやって部族を、より安全に、より良い方向に導く。うだうだ理屈こねるというが、ことが部族の大事なれば、それだけ万端を配さなければならないのだ。

　事実、かのケルティルは敵対しながら、それでも長老会議には一定の敬意を払い続けた。最後の最後まで、ないがしろにはしなかった。怒気で火を吹く形相で、バラクラノスとて嘘を口走るわけではなかった。こ、こんな侮辱は、は、は、はじめてだわい。へらへらと笑いながら、ヴェルチンジェトスは、いっそう侮辱的な挙に出ていた。

「老いぼれも、まだ自分の足で立ててると、そういいたいわけか」

　いきなり手を放せば、小柄な長老は尻餅をつかざるをえない。ローマ風の白装束が泥だらけになると、それを指さして大笑いするという、若者の態度の悪さである。

　憤激極まる鼻息で、バラクラノスの白髭が上下していた。転げるように立ち上がるや、ぎん、と無礼者を睨みつける。背後では他の長老連中も、同じく刃物の目つきだった。それでも不遜な貴公子は少しも萎縮しないのだ。なあ、じいちゃんよ。むつかしい話は苦手なんだ。ひとつ、はっきりさせようや。

　にやにや笑いで美しい髭を歪めながら、ヴェルチンジェトスの目が悪戯《いたずら》めいていた。あんたと俺と、どっちが強いか。それで決めよう。

「強いほうが首長になる。それで、いいだろ」

「…………」

「なあ、はっきりさせようや。じいちゃんも軍旗くらいは持ってんだろ」

　この時代の軍旗とは、鉄棒の先に彫像を載せたものである。勇ましい動物が多く、ガリアでは猪や熊、狼などが人気を集めていた。ローマの軍旗にせよ、先端は鷲形の鋳物である。ヴェルチンジェトスの合図に応じて、無頼の列に動きがあり、しかして持ち出されたのが、先端にアルヴェルニア族の「鳥」を掲げる軍旗だった。

「さあ、ぐずぐずしてると始まるぜ」

ヴェルチンジェトリクスは、ぎらと白刃の剣を抜いた。群衆に、どよめきが走った。俄に空気が物々しくなっていた。自分が鍛えた鋼をみつめながら、アステルは臍《ほぞ》を噛んだ。抜刀する馬鹿があるか。これでは戦争ではないか。

「こっちの兵隊はみての通りだ。さあ、おまえらも集めてきな」

若者は無鉄砲というが、その度がすぎて、ヴェルチンジェトスには腹が立つより、いよいよ情けなくなってくる。ケルティル様の御子息と思えば、なんとか成り立つようにと、こちらは神に縋る思いなのに、当人の馬鹿さ加減ときたら、全く救いようがない。権威に唾を吐くまでは、よい。それでも、まっこうから権力に挑戦するとは、まさに愚の骨頂である。それは英雄ケルティルさえ、手を触れなかった聖域なのである。

部族の兵士は、ガリアの言葉で「アンバクトス」と呼ばれる集団に分かれていた。古い社会には、しがらみというものがあり、それが世を統べる秩序として働いている。長老は荘園の旦那として、城市の顔役として、鷹揚《おうよう》に金を使い、仕事口をみつけてやり、ときに宴会に招きながら、あれこれ民の世話を焼く。そのかわり、いざとなれば恩を売った男たちを、駆り集められるというわけだ。

それをアンバクトスという。貴族は騎兵となり、平民は歩兵となる。かくいうアステルとて、バラクラノスの一声あれば、家に戻り、櫃を開け、鉄兜と革甲冑《かっちゅう》を引張り出さねばならなかった。みる間に武装の徒党ができあがり、これを率いる長老たちは、自ずと部族の将軍である。空威張りではない。現実の武力を背景にすればこそ、長老は尊大でいながら、誰にも廃されることがないのである。

現に長老たちの頬には、嫌らしい笑みが戻っていた。血筋は高貴であれ、ヴェルチンジェトスはアンバクトスを持たない。ふらりと城市に舞い戻り、その身は風来坊と変わりがない。復讐を遂げたとて、ゴバンニチオスのアンバクトスが従うとも思えない。すれば、貴公子は引き連れる無頼どもに、絶対の自信を持つというのだろうか。

勝てない、とアステルは思った。面構えから戦ずれした猛者揃いだが、なんといっても数が違う。長老たちはアルヴェルニア族を挙げて、三万もの兵隊を集められるのだ。

現に新世代の軍笛持ち、ヴェルカッシヴェラーノスが慌てていた。ヴェルチン、おまえ、戦争にしたら元も子もないじゃないか。俺たちはケルティル伯父の後継でなく、ただの侵略者に、いや、押しこみ強盗になるんだぞ。

さすがは部族一の利発者である。おまえの正当な権利を、部族に認めさせることだ。あくまで穏便に、話し合いでいくべきなんだ。ヴェルカッシヴェラーノスが述べ立てた道理を受けて、アステルは心中で続けていた。その通り、話し合うしかない。長老どもが相手では、かのケルティルだって話し合うしかなかったのだから。

「話し合うしか……」

呟きながら、アステルは悴然とした。話し合うしかない。かつて吐露《とろ》した英雄の肉声が、耳奥で自分の声と重なったからである。蘇るのは、最後のやりとりだった。

「長老とは話し合うしかない」

「しかし、ケルティル様、なにを考えているのか、わからない連中ですよ」

「それでも他に道がないのだ」

「あります、あります。簡単な話ですよ。そのときがきたら……」

俺たちはアンバクトスを抜けます。若き刀鍛冶は鼻息荒く叫んだものだ。

アンバクトスに背く不忠義は、ガリアでは許されざる悪徳とされていた。どんなに拙《つたな》い長老であれ、郎党は背反を思ってはならない。しがらみと平たくいうが、その絆《きずな》は先祖代々のものであり、あらゆる癒着は世襲なのである。

迂闊《うかつ》に切れば、村八分だ。知らぬわけではなかったが、首長派として燃えていた若者には、この暴挙も、ありうべき道理に思われたのである。

――なのに……。

できなかった。庶民の臆病が最後の一線を越えさせなかった。いや、庶民の卑しさというべきか。容赦なく蘇るのは、バラクラノスの囁きだった。

「おまえに窯を任せることにしたよ」

可愛い女房を貰って、玉のような娘まで生ませたんだから、え、アステルよ、きちんと独立して、しっかり働かんとなるまいぞ。思いやりある旦那面して、バラクラノスは若い刀鍛治の肩を、ばんと叩いたものである。

「…………」

弁明する気はない。なるほど、ケルティルは英雄だったが、それは無用の才気だった。ガリアを統一する必要が、どこにある。古のアルヴェルニア帝国を復興するなど、時代錯誤も甚《はなは》だしい。確かに部族紛争は歯痒いが、それも大部族アルヴェルニアには、死活問題ということではないのだ。

つまるところ、ケルティル一代の野心だった。その証拠に長老派が動いたのは、今にも「ガリア王」を名乗らんとした時局だった。

他の部族が黙っているはずがない。ガリアは統一されるどころか、さらなる乱に見舞われる。ああ、長老派は賢明だった。よくよく考えて合点が行けば、ケルティルなどに賛同した我が身のことが、今度は俄かに解せなくなる。ああ、そうか。あの頃は女房もなく、子供もなく、なにも守るものがなかった。要するに無邪気な若者だったのだ。

アステルは心持ち顎を上げた。ああ、自分の窯が欲しかった。その気持ちを恥じようとは思わない。人間は臆病でも、無様でも、たとえ不実であったとしても、生きていかねばならないのだ。なかんずく、男なら家族を守って、はじめて男なのではないか。そこまで自分を弁護したとき、アステルの額に、じっとり不快な汗が伝った。

――わしは家族を守れたのか。

中年男は言い訳が得意だ。が、さしもの大人も今度ばかりは、どうやっても綺麗な形がつけられなかった。なぜなら、わしの可愛い娘は、ローマの淫売宿に売られた。男たちの不潔な唾に、術《すべ》もなく汚される羽目になったのだ。くらと目眩を覚えながら、刀鍛冶は心もとない言葉を吐いた。

「ケルティル様を見捨てた罰だ」

かの英雄は反ローマを標榜した。ガリア統一事業とて、全土が団結してローマの駆逐にあたるために、進められたものなのだ。

が、当時は遠い話に感じられた。ケヴェンナ連山の南方に属州を築いたきり、ローマ軍に、さらなる侵攻の気配はなかった。ただ商人がやってきて、洒落た飲み物として葡萄《ぶどう》酒を流行《はや》らせた。赤い酒は男を軟弱にするといい、新らしい風俗に苦渋顔だったのは、うるさ型の年寄り連中だけだった。それを迷信深いと笑いながら、今にして思えば、甘かった。あの強欲な異邦人が、ささやかな南方属州で満足するはずがない。なんでも内紛に手を焼いて、征服事業は中断していただけなのだそうだ。

故国に強力な政権をなし、ローマが侵略を再開したのは、六年前のことだった。世界最強の軍隊は、あっという間に全土を席巻してしまった。これに抗する手だてをガリアは持たなかった。いや、持ちえたものを、自ら手放したのである。

ケルティル様は先見の明があった。あのとき、アルヴェルニア帝国が再興していれば、ガリア統一が実現していれば、恐らく今日の惨状はなかった。ローマ軍など恐れるに値しない。

ローマの徴税請負人も来ない。すれば、わしの可愛い娘だって……。

「だから、これはケルティル様を見捨てた罰なんだ」

「いま、なんていった、アステルの」

山羊鬚の炭屋が袖を引いていた。ハッと見回すと、周囲の目が再び自分に注がれていた。いうべきか、いわざるべきか、なおアステルは迷った。かっと顔が赤くなる。長老のアンバクトスを抜ける。言葉にすると、やはり子供染みている。いい大人が夢物語を……。

ぶんぶんと頭を振って、アステルは流されそうな自分を、しっかと握り直した。家族を守り、故郷を守り、このガリアを守るためには、わしがアンバクトスを抜けねばならない。いや、なにより、わしはケルティル様に、お詫《わ》びしなければならない。詫び切れないものなれば、せめて忘れ形見の御子息のために……。

「なあ、みんな、聞いてくれ」

アステルの心は決まった。わしは長老のアンバクトスを抜けようと思う。いや、最後まで聞け。それが許されざる罪だとは、わかってるんだ。けど、考えてもみてくれ。わしらが、なにかしなければ。おんぶにだっこで指導者に期待するだけじゃ、なにも始まらないんだよ。わしらが動くんだ。わしらが奮起するんだ。

「今こそ、ケルティル時代の首長派を再興するんだ」

答えはない。が、アステルは頬に感じる周囲の熱気に、自明の答えを得たように思った。呼びかけに皆の目が輝いていた。燃えやすい若い世代だけではなかった。分別臭い中年男が、迂闊に目を輝かせるのは多分、かつてガリアの英雄に夢をみた記憶を、今も忘れられないからだった。ああ、今こそ嘘はつくまい。そうなんだ。どれだけ利口ぶったところで、あのとき、わしらは長老派に負けたんだ。このまま立ち上がらなかったら、死ぬまで負け犬のままだ。

「だから、皆でアンバクトスを抜けよう」

ケルティル様の御子息に、皆で賭けようじゃないか。刀鍛冶を震源に、じわじわ波紋が広がっていた。ああ、長老どもはローマの犬だ。あの悪魔と馴れ合いやがって、長老どもは俺たちの敵なんだよ。おおさ、もう、うんざりだ。アンバクトスなんか抜けてやらあ。ああ、俺は断然ヴェルチンジェトス様につくぜ。賛同の声が高らかに打ち上げられる渦中から、アステルは広場の若者を覗きみた。

人を寄せない美しさは、やはり光の神ルーゴスだった。が、悪乗りを始めると、たちまち不良少年に落ちるのだ。これが我らが救世主なのか。自問しながら、アステルは今度は若者に背を向けなかった。なんと危なかしい。このまま放ってはおけない。これだけは歳取る僥倖《ぎょうこう》というべきか。中年男の胸中に、親心に似た温度が生まれていた。わしらが支えてやらなければ。あの分別のない若者を、わしらが助けてやらなければ。献身の熱意は萎えることなく、いっそう燃えさかるばかりである。

騒ぎを見咎《とが》めたのだろう。ふと気づくと、バラクラノスが物凄い形相で、こちらを睨みつけていた。一瞬の恐怖に捕らわれて、ぐっと息を呑み下すも、あえてアステルは唾を吐いて応じた。なぜなら、男は家族を守らなければならないのだ。

「だから、わしらは長老どもを倒さなければならないのだ」

熱い思いが弾けたとき、アルヴェルニア族に新たな首長が生まれていた。

五、ガリアの王

低い読経と香の煙が、薄闇に満ちていた。意識は果てのみえない淵に、心地よく落ちてゆく。ひとりの男が横たわり、浅い眠りに遊んでいた。現《うつつ》とみまがう夢を招き寄せようと、くぐもる調べを吟じていたのは、四人のドルイドたちだった。

ドルイドは「ドル（多い）・ウィド（知）」、すなわち、賢者という意味である。裾長の白衣に身を包み、剃り上げた前頭部に柏の冠を被る男たちは、ケルトの民の神官だった。どの部族にもドルイドがいて、預言者、詩人、歌手で成る神官団を率いながら、神事を司り、神話と歴史を伝えている。その影響力は、ときに首長をさえ凌ぐ。

ないがしろにはできない。アルヴェルニア族に支配を築くや、ヴェルチンは各地のドルイドを招きながら、ゲルゴヴィアに特別な神事を催していた。

「生命の水を四方の民に賜らせ……、そこは聖なる山の頂……」

眠る男が浮言《うわごと》のように始めていた。聞き止めて、一場に緊張が走った。

アルヴェルニア族の首長の屋敷、ゴバンニチオスから奪ったゲルゴヴィアの館には、衆議のための大部屋が設けられていた。人の背丈もある陶器の大壺を並べ、流麗な線画が競うように伸びては絡み合う、ケルト人に特有の装飾感覚を活かした図柄で、訪れる者を必ずや魅了する広間である。

壁際には鈍く金属の光を放つ軍旗が、幾つも立てかけられていた。髭の立派な男たちが、けばけばしい縞模様の装いに彫琢《ちょうたく》のトルク、琺瑯の胸あて、螺旋《らせん》の腕輪と重ねて着飾りながら、神事の周囲に詰めていた。ドルイドと一緒に城市ゲルゴヴィアに招かれ、アルヴェルニア族の首長の屋敷に集められたのは、ガリア諸部族の首長、もしくは諸部族の代表者たちだった。

ガリア総決起に向け、ヴェルチンは四方に檄を飛ばした。ローマを駆逐する。ガリアを解放する。呼びかけに応えて、カルヌテス、セノネス、パリシイ、ピクトネス、カムロゲヌス、カドルキ、ヴェエッラヴェエイ、トゥロニ、アウレルキ、レモヴィケス、アンデス等々の部族が、ゲルゴヴィアに合力の意思表示をなしていた。

「金色の髪……、麦の穂に似た長い髭……」

眠る男が続けると、ざわと遠慮がちな私語が籠もった。居眠りの首長もいたが、空気の変化に、ぱっと飛び起きている。よく聞き取ろうと一同は、ますます詰め寄り加減になるが、といって、さほどに混み合うわけではなかった。

ガリア総決起というには程遠い。事前に密議を謀《はか》った部族、帝国崩壊以後もアルヴェルニア族に朝貢していた部族を除けば、ヴェルチンの呼びかけに応えた部族は、まだ片手で数えられるほどだった。

いや、朝貢部族の中でも、ルテニ族などは合力の求めに、まだ返事をよこしていない。北部のセノネス族は参加を表明したものの、冬営地のローマ軍の動きを気にして、なお態度は慎重である。決起は未だ中央部、並びに西部ガリアに限られた動きといわねばならない。

いや、いや、この基盤地域にしても、荘園に滞在して難を逃れたアルヴェルニア族の長老、親ローマとして知られるエパスナクトスが不穏な動きを示しており、どこまで頼みにできるものか。部族の内紛といえば、不安定な政権はアルヴェルニア族に限る話ではなく、一応の人質は取ったものの、合力した全ての部族の動静につき、なお予断を許さない状況である。

ガリア最大の部族、アルヴェルニア族の威勢も落ちたものだというべきか。あるいは、落ちたりといえど、さすがはアルヴェルニア族というべきなのか。

カルヌテス族の蜂起から一月もない、まだ七竈《ななかまど》の月のはじめだった。この短期間では、この程度の結集で上出来という判断もある。すれば、一応の成功は、やはり、ドルイドの力なしには考えられないものだった。

数多《あまた》部族が群雄割拠する現状で、ひとつのガリアを論じうるのは、唯一宗教だけだった。多彩な神々、素朴な自然崇拝、魂の不滅を諭《さと》す教義、そして神事を司《つかさど》るドルイドだけが全土に流布して、どこでも不変なのである。

蜂起を画策するにあたり、この事実をヴェルチンは重視した。ないがしろにはできないどころではない。ガリア総決起は、ドルイド相互の紐帯を介してしか、実現されえないのだ。

各部族のドルイドは年に一度、「ガリアの臍《へそ》」と呼ばれるカルヌテス族の城市、ケナブム近郊の森に集まり、今も定例の祭事を繰り返していた。この城市で反乱の狼煙《のろし》が上がったことは、意味のない偶然などではなかった。

真冬の祭事で行われた占いで、今年の蜂起が吉と出た。それはケルトの民にとって、暗黙の了解だった。同時にドルイドたちが、各地に散って部族の動員を働きかける。ガリアの大地に光の神ルーゴスの生まれ変わりが現れた。今こそ立ち上がるときだ。合力を表明しない部族でも、神官の煽動は今も続けられているはずだった。

蜂起の算段は、これまでになく周到である。今日も輝く金色の甲冑を身につけながら、ヴェルチンは首謀者として堂々主座を占めていた。

「長き腕……、渦巻の刺青を施し……」

神事は続く。胸に組んだ二の腕あたりに、ちらちら人の視線を浴びながら、ヴェルチンは泰然自若と目をつむり、主座に瞑想を続ける風だった。首長たちは神妙な顔つきで、ぶつぶつ続けられる呟きと動かない若者の相貌を、繰り返し見比べていた。

眠り男は無作為に選ばれた、名もなきガリア人である。先刻に独りだけ、供物として神々に捧げられた牡牛の肉を、たらふく食べさせられている。ドルイドの読経に促され、男が眠りながらにみる夢は、来るべき王の姿だとされていた。

神事は王政の残滓だった。国神テウターテスの神話に発し、紀元前五世紀のビトリゲス王国、紀元前三世紀のアルヴェルニア帝国と、ガリアに勃興した統一勢力に受け継がれて、今日まで伝わっている。こうした祭祀を行う、行わないに拘わらず、その全土的性格からドルイドは、自ずとガリア求心を志向する存在だった。その危険には誰より侵略者が神経を尖らせ、歴史に名高い「ローマによるドルイド弾圧」が、早くも始まりつつあった。

このままでは神官集団の破滅は自明である。ローマを駆逐しなければならない。かくてドルイドの利害は、ヴェルチンの志に合致していた。

ドルイドといえば、この成功は父ケルティィルの遺産でもあった。

「それは光の神ルーゴスの似姿……」

おお、と低い声が衆議の間に流れていた。潑剌《はつらつ》とした若者の形を取る神なれば、王たるべき者の姿は、そろそろ間違えようがなくなっていた。無数の視線を浴びながら、ヴェルチンは片目だけ少し開け、かたわらに起立するドルイドに、ちらと悪戯めいた目を動かした。

もっさりした白い髭が、微かな顎の動きに揺れた。二十余年の修行を要するために、ドルイドは一体に年配だが、ヴェルチンを咎めた神官は、それにしても厳めしい老人だった。

名をクリトグナトスという。あまりに荘重な風貌は、しばしば子供が泣き出すほどで、ために民には親しく「ドルイド・クリス」と呼ばせている。今日の神事を主催していたのは、アルヴェルニア族のドルイドだった。

あるいは復帰したドルイドというべきか。ケルティィルの失脚において、クリトグナトスも部族を追放されていた。精力的に英雄の補佐を務めていたからである。

どの部族でも、ドルイドは単なる神官に留まらず、首長の政治顧問を務めた。首長が武将の性格を強くするため、司法、行政、財政を司る文治の長という意味合いすらある。血筋も貴族で、往々ドルイドは首長、もしくは長老の家から出る。クリトグナトス翁にしても、ケルティルには叔父、ヴェルチンには大叔父という関係だった。

ヴェルチンと一緒に追放され、また一緒に部族に戻り、クリトグナトスは再び首長の補佐役となった。してみると、かつて英雄を支えた老顧問の存在は、実に頼もしいものだった。

全土のドルイドを利用するとの着想も、実は老神官の知謀だった。また実際に全土のドルイドが動いたのも、クリトグナトスの大号令ゆえだった。

クリトグナトスは「大神官」として、ガリア宗教界に最高の地位を占めていた。アルヴェルニア族が部族から追放しても、その全土的な地位は変わらない。いったんドルイド集会で選出されれば、大神官の位は終身なのである。英雄ケルティルの力で登位したことを考えれば、この重鎮は父がヴェルチンに残した最大の遺産だった。

「闇より現れ、この大地に光をもたらす……」

眠り男は続けていた。ん、んん。ドルイドの咳払いは無言の咎めだった。今は神事の最中なのじゃぞ。叱られると、ヴェルチンは必死に笑いを堪えながら、再び両の目を閉じた。顧問として全幅の信頼を置くのは事実だったが、それにしても乱暴者が、やけに今回は素直である。

もうひとつ、どの部族でもドルイドには、貴族子弟を教育する役目が与えられた。神話や歴史の教授に始まり、世界観、倫理観まで教えこみ、未来の指導者を道徳的に傾倒させることで、神官の発言力は保たれているともいえる。

わけてもヴェルチンは、父を早くに殺され、ほどなく母にも死なれ、慕った「ドルイド・クリス」の手で育てられたも同然だった。躾けがないようにも思われるが、それは手抜きということでなく、老人は孫息子のような貴公子が可愛くて、ついつい甘やかしたのである。

――クリス爺は少し過保護なんだよ。

いよいよ神事も佳境だった。眉間に皺寄せる苦悶の表情で、眠り男が喉の奥から絞り出した言葉は、確かに次のように聞こえた。

「若者の名は……、王の名は……、ヴェルチンジェトリクスと……」

ガリアの言葉で「リクス」は「王」を意味する。トレウェリ族のキンゲトリクス、ヘルウェティイ族のオルゲトリクス、エブロネス族のアンビオリクスと、いずれの首長も傑出した人物であり、ローマに抵抗を試みて人々の記憶に残っている。それが新たな英雄なれば、ふさわしく名前を飾らなければならない。

「これよりはヴェルチンジェトリクスと名乗られませ」

大神官クリトグナトスは宣言した。ヴェル（スーパー）・チンジェト（ウォリアー）・リクス（キング）、すなわち、ガリアの言葉で「勇者の中の勇者にして偉大なる王」という意味である。

賛同が物々しい音になっていた。トルクを揺すり、軍旗の柄に剣の鞘をぶつけ、金輪を連ねた帯を叩き、とにかく物を打ち鳴らすという、ガリア風の意思表示である。

誰も異議を挟まなかった。かつて「ガリア王」の称号が反動を招き、ケルティルに死をもたらしているだけに、ドルイド・クリスは慎重にならざるをえなかったわけだ。が、わざわざ宗教で飾り立てるまでもなく、ヴェルチンジェトリクスには誰も勝ち目がないのだ。

第一にアルヴェルニア族は今も群を抜いた大部族であり、第二に古の王家に繋がる権威があり、第三に英雄ケルティルの後光がある。

反乱の前例が証明するように、他の部族の、他の首長が先達《せんだつ》となったところで、全土を巻きこむ動きに発展する芽はなかった。蜂起を成功させるためには、アルヴェルニア族の貴公子しかありえない。積極的な落とし所として、集まった部族の首長や代表には、すでに自明の決定だった。

「さすれば、ただいまより具体的な協議に移りたいと存じます」

配下の神官団に神事を片付けさせながら、大神官クリトグナトスは議事を進めた。出す兵数、調達すべき馬数、供出すべき補給量、生産すべき武器量と、各部族に求められる負担を手際よく決定していく。出し渋り、不公平を訴え、不満を洩らす諸部族を、巧みな口舌で説得する。

さすがは、かつて英雄を支えた人物だった。一同を感嘆させる見事な手腕は、なにも調整力に限る話ではなかった。ケルティルの偉業の中枢にいただけ、なすべきことは全て心得ている。クリトグナトスにとって、解放戦争の段取は新たな試行錯誤でなく、旧知の事業を再開するだけだった。

アルヴェルニア族の財務とは別に、ガリア王の金庫を設ける。そこに各部族から集めた軍資金を納める。選出された数名のドルイドが、管理運営にあたる。また運用の便宜のため、各部族の貨幣を鋳直し、ヴェルチンジェトリクス金貨を作る。こうした提案などは、この秀逸な人物でなくては、とても思いつくものではなかった。

会議はドルイド・クリスの独壇場だった。かたわら、ヴェルチンは無言である。主従は事前に協議を済ませ、顧問は内諾通りを議事に載せているだけなのだが、問題は新しいガリア王に、かけらも覇気が感じられないことだった。静けさが物言わぬ威厳に高まる歳でもない。図体ばかり大きな子供が、切れ者の大神官に担がれていると、そうした印象で括られかねない展開だった。

これはクリトグナトスの本意ではない。気にしたドルイドは議事の途中で、ときおり意見を求めてみたりするのだが、ヴェルチンは「ん、まあ、よい」と簡単に流すだけだった。これではドルイド頼みどころか、無関心にさえみえる。

育て子を熟知する老神官には、腹立たしいばかりだった。ドルイド・クリスは修行を積んだ高僧だが、実は短気の嫌いがないではなかった。これで人目がなかったら、つんつん尖った頭を、とうに張り叩いていたところだ。だから、真面目にやれというたろう。怖い目で諫《かん》言《げん》を試みても、ヴェルチンときたら、今度は大欠伸《あくび》の連続だった。

――んなこと、爺が勝手に、やってくれよ。

それがヴェルチンの返答だった。甘えにしても極端である。置物に甘んじる態度こそ、あるいは揺るがぬ自信の現れなのだというべきか。

ヴェルチンは一族の頭として、かしずかれて育っていた。その日の食べ物にも困るような、貧しい流浪の生活だったが、いつかアルヴェルニア族の首長になる方だ、いつかガリア王になる方だ、と周囲は少年を持ち上げて育てたのだ。

まわりが全て、お膳立てしてくれる。とことん世話を焼かれるまま、ヴェルチンは二十歳を超えた今でも、自分で服を着たり、脱いだりすることさえできなかった。まして煩瑣《はんさ》な世事を、まめにこなせるわけがない。が、できないなりに真面目に臨んだらどうなのだと、ドルイド・クリスは剃髪頭に湯気を立てて思うのだ。

だけではない。不気味なのは、ヴェルチンが、にやにや笑い始めたことだった。会議を上の空にしながら、よそみの目の動きからすると、外の物音に耳を傾けるようである。

槌音が聞こえていた。アルヴェルニア族の都として、いや、ガリア王の膝元として、無頼の徒党に簡単に破られるようでは困る。新しい首長の号令一下、ゲルゴヴィアでは目下、城壁の拡充工事が進められていた。

それが、なんだという。身が入らない主君に苛立ち、ドルイド・クリスは不機嫌な咳払いを新たにした。ちらと目を戻したものの、ヴェルチンは逆に老顧問を窘《たしな》めるような顔である。

ほら、連中が議事を紛糾させてるぜ。

事実、どの部族も議場に前屈みだった。ヴェルチンほど極端でないにせよ、なべて首長は活発な論客ではない。この種の折衝は大半が、部族のドルイドの役分なのである。居眠り半分で、一応は耳を傾ける。そうした態度を一変させて、今や、あるものは膝を立て、あるものは立ち上がり、つかみ合いが起こらんばかりの剣幕だった。

議題は大将の選抜に移っていた。首長が武将の性格を強くするなら、これだけは黙っているわけにはいかない。ガリア解放軍の総大将は、ヴェルチンジェトリクスである。それは異論の余地がない。問題は別働軍を指揮する大将の選抜なのである。

すでに解放軍を三分する策が採用されていた。北方軍は部族の立地から、セノネス族のドラッペスを大将とせざるをえない。中軍をヴェルチンジェトリクスが自ら率いれば、残るはローマ属州に侵攻すべき、南方軍の大将ということになる。

これが揉めた。予定の大将候補は、ローマ属州の北辺に勢を張るカドルキ族の、ルクテリオスという男だった。広大な荘園はもとより、ウクセロドゥヌムという城市を丸ごと領し、独力で数千規模のアンバクトスを動員できる実力者である。適任と思われた人材を他の部族が、断じて認めようとしないのだ。

「反乱の狼煙《のろし》を上げたのは我らですぞ」

「それはそれとして、ここは武将としての器量を吟味いたすべきかと」

「いや、大将には格というものがあり、全軍が一致団結するためには、ルクテリオス殿では、どうかとも思いますな」

要するに主張は、ひとつだった。我こそは大将の位を賜りたい。アルヴェルニア族は別格だが、それ以外の部族の後塵を拝する屈辱には耐えられない。

さらに話を複雑にしたのが、カドルキ族の性格だった。アルヴェルニア族の近隣に位置する、古い朝貢部族のひとつである。宗主部族が全ガリアの盟主となれば、その譜代が大将を出すのは当然だと、これがカドルキ族の自信だったが、高が朝貢部族に従ってなるものか、部族の面目を潰されては蜂起どころの話でないと、これが他の部族の憤《いきどお》りになっている。

下らねえ、とヴェルチンは思う。混沌という、ガリアの病根が首長会議の場でも、その不毛な症状を露にしていた。ぼんくら親爺が、揃いも揃って下らねえ。なのに、ドルイド・クリスともあろう達者が手を焼いて、治める口舌もない始末なのだ。

――さて、俺の出番か。

かしずかれた貴公子は、他人任せが癖になるほど、なにも自分でやろうとしない。誰かで間に合うことならば、誰かにやらせておけばよいと思うからだ。そうした強烈な自意識は、代役の効かないことだけは、自分がやらねばならないという、腹の座った自覚の裏返しでもあった。

首長たり、王たるべく育てられた若者は、断じて飾り物ではなかった。どころか、誰にもできない壮挙をやろうと、皆の度肝を抜くような、暴挙ばかりに執着する癖がある。それを、わからせてやる。

さて、槌音は止んだようだ。ヴェルチンは立ち上がった。皆のもの、外に出よう。

「なんですな、ヴェルチンジェトリクス」

「ひとまずは我らの団結を確かめよう。互いの軍旗を一所に集めて、光の神ルーゴスに皆で宣誓を捧げようではないか。その後に会議を再開することにして」

こちらでございます、と案内するドルイド・クリスは、ガリア王の優れた仲裁を喜び、なんとも迂闊に相好を崩したものだった。

首長の屋敷は城市広場に面してある。すれば、表に出て、すぐ異変に気づくのが本当だったろうか。

広場は、もぬけの殻だった。定期市の日でもなければ、黒山の人だかりは期待できないが、それにしても日暮れまで、しばらく残す時刻である。往来が途絶え、なにやら放し飼いの豚が鼻で雪を掘るばかりの光景は、明らかに異様だった。

それでも首長たちは、不穏な気配を察するより、まずは感嘆の声を連ねた。こちらはこちらで、また印象的な光景だったからである。ほう、あれが有名なルーゴスの像ですか。

巨大な銅像は、古のアルヴェルニア帝国の威勢を知らしめる記念碑として、諸国に知られたものだった。案内などされずとも、首長たちは巨大な影に導かれて、ぞろぞろ勝手に行列した。先刻は雪空がひどくて、とんと拝めなかったものですが、さすがに立派な像をこしらえたものですなあ。

慌てたのが、一同を案内している気でいたドルイド・クリスだった。

「いえ、いえ、皆さま方、ルーゴス像は、こちらの西の山に……」

老神官は振り返って絶句した。東の山に忽然と姿を現すものがあった。なんなんじゃ、あれは。四肢を伸ばす巨大な影は、確かに人形《ひとがた》をしていたが、なんだか背中が不格好にずんぐりして、遠目にもアルヴェルニア族を鎮守する、かの若々しきルーゴスではありえない。

「雷神タラニスさ」

横柄に答えて、ヴェルチンが脇を素通りした。なんじゃ、どういうことなんじゃ。こら、まて、説明しろ、ヴェルチン。追いかけたところに、細長い若者が駆け寄った。

「クリトグナトス様、儀式の準備が整いましてございます」

ヴェルカッシヴェラーノスは元来が生真面目な男だが、それにしても報告する表情が硬かった。痩せた頬がこわばり、なにより顔色が蒼白である。

「儀式の準備じゃと」

「はい。各部族の城市を回り、親ローマの貴族を捕えて参りました」

「…………」

「こ、これはクリトグナトス様の御命令だと、ヴェルチンが……」

二人は顔を見合わせた。ひとりは育ての親として、ひとりは幼馴染みとして、男の本性を嫌というほどみてきている。さては、また、ヴェルチンの奴。二人同時に吐き出しながら、とっさに目を走らせる。大股で遠ざかる巨漢の背中は、ひくひく揺れて、どうやら笑っているらしかった。

――だって、おかしいぜ。

二人の側近が早足で背後に迫るのがわかる。厳めし顔の老人と、澄まし顔の優等生は、それぞれが持つ平素の風采も台無しに、さぞや慌て顔だろう。それが、おかしい。

ヴェルチンは自分の暴挙に、他人が乱れ狼狽する様が、なにより愉快という輩だった。が、いつだって笑い事では済まないのだ。悪癖も旧知の側近なれば、またかと怒鳴ることもできようが、これが馴れない余人では、すぐには声も出てこない。

路地を抜けて東の山に近づくにつれ、こんな城市の場末に、みるみる人垣の厚みが増した。居合わせた人々は、ことごとく顔が青ざめ、明らかに不穏である。要人の登場に、恐れる庶民は左右に分かれて道を開けたが、それさえ待てないといわんばかりに、首長たちは駆け足だった。

裏門を出ると、とたん油の臭いが鼻についた。ばちばち乾いた音を鳴らして、すでに松明が用意されていた。遠巻きに群れる人々といえば、タラニス、タラニス、と口許に呪文のような言葉を繰り返していた。雷神タラニスよ、我らが新しきガリア王に未曾有の勝利をもたらしたまえ。

そろそろ話がみえてくる。喧騒の中、聳える雷神タラニスは、不動のブロンズではなかった。柳の枝で編まれた人形は中空の像であり、まるで格子《こうし》を巡らす巨大な牢屋である。

事実、無数の罪人が放りこまれていた。親ローマの貴族というのが、これらしい。

柳枝の枠を握りながら、男も女も油塗れで、悲鳴のような声で必死に助命を請うていた。焼かないでくれ。頼むから、火をつけないでくれ。すでに目に痛い鉄の臭いが、あたり一面に充満していた。乱暴に放りこんだらしく、人形の脛あたりでは、犠牲者が鼻血を垂らす圧死だった。おかしな格好で捩じれた腕が、無言で苦痛を物語っている。

助命を懇願できた者は、幸福というべきだろうか。まだしも焼け死ぬことができるなら、タラニスは喜び、その死にも形がつく。これより少し後の時代に、哲学者セネカの甥ルカーヌスは、ガリアの神々について書いている。

「残忍なテウターテスは恐ろしき血によって心和み、エススも同じく野蛮な祭壇にあり、タラニスの祭壇もスキタイのディアナに劣らず」

ガリアの神は供物に血を好む。ケルトの民は生贄の儀式を行う。これがローマに野蛮といわせる横顔だった。が、より大きな幸福を求めるなら、より多くの命を捧げなければならないのだ。わけても巨大像の四肢に生贄を詰めこみ、しかる後に火をつける大掛かりな蛮行には、さしものローマ人も震え上がったと伝えられる。

いや、ローマ人だけではない。件の神事は習慣として心得るにせよ、目のあたりにするガリア人が、平静でいられるわけでもなかった。あれは我が部族のものだ。わしの従兄弟が下敷きになって、ああ、もう死んでいる。各部族の首長とて、張り上げる声は悲鳴に近かった。権力闘争を繰り返しても、そこは部族の内なのだ。親ローマの貴族とて、部族の首長に繋がる人間が少なくない。

「やめてくれ、やめてくれ」

悲痛な求めを黙殺するまま、腕組みのヴェルチンは少し離れて、タラニス像を悠然と眺めていた。二人の参謀が追いついてみると、ふてぶてしい巨漢の表情は、なんとも得意気なものだった。ヴェルチン、どういうことだ、きちんと説明しろ。

「だから、ローマの犬は皆殺しさ」

「………」

「戦が始まる。兵士の命を救うには、同じ数だけ神に生贄を捧げるべし。世界は天秤のようなものなり、なんて、クリス爺が俺に教えたんじゃねえか」

「そ、そういう短絡的な……」

「ガリアが団結するためでもある。みなよ、首長どもの泣き面ときたら」

へへ、ひへへ。これで、しばらく、誰も俺には逆らわないさ。逆らえば、どうなるか、馬鹿でも少しは察するだろ。放言して、ヴェルチンは再び高笑いである。今にも火を噴きそうな怒面で、ドルイド・クリスは刺青の腕を奪った。

「おまえ、ヴェルチン、こんな勝手な真似をすれば、どういうことになるか……」

「いいんだよ、俺はガリアの王なんだから」

わなわなと全身を震わせながら、さすがの大神官も、この不遜な言葉には返答の術《すべ》もない。かたわら、神事と聞かされて奔走し、大量殺人を手配したヴェルカッシは、呆然と膝から崩れ落ちた。まともな神経の持ち主なら、当然である。そんな二人が滑稽だと、笑い転げるヴェルチンのほうが、明らかに異常なのである。

「へへ、みてな。いま、火をつけさせるから」

タラニス像が遂に業火に包まれた。炎の中で踊るように息絶える、無数の犠牲者を睨みながら、二人の側近は早くも密談を始めていた。わしが泥を被る。わしが生贄を望んだことにする。では私は内々に首長に言い含めて回ります。多忙な参謀たちを横目に、へらへら笑いのヴェルチンは、再び玉座に反り返るだけだった。

六、ローマの男

アルプスを越えると、幾らか行軍も楽になる。が、平原を吹き抜ける風は、ひゅるると矢にも似た音を立て、かえって強いようだった。わずか斜めに顰め面を傾けながら、その男は慎重な中指の一本で、むずむずする頭皮の痒みを和らげた。

神経質な所作は、ときに卑屈にもみえた。なるほど、もう髪は大分薄い。後頭部、側頭部には、まだ健康な髪が残っており、それを不自然に長くして、たっぷり整髪料を振りかけて、苦心の櫛を運びながら、なんとか額の産毛を覆い隠すのである。

まったく、嫌になる。いっそ開き直ろうか、とも思わないではなかった。四十八は禿頭が不自然な歳ではない。病気というわけでなし、なにを恥じることがある。ああ、どうせ、みんな気づいているのだ。そんな風に頭の中では、とうに割り切っているのだが、現実に思い切れるかといえば、こそこそ繕う努力を容易にやめられなかった。

だから、髪の乱れが気になる。だから、慎重な中指の一本なのである。禿頭を開き直れないのは、すらりと若い体型が、まだ保たれているからでもあった。保つというより、元来が太れない体質なのだが、いっそ脂肪太りの肥満体なら、どれだけ気分が楽だろうと思う。禿頭を気にする素振りが、やけに神経質にみえるというのも、すんで病気を疑わせるほど、ひどい痩せ男だからなのだ。

いや、痩軀は颯爽として悪くない。仮に悪くとも繕い様がある。みだしなみには若い頃から、うるさかった。ローマの都でも、ちょっと知られた洒落者として、トーガの荘重な襞に拘り、雅びな留め具に凝ったものだ。

現下の軍装にしても颯爽たるもので、手のこんだ彫金の鎧に、ふんだんな垂れを施し、白馬まで金の鎖で飾りながら、これで稲妻の束を持ち、顔を赤く塗れば、我ながらユピテル神の降臨かなと思うくらいの晴れ姿である。が、かの天空の神が禿頭であったとは聞かない。

「…………」

折角の男盛りが、打《ぶ》ち壊しだ。全く、禿げは道化じみている。髪のことを考えると、薄い額に冷汗が伝い、堂々巡りで答えなど出ない割に、暗い苛立ちばかりが募った。うじうじする自分が嫌だと、まして気分が滅入ればこそ、無遠慮なガリアの風は、なんとも歯痒い奴だった。

山陰すらない平原を、風は細かい粒子を巻き上げ、好き放題に駆け抜ける。高い木なのか、建物なのか、遠くて判然としない黒点を除いて、一面が白の雪原だった。

なまじ天気が良いために、きらきら反射する光に、目が眩《くら》んで仕方がない。目を細めるとみえるのは、雪原に突き立てられた墓標のような背負子の列と、スコップを手に黙々と働いている無数の兵士の姿だった。

同行の軍は歩兵が、ほんの三千人にすぎない。いわゆる一個軍団だが、それも正規の兵数を満たしていなかった。この寡兵が幕僚の馬と補給の馬車を通そうと、腰まで埋める白い塊を除きながら、道なき雪原に総出で道をつけていた。

果てしない地平線が、際限のない作業の酷を暗示していた。もとより、真冬の行軍は拷問に近い。それでも兵士は不平ひとつ洩らさなかった。地獄のアルプス越えに比べれば、足を滑らす狭道も、悲鳴を呑みこむ急流もなく、これは天国だということか。

――いや、というより……。

この俺に仕えているのだ。その幸運を思えば、真冬の行軍も天国になるのだろう。不平などいうはずがない。どころか、働ける喜びに打ち震えているはずだ。黒真珠に似た男の瞳が、高揚する自負心に底光りした。禿頭に拘る心理が一転、馬鹿らしくなる。

ふん、外見に拘るなど、まだ青い若造のやることだ。目一杯に着飾ることで、中身の無さを埋め合わせるのだ。そんな軽薄な輩が、笑えるものなら俺の前で、この禿頭を笑ってみせろ。

ばっと鈍い音を響かせ、男は肩のマントをはためかせた。贅を凝らした軍装さえ、包み隠してしまう絹布は、艶やかな光沢のある緋色だった。

緋色は総大将の印である。無駄に髪が薄くなったわけではない。ひきかえに歳を重ねて、男の力が熟したのだ。

馬上の男は、ローマのプロコンスルだった。文字通り「前のコンスル」という意味である。コンスルとは共和政ローマの執政官であり、いわば、現世で最高の地位を占める人間のことだ。

一年の任期を終えると、執政官には通例、一種の天下りとして、属州の統治権と軍の指揮権が与えられた。ために属州総督をプロコンスルという。男は内アルプス、越アルプスとガリア二属州を委ねられた、ローマの高級官僚だった。

その名をガイウス・ユリウス・カエサルという。

カエサルは冬季を凌ぎやすい内アルプス、イタリア国境に近い都市、ラウェンナにすごす習慣だった。巡回裁判を口実としているが、要するに軍が活動を休止させる季節を幸いに、のんびり休暇ということである。五三年の冬とて、ラウェンナに寛いでいたものが、年明け早々、危急の知らせにアルプスを越える羽目になったのだ。

越アルプスに急行するのは他でもない。城市ケナブムにローマ人が襲われた。ローマの版図に組み入れた「長髪のガリア」が、またしても反乱を起こした。任務を命じた穀物仲買人、徴税請負人でもあったガイウス・フフィウス・キタは、気の毒なことに虐殺されて絶えたという。あれは気の効いた、よい男であったのに……。

報復の誓いを立て、カエサルは決然と行動に移った。ローマの都には、そのように伝えるよう、発つ前に人を送っている。が、それにしては軍の動きが鈍かった。氷が張ったロダヌス河を越え、ひとまずは越アルプス属州に入るが、除雪の兵士を急かすことなく、ゆるゆる東に進軍するだけである。

もう、二月二十日だった。のんびり構えるべき状況ではない。反乱の渦中にある冬営地からは、副将ラビエヌスが何度も報告を寄せていた。独自に放った斥候《せっこう》も、続々と新たな情報を持ち帰っている。

すでに二月の半ば、ガリア反乱軍は行動を開始していた。軍を三分したらしいが、展開の詳細は分厚い雪に阻まれ、今も杳として知れない。が、予想はできた。中部ガリアを基盤とするからには、北方軍、中軍、南方軍の三分だろう。

カエサルは、しばしの迷いに捕らわれていた。北部には軍の冬営地があり、南部には属州がある。軍を取るか、属州を取るか。

ガリア反乱軍のうち、北方軍が冬営地を、南方軍が属州を攻めるは必定である。なれば、それは加勢としての中軍の動きを、どう読むかにかかる判断だった。

北上して冬営地に合流すべきか。東進して属州の守りを固めるべきか。目下の判断は安全策として、やや東進の方に傾いている。冬営地を統括する副将、ラビエヌスは歴戦の猛者である。属州に総督代理として置いた従兄弟、ルキウス・カエサルは堅実な行政家ではあるが、比べると不安を感じないではなかった。

――しかし、なあ……。

と、なおもカエサルは思う。問題は中軍である。それを考えるとき、思案の表情は暗くなるより俄に晴れた。中軍の展開でなく、中軍の意味そのものを、どう読むべきか。

軍を二分でなく、三分した。それは標的を三分したという意味である。すなわち、北方軍を冬営地に、南方軍を属州に、残りの中軍は他でもない、アルプスを越えて急行する、総督の動きに即応するはずだった。

いずれとも合流させず、総大将と軍を、あるいは属州を分断する策である。野蛮人にしては上出来だ。哲人アリストテレスの批評でないが、ガリア人は戦略も戦術もなく、危険を知るほど血気に逸り、愚かな蛮勇を誇るだけかと思いきや、今度の首領は相当に頭の切れる男らしい。

たしか、名前をヴェルチンジェトリクスといったか。いや、伝えた男は野卑な兵士だけに、俗な訛《なま》りが強かった。きちんとしたラテン語にすると、発音は濁らせず、格調高く、ふむ、ウェルキンゲトリクスくらいになるか。

――なるほど、ウェルキンゲトリクス、ね。

確かに頭は切れる。が、若い。二十歳を超えて間もないと聞いている。若い、か。

俺の敵ではないな、とカエサルは即断した。若いから認めないというのではない。根拠はある。斥候が報告していた。ウェルキンゲトリクスは軍を厳罰主義で統制していると。万が一にも兵団が遅参すれば、火焙《あぶ》りや拷問にかけて殺し、ちょっと軍規を冒しただけで、兵士の両耳を削ぎ落としたり、目玉をくり抜いたりするのだという。

若さが裏目に出たな、とカエサルは思う。これでは人はついてこない。みせしめは一時的には効果があるが、同時に屈伏させられる人間に、反感を残してしまうものなのだ。「ガリア王」とやら名乗るようだが、また必要以上に称号を振り翳《かざ》すものではない。土台が諸部族が、ばらばらに群雄割拠する土地ではないか。自分の部族ならともかく、他の部族の兵士まで好きに切り刻んでは、さすがに如何なものだろうか。

動かないのも一案か、とカエサルは考え始めていた。総督が動かなければ、ガリアの中軍は動けない。北方軍はラビエヌスに敗走を強いられ、南方軍はルキウス・カエサルの善戦に遇い、いずれも中軍の加勢が得られないまま、膠着して時間だけが経過する。ひとつの勝利も得られなければ、ガリア反乱軍は首領に不満を抱き始める。だから振る舞いに注意しろという。ほどない内紛も、ありうべき現実だった。

若いな、とカエサルは心に繰り返した。わかっていないな。人の上に立つ者は、ゆめゆめ驕《おご》り高ぶることとならない。謙虚に、慎み深く、かえって、いっそう相手を尊重しなければならないのだ。

常に気遣いを忘れるな、ということである。

「寒いか」

と、カエサルは車窓に尋ねた。総大将の馬に添い、軍隊には不似合いな、屋根付きの馬車が並走していた。車窓の女は黙して首を振りながら、そっと目を細める愛嬌《あいきょう》を返した。薄化粧の香が快い慰めとして、俄に立ちこめたようだった。

「苦労をかけるな」

「いいえ、楽をさせて頂いております」

それは不思議な静けさを持つ女だった。こてで栗色の髪を巻き上げ、形のよい額から瑞々《みずみず》しい肌の白さを露にすると、その美貌は男の目を吸い寄せずにはおかなかった。なのに穏やかな佇《たたず》まいが寡黙で、少しも出しゃばる嫌味がないのだ。

柔らかな香気を帯びた麗人は、カエサル三度目の妻だった。

名をカルプルニアという。まだ色香に灰汁がなく、事実、まだ三十歳にも届いていなかった。歳の離れた若妻は世の羨望を招いたものだが、といって、それはカエサルの切な所望ではなかった。縁談を希望したのは、かえって相手方のほうである。

父親ルキウス・カルプルニア・ピソはローマの名門貴族だった。娘を嫁がせた翌五八年に、執政官に初当選を果たしたからには、典型的な政略結婚といってよい。当選は娘婿の力だった。ローマの選挙は金がかかる。賄賂《わいろ》、買収、宣伝と奔走して、カエサルは義父の選挙活動を応援してやったのだ。

共和政の要職は、いずれも任期が短いために、実は頂点の執政官とて、権力者たりえない。暗躍するキング・メーカーこそ、真の実力者なのである。

ローマに行けば、ざらに出くわす、一介の執政官経験者ではない。ユリウス・カエサルは今や、子分を表に出しながら、通じて陰からローマ政界を牛耳る、大物政治家のひとりだった。

この手の男が情で結婚するわけがない。が、いざ結婚しても、女に情が湧かないかといえば、やはり、そこは男だった。いや、男といえば、カエサルは虚栄の強い権勢家らしく、決して嫌いなほうではなかった。結婚だけでも三度、結んだ愛人関係なら、数え切れないほどなのだが、それでもカルプルニアは特別なのだ。

他でもない、歳の離れた妻が、いれかわりに嫁いだ実の娘、ユリアを彷彿とさせるからだった。

ぐっと胸に、こみ上げるものがある。ひとりきりの愛娘が死んでいた。嫁ぎ先で幸福な日々を送るも束の間、産褥《さんじょく》で命を縮めてしまったのだ。もう一年も前の話なのに、思い出すと今でも目頭が熱くなる。男というより、カエサルも父親だった。

——いや、いや。

総督は奥歯を嚙み、痩せた顎の角を盛り上げ、努めて感傷を断ち切った。これでは、いかん。苛烈な政界を渡る身なれば、いつまでも感傷に捕らわれていては、いかん。ユリアが死んだ。死んだからこそ、今は油断がならないのだ。

愛娘ユリアの夫は、名をグナエウス・ポンペイウスといった。属州ヒスパニアにセルトリウスの謀叛を治め、スパルタクスの反乱に止めを刺し、地中海の海賊を掃討するまま、東方にポントゥスのミトリダテス王を降した、軍事的天才にしてローマの国民的英雄、かの「ポンペイウス・マグヌス（大ポンペイウス）」のことである。

ローマ最高の権力者こそ、カエサルの娘婿だった。ユリアの場合も父親が希求して、自分より六歳も上の男に娘を嫁がせたのである。カエサルも義理の息子に執政官にしてもらった。ローマ一の大富豪クラッススを加えて、後世に「第一回三頭政治」と呼ばれる私的盟約の成果である。

対等の関係ではない。ポンペイウスやクラッススに比べれば、カエサルなどは英雄の権勢と富豪の施しにたかる、寄生虫のようなものだった。

なれば、ポンペイウスを確保する愛娘、ユリアは命綱だった。この姻戚関係を失った矢先に、いまひとつの巨頭クラッススまで、任地パラティアで戦死に終わったのだ。めそめそ涙している場合ではない。残された二者の関係は、微妙にならざるをえない。この難局を、いかに乗り切るべきなのか。それが目下のところ、カエサルを悩ませている問題だった。おりしも、ローマの政局は荒れていた。護民官クロディウスと執政官ミロが、激しい政争を繰り広げていたのだ。

ローマ政界は民衆派と門閥派の二派に大別される。民衆派とは、民会を政策実現の根城とする党派である。門閥派とは元老院中心の政治を志向する党派である。すなわち、前者の代表が護民官クロディウスであり、後者の代表が執政官ミロという図式だった。

カエサルといえば、民衆派の政治家として知られていた。護民官クロディウスを子飼いとして、裏で操作していた実力者という意味である。

激化の一途を辿《たど》る抗争は、遂に執政官ミロの従者による、クロディウス暗殺という事態に発展した。絶大な人気を誇った護民官の殺害に、市民は怒り心頭に発して暴動に及び、首都は混乱の渦に叩きこまれる。これを平定するに元老院は、ポンペイウスを担ぎ上げたのだ。

大ポンペイウスを置いて、混乱を鎮められる人材はない。そのことはカエサルとて、認めるにやぶさかでなかった。気になるのは腹黒い門閥派が、これを機会にローマ第一の男を、抱きこむかの素振りを示したことだった。この連合が成れば、民衆派のカエサルは早晩、門閥派としてのポンペイウスと対決を余儀なくされる。

――だから、涙に溺れている場合ではない。

カルプルニアは愛しい。が、いざとなれば、カエサルは離婚も辞さない考えだった。婿と舅《しゅうと》の関係を逆転させて、今度は自分がポンペイウスの娘を娶《めと》るという策である。

今のところは姪オクタヴィアを持ち出して、寡夫となった盟友に再婚を勧めていた。それを喜劇と笑われても、耳を傾ける気はなかった。なりふりなど構っていられない。なんとなれば、ポンペイウスだけは敵に回してならないのだ。

「…………」

カエサルにも男として、戦わず負けを認める苦さはあった。が、もう無邪気な負けん気で突進するような歳ではない。大人なら、わかるはずだ。自分を正しく値踏みできる人間だけが、この世の中を最後まで生き残れるのだ。多少の権力を手に入れたところで、分限を越えた思い上がりは命取りなのだ。

カエサルには不甲斐ないと、自嘲する気も露《つゆ》なかった。ああ、なにを恥じることがある。誰だって恐れる。つまるところ、ポンペイウスは破格なのだ。

ものが違う、とカエサルは考えていた。ローマの公職は年功序列である。財務官で三十歳、法務官で三十九歳、執政官で四十二歳と、一応の立候補資格が定められている。遅れることは当然として、数歳なら早い例外も認められることがある。が、ポンペイウスは異例も異例、三十五歳で頂点の執政官に君臨したのだ。

それも財務官当選歴も、法務官当選歴もなく、いきなりの執政官である。弱冠二十五歳で凱旋式を飾った、無二の軍事的カリスマなれば、異例の当選も当然ということか。

カエサルとて四十一歳で執政官に当選していた。が、それも公職の階段を丁寧に、ひとつひとつ辿りながら、他でもない大ポンペイウスの支援を受けて、やっと登り詰めたのである。そんな鈍臭い男が、かのエリート中のエリートを相手に覇を競えるわけがない。

カエサルの劣等感は決定的だった。いや、だから、なにも引け目に思うことはない。この俺は、よくやった。常識的なローマ人としては、大出世を遂げた部類なのだ。無謀な夢に浮かれて、折角の栄華まで棒に振ることはない。

――だから、なんとか……。

ひゅるると鋭い風が吹き抜け、またカエサルは髪の乱れを気にした。行軍は遅々として進まなかった。雪原に阻まれて、進軍は牛の歩みだ。こんなときに俺はガリアか。心に吐露するにつけ、苛立ちは増すばかりだった。

兵士が怠《なま》けているわけではなかった。淡々と雪をどけ、丁寧に道を通し、もとより総大将の求めがないのだから、作業を急がないのは道理である。やまない苛立ちに背中を押され、理不尽に怒鳴ろうかとも思いかけるが、それをカエサルは喉に留めた。

滅多なことでは、感情を露《あらわ》にしない性格である。罵声を浴びせられる不快感を、先回りに慮れるから、大政治家というのである。まあ、よい。カエサルは努めて笑みを浮かべた。まあ、よい。ローマを離れていても、打つ手はある。

「広場のことだが」

はい、と答えたのは、かたわらで馬の轡《くつわ》を取る男だった。

年格好は馬上の総督と変わらないが、同じく年輪を加えた相貌も比べると表情に乏しく、地味な目鼻の造りまで一歩下がった印象だった。羊毛のテュニカに目の荒い外套を重ねた姿は、明らかに軍装でなかったが、足元の鋲打ちサンダルだけは兵隊のものである。常に徒歩で駆け回り、また厳しい風雨を忍び続けたせいなのか、中年男は控え目な顔つきに似合わない、頑丈な四角い身体を持っていた。

名をプブリウスという。カエサル家で抱える奴隷である。幼少の頃から一緒に育ち、長じた今では主人の全てを心得る下僕として、カエサルに重宝されている。学友として同じ教育を授けられれば、見識も一般人より遥に高くなり、この時代、貴族の奴隷は私設秘書のようなものだった。

任せきりの口調でガリア総督は続けた。

「ローマの用地買収に、あと、いくらくらいかかりそうか」

話に出た用地とは、元老院議事堂の裏手、フォルム・ロマーヌムとスブラの間にある、市街地のことである。そこにカエサルは新たな広場の建設を計画していた。ガリア総督を務め上げた暁には、凱旋式を挙行しようと考えている。この歳まで機会に恵まれなかった分だけ、それも派手に行いたい。凱旋将軍にはローマに記念碑を建てる権利が与えられる慣行だが、もってカエサルは大それたことにも、都に新たな広場を建設しようと目論んでいたのだ。

命名だけは控え目に「フォルム・ユリウム（ユリウス広場）」にするつもりだ。ガイウス・ユリウス・カエサル広場と名付けた日には、元老院がめくじらを立て、誰よりポンペイウスが不快に思うだろうと、抜かりなく節度を計算した命名である。

いや、それでも多少の嫉妬は覚悟すべきだろうか。大した話題になるだろう。なんにつけ、ローマ市民は祭り騒ぎが好きなのだ。喜ばせは有権者獲得の常套《じょうとう》手段なのだ。ただ転んで、なるものか。属州総督としてローマを離れたからには、属州総督としてローマの心を、がっちりつかまねばならない。

笑みを大きくして、カエサルは続けた。

「自腹を切るのは、いつものことだが、今度は規模が大きいからな」

「はい。地主たちの言い値ですと、総額で一億セステルティウスほどに」

「一億と。大規模造営にしても、それは法外だな」

「はい。ただし手付金として、六百万セステルティウスを払っておりますので、すでに交渉の主導権は、カエサル様が握っておられるかと。たかりのような連中でございますから、ふっかけるはふっかけるのですが、それでいて当方が断念すれば、六百万セステルティウスを返却するなど、できるはずもないと思われます」

「そうか。まあ、とにかく早く、買収をすませることだ。でないと、工事が始められないからな」

有権者獲得の第二段が、これである。高名なる土木国家、ローマの面目躍如というところか。工事を始めれば、自ずと労働者が必要になる。都には食うや食わずの貧者が溢れ、思い余って兵士になるより穏便に生計を立てたいと、日夜民会に陳情が耐えないほどなのだ。

大工事を喜ばないはずがない。選挙の日には工事の施主を、あるいは施主の一党を支持しないわけがない。

「あるいはユリウス広場には、ウェヌス・ゲネトリクス神殿を建設するのも、一計かと考えているのだ。神殿の建設となれば、また仕事口が増えるからな」

「ユリウス家の守護神でございますが、直接に御名前が出ることもなく、よって元老院に睨まれずして、カエサル様の評判だけが高まるというわけでございますな」

「そういうことだ。しかし、うむ、まだ工事は先になるか。ああ、穀物蔵のほうは」

万端とりはからっております、とプブリウスは答えた。穀物蔵というのは、ローマの貧者に食糧を配る施設である。仕事を与えられないなら、只で食わせてやる。そのかわり、誰が食わせてやっているのか、忘れるなということである。

「ですから、カエサル様、ローマのことは一切心配ございません」

「そうだな。ローマは心配ないな。そうそう、ピケヌム市の一件はどうなってる」

「名士一行をローマ観光に招待するという一件でございますか。恐れながら、カエサル様、都のユピテル大祭は先のこと、九月の話でございますよ」

「だが、念入りに準備しないと。たっぷり楽しませるのだから、剣闘士には今から訓練に励ませなければ。ああ、本番では剣も鎧も、きらきらに飾り立てようか」

そうして我らが候補に投票してもらうのだ、とカエサルはいった。有権者獲得の第三段は、票数の底上げというところか。あらゆる公職の投票はローマで行われる。が、今や市民権を与えられるのは、ローマの住人だけではない。選挙権はイタリア全土に拡大されていたのだ。ローマに来てもらわないことには始まらない。招待して、歓待して、こちらの思い通りに投票してもらうというわけだった。

――俺も伊達《だて》に成り上がってはいない。

カエサルがカエサルとして、政界に台頭するからには理由がある。民衆の人気取りは十八番だった。そして市民の支持こそ、元老院を掣肘するに不可欠なのだ。民衆派を結集させ、一定以上の勢いを示してやれば、ポンペイウスとて軽々には転べまい。そう、なにも勝つ必要はない。火傷《やけど》せずには済まないぞ、と相手を脅すだけでよい。

「ああ、ピケヌムの連中には、なにか土産《みやげ》を持たせなければな」

呟きを続けたとき、ふと横目にカエサルは、不服げな奴隷の表情に気がついた。どうした、プブリウス。

「恐れながら、カエサル様。雑事は我らが万端、取り計らっております。閣下を煩《わずら》わせるような大事ではございません。カエサル様におかれましては、今はガリアの反乱鎮圧だけに、どうか御専念なされますよう」

「ん、んん」

ガリアか、と暗く零《こぼ》しながら、総督は直後に笑みに戻っていた。馬上で痩せた顎を上げると、カエサルの表情は嫌らしいようにも、また幼いようにもみえた。ああ、そうだ。俺はガリアに赴こうとしている。ここでは誰も恐れる必要がない。全ては、このガリア総督の思うがままなのだ。

ローマの留守を憂い、細々思い患う自分が嘘であるかのように、心が軽くなっていた。カエサルは明るい声で奴隷に答えた。

「ガリアを軽視するわけではない。この私がガリアを軽視するわけがなかろう」

その大地はカエサルにとって、まさに金の卵を生む鶏だった。

プロコンスルの職が天下りだというのは、属州が一体に資金源とみなされているからである。ローマの選挙で作った膨大な負債も、一年も属州総督を勤めれば、綺麗に返済できてしまう。エクイテスの「公共事業請負組合」と共謀して、統治の名の下に任地で搾り取るからである。

それが何人もの子飼いを公職につける大政治家なれば、荒稼ぎは盗賊行為に等しくなる。野心家のカエサルに、もう六年間も供されて、わけてもガリアは、たまったものではなかった。

従来の属州だけではない。カエサルは自由を享受する「長髪のガリア」にまで侵攻していた。莫大な選挙資金に加えて、広場の建設費、穀物蔵の運営費、有権者の観光や剣闘士の育成のような細々とした出費まで、全てガリアの富を吸い上げて賄《まかな》うのだ。とても小さな属州だけでは足らない。それではローマの政界を牛耳れない。

表の政治活動が、カエサル私人の利害なれば、裏の征服事業とて、共和政ローマの国家事業ではありえない。より潤沢な資金を手にしたいという、政治家一身の野心から、カエサルはガリア征服戦争を、勝手に始めてしまったのである。

執政官となり、属州総督となり、実のところ、三頭政治で最も得をしたのはカエサルだった。ガリアの富を独占して、すでに巨人である。だから、元老院も神経を尖らせる。だから、ポンペイウスも警戒する。全てはガリアのおかげなのだ。

今度もガリアに救われるか。にんまりして、カエサルは思う。俺は、どこまでついている男なのだ。

考えようでは、ガリアの反乱は僥倖《ぎょうこう》だった。この危機を見事に鎮圧すれば、カエサル人気は自ずと高まり、さらに民衆派の勢いが増す。この俺と事を構えようなどと、誰が考えつくものか。

――だったら、手早く片づけてしまおう。

全軍に伝えよ、とカエサルは奴隷に命じた。東に向けて進軍を急ぐ。

すでに狙いは、越アルプス属州の防衛ではなかった。侵攻する反乱軍を蹴散らしながら、逆に中部ガリアに攻めこんでやる。真冬のケウェンナ連山、なにするものぞ。敵を蹴散らし北上して、冬営地の軍勢と合流を果たすや、一気に片をつけるのだ。

大胆な進軍策に、カエサルは我ながら満足した。こうした閃きで動くとき、興奮するまま自分を天才だと思う。ユピテルの導きだと信じながら、自分は神の寵児なのだとも思う。自信に満ちて傲慢《ごうまん》になり、それを改めようとは考えつかない。

ああ、そうだ。ガリアはローマのためにある。野蛮人の反乱など、問題ではない。ガリアでは誰にも負ける気がしないのだ。なのにポンペイウスを恐れ、元老院の動きに戦々恐々するのだから、ガリアに赴く男というのは、なべてローマの二流だった。

第二章

ウェルキンゲトリクスは優れた千里眼を持ち、また先見の明が豊かな男であると、皆が納得するにいたる。アウァリクムにつき、まだ帰趨が定まらない時点で、最初は火をつけるべきだと論じ、後に放棄すべきだと見極めていたからである。かくて他の総大将なら、逆境により権威を失墜するのだが、この人物の場合は、あべこべに敗北を被ってから、日に日に威信を高めたのである。

（ガリア戦記、Ⅶ - 三〇）

一、温泉

山里ゲルゴヴィアから、東に尾根を幾つか越えると、アルヴェルニア族の者しか知らない秘湯がある。「ボルボ」とはガリアの温泉神のことだが、これに因んで後世に「ブルボン」と呼ばれる土地のあたりである。

ごつごつした岩肌に抱かれながら、小さな温泉には、もうもうと湯気が立ちこめていた。首まで湯に漬かっていると、すぐ目の前の視界すら通らない。ときおり手で払わないと、互いの顔もみえないほどだが、それも煩瑣な景色ならみえないほうが、かえって心安らぐという理屈もある。

三月も半ばをすぎていた。蜂起から、およそ二ヵ月が経過して、この日は束の間の休息だった。ヴェルチンは仲間数人と連れ立って、深山の湯治を楽しんでいた。

「おお、うふ」

ときおり思い出したように呻く。山岳地帯に温泉は珍しくないが、この秘湯は特に鉱泉質なので、怪我や疲労に効能が著しいと、ドルイド・クリスが推薦したものだった。神官は部族の医者も兼ねている。

「おお、うふ、おお、なるほど、効くような気がするぜ」

ギリシャ人の彫刻をみるような、隆々たる筋肉の塊が、白みがかった湯水を透けて覗いていた。巨漢は疲れを溜める器も大きいということか。数日は身体が重くて閉口していた。こちこちに凝り固まり、まるで鉄の束だった筋肉が、柔らかな湯水に包まれ、ほぐれてゆく感覚が心地よい。くたと湯気に縒《よ》れた金髪を掻き上げると、のぼせた頭皮をすぎてゆく涼風も、また快いものだった。

晴れてはいたが、空は冷たい青灰色だった。目を細めて一望すると、遠景の山々にも、まだ雪が深かった。が、ところどころに黒い土色を覗かせて、それは痘痕面《あばたづら》のような景色だった。山林に目を凝らすと、木の幹のまわりだけが丸い形で雪が溶け、どうやら敏感に春を感じた生命が、人知れず熱を発しているようだった。

「湯治に出て、正解だったな」

ヴェルチンは誰に向けるともなくいった。もとより、湯気で誰の顔もみえない。強いて返事を求めるでなく、おお、うふ、おお、と現に呑気《のんき》な呻きに戻っていくばかりである。実際、たまに力を抜かなければ、もたない。

この一月というもの、ヴェルチンは働き詰めだった。ガリア解放戦争を本格的に始動させると、軍勢を率いて西に東に容易ならざる雪原を、およそ二百キロも走破していた。日々を馬上で鞍を締め、今でも立つと太腿のあたりから、身体が揺れる感覚が始まるのだ。

体力自慢も今度ばかりは、さすがに応えた。

「いや、まったく、負けた、負けた」

湯水で顔を洗いながら、ヴェルチンは独り続けた。声の調子は明るかったが、中身は聞き違えではない。

ガリア解放軍は決起の出鼻を挫《くじ》かれていた。ローマ軍はヴェッラウノドゥヌム、ケナブム、ノヴィオドゥヌムと鎮圧戦を連勝した。三城市は包囲されて数日の攻防で、あっさり降伏してしまったのだ。

「まあ、いいか。兵隊が減ったわけでなし」

降伏したのは三城市の住民であり、諸部族から集めた八万の軍勢は、まだ本当の無傷である。これから、なんとでもなるさ。うおお、ああ、と太い腕で大きな伸びを繰り返し、ヴェルチンの湯治は、あくまで長閑な休日だった。まあ、いいさ。まあ、いいさ。あとに続けた哄笑を、機嫌よく山々に木霊させるなら、すでにして無神経でさえある。

「よくはない」

割りこんだのは、ヴェルカッシだった。ざば、ざば、と湯水を掻き分ける音に続いて、あたりの視界が開けた。ガリア王の従兄弟は、もがくように両の腕を動かし、もうもうたる白い湯気をどけていた。

湯治の雰囲気が、一変して暗くなる。湯水に漬かる姿を覗かせてみると、同行の仲間たちは一様に伏目がちだった。どころか、無頼の不敵な面構えが、今にも泣き出しそうである。

確かに軍勢は救われた。まだ希望はある。が、やはり、敗戦は敗戦だった。ヴェルカッシは湯水から立ち上がり、不機嫌顔で呑気な従兄弟を見下ろした。すでに威嚇のつもりだったが、ヴェルチンには通じない。おいおい、ヴェルカッシ、湯から出して、ぶらぶら風にあててたら、へへ、大事なもんが風邪ひいちまうぜ。

「だから、のんびり湯治どころじゃない」

ない、ない、ない、と怒声が山々に木霊した。なんと不真面目な男だろうか。本当に、やる気があるのか。ヴェルカッシは先の敗戦を重大視していた。緒戦から三連敗である。ローマ軍を相手に手も足も出なかったのである。

まだ三月というが、ガリアの太陰暦に従えば、七竈の月どころか、もうトネリコの月もすぎ、早くも四番目の榛《はん》の木の月に入ろうとしていた。焦りこそ、是である。全身が疲れ果て、たとえ腕一本上がらなくなろうとも、今は呑気に休日どころではない。早急に手を打たなければ、金輪際ガリアの未来は来ないのだ。

怒りを宥《なだ》める深呼吸を試みてから、ヴェルカッシは音もなく湯水に沈んだ。

「カエサルは、さすがだ」

吐露した言葉が、小刻みに震えていた。まさに電光石火の進軍だった。南方軍を牽制したと思うや、よもやと思われた雪深いケヴェンナ連山を踏破して、カエサルは中部ガリアの本拠を、いきなり急襲してきたのだ。

ガリア中軍は肝《きも》を冷やし、急ぎ引き返してみたのだが、そのときには、もう敵将の姿はなかった。東進のルートを迂回しながら、カエサルは北上して冬営地に合流を果たした。慌てた北方軍も戦列を乱し、結果としてガリア解放軍は三軍とも翻弄された。

こうなれば、元が寄せ集めの軍隊である。指揮命令が混乱するまま、鎮圧戦に移行されても、抗する術などあろうはずもない。

「ゆめゆめ、侮《あなど》れない男だ」

熱すぎるほどの温泉に、もう首まで漬かっているのに、ぶる、とヴェルカッシは身震いを押さえることができなかった。凄い。カエサルは恐ろしい。つまるところ、この男が独りで、ガリアに地獄を生み出したのだ。

ユリウス・カエサル。その名は、すでに理屈を超えた恐怖の代名詞だった。ケルトの民にいわせれば、まさに死の神バラロの化身である。

死の神は闇の神でもある。が、そうすると闇を切り裂く光の神、こちらはルーゴスの化身ということなのか。ゆったり四肢を伸べるまま、ヴェルチンは平然として、どころか、なおも茶化し加減だった。またまた、ヴェルカッシは大袈裟なんだから。

「はん、あんな糞じじいが、なんだってんだい」

「おまえ、ヴェルチン、おまえな、悪い癖だぞ。そうやって、いつも『糞じじい』で片づけるが、ゴバンニチオスとは話が違うんだ。いや、あの一件だって、俺は今でも軽率だったと思っている。恫喝はいいが、やはり穏便に禅譲させるべきだったんだ」

部族のカルニクスを預かる男は、文武に秀でた優等生ではあるのだが、やや慎重すぎる嫌いがないではなかった。滅多に失敗しないので、自説の正しさに固執する癖もある。いいか、ヴェルチン。たまたま成功したからいいが、本来は簡単に侮れたものじゃないんだ。男は誰しも歳を経るごとに経験を積んで、相応の力を身につけている。若さに自惚《うぬぼ》れられるのも、自ずと節度と限界がある。

ヴェルチンは濡れた髭を掻き掻き、また説教が始まったか、くらいの表情で年上の従兄弟を横目にしていた。少なくとも真面目に傾聴する態度はない。けっ、おまえだって十分に若いじゃねえか。

「そんなんだから、ヴェルカッシ、陰で若年寄なんていわれるんだぜ」

「俺は、お、俺は……。ああ、俺は若年寄でいい」

「おいおい、すねるなよ。ああ、わかった、わかりました。はい、はい、カエサルおじさんは凄かった。へへ、ほんと、ちょこちょこ忙しい男だったぜ」

つきあわされて、こちとら、どっぷり疲れちまった。こきこき首の骨を鳴らしながら、ヴェルチンは謙虚に反省することがない。が、だから、負けん気の虚勢ばかりでは、進歩というものがないぞと、こちらは教えているのだ。

「ちょこちょこ、じゃない」

ヴェルカッシは諦めなかった。くどいとか、若年寄とか、陰口は不愉快だが、この聞かない従兄弟には腹が立って腹が立って、もう苦言を押さえることができない。いいか、ヴェルチン。そんな風だから、失策を冒すことになったんだ。あくまで中軍は、カエサルの動きを警戒すべきだと、ドルイド・クリスも、俺も進言していたのに、おまえときたら……。

さらに詰め寄ろうと、立ち上がりかけたところに、ぼわ、と大きな泡が浮かんだ。湯水の面に弾けた直後に、ざばと飛び出してくる。

はあ、はあ、と息を荒らげて、細い肩が上下していた。湯水の波紋に、ぽたぽた雫を滴らせるのは、女の尖った乳首だった。ぼわ、ざば、と別な女が続けて二人も飛び出してくる。三人とも金色の髪が乱れ、凄艶な感じで頬に張りついていた。ひどく息が荒いのは、熱い湯にのぼせた上に、なかで窒息しかけたからである。

全身を紅潮させ、もはや失神の手前だった。現に大柄な女などは、くらと意識を失うと、大きな水音で倒れてしまった。それでもヴェルチンは容赦しないのだ。

「まだ、終わってねえだろ」

濡れた髪を問答無用に押し沈め、潜らせるのは他でもない。心地よさに伸び伸び隆起した逸物を、ヴェルチンは三人の女たちに、湯中で愛撫させていた。

「………」

へこんでいない。まるで、へこんでいない。失神した女だけが、豊かな脂肪の塊を、ぷかぷか湯水に浮かせていた。背中から抱き寄せると、ガリア王は南瓜《かぼちゃ》ほどもある大きな乳房を、むんずとつかんで絞り上げ、従兄弟の面前に差し出した。悪くない女だ。どうだ、ヴェルカッシも一発ぬくか。

「きっと、いらいらしなくなるぜ」

ぷっ、と誰かが吹き出した。きっかけに張り詰めた空気が破れて、ほどなく大爆笑が山々に木霊した。話の腰が折られるままに、ヴェルカッシも遂に苦笑を浮かべた。意気消沈した一同を、明るく哄笑させるなら、それが愚かでも鈍感でも、やはり頼もしいというべきだろうか。現に言い方ひとつで印象も変わる。ああ、細かいことに、めくじら立てても仕方ねえさ。一発抜いて、忘れちまうのが一番だぜ。

また大爆笑である。気の利いた連中などは、大将、ひとり俺にも女を貸して下せえ、などと調子を合わせて、さらなる笑いを誘っている。ヴェルカッシは苦笑のままに思った。我が従兄弟は全く、いい性格だ。

それでも、自分の考えを曲げる気はなかった。やたらな悲観は好ましくないが、出鱈目《でたらめ》な楽観も望ましくない。反省すべきは反省する。謙虚に総括すればこそ、これからの逆転にも、活路が開けるというものなのだ。

「ヴェルチン、一言だけいうぞ。細かいことと切り捨てるは容易だが……」

ヴェルカッシは最後に釘を刺す構えだったが、それをガリア王は手を差し出して止めた。年上の従兄弟が従ったというのも、その刹那に澄んだ目が、ぎらと尋常でない光を宿したからである。いい。細かいことは、もういいから、ヴェルカッシ。

「ハエドゥイ族は、どうなってる」

「………」

「ローマ野郎はどうでもいい。俺たちの狙いはハエドゥイ族じゃねえか」

有能な側近は即座に答えられなかった。ヴェルチンは豪快だった。ふざけたような放言が、周囲に虚しく聞こえないのは、実は発想の根本から豪快だからなのである。戦況など傲岸《ごうがん》に無視しながら、神経質な家臣のように遠近感を失って、全体を見誤ることがない。

事実、ヴェルカッシはハッとしていた。その通りだ。カエサルに気を取られて、自分を見失っていた。ざば、と濡れた頭が浮かび、またヴェルチンが湯水の中に押し戻した。女たちの苦しげな息遣いと、健気《けなげ》な舌の動きを感じながら、うお、うふ、おお、と即物的に呻くような男だけが、誰よりも冷静で、正気を失わずにいたのだ。

それは自明の理だった。あくまで狙いはガリア統一、ガリア総決起にある。目の前の小さな戦に勝ったところで始まらない。カエサルが恐ろしい相手なら、なおのこと早急に、強きガリアを実現しなければならない。

「ハエドゥイ族も、まんざらじゃないんだろ、え、どうなんだ、ヴェルカッシ」

「あ、ああ」

ガリア王は目下、ハエドゥイ族の懐柔《かいじゅう》に全力を注いでいた。味方につけないでは始まらない。ハエドゥイ族はガリア第二の大部族だった。というより、最大の部族たる地位を、アルヴェルニア族と分け合っているというべきか。

ガリアは、ばらばらの部族が無数に群雄割拠する土地である。とはいえ、明らかな朝貢関係、額面は対等な同盟関係を合わせ、部族間の紐帯を整理すると、アルヴェルニア族とハエドゥイ族という、ふたつの頂点が現れる。ハエドゥイ族が合力しない限り、どれだけ部族の懐柔に力を入れても、ガリアは半ばまでしか立ち上がりえないのだ。

硬軟合わせて、一刻も早く説得しなければならない。その重要性に比べれば、緒戦におけるカエサルの動きなど、監視するまでもなかった。

実のところ、ガリアの中軍はハエドゥイ族を牽制すべく展開していた。朝貢部族ボイイ族の城市、ゴルゴビナを包囲して、これを恫喝の手段としながら、同時に裏で交渉を進めていたのだ。

老顧問クリトグナトスは宗教界の伝を通じて、さかんに神々の意志を喧伝《けんでん》させた。同時にハエドゥイ族のドルイドに、全ガリア大神官の後継者たるを仄めかし、部族の動員に梃入れさせる。ヴェルカッシ自らも何度となく要人と密会を繰り返し、賄賂を忍ばせ、贈答を逞《たくま》しく、新生ガリアにおける地位まで約束しながら、引き抜きに躍起になっていたのだ。

側近は王に答えた。ああ、芽がないわけじゃない。

「が、まだ確約までは……」

「だから、カエサルなんかにかまけてねえで、引き抜きに力を入れろというんだ」

ヴェルカッシに返す言葉はなかった。ローマ軍の攻勢に慌て、全ての工作を中途で放っているのだから、さすがの優等生も弁解の余地がない。引き抜きの困難は、はじめから承知していたはずなのに、それを中断させたとは……。

ハエドゥイ族は親ローマの部族だった。「アミキ（友邦）」どころか、「フラトレス（兄弟）」とか、「コンサンギネイ（血縁）」という称号まで与えられた、筋金入りの親ローマである。それは現政権の施政というより、伝統的に親ローマだった。アルヴェルニア族とは因縁浅からぬ仲でもある。

紀元前一二五年、ローマが初めてアルプスを越えたとき、いち早くアルヴェルニア帝国を離脱して、異国の元老院と同盟したのが、このハエドゥイ族だった。

力が拮抗していれば、第二の部族が第一の部族に、おとなしく臣従するはずがない。いや、臣従自体を愉快に思うわけがない。一二一年の合戦で、ガリア王ビテュイトスがローマ軍に破れると、ハエドゥイ族は嵩《かさ》にかかって、アルヴェルニア帝国の崩壊を助長した。以来、両部族は各々陣営を作りながら、今日まで不断の敵対状態にある。

息継ぎに浮かんだ女を、また容赦なく沈めながら、ヴェルチンは続けた。

「なに、ハエドゥイ族の連中だって、俺の下になら馳せ参じるさ」

ヴェルチンは自信満々である。驚くのは、アルヴェルニア族の歴史と伝統に拘る男に、さほどハエドゥイ族を憎悪する様子がないことだった。

これも英雄ケルティルの遺産というべきだろうか。アルヴェルニア帝国の再興にあたり、当時も最大の難問はハエドゥイ族だった。これを懐柔するために、ケルティルは婚姻政策を用いていた。

すなわち、ヴェルチンを生んだ母ダナは、ハエドゥイ族の女である。自らも半分はハエドゥイ族の血を引いている。ヴェルチンジェトリクスが、生まれながらにガリアの王者だという意味は、相争う二人部族の血を一身に集めているからでもあった。

「ハエドゥイ族の女も、俺にならば股を開くということさ」

嫌がっても開かせるがな。へへ、ひへへ。山々に響き渡る哄笑に、ざばと豪快な水音が重なった。顔を上げると、ヴェルチンが立ち上がっていた。裸のままで岩場を上がり、もとより、貴公子は自分で服を着る術を知らない。羞恥心など持ちようがないのだが、傍でみているほうは違う。

垣間みると男でも、ぎくとなる。隆と反り立つ男根は、ぽたぽた湯水を滴《したた》らせながら、人間の身体の一部というより、とってつけた他の生物という感じだった。これを凶器というならば、実際に敵の頭を砕く、ガリアの棍棒ほどもある。けっ、下手くそめ。てめえらの舌遣いじゃあ、いつまでたっても唸りやしねえ。

「ほら、誰が股におさめるんだ」

ヴェルチンは湯水に残った女たちに問うた。失神していた者まで飛び起き、三人は一瞬だけ、互いの顔を見合わせた。直後に金切り声が上がり、見苦しく髪をつかむ喧嘩が始まる。ヴェルチン様は、おっぱいの大きな女が好きなのよ。なによ、子供も産んでないくせに、あんた、ちょっと生意気なのよ。うるさいわね。あたしのほうが若いんだから、もっと丈夫な子を産めるわ。

すぐ目の前を柔らかげな肉塊が、ゆさゆさ揺れて乱れていた。ぬるい飛沫を浴びながら、呆然と眺める男たちには、改めて不可解だった。

こと女の扱いに関する限り、ヴェルチンは完全な暴君である。物扱いして憚らない。気に入れば、どこからでもさらってくる。飽きれば、もう見向きもしない。傍目には、ときに人間性が欠如しているようにも思えるほどだ。

すでに馬車に三台分の後宮ができていた。ヴェルチンの配慮であるわけがなく、仕方がないので側近たちが、養い勘定に入れたという意味である。追い払おうにも、ついてくる。どれだけ酷く扱われても、決して離れようとしない。ガリアは受難の時代にあり、そうすると女たちは食べられるだけで、幸せと思うのだろうか。

いや、違う。解せないことに、ヴェルチンはもてた。その証拠に恥じらいもなにもなく、ゆさゆさ乳房を振り回して、喧嘩の女たちは諦めようとしなかった。身体を張って尽くそうとする。ひたすら寵愛を得ようと頑張る。子供ができると、それこそ鼻高々なのである。これだけ見事な男の子種ともなると、そんなに欲しいものなのだろうか。

わからない。だから男たちは、呆然と見守るしかないのである。岩の上からヴェルチンの声がした。いいから、てめえら早く登ってこい。三人まとめて相手にしてやる。

男たちが岩肌を見上げた頃には、攀《よ》じ登る大きな尻が三つ、左右の腿の動きで狭間の茂みを黒っぽく覗かせたきり、湯気の彼方に消えていった。

あとの様子は音として、山々に木霊するのみである。幾重に響いた喜悦の声は確かに三様なのだから、女たちは一体どんな愛撫を施されているものだろうか。なのに、かたやのヴェルチンといえば、三人が三人とも、そろそろ飽きが来る頃らしく、どうも夢中というわけではないようだった。

「ヴェルカッシよ」

と、岩山の上から声が届いた。カエサルおじさんのことは心配するな。ひとつ、俺に考えがある。その昔にアキタニア人が使った作戦だ。連中は失敗したが、これもガリアを挙げてやれば、ローマ軍を苦しめること請け合いだ。

ちょっと思いつきを口にしたような調子だったが、ヴェルカッシは今度は口を出す気になれなかった。

小器は目の前のことしかみえない。大器は遥か彼方をみつめて動く。いつかローマ軍を倒すためと、ヴェルチンは傭兵隊長として自らローマ軍に加わり、すでに敵の長短を知り尽くしているのだ。へへ、だから、俺に任せておきなって。まずはカエサルおじさんの動きを止める。あいつが元気で、ちょろちょろ動き回るうちは、ハエドゥイ族の連中だって、やかましくて考える暇もねえからな。

「そのかわり、たのんだぜ」

「ん、なんだ」

「だから、ハエドゥイ族の女だよ」

それがガリア王の計画だった。アルヴェルニア帝国を再興するにあたり、父ケルティルの政策を踏襲する。ハエドゥイ族の血を持つ王は、さらにハエドゥイ族から自分の王妃を選ぶことで、再び懐柔策を成功させる腹なのだ。妥協の余地はある。ヴェルチンに増して、その後継者の身体には、ハエドゥイ族の血が濃くなる。

「せいぜい励むつもりだから、どおんと尻のでっかい女を頼んだぜ。おっぱいだって、掌から溢れるくらいがいい。とにかく、ヴェルカッシ、色っぽい女にしてくれよな」

湯気の彼方で女の喘ぎが続いていた。そろそろ忘我の悦楽に来たものか、たじろぐくらいに声が獣じみている。ちゃぽんと湯水に漬かりながら、互いに顔を見合わせる男たちは、誰もが立派な口髭を噛みながら、ひたすら小さくなっていた。

二、作戦

ヴェルチンジェトリクスの号令一下、ガリアは燃えた。なんら気取った比喩ではない。文字通りに火をつけられ、大地は轟々たる炎と煙に包まれたのだ。

ゲルゴヴィアの刀鍛冶、アステルは高台に立ち、眼下に広がるガリアの田園をみつめていた。殺伐として色がない。待ち焦がれた雪解けの季節を迎え、やっと萌え始めた緑の絨毯《じゅうたん》だというのに、それが無残に全ての色を失ったのだ。焼け焦げた黒色は、あるいは死の色というべきか。

ひりひりして、頬が軽い火傷《やけど》に見舞われたようである。さっきまでは、本当の火の海だった。鎮火した今でも、ひゅるると冷たい風が駆けるたび、野に恨めしげな熾火が閃めいている。困ったような顔で髭を掻きながら、アステルは重い溜め息をついた。

雨が降りそうで、降らない。どんより頭上に垂れこめる暗い色をした雲が、心に意味なく憂欝を忍ばせる一日だった。むざむざ荒廃する大地の様は、みていて、やはり愉快なものではなかった。

――いや。

ヴェルチンジェトリクスは正しい、と刀鍛冶は思い返した。早春、まだ種蒔きは始まらない。大麦の畑は犂《す》き返されてもいなかった。実害は少ないのだ。頭で考えれば、わかる。なるほど、ヴェルチンジェトリクスは正しい。

ただの乱暴者ではなかった。あの若者は恐ろしいほど、頭が切れる。乱暴というなら、その切れ方が乱暴なのである。ガリア王は全土に新しい戦略を布告していた。いたるところ、火をかけよ。すなわち、焦土作戦である。

非凡な妙策というべきだろう。奇策にも思えるが、カエサルに翻弄されて支離滅裂に右往左往した、友軍の粗末な現状を考えれば、むしろ自明の戦略といえる。焦土作戦とは要するに、戦わない、ということである。

今や軍隊の行動は、神出鬼没の急襲に制限されていた。歩兵中心のローマ軍に対するに、騎兵隊の機動力を十二分に活かしながら、ガリア軍は南方属州、あるいはイタリアから送られてくる、補給隊を襲う作戦に終始していたのだ。

ガリア軍は統制が取れない。いうまでもなく、部族ごとに対抗意識が強すぎるからである。が、各部族に各街道を委ね、ローマ軍の補給隊を襲わせるなら、どうなるだろうか。対抗意識ゆえに、部族は互いに競い合い、みるみる戦果が挙がっていく。全体としてみたとき、ガリア軍は統制の取れた、全土的な戦略を展開していた。

感嘆して、アステルは唸る。さすがはケルティル様の御子息だ。若者の戦略眼たるや、なんと冴え渡ることか。この男なら小さな徒党で、本当に数万の軍隊を相手にするだろう。アンバクトスには立ち向かえないと、ゲルゴヴィアでは民が自ら長老の撲殺に及んだものだが、それも今では余計な奮闘だった気さえしてしまう。

大胆かつ合理的な発想は、もしや父上を上回るかもしれない。我らは本当に救世主を得たのかもしれない。期待感に胸の鼓動が高まる。が、その直後に中年男の心は、再び重さに捕らわれた。

──いや、いや。

だから、上辺の惨状ばかりに拘るのは愚かだ。補給を断ち、ローマ軍を敗走に追いこむ。この戦略を貫徹するため、並行して自ら大地に火をかけねばならないのだ。

補給品の輸送を阻止されれば、ローマ軍には現地調達しかなくなる。村々を襲い、穀物蔵を荒らし、家畜小屋に押しこんで、略奪まがいの徴発に手を染めるは必定である。ガリア軍は先んじて、徴発が予想される全域を焼き払わねばならないのだ。

だから、焦土作戦という。付近が焦土と化してしまえば、ローマ軍の徴発隊は、本営を遠く離れることになる。いわゆる兵站《へいたん》が伸びた状態であり、孤立した徴発隊は、それこそガリア騎馬隊の好餌となるばかりだろう。

どうやっても、ローマ軍は補給品を手に入れられない。待つのは飢餓だけだ。あとは自滅を選ぶか、撤退を選ぶか。いずれも、ガリア軍の勝利を意味する。見事に理屈は通っていた。

わかる。理屈はわかる。それでもアステルは、どこか釈然としなかった。

目の前の出来事に捕らわれるのではない。それは焦土と化した風景に、幻が重なりみえるからだった。断末魔の悲鳴を上げて、炎の中に踊り狂う人々がいる。

くしゃと顔を歪めて、ゲルゴヴィアの刀鍛冶は耳を塞いだ。凄惨な生贄の神事のことが、今も頭から離れなかった。住民が総出でタラニス像の後始末をしたからである。

燃え跡に火焙りの死体が無数に転がっていた。黒焦げになりながら、手の形を残し、脚の形を残し、それを動かそうとしたとき、灰と化した肉塊が、ぼろと崩れ落ちたのだ。

まるで悪夢だ。いや、いや、あれは神聖な儀式だった。神々に捧げる生贄が、ガリアのためには欠かすことができないと、ドルイド・クリスが判断したのだ。ああ、そうだ、我らは戦の渦中にある。綺麗事では済まない。英雄ケルティルの統一事業にも、やはり壮絶な戦はあり、死者を出すことは避けられなかったのだ。

──しかし……。

ケルティル時代に、あの手の神事が行われた覚えはない。ドルイド・クリスは確かに政治家なのだが、それは世事に通じる実際家という意味であり、宗教の原理原則を無茶に押し出す人物ではない。やはり、あれはヴェルチンジェトリクスが……。

ぶん、ぶん、と頭を振って、アステルは疑念を振り払った。考えすぎだ。あれが神事でなくて、なんだという。ああ、そうだ。生贄の前に夢見の神事も行われた。甥子の失脚を許した後悔から、ドルイド・クリスも今回は念入りなのだ。

しかも、殺されたのは親ローマの貴族だった。殺されて当然の連中だ。殺されなければ、わからない連中だ。保身のために民に犠牲を強いてきたのは、あいつらのほうなのだ。なにより、兵士の命の対価として、今は生贄が捧げられなければならない。ガリア解放戦争は、もう始まっている。いまさら後戻りはできない。

──ただ……。

ケルティルとは違う、とアステルは心に呟いた。ヴェルチンジェトリクスは明らかに違う。戦争といえば、あの若者は軍規違反を咎めながら、平気で兵士を罰していた。アルヴェルニア族の兵士だけではない。他の部族の者まで、躊躇なく罰している。

かの英雄は少なくとも、余所の兵士を殺《あや》めたりはしなかった。それが他の部族の尊厳を踏みにじる行為だからである。あくまで部族の自主性を認めながら、盟主として、ゆるやかな連邦制を志向するのが、古より伝わる帝国の在り方だった。

やはり、ヴェルチンジェトリクスは違う。とんでもない男を担ぎ上げたのかもしれない。このガリア王が治める国は、もしやアルヴェルニア帝国の再興ではないのかもしれないな、とアステルは一抹の不安と一緒に考え始めていた。

「アステル殿、荷馬車は全部、ゲルゴヴィアに運ぶんですかい」

名を呼ばれて、ハッとした。アルヴェルニア族の刀鍛冶を呼ぶのは、焼け野原から馬車を御して来た男だった。赤銅色の顔をして、毛織の粗衣を荒縄で縛る風体は、土地の農夫である。うちの村からは、積み出しが全部で七台になりましたが。

アステルは腋に挟んでいた板を取り出し、慌てて上からの指示を確認した。

「ちょ、ちょっと待ってくれよ」

かつて首長派の急先鋒として鳴らした男は、長老派を排斥した一件で再び注目され、この解放戦争では王の側近の、末席くらいに置かれていた。軍勢の刀を打ち直すだけでなく、このたびは現場監督の役を命じられている。アステルが派遣されたのは、ビトリゲス族が領する第三の城市、マンキウムである。

それはローマ軍の展開が予想される、リゲル河の流域地帯の城市だった。

「ええと、いや、五台はゲルゴヴィアに、あとの二台はレモヌム行きだ」

と、アステルは指示した。承知した、と馬車の農夫は答えた。言葉は歯切れよく、声には朗らかな風さえある。手振りを交えた大声で、目的地が伝えられると、馬車群は南に向けて動き出した。がらがら車輪の音を連ねながら、焼け爛《ただ》れた田園に深い轍《わだち》を刻んでゆく。穀物蔵、納屋、サイロから移されて、どの馬車も荷台に食糧、馬糧を満載していた。

これも焦土作戦の一環である。こたびの戦争で合戦は起こりえない。ガリア軍は奇襲を繰り返すだけなのだ。ローマ軍が取りうる措置は包囲戦だけとなる。拠点城市の防備拡張を急ぐと同時に、長期戦にも持ちこたえられるよう、備蓄を充実させるというのが、合理的に弾き出されたガリア王の方針だった。

無事に送り出し、ふう、とアステルは安堵の息を抜いた。良い馬は戦争に駆り出されているために、七台のうち、三台までは馬車でなく牛車である。早駆けするわけでなし、仕事は順調というべきだろう。どうせ、牛も引いていくのだ。

首を縄で繋がれて、無数の家畜が七台の車に並走していた。豚、牛、羊と長蛇の列をなしながら、まさに牧場の引っ越しをみるようである。最後尾の牛車では、ひとりの少女が短い腕に小羊を抱きながら、後ろ向きに荷台に腰掛けていた。見送る現場監督に、笑顔で手を振り遠ざかる。アステルは安堵の吐息を新たにした。

一時は、どうなることかと思った。現場監督として幕僚部の指示通りに、焦土作戦を実行に移さなければならない。が、現地の困難は必至と予想されていた。

全体の安全のために、個々の利益には目を瞑らねばならない。ヴェルチンジェトリクスの主張は確かに正論なのだが、人間とは、そんなに分別のある生物ではない。仮に理屈を認めたところで、それでも自分だけは例外でありたいと思う。事の善悪に係りなく、ひたすら我が身が可愛い生物なのである。

それを責める気にもなれない。なにせ、全てが灰にされるのだ。一抱えの財産を除いて、なにも残らない。やることは質の悪い盗賊と同じだ。のこのこ余所《よそ》の部族に乗りこみ、この暴挙を高飛車に実行するなら、住民の怒りを買うは洒落でなく、火をみるより明らかだった。実際、アステルは戦々恐々と現場入りしたものである。

が、意外にも素直に働く。おれん家なんか、すかすかだから、ひへへ、まったく、よく燃えやがる。納屋を引き倒すから、みんな、集まってくれねえか。この橋も壊すんだろ。ああ、馬車を渡らせた後に燃やすから、油だけ撒いといてくれ。アステルが特に指示しなくとも、連中は自らの家を、田畑を率先して焼き払った。その様子は嬉々として、楽しそうでさえあった。どうやらゲルゴヴィアの刀鍛冶は、大きな街に暮らしている人間として、農民の苦しみを真に理解していなかったようである。

アステルが怪訝な顔をしていると、農民は額の汗を拭い拭い、異口同音に口に出した。

「なに、どうせ襲われるだけですから」

農民こそは、受難のガリアを代表する人々だった。ローマ軍の徴発などは、先刻承知の年中行事である。現地の感覚でいえば、さらに男は殴られ、女は犯されるという意味が加わる。この危険に無防備に放り出されていたものが、荷物と一緒にガリア王に割り振られ、城市の内に保護されるというのだ。住む家まで失うことを考えても、なんの迷いがあるだろうか。

「土台が汗水たらして働いても、俺たちの口には、ろくろく入りませんしね」

とも、農民はいう。収穫を断念することも、さほどの苦にはならない。ローマ人が来なくても、大半は年貢として地主貴族に持ち去られる。都市の人間も、間接税、関所税、さらに諸々の雑役を貴族に負わされていたが、農民の年貢に比べれば、それも恵まれているといわねばならない。

「なにより、我慢は今年のうちだけですから」

それがヴェルチンジェトリクスの公約だった。救世主に明るい未来を約束された今、不幸な農民が一体なにを惜しむというのか。

全身に満ちるのは、かえって破壊の爽快感だったようである。農民の笑顔を得心すれば、アステルの髭面も気持ちのよい笑みに歪む。なるほど、人々が壊していたのは、不幸なガリアの過去なのかもしれないな。

「おっと」

ぐらと足元が揺れていた。アステルは足を出して、とっさに身体の均衡を保った。高台は城市マンキウムの門前である。眼下の田園が荒廃する間に、背後でも、かまびすしい作業の音が続いていた。

振り返ると、無数のつるはしが動いていた。重ねた丸太を石と泥で補強した、ガリア式と呼ばれる分厚い街の城壁が、大きなものが転がる音を響かせながら、端から順に崩されていた。廃材は手押しの一輪車で運ばれると、そのまま空堀に放られて、城市の防備を反故にしている。アステルは足場が残されているうちに、市内に戻って界隈を見回ることにした。

左右が犇《ひし》めく狭い辻を抜けると、つんと臭気が鼻についた。屋根の藁葺きに、丸太の梁《はり》に、柳編みに泥を塗った壁材に、よくよく染みこませながら、建物という建物に油を撒いて回る者がいる。最後に火をかけ、住民全てが退去する予定だからである。焦土と化すべきは、なにも田園だけではなかった。ヴェルチンジェトリクスはいった。

「城砦や天然の地勢に恵まれ、あらゆる危険から守られている城市を除き、全てに火をつけねばならない。さもなくば、件《くだん》の城市は兵役を怠ける者の隠れ場となり、またローマ人には糧食や戦利品を奪う機会を与えることになる。これら処断は厳しく、また冷酷無情にみえるかもしれない。が、敗者の逃れられない定めとして、妻子が奴隷として連れ去られ、また男たちが殺されてしまう事態こそ、いっそう過酷な責め苦と考えるべきなのだ」

この言葉を真に受けて、人々は城市の破壊すら迷わなかった。アステルが辻を抜け、こぢんまりした広場に出ると、いっそう硬質な音が耳に届いていた。

庶民の住まいに比べると、貴族の家は造りが立派である。燃え残ると思うのか、ここでは屋根も、壁も、梁も全て崩してしまい、方々に瓦礫《がれき》の山ができていた。かんかんと基礎の切り石まで砕きながら、大槌を振るう男たちは上半身を裸に脱ぎ、光る汗で筋肉の躍動を自慢するかのようなのだ。

熱心は結構だが、土を掘り返して基礎石まで撤去するので、通りがかりのアステルは、つい口を出した。そうまでせずともよかろう。

「とうに屋敷は跡形もないいんだから」

「お言葉ですが、ゲルゴヴィアの旦那、上物なら崩すまでもなく燃えちまうんです。貴族さまの屋敷てな、この基礎石が厄介なんで。なんせ、ローマの連中ときたら、揃って大工みてえなもんだ。すぐ上に建て直されたら、たまりませんや」

それはそうだが……。反論しかけて、アステルはやめた。現場では働きぶりから、自ずと境涯が察せられた。迷わないものだけが迷わない。裸といわぬまでも、気持ちよい汗を流すのは、なべて粗衣の男たちだった。

なるほど、嬉々として壊すはずだ。打ち壊す屋敷は、自分の住まいではなかった。その証拠にアステルの背後では、不意の罵声が上がっていた。トルクの恨めしげな鈍光が、ちらと横目にみえている。

「あ、まて、この母屋だけは触るな」

「しかし、旦那、ぜんぶ焼けって、ガリア王の御命令ですぜ」

「それでも、おまえ、わしの、わしの屋敷に手を出して、おまえ……」

「文句なら王さまにいってくだせえ。あっしは命令に従ってるだけでね。命令違反で目玉つぶされたり、耳たぶ削がれたり、そんな目には遇いたくないもんですから」

ごめんなすって。ばりばりと板が剝がされる音が続いた。値の張りそうなコルク靴が、埃っぽい地面に地団駄を踏んでいた。貴族の表情は窺えなかった。滑稽を覚えたアステルは、笑いを隠そうと、とっさに顔を伏せたからである。

道理で仕事が、はかどるはずだ。高慢な旦那の屋敷を壊しながら、虐げられた庶民は普段の鬱憤《うっぷん》を、これを機会と発散しているわけだ。改革者は常に民衆派なのだと、あるいは尤《もっと》もな解釈をつけようか。

アステルは笑いを隠して歩を進め、そのまま広場を横ぎった。再び左右が犇めき合う、迷路のような界隈に入ると、ときおり蟹歩きを強いられることになった。荷物を山積みした車が、路地に憚《はばか》っていたからである。

今度は食糧、馬糧ではない。家財道具は農民と同じだが、わけても目についたのは、黒い鉄の色をした商売道具の数々だった。城市の職人街らしい。自ずと吸い寄せられたのは、捲れた荷台の毛布に覗いた、金槌と鞴《ふいご》の木箱だった。ゲルゴヴィアの刀鍛冶にも、馴染みの商売道具である。

こちらに気づいて、沿道の男が会釈した。ガリア人にしては髭の薄い中年男である。同業として、さっき立ち話をしている。

マンキウムの刀鍛冶は、家財を持ち出す女房子供を叱り始めた。ほら、さっさと片づけねえかい。もう油を撒くぞ。遅れを咎められると思ったらしく、そそくさと油の缶に手をかけるが、アステルが淋しげな共感の相で近づくと、むこうも緊張を和らげた。

「まったく、離れがてえや」

マンキウムの刀鍛冶は細めた目で、自分の仕事場兼自宅を眺めた。これで使い馴れた窯とも、おさらばだ。俺の親方てえ男が女房の実の父親でよ。俺は婿入で窯を継いだわけだが、するってえと弟子の頃からだから、かれこれ三十年になるか。

「アステルさんとやら、ゲルゴヴィアは残るそうで、まったく羨ましい限りだ」

いわれて、アルヴェルニア族の刀鍛冶は後ろめたさのようなものを感じた。胸が詰まり、直後に反感となって暴れ始める。やはり、焦土作戦は無茶だ。家財産を燃やすに抵抗感はある。いや、あって然るべきなのだ。

いくらか恵まれたとしても、庶民であることに変わりはない。格別の蓄財があるわけでも、特別の厚遇を求めるのでもない。守りたいと思うのは、つましい日々の生活なのだ。こだわりは非難されるべきではない。すまない、とアステルが謝罪を声に出しかけたときだった。

「つまるところ、今は非常時だあな」

自分を納得させる言葉で、マンキウムの刀鍛冶は油撒きを始めた。きつい臭いが立ち上がる。無言で耐えながら、この男は理解している。上流は浅ましく、下流は迷いがない。ならば、中流は中流なりに、意識を高く持たねばならない。

アステルは恥ずかしさに赤面した。持てる者ほど、卑しく過去にしがみつく。持たざる者ほど、無邪気に未来に信を寄せる。それが焦土作戦が熕《あぶ》り出した、ガリアの赤裸々な素顔だった。それは未来を信じたいなら、ささやかでも持つべきではないという意味でもある。

ヴェルチンジェトリクスの焦土作戦は改めて妙策だった。下手に持つから、人間は利己的になる。うちの部族をローマ軍から守ってほしい。うちの城市に守備隊を置いてほしい。うちにも補給を分けてほしい。小さな執着が積み重なって、遂にはガリアを、身動きできなくしてしまうのだ。

だから、全てを壊さなければならない。壊せば、こだわる意味がない。あとは腹を据えて、ガリアの再生を祈るだけだ。なるほど、それが神々の望みなのだ。世界は天秤のようなもの。ひとつを得るためには、ひとつを失わなければならない。

きちんと心得て、ビトリゲス族は行動した。なのにアルヴェルニア族が疑ってどうする。ヴェルチンジェトリクスを、ケルティル様の二の舞にするつもりなのか。アステル、おまえという男は卑しい。卑しすぎて、情けなくなる。その性根が直らなければ、ガリア工を守るだの、助けるだの、全ては虚しい絵空事だ。

なあ、ゲルゴヴィアの、と同業の男は続けていた。ん、なんだ、マンキウムの。

「やっぱり、アヴァリクムも壊されるのかね」

それはビトリゲス族が領する最大の城市だった。リゲル河畔の高台に座る城市は、ガリアで最も美しいと定評のある名城であり、交通の要衝を占める豊かな商業都市でもある。が、ローマ軍の展開地域にあるとみなされ、ヴェルチンジェトリクスの戦略では、破壊されることになっていた。

これが物議を醸した。ビトリゲス族の首長はじめ、長老一同がガリア王の面前に詰め、アヴァリクムだけは残してくれと、必死に懇願したという。

「さて、どうかな」

と、アステルは言葉を濁した。実際、わからない。部族の首長、長老などは富者の最たるものである。その抵抗は凄まじかろう。また状況は他の部族とて似たようなものである。ビトリゲス族のアヴァリクムが容赦されれば、続けて我が城市も救われまいかと期待して、他の部族も雷同しないとは限らない。この分厚い圧力を、ヴェルチンジェトリクスは果して凌げるものだろうか。

――お歴々に……。

厳罰主義は通せまい。勝手に兵士を殺されて、すでに諸部族の指導者は、不満を溜めていないではなかった。ここで無理を通せば、一気に噴出しないとも限らない。混沌という、ガリアの病根は根深かった。取り除かねば、再び烏合《うごう》の衆に戻る。が、無理に切り離そうとすれば、流れる血はガリアを死に追いこみかねない。

「………」

腰の巾着から、アステルは火打ち石を取り出した。端切れの火を放り投げると、油は瞬時に魔物を育て、炎の柱を天高く立ち登らせる。

ばちばちと火の粉が弾けて、ちりちりと男たちの髭を焦がしていた。あまりの熱に顔を背け、再びガリアの平原を見渡せば、黒煙は縦長の線となって、至るところ暗い空に伸びていた。ビトリゲス族が領する城市は、大小合わせ、二十も焼き払われたと後に聞いた。

三、包囲

腹が減った。減りすぎて頭が朦朧《もうろう》となり、胴体の真中に大穴が開く錯覚がある。とっさに鎖帷子を撫でると、へこんだ腹が、ぐうと恨めしげに音を鳴らした。ちっ、と短く舌打ちしながら、ガイウス・マキシムスは百人隊長の派手な兜飾りも重たげに、再び背中で杜にもたれた。

革編サンダルは無論のこと、ほつれた鎖帷子も、色落ちした赤の胴着も、こけた頬まで、いたるところが濡れた泥に汚れていた。息の荒さは疲労困憊《こんぱい》の様子ながら、なおマキシムスの相貌は、若い力を感じさせるものだった。

目鼻の整い方はといえば、やや潔癖な感じがした。ふてくされた横顔などは、二十六という実年齢を考えると、かえって幼い印象がある。罵りの言葉遣いも、また短絡的なものだった。

「あの禿げ親爺がっ」

腹が減りすぎて、仮眠もならない夜だった。そこがローマ軍の陣営なれば、そろそろ第三夜警時（午前零時から三時）が終わる時刻だといおうか。仮小屋の窓を通じて、ときおり朱色が動くのは、松明が外で灯されているからだった。ざくざく土を削る音や、ががら車輪が回る音は止まず、まだまだ深夜の作業が続くことを教えている。

「きさま、誰が休んでいいといった。そこ、つるはしが、お留守になってるぞ。一輪車の係は、ぐずぐずしないで、さっさと上まで土砂を運ぶ」

はん、馬鹿な偉いさんが、わめいてやがる。マキシムスは再び心に乱暴な言葉を吐いた。ろくでもないローマ貴族の御曹司が、経歴稼ぎに名前だけの大隊長になるや、権勢家の総督閣下に気に入られようと、大はりきりというわけだ。けっ、てめえの出世なんかのために、誰が進んで骨折るもんか。

本音は本音なのだが、他面で軍隊は上意下達の組織である。どんな上官であれ、命令には従わなければならない。徹夜の作業は大隊ごと、交替で進められる仕組だった。

マキシムスが仮小屋で脱力するのは、束の間の休憩にすぎなかった。どれだけ臍を曲げたところで、上官が交替命令を出せば、直ちに作業に戻らなければならない。

やってられるか、馬鹿野郎。怒鳴りかけて、百人隊長は止めた。体力の無駄遣いだ。もう息をするのも億劫なのだ。

ろくな食事を与えられず、一週間になろうとしていた。ガリアには、してやられた。焦土作戦に苦しめられ、ローマ軍は補給品を完全に枯渇させた。友邦部族に供出を命じているが、これも思うに任せない。戦場に最も近いボイイ族は貧しく、五万のローマ軍を養う術など持たなかった。頼みの大部族ハエドゥイは、なにゆえのことか出し渋り、今日まで返事をよこしていない。

革張りの屋根に静かな雨音が響いていた。しとしと続く早春の長雨は、かえって雪より冷たく身体に染みこんだ。みるみる体力が奪われてゆく。ちっ、と舌打ちできるだけ、マキシムスなどは元気を残したほうなのである。

兵士は、そこかしこに死体のように転げていた。生きていると知れるのは、ときおり気味の悪い咳をするからだった。おかしな風邪まで流行《はや》り始めた。別な大隊では死者が出たとも聞いている。あまりの空腹に気絶する者、悪寒に襲われ起き上がれない者、その程度の犠牲者なら自分の部下にも少なくないのだから、餓死にせよ、病死にせよ、すでに他人事でなかった。

「あの禿げ親爺がっ」

やはり、声に出さずにいられない。カエサルの馬鹿野郎。これで通ると思うのか。なにが総督閣下だ。威張りたいなら、それだけの仕事をしてみせろ。

事実、まともな戦争になりそうもなかった。飢えと寒さと重労働で、すでにローマ軍は危機的な状態だった。

　ひゅうと水滴混じりの夜風が吹きこんでいた。扉が開いて別大隊の兵士が、どたどた仮小屋に倒れこむ。迷惑顔を作りながら、気の短い百人隊長も文句をいう気になれなかった。こいつらも犠牲者なのだ。上官の命令など糞くらえだが、同輩に場所を譲るという意味で、マキシムスは仕事に戻ってやることにした。

「さて、いくぞ、みんな」

　外に出ると従前の作業のときより、雨が小降りになっていた。これを幸いと喜ぶ自分が情けない。重たい身体を無理に運び、丸太の足場を踏みながら、大隊兵士は巨大な建築物を登っていた。

　後にした仮小屋は、接城土手の裾に並べられたものだった。接城土手とは、外から敵陣の城壁と同じ高さまで、木組を重ね、土を盛り上げ、土手を築いて防備を無力化する措置のことである。

　アウァリクムの包囲が強行されていた。焼き尽くされたリゲル河の流域に、不自然にも、ぽつんと残された高台の城市である。ガリアで最も美しい街だと訴え、これを領するビトリゲス族は、破壊を容赦されたらしい。その姿が秀麗であるほどに、久方ぶりの獲物の影に狂喜する獣よろしく、ローマ軍が引き寄せられるは必定だった。

　城市アウァリクムは、三方を河と湿地帯に守られた天然の要害だった。攻め手が接近できるとすれば、南東方面、それも水堀の切れる一点の地峡だけである。ここに全兵力を投入すると、ローマ軍は二基の攻城櫓《こうじょうやぐら》を建て、防御板で囲った屋台を要所に配し、なかんずく、この二十五日ほどは接城土手の構築を急いでいた。

地峡と一口にいうが、アウァリクムの場合は城壁の裾が抉られたように深くなっており、ために盛土の高さは八十ペデス（約二十四メートル）に達していた。南東方面の一点だけというが、その幅も三三〇ペデス（約百メートル）に及ぶ。これだけの規模になると、接城土手の設営も大工事である。が、ローマは高名なる土木国家なのだ。

兵士たるもの、武器の扱い方より先に、工兵訓練を施される。スコップ、つるはしを常に背負い、それが将校なら測量用に、目盛を打った杖を携行しているのだ。築城仕事は、お手の物である。ところが、そのスコップが重い。空腹には馴れていない。

「カエサルの、くそったれ」

百人隊長マキシムスは吐き出した。接城土手の坂道を登りながら、膝がきつくて難儀すれば、ぐらと大きな目に煮えるのは、無謀な総大将に覚える憤懣でしかありえない。補給が枯渇しているのに、こんな大工事にかかる馬鹿があるか。いや、大工事を選ぶのなら、補給があるうちに施工すればよかったのだ。

カエサルの用兵は解せなかった。こたびの包囲戦は標的住民だけが相手ではないからだ。ウェルキンゲトリクスという反乱の首領が、自らガリアの軍勢を率いて駆けつけ、今も城市を遠巻きに、ローマ軍の背後を陽動していた。この動きを気にして、総大将は迎撃に出てみたり、なのに交戦に及ぶことなく、無駄にアウァリクムに戻ってみたり。

——ちょろ、ちょろ野郎め。

なにが電光石火だ。なにが臨機応変だ。マキシムスは認める気になれなかった。ウェルキンゲトリクスを撃つなら、果敢な総攻撃を躊躇《ためら》うべきではない。アウァリクムを落とすなら、防備を固めて背後に備えればいい。カエサルの用兵は中途半端で、要するに腰が座らないのである。時間を無駄に費やしたあげく、補給が底をついてから、この大工事に着手するなど、あの禿げ親爺め、本当は馬鹿なんじゃないのか。

「カエサルの、くそったれ」

マキシムスは声に出して繰り返した。声が大きいですよ、隊長殿。直属百人隊の教練係が諫めたが、無視するままに、接城土手の頂まで突進する。前屈気味に両の肩を怒らせながら、それでも百人隊長は現場に立つや、迷わず作業の段取を踏んだ。

兵士は最初に障壁車の位置を確かめねばならない。障壁車とは、ころのついた衝立のことで、まさかの敵襲に備えるために、作業の最前線に並べられるものである。それは勤勉な仕事ぶりというより、こんなところで死んでたまるかと思う一念だった。

——といって、気休めにすぎないか。

背伸びすれば、アウァリクムの市内が暗い淵として、もう石壁の向こうに覗いていた。接城土手は敵陣から最も遠い位置から始め、徐々に盛土を高くしながら、近づけてゆく工法を用いる。それが、すでに完成間近だった。今は飛び越えられそうな隙間だけが、かろうじて敵味方の陣地を分けている。

敵城壁と接城土手の間の溝を、泥で埋め尽くすというのが、兵隊に課せられた仕上げの土木作業だった。これが容易に捗《はかど》らない。兵士が故意に罷業したがる心理も、不思議ではないからである。

接城土手が完成すれば、いよいよ総攻撃が始まる。左右に聳える二基の櫓が、多少の援護はするだろうが、戦闘の主たるものは敵味方入り乱れる白兵戦である。はん、ローマ兵は歩くのもやっとなんだぜ。絶食させられて、まともに戦えるわけがない。

「カエサルの、くそったれ」

マキシムスの悪態は再三繰り返されて、ほとんど口癖の感があった。身体を引きずるような部下たちは、指揮官の言葉にも従順に追随しながら、続々現場に入っていた。

「まったく、やってられませんや」

吐露すると同時に松明を翳し、軍旗持ちは土手際の深い溝を覗いた。従前の作業で埋め終えた地点だったらしく、V字形の障壁車を横に五ペデス（約一・五メートル）ほど移動させる。おい、一輪車はこっちだ。土手を登る部下に指示してから、下士官は言葉を続けた。息遣いが夜の寒気に白く煙り、マキシムスの耳に届いた。実際、どうにかなりませんか。

「工事、長雨、そんでもって空腹と、まさに兵隊いじめの三頭政治でさ」

他の兵士も作業でなく、百人隊長を囲む苦言の輪に合流した。止まらない歯ぎしりに難儀しながら、上官に劣らず汚い言葉を吐くのみで、スコップなどは申し訳程度に、土の上面を撫でているだけである。

もとより働く意欲はない。次の休憩までの時間潰しである。さぼりを咎められてたまるかという気分もある。だって、偉いさんは今も、たらふく食ってんだろ。おうよ、カエサルおじさんなんか、葡萄酒の熱燗《あつかん》で晩酌なんだとさ。食って、飲んで、今頃は女の肉まで、お楽しみでございますか。

「ユリウス・カエサル改め、モエクス・カルウス（禿げ助平）とは、はん、都の連中も、よくぞ命名してくれたもんだ」

戦場まで女房同伴で、けっ、いい気なもんだぜ。伝令官が本営で垣間みていた。ガリア総督は戦場まで妻女を連れていた。

まさしく異例の挙である。普通はローマの都に置き、任地に連れることさえないのだ。ひひ、仕方ないや。さすがのモエクス・カルウスも老いぼれて、最近、さっぱりなんだとさ。カエサルおじさん、ローマの間男が怖くって、若い女房を独り都に置いてくる気になんか、とてもなれないというわけだ。

爆笑が夜陰に響いた。声の裏返り方に、無理が感じられる笑いだった。せめて笑い飛ばさなければ、やりきれない。ひひ、禿げ頭の絶倫男も、さすがに五十の坂を目の前に、呆然としたらしいや。そいつは、どうかな。好き者は事実だが、あの痩せ男は実は御粗末なんだって、専《もっぱ》らの噂だぜ。その粗末てえのは、種なして意味かい。

「なるほど、色男を気取る割に、総督閣下は子供がねえや」

「もう死んじまったが、子供はポンペイウス様の奥方だけだったもんな」

「なに、ユリア様だって、カエサルがギリシャにいる間に、できた子供さ」

だから、今も間男が怖いんだろ。ラッパ手がまとめて、再び爆笑である。お偉方の悪口で日々の憂さを晴らすのは、どこの世界も似たようなものである。が、それにしても兵士たちは口さがなかった。槍玉に挙がる総督閣下とは、本当にカエサルのことなのだろうか。ローマ政界を左右する大物政治家、ガリアを征服した天下の常勝将軍、あのユリウス・カエサルのことなのか。

——他に誰がいる。

居直る目をして、マキシムスは部下の放言を見守った。総大将に遠慮などあるはずがない。カエサルなど、誰も尊敬していないのだ。

ローマ軍は、ローマ軍にして、ローマ軍にあらず。この時代の兵隊は、ローマという顔のみえない国家に属するというよりも、特定の将軍に属していた。共和政の頂点にある、執政官の命令など歯牙にもかけない。カエサルなら、カエサルのみに忠誠を尽くす。それはローマ軍の兵士であるより、カエサルの子分、カエサルの私兵という図式だった。なれば、まして悪口などいえないようだが、世の中が忠義の美談で丸く治まるわけがない。

仕えるべき将軍の選び方は、ひとつだった。自分を出世させてくれるか。退役時には農場くらい与えるか。政界に転じれば、後援してくれるか。要するに、甘い汁を吸わせてくれるか。一兵卒から幕僚まで、なべて子分は欲得ずくの判断で、仕えるべき親分を選ぶのである。

最低でも食わせてもらいたい。できなければ、無能な将軍など、誰が敬《うやま》うものだろうか。

子分の側には、おまえに仕えてやっているんだ、という強気さえあった。仕えてもらわなければ、困るのはカエサルのほうだからである。高がガリア総督なのだ。派遣された一官吏にすぎないのだ。先祖伝来の名門ですらなく、つまるところ、一代の成り上がりではないか。ひとたび職を解かれれば、頭の禿げた、ただの痩せ男である。無条件に心服する相手でも、絶対の忠誠心を捧げる相手でもない。それが大物政治家などと威張れるのは、役人となり、兵士となる子分あってのことなのだ。

「はん、こっちはポンペイウスに乗り換えたって、いっこう困りやしないんだぜ」

「食わせもしないで、こき使いやがって、こんなんで俺たちが真面目に働くと思ったら、へん、カエサルおじさんも、いい加減で耄碌爺だね」

「おうよ。よぼよぼ目が弱くなって、もう、ローマしかみえなくなってんだとさ」

そういうことでしたよね、隊長どの。軍旗持ちに同意を求められ、ガイウス・マキシムスは皮肉な笑みで頷いた。ローマしかみえていない。それが反抗的な青年将校の持論だった。ローマばかりが気になって、ガリアがおろそかになっている。こんな風では、じきに取り返しのつかない失態を冒すに違いない。預言めいた放言が近年、あたらずとも遠からずという、妙な現実味を帯び始めていた。

ガリアは反乱を起こす。が、カエサルの鎮圧戦は冴えなかった。だから、ガリアは反乱を繰り返す。昨年などはエブロネス族のアンビオリクスに苦しめられ、ローマ軍十五個大隊が壊滅させられるなど、一時は絶体絶命の危機に追いこまれている。

他でもない。要《かなめ》の総督が不在だったからである。少しでもローマの近くにありたいと、少しでも暇ができると巡回裁判を口実にし、カエサルは内アルプス属州に、いそいそ帰ってしまうのだ。その間に隣の越アルプス属州どころか、さらに遠い「長髪のガリア」が反乱を起こすのだから、総督の対応は後手後手に回らざるをえない。

「イタリア国境に張りついて、はん、そんなに元老院が怖いのかい」

「有権者のご機嫌とりさ。ローマ市民に愛想つかされたくないんだろ」

「そのために俺たちを犠牲にするのか」

もう、うんざりだ。このたびも例外ではなかった。カエサルは何故に、アウァリクムの包囲を強行したのか。焦土作戦に苦しむからには、積極的な選択として属州に引き、万全の態勢を整えるのが本当ではなかろうか。断じて撤退しようとしないのは、ひとえに聞こえが悪いからだった。

元老院から非難の声が挙がる。敗走と尾ひれがついて、民衆が愛想を尽かす。すれば、あの程度の男など、簡単に政治生命を絶たれるのだ。

「カエサルなんざ、上辺も中身も二流、三流ということさ」

「おいおい、おまえたち、少し口がすぎるんじゃないか」

さすがに教練係が注意した。とぼけた顔の小太り男は、名をプロキシムスという。仕事柄なのか、平素から部下の素行には口やかましい。兵卒に人気がないのは、他面で上官には臆面なく、媚びる風があるからだった。ねえ、マキシムス隊長殿、ひとつ、こいつらに教えてやって下さいましょ。

「なにが」

「ですから、カエサル閣下を、そう悪意にばかり解釈するものではないと」

「他に、どんな解釈ができる」

「総督閣下の御言葉を聞かされたじゃありませんか。天下のユリウス・カエサルは常勝将軍である。これまで、一度たりとも撤退などしたことがない。こたびも撤退するわけにはいかない。と、まあ、こんな風です。頼もしいことじゃありませんか」

「はん、やってきたことしか、やりたがらない。たまたま成功した前例を、堂々巡りに繰り返しているんなら、それこそ駄目な中年男の見本だ」

ばっさりと切り捨てて、マキシムスは断じた。つまるところ、カエサルは落ち目なんだよ。

元老院の非難を無視して、民衆の瞠目さえ楽しみながら、決然とガリア侵攻の軍を動かす。みる間に全土を席巻するや、ゲルマニアにも足を踏み出し、またローマ人として初めてブリタニア島に渡航を果たす。あの自信に満ちたカエサルは、もう昔の人だった。今ではローマの目が気になり、ガリアに身が入らない。なのに今もって、ひとつ覚えにガリアを頼みにするのだから、カエサルが抱える矛盾は、すでにして喜劇だった。

「はやいとこ、ポンペイウス様に鞍替えするが利口だな」

「おお、あっちは大した羽振りだって噂だからな」

そこ、おまえたち、なにをしている。さぼりを咎めて、若い大隊長が怒鳴っていた。教練係のプロキシムスは腰も低く返礼したが、兵卒は傲岸に怒鳴り返して、隊長のマキシムスを囲むままである。うるせえ、てめえが最初に泥に汚れてみせやがれ。

こうまで上に不満なら、いっそ退役したらどうかとも思えるのだが、連中が留まるには理由があった。ひとえに信を置く百人隊長が、今も従軍を続けているからである。

預言を的中させたことで、若いながら炯眼《けいがん》の人であると、ガイウス・マキシムスの株は上がっていた。なるほど、鋭いのは目先の損得ではないからだった。青年将校の洞察は、一段深いところから来ていた。

皮肉屋の笑みを続けて、マキシムスは部下の誤りを訂正した。いや、羽振りがいいのも、やっぱりローマだけなのさ。直後に怒気が噴き上げる。ふざけるな。百人隊長は地面にスコップを叩きつけた。

「なんなんだよ、ローマって代物は」

ローマは、ローマにして、ローマにあらず。イタリア半島中部に立地する、小さな都市国家のことではない。相次ぐ征服事業で版図を広げ、今や巨大国家なのである。なのにローマは、今もってローマのまま、多くの矛盾を抱えていた。執政官はローマにいる。元老院もローマにある。民会もローマにある。それは巨大国家が、今も卑小な村社会の論理に則して、動き続けているという意味だった。

「変わらなきゃならないんだ。ローマは変わらなきゃならないんだ。そのためなら、どんな無茶な戦争でも、この俺は喜んで身を投じる。一滴の水すら飲めなくても、それがローマを変える偉業なら、俺は全ての労苦を甘んじて受ける」

マキシムスは、理想高き青年将校だった。欲得ずくではない。カエサルを本当の意味で大政治家だと見こめばこそ、この人物に献身したいと志を立てたのである。

――しかし……。

あの中年男は駄目だ。まるで期待外れだ。マキシムスは唇の端を嚙んだ。部下たちは百人隊長の渋面に、ぎこちなく黙りこくった。松明の灯を受けて光りながら、じろと隊長の目が動いた拍子に、些《いささ》か調子のいいラッパ手が、慌てて言葉を繋いでいた。

「ここは、どうです。隊長殿が一発、政界に打って出るってのは」

つい泣きたい思いがした。マキシムスは内アルプス属州の出身だった。かつてガリア人が暮らしていた土地である。ローマ兵にしては大柄な、この若者にもガリア人の逞しい血が流れている。それも将校に取り立てられるだけ、裕福な名士の家の生まれである。が、俺はガリア人ではない。ガリア人であるはずがない。

生まれたとき、すでに故郷はローマだった。髪を短く刈り揃え、誰も股引などはかなかった。ローマの官吏が治め、ローマの政策に従い、なにもかもがローマと変わるところがない。なのに都の連中はいうのだ。おまえはローマ人ではないと。

属州民はローマ市民権を持たなかった。国家の肥大に伴う市民権の拡大政策も、いわゆるイタリア止まりであり、越アルプスは無論のこと、内アルプスさえ、ガリア属州は全て対象外である。

市民でなければ、選挙権もない。政治家には無視される。まして、公職に立候補できるわけがない。それなのに属州も、ローマの一部だというのだ。税金を納めさせられる。徴発にも文句をいえない。

「忘れたのか。きさまらとて、属州ガリアの出だろうが」

暴れる憤懣が矛先をずらし、怯える部下たちにぶつけられた。すまん、と詫びた声は掠《かす》れ、まるで敗者の呻きだった。こいつらが悪いわけじゃない。こいつらも裏切られたんだ。筋骨隆々たる益荒男《ますらお》は、マキシムスだけではなかった。この大隊には、いや、この軍団には内アルプス属州の人間が多いのだ。

どこにでもある話ではなかった。本来はローマ市民だけが、ローマ軍の兵士たりうる定めである。この古ぼけた慣行を打ち破り、カエサルは内アルプス属州で二個軍団を仕立てたのだ。

頭の固い都の老いぼれどもとは違う。カエサルこそ新時代の旗手だ、とマキシムスは思った。熱い期待を寄せたくもなる。あの男なら市民権をくれるかもしれない。あの男ならローマを変えてくれるかもしれない。

なるほど、ガリアでは本来の管轄を越えて、大規模な征服戦争を始めていた。属州から富を吸い上げ、単に私腹を肥やそうとする盗賊政治家とは一味違う。それが村社会ローマで幅を利かせたいなどという、卑俗な動機であるはずがない。ガリアで破格の実力を蓄えながら、カエサルは革命を行うに違いないと、頭でっかちな若者は、勝手に思いこんでいたのである。

「なのに蓋《ふた》を開ければ、どうだ」

カエサルは他でもない、偉大なる俗物だったというわけさ。百人隊長は今にも泣きそうな目を伏せた。ローマが誇る栄光の無敵連隊、レギオの制服が、すっかり泥に汚れていた。独りよがりに興奮して、地獄の戦場に身を投じた、本当の道化の姿がここにある。

マキシムスは自嘲の笑みを浮かべようとした。なのに情けなくて、悔しくて、いよいよ涙が溢れ出す。熱い思いを宿した雫は、大地に落ちると泥を燃やし、しゅっと白い煙を上げていた。

――え。

見間違えではなかった。確かに煙が上がっている。怪訝に思った次の瞬間、どおんと大音響が轟《とどろ》いた。光の塊が目尻を眩ませ、背後に火柱が上がったことを教えた。ぐらと足元が揺れ、わけがわからないうちに、マキシムスは肩から泥に転倒していた。

坑道だ、と兵士の勘が察知した。ガリア人は鉄の民である。土木国家といいながら、ローマ人でも炭鉱技術だけは及ばない。マキシムスは素早く見当をつけた。連中は接城土手の地下を掘り抜き、大量の油を流して火をつけたのだ。

だけではなかった。空からも無数の火の玉が降ってきた。これは火矢か。いや、炎は着地のとたんに、ぼっと低い音を立て、さらに大きく燃え上がる。みる間に一面が火の海と化していた。燃え上がるのは、油を吸わせた布切れと松脂の塊だった。交替の隙を狙い、アウァリクムの市内から投げこまれていたらしい。

頬を赤くてからせながら、マキシムスは呆然と立ち尽くした。全てを瞬時に理解したようで、頭は依然混乱の渦中だった。これは敵襲ということなのか。アウァリクムの籠城軍が動いたのか。雨音から聞き分けるのは、なにか巨大な生物が、不気味に胎動している気配だった。殺気を覚えて、とっさに身体を反転させると、目の前に長髭の魔物が迫り来ていた。

とっさに手を差し出したものだろう。一線の閃きが走り、マキシムスは橙色の光の中に、自分の指が二本も横切る様をみつめた。ガリアの長剣は裁断の武器である。離れたのは左の小指と薬指だ。

激痛に呻く暇《いとま》もなく、血塗れの掌で顎髭を押し返す。きさま……。揉み合いながら、右手で肩掛けの剣を抜く。「グラディウス」と呼ばれる武器は刀身の短い突き剣で、揉み合いの白兵戦では扱いやすい。ずいと前に押し出すと、間近で充血の目が見開いた。直後にマキシムスは鮮血を抱いていた。

「敵襲、敵襲」

と、百人隊長は叫んだ。触れるまでもなく、すでに乱戦が始まっていた。炎の回廊を抜けながら、ガリア兵が次から次と、アウァリクムの溝を飛び越えてくるのだ。マキシムスは逃げようとして、膝の脱力感に転んだ。鎧が重い。走れない。腹が減って、とうに体力は限界なのだ。俺は殺される。が、こんな死に方は納得できない。

――どうして、俺が……。

ローマのために死ななければならないのだ。マキシムスは近くの障壁車を蹴り飛ばした。

脛を打たれて、ガリア人の巨軀がたじろいだ隙に、突き剣もろとも飛びこんでゆく。

刃先は敵の喉を掠め、すると血管が破れたのか、乱舞する血飛沫《しぶき》は、まるで壊れた噴水だった。それでもガリア人は、ずいと大きな手を伸ばして、こちらの喉を絞めてくるのだ。きさま、きさま、きさまは。必死に押し返しているうちに、ぬると滑りこむ感触があり、どうやら指で敵の目玉を押し潰したようだった。

「ラッパ手」

と、マキシムスは部下を呼んだ。本営に連絡して、援軍を急がせろ。身体に巻きつく曲がり管に息を吹き、ラッパ手は目一杯の音を出したが、彼方の本営を見下ろすところ、カエサルは平和な闇に没するまま、まだ動く気配もなかった。

四、陥落

雨はやんだか。いや、まだふっている。聞こえないのは、ガリア家屋の藁葺き屋根には、ローマ家屋の石屋根と違い、やんわり雨音を吸収する働きがあるからだ。

「この造りも雨の多い土地、ならではのものなのだろうな」

うん、ガリアらしさが出るから、雨の描写は悪くない。着想に満足しながら、カエサルは先割れの鉄ペンを、ちょいと墨壺に浸した。墨壺は青銅に銀の象眼が施された逸品で、戦場でも放さない数年来の愛用品である。

「その翌日、着手していた攻城施設が全部完成し、攻城櫓のひとつを前進させると、烈しく雨がふり始めた。カエサルは作戦を行うに、この天気が非常に良いと判断した。敵の城壁にばらまかれている番兵が、普段より少し油断しているとみたので、味方の兵にも気の抜けた様子で作業しているよう命じ、かたやで必要な指示を与えた」

するする羊皮紙の上を走りながら、鉄ペンは澱《よど》みなく文字を紡《つむ》ぐ。こっそり軍団兵を屋台の中に入れて待機させながら、カエサルは「大変な苦労の対価として、遂に勝利の果実を取り入れる時がきた」と鼓舞し、城壁に一番乗りした者には褒美を約束して、兵士たちに合図を送った。すると、いきなり四方から飛び出し、みる間に城壁に取りついてしまう。敵は不意の出来事に肝を潰し……。まて、ここで改行したほうがいい。

一気に段落を書き終えて、ふう、と中年男は息をついた。

――まずは勝った。

城市アウァリクムが陥落していた。終わってみれば、稀にみる大勝利だった。晴れて市内に入城を果して夜、カエサルは一軒の貴族の屋敷を接収すると、すぐさま椅子と机を運びこませた。

ガリア人ときたら床の敷物に胡座をかき、食事をするにも脚の短い御膳を用いるだけだ。ために家屋も天井が低く、かえって小柄なローマ人が窮屈を感じる造りである。それでも、わざと部屋を薄闇にして、燭台《しょくだい》の灯だけ広げる工夫をすると、それなりに奥行きが出ないではなかった。

神経が落ちついて、やっと書き物という気になる。手順は全て心得ていた。戦が一段落する度に、顚末を筆に起こして残す作業は、もう六年来の習慣だった。

題して「カエサリス・コメンタリイ・レルム・ゲスタルム（カエサルの業績に関する覚書）」、あるいは「カエサリス・コメンタリイ・デ・ベッロ・ガリコ（カエサルのガリア戦争に関する覚書）」は、我ながら自信作である。そうでなくとも、執筆に時間を忘れる感覚は、なかなか楽しいものだった。

今にして思い起こせば、気恥ずかしくもあるのだが、若きカエサルは、いうところの文学青年だった。政界進出は三十一歳のことで、これはローマ貴族の常識に照らすと、遅目だといわねばならない。世間に斜めに構えながら、その歳まで文人の夢を、捨て切れなかったということである。

なにせ、育ちが育ちだった。母親アウレリアが高名な学者一族、アウレリウス・コッタ家の出で、勢い、自らも豊かな教養を備えた女だった。独り息子として懇《ねんご》ろな教育が施され、ラテン語は無論のこと、ギリシャ語も苦手ではない。環境に恵まれ、カエサルは自然と読書家になったのだ。

一口に「読書家」というが、文学、哲学、歴史、地誌と手あたり次第に乱読して、その熱中ぶりは些か度を越していた。書物を買うためなら、まさしく湯水のように金を使う。きちんとした書物というのは、高価なパピルス紙の巻物のことである。

ローマでは奢侈品の類だった。財産家というわけでなく、下町の、むしろ貧乏家庭に生まれた青年が目もなく買い漁ろうとすれば、自ずと借金に頼るしかない。カエサルは「借金王」と呼ばれたことがあり、綽名《あだな》自体は政治資金を用立てた逸話から来るのだが、申しこむ伝と口舌だけは、すでに文学青年時代に培われたものだった。

これほど書物に熱中すれば、自分が書きたいと思う欲求も自然だった。二十代のカエサルは、まずは言葉ということで弁護士を志した。ローマで雄弁家といえば、まずもって弁護士であり、この仕事で高名を博せば、文章を著す機会にも恵まれるのだ。

これが見事に失敗した。巡り合わせが悪かった、とカエサルは思う。あの当時、ローマの都で賛辞を独占していた先輩弁護士こそ、後に政界に転じて執政官にも当選する当代一の文化人、かのマルクス・トゥッリウス・キケロなのである。

とても、キケロのようには行かない。かの文化人の筆は、きらびやかな技巧を凝らして、なんとも流麗な文章を紡ぎ出すのだ。比べるとカエサルは、喋るにしても、書くにしても、言葉が率直、簡潔にすぎるので、どうも当世の好みではないようだった。

かくて、カエサルは挫折する。文人を諦めて政界に進み、その転身が幸いして今日の栄達があるわけだが、してみると、この歳になって若い頃の志が、むくむく頭を擡《もた》げ始めた。

要するに人は文章を読むのでなく、権威を拝謁するのである。今や無名の文学青年ではない。政治家として経歴を積み、肩書が備わっていれば、俺の文章だって読まれないことはないだろう。そんな狡い計算も執筆の誘惑になっている。

なにより、かつての文学青年としては、このまま終わりたくなかった。胸に劣等感が疼くだけ、文人としても認められたいと思う。

なにも文章はキケロ流ばかりではあるまい。かの豪華流麗なラテン語は、なるほど、学のある人間には受けるだろう。具体的には、元老院議員の先生方である。現にキケロは政治家としては門閥派、すなわち、元老院の一党ではないか。

狭い都に閉じ籠もり、うだうだ談合ばかりの議員先生なれば、キケロ流の遠回りな文章遊びに、付き合う気にもなるのだろう。が、これが民衆となると、どうか。歯切れよく、簡潔で、力強い文章のほうが、かえって歓迎されるのではないか。

——つまりは俺の名文だ。

加えて、素材も悪くない。「ガリア戦争に関する覚書」は壮大な叙事詩である。そこに圧倒的な現実があるならば、くどくど修辞を凝らすほどに虚しく、かえって邪魔になるだけだ。この場合、ユリウス・カエサルこそは真の名文家なのである。

カエサルは机の上に両肱をつき、掌に痩せた顎を載せた。ガリア全土を平定した暁には、この作品を都で華々しく刊行するつもりである。恍惚として目を瞑れば、瞼《まぶた》にフォルム・ロマーヌムが浮かんでくる。

読み手は子飼いの中から、できるだけ見栄えのよい若者を選ぼう。ブルータスあたりか。いや、美男のアントニウスが適任だろうな。腋に巻物を抱えさせて、さりげなく広場を横切らせるのだ。そう、食事を済ませた昼下がりがいい。アントニウスをみかければ、民衆は読んでくれ、読んでくれ、と朗読を請うに決まっている。血沸き肉踊る武勇伝に、皆が一喜一憂するはずだ。

　ひとしきり感激させた頃合いに、おや、というような顔をして、このカエサルが姿を現すという筋書きである。俺は終身の大神官を兼ねている。大神官の公邸はフォルム・ロマーヌムに面してある。うん、不自然ではない。その証拠に今にも聞こえてきそうではないか。

「カエサル、カエサル」

　民衆は我が名を連呼するに違いない。カエサル、カエサル。ポンペイウスに劣らない。キケロに引けを取らない。ガイウス・ユリウス・カエサルは優れて文武を兼ね備え、これぞローマ第一等の人物なのだと断言しながら。

　うっとりして、知らず痩せた頬が緩んでいた。素早く引き締めたのは、背後に気配を感じたからである。だらしない笑みを、みられたか。それよりも、薄い髪が乱れていないか。一瞬の焦りが過るも、影絵の頑健な肩の形を認めるや、カエサルの顔から緊張が解けた。浮かんだ笑顔は、さして魅力的なものではなかったが、これが気の置けない素顔である。なんだ、プブリウスか。

「葡萄酒をお持ちいたしました」

　長く仕えた奴隷に隠さなければならない秘密などなかった。相手を邪険に扱うわけではないのだが、普段が溢れるような愛想を絶やさない人物だけに、カエサルは少し皮肉っぽくみえた。ほう、ガリアの城市に葡萄酒があったというか。

「はい。ハイカラな輸入品として、ガリア人は葡萄酒に夢中でございますから、アウァリクムの住民も最後の楽しみとして、地下に温存していたようです」

「さも、あろう。が、私はガリアの蛮族のように、生《き》では飲まぬぞ」

「お湯割りにいたしました」

と、プブリウスは答えた。都では酒池肉林の派手な饗宴を繰り返すが、カエサル本人は意外にも酒好きではなかった。というより、痩軀が容易に受け付けず、生のままでは杯の半分も飲めない。白湯《さゆ》で薄く割り、身体が温まる程度が適量なのである。強いて飲みたいものでもないが、全てを心得る奴隷が、あえて給仕するからには理由がある。先刻、百人隊長メテルスが発見して、閣下に献上に参りました。

「ああ、そう、メテルスが。なにか褒美を取らせねばな」

すなわち、プブリウスの主人は有名な気遣い男だった。陣中で百人隊長をみかけたときに、例のクレタ島の酒はうまかったよ、ちょうど渋みが取れた頃だね、くらいの気さくな台詞《せりふ》を吐けるように、わざわざ給仕したのである。奴隷の配慮は、これに留まらない。

「褒美を賜れるならば、腕輪など如何でしょうか」

「腕輪というと、兵士が好んでつけるような」

外側が膨らんだ、携行用の財布を兼ねる腕輪のことである。ああ、いいね、とカエサルは答えた。プブリウスが金貨を詰めて届けてくれると、了解した上の返事である。では、私めのほうから、そのように手配いたします。

「ああ、妻には」

「すでに給仕させていただきました」

「カルプルニアは眠っていたか」

「いえ」

「妻は疲れた様子であったろう」

「とは存じますが、さほどに御苦痛の色も露にされず」

「んむ。こたびは大変な思いをしたろうに……。あれは感心な女だよ」

いや、うれしい。カエサルは飾らない喜色を浮かべて、やっと盆に手を伸ばした。ことごとく先回りする奴隷の賢さが心地よい。苦手な酒も楽しめそうな気がしてくる。ああ、これは勝利の美酒ということだな。

椅子に斜めに腰掛けながら、ゆったり脚を組み合わせ、優しい熱を感じながら掌に銀杯を温めるなど、本当に久方ぶりの贅沢な時間だった。口内に酒の芳香を膨らませ、その美味を堪能するほど、長雨の日々の暗さが、心の地平に浮き彫りになるようでもある。

「…………」

ぐび、と喉を鳴らして、カエサルは酒を飲んだ。胃袋に落ちるより、喉まで噴き上げてくるものがある。こしゃくな、ウェルキンゲトリクスめ。

正直、ガリアの焦土作戦には苦しんだ。あと数日長引けば、ローマ軍は敗走を余儀なくされたことだろう。が、こんなことで音《ね》を上げる俺ではない。カエサルは毒のある仕種で鼻から息を抜いた。俺は勝った。とにもかくにも、アウァリクムを陥落させた。その証拠に、こうして酒を楽しんでいる。ローマ軍はアウァリクムの食糧を、根こそぎ手に入れたのだ。

ちらと横目を動かすと、同じく運びこませた大飯台に、晩餐の皿が積み重ねられていた。持てなしの配慮から、カエサルは料理にも詳しい男だが、本人に美食の楽しみがあるわけではない。どころか、食のほうも細かった。先刻の食卓とて、幕僚を招くには恐縮の内容だったが、総督本人は大麦の粥《かゆ》だけで、もう十分に満ち足りている。

カエサルは意識して、余裕の笑みを作り直した。アウァリクム程度の城市を残しておくなど、ウェルキンゲトリクスも読みが甘い。焦土作戦を行うなら、例外も、容赦もなく、徹底してやらなければならないのだ。無言で葡萄色の波をみつめ、それは傍目には嫌らしくもある笑みだった。これでローマ軍は持ち直した。もう反乱は鎮圧したも同じだ。ひとつ勝てば、ガリアの焦土作戦は、直ちに水泡に帰すからである。

——焦土作戦、か。

カエサルが笑みを広げると、いっそう表情に濁りが増した。やはり、ウェルキンゲトリクスは若いな。わかっていない。指導者は奪うのでなく、常に与えなければならないのだ。はん、ウェルキンゲトリクスは甘いな。虎の子の家財産を焼き尽くし、それでもガリア解放の大義をうたえば、人はついてくるとでも思うのだろうか。

ふっ、なにを笑止なことを。厳罰主義といい、焦土作戦といい、ガリア人が指導者に不満を抱くは必定だった。元が数多部族の寄せ集めである。これを押さえこむためには、ウェルキンゲトリクスは勝ち続けなければならない。それが、できたかな。

　カエサルの笑みは、いよいよ悪相に近くなる。アウァリクムの一勝、あるいは一敗が持つ意味は大きい。強引な指導者が失態を冒したのだ。必ずや、ガリアの結束は乱れる。親ローマは勢いを取り戻し、反ローマは態度を改めざるをえない。

「ガリアの叛徒が投降してきたら……」

　と、カエサルは声に出した。話好きな主人は考えを纏めるため、しばしば自分を用いることを、長く仕えた奴隷は心得ていた。慌てずに受け、プブリウスは問い直した。なんのことでございましょう、カエサル様。

「ん、うん。アウァリクムは大勝だった。プブリウス、先の展開を読んでみたまえ。この敗戦でガリア反乱軍の士気は落ちる。投降する者は後を絶たないだろう」

「左様でございますか」

「ああ、決まっているよ。そうならない理由があるかね」

「恐れながら、カエサル様、こたびは少々、やりすぎの感がなくもなく」

　ああ、といってカエサルは唇の端を噛んだ。奴隷がいう意味はわかる。ローマ軍はアウァリクム、四万の民を虐殺していた。逃亡して生き伸びた数が、僅かに八百人だというから、まさに皆殺しである。兵士は空腹で気が立っていた。いよいよ市内に乱入するや、さすがのガリア総督も蛮行を止める手だてがなかったのだ。

「うん、プブリウス、良い問題を出してくれた。確かに問答無用の処断を恐れて、投降できまいという懸念はあるな。が、私はユリウス・カエサルだよ。そのへんの低級な兵隊どもとは違う。そのことはガリア人とて、重々承知しているはずじゃないか」

カエサルは椅子を引き、やや芝居めいた身のこなしで立ち上がった。マントの袖を翻《ひるがえ》し、演説でも行うかの構えである。私は怒りに任せた復讐などしない。そんなのは幼稚ではなかろうか。このユリウス・カエサルは気さくな器量人として、投降ガリア人を懇ろに受け入れてやるのだ。きっと、きゃつらは感激する。心得違いの反乱を悔いる。そうして落とす涙こそは、ローマに寄せる固い忠誠心となるだろう。

「違うかね、プブリウス」

おどけた笑顔で結んでみたが、あにはからんや、奴隷の表情は動かなかった。カエサルには意外である。というより、不満である。

「プブリウスよ、なんにつけ控え目な態度は君の美点のひとつだが、こういうときは大いに賛同して、主人の機嫌を損ねないものだよ」

さかんな拍手は、やりすぎとしてもね。冗談めかして、表情を綻ばせる好機を与えてやったというのに、依然として奴隷は唇ひとつ歪めなかった。言葉通りに手を叩き、口笛を吹き、大袈裟に賛美しろとはいわないが、そうまで難しい顔をして、一体なんの文句があるというのか。なんだ、なんだ、プブリウス。私たちは長い主従の間柄だ。いいたいことがあるならば、はっきりと申せばよい。

「はあ。ガリア反乱軍の首領、ウェルキンゲトリクスとか申す男のことが、どうにも気になって仕方がないのであります。なんだか、底知れず不気味で……」

奴隷の言葉に導かれて、カエサルの頭に絵が浮かんだ。とたん、にやけた笑みが消し飛んだ。陽動ガリア軍を迎撃に出たとき、ほんの数百ペデスの距離で、ウェルキンゲトリクスの姿をみていた。

——ぞっとした。

巨漢は逆立つ金髪と戟槍を思わせる長い髭を持ち、顔面の右半分を青の顔料で塗りながら、きらきらと派手な出で立ちで馬上に背を伸ばしていた。はん、こけ脅しか。蛮族なら見馴れていた。いっそう奇怪な風貌の男たちとも戦ってきた。なのに、どうして、こうも寒くなるのか。

カエサルには解せなかった。つまるところ、陳腐な威嚇に怯えたわけではなかった。

ウェルキンゲトリクスは静かだった。青白い光を燦々《さんさん》と放射しながら、聞きしに勝る美貌の男は澄んだ瞳で、じっと、こちらをみつめていた。

視線に射竦められた刹那に、カエサルは恐怖というより畏怖の念にも似た、ある種の感動を覚えた。この悲壮な美しさは、なんなのだ。認めた直後に自分の醜さ、卑しさが浮き彫りになるようで、中年男は目を逸らすと、その続きをみなかった。

「困るなあ、プブリウス」

高めの声で、ガリア総督は陽気な風を取り戻そうと努力した。目が臆して窪んでしまい、明るい芝居を台無しにしていたが、そのことには気づかない。なんだか底知れず不気味だ、なんて、ただの臆病者じゃないか。印象論は建設的であるまい。もっと理性的に考えようじゃないか。傍からみると必死の体で、カエサルは理屈をこねた。常に自分を正当化する手続きは、なまじっか地位を持つ小心者に特有の悪癖だった。

「ウェルキンゲトリクスが気になる、というなら、具体的な理由を挙げたまえ」

カエサルは肩を竦め気味に、おどけた笑いで振り出しに戻そうとした。が、プブリウスは考える様子もなく、ずばと切りこんでくる。

「閣下も御承知のように、我が軍の飢餓は危機的でございました。あと三日、いえ、二日もアウァリクムに頑張られれば、敗走という事態も現実のものであったとも。それなのに、なぜウェルキンゲトリクスは仕掛けてこなかったのでしょうか。なぜ動かなかったのでしょうか」

確かにガリア軍の陽動は止んだ。執拗に背後を牽制していたものが、遠巻きに陣を固めて動かなくなった。アウァリクム程度の城市が善戦できたのは、ローマ軍が詰めた南東方面以外では、外の軍勢と容易に連絡を取れたためだが、こうした支援の動きも数日、俄に断念したようだった。

なるほど、解せない。もとより、あれだけの精鋭を揃えながら、ガリア軍は本格的な戦闘には、一度も及んでいないのだ。

「………………」

敵軍の理由を考えるより、カエサルは自分の赤面を隠そうとした。プブリウスがいうのは、そのことだったか。恐怖を見透かされた気がした。というより、自ら「臆病者」といい、

「印象論」と括ることで、ウェルキンゲトリクスに感じた恐怖を白状していたのだ。

「なにか裏があるか、と私自身が疑わなかったわけではない」

と、カエサルは不機嫌顔で返した。とはいえ、無用な疑心暗鬼に駆られては、大胆な策は打てないだろう。戦には時宜というものがあって、それを巧く捕らえる、捕らえないで、勝敗は自ずと分かれていくものなのだ。結果として我らは勝った。敵に裏などなかった。ローマ軍に怖じ気づいただけだったのだ。いや、なにか秘策があったにせよ、そこは経験のない若造だ。ウェルキンゲトリクスは肝心な時宜を捕らえ損なったのだ。

「そうかもしれませんな」

静かに結んで、奴隷は下がろうとした。給仕の盆を腋にした背中を、カエサルは引き止めた。まあ、まて、プブリウス。後味の悪さが残ったことは否めなかった。従前の俺は、もしや俺らしくなかったろうか。少し言葉が荒かったかもしれないな。

なにか形をつけなければ、気持ちよく寝つけそうになかった。ああ、こんな苦労をかけたのに、仏頂面で寝台に潜られては、カルプルニアにも気の毒だ。心地よく身体を火照らすためにも、あくまで勝利の美酒を味わうのだ。せめて今夜くらいは。

「プブリウス、君の感想を聞きたいと思っていたのだ。そう、私は例の覚書を書いていたのだよ。下書きの段階だが、うまく書けたと思うんだ。まあ、聞け、こうだ」

カエサルは書きたての羊皮紙を取り上げた。断罪するキケロばりに、誇張の右手を差し出しながら、とうとうと読み上げる。ボイイ族の無力とハエドゥイ族の怠慢のため、軍の食糧事情は最悪の状態となり、ついには数日間も兵士らは穀物を欠き、遥か遠い村から家畜を引いて帰り、それで極度の飢えを凌ぐまでになった。

件《くだり》は全軍が空腹に耐えながら、接城土手の工事に奮闘した日々の記述らしい。むっつり顔の奴隷を相手に、カエサルは持ち前の朗らかさを取り戻していた。

「さあ、プブリウス、おまえなら、この困難をどうやって克服する。陣営を回って、兵士を叱咤激励するかね。いや、いや、私なら、そんな真似はしない。なんであれ、人間は押しつけを嫌うものだからね。だから、いいか、こうだ」

カエサルは工事中の各軍団兵に呼びかけ、食糧不足が余りに苦しければ、包囲を止めようといったところ、皆は一斉に「おやめ下さい」と嘆願したものである。

「つまりは自発的な意欲を、引き出してやるわけだ。されて、兵士は答える」

我々はカエサル様の指揮の下で長く立派に奉公し、これまで一度も不名誉を被ることなく、仕事を途中で投げ出したこともなかった。始めたばかりの包囲を放棄すれば、これを恥だと思うだろう。ガリア人の背信により、ケナブムで死んだローマ市民の復讐をしないくらいなら、あらゆる困窮に耐えるほうがましである。

「と、まあ、こんな風だ。わけても、この『ローマ市民の復讐をしないくらいなら』という文言は、有権者に受けそうな一節ではないか。え、そう思わんか、プブリウス」

奴隷は、やっと頬を歪ませた。それは話に感嘆したというより、主人の明るさに屈するような笑みだった。なんであれ、笑顔を引き出せたことは嬉しい。

カエサルは笑顔を好む人間だった。笑顔は自分が受け入れられた証である。そうやって世を渡ってきた男なのである。なれば、苦言さえ愉快だった。プブリウスは失笑のまま、ちくと主人を窘《たしな》めていた。そのような顛末が、はたして、おありになりましたでしょうか。

「ままではないが、似たようなやりとりはあった。まあ、この際だから、あったことにしろ。え、プブリウス、口裏を合わせなかったら、おまえ、承知せんぞ」

片目を瞑って因果を含める。憎めない愛嬌も、カエサルが得意とする武器だった。実際、プブリウスは頑固な相好を崩すまま、言葉にして敗北を認めたではないか。

「全く、カエサル様にはかないませんな」

そうだ、私には誰も、かなわないのだよ。放言しながら、気分の良いまま、覚書の読み上げに戻ろうとしたときだった。ただ、一言だけ申し上げとうございます。全てを知り尽くした奴隷に続けられて、今度はカエサルの表情が曇った。

「閣下におかれましては、かような嘘を必要といたしますでしょうか」

「…………」

「カエサル様には御若い時分より、人を惹きつける天賦の魅力がございます。嘘などつかれずとも、人々はカエサル様を支持いたしましょう」

なるほど、カエサルとて自分の青春は覚えていた。確かに好かれた。随分な女を口説いて、ローマに派手な浮名も流した。金持ちに取り入って借金を申しこむのも巧かった。が、そんなもの、一体なんの意味があるというのだ。朗らかで人好きのする、天衣無縫な若者は、つまるところ、なにもできない文学青年だったのだ。

だから、あの頃は誰にでも好かれた。だから、あの頃は敵もいなかった。

――だから、俺は惨めだった。

軽くみられていたのだ。馬鹿にされていたのだ。それが嫌だから、今日まで必死の思いで頑張ってきたのだ。確かに嘘を覚えたかもしれない。確かにあくどくなったかもしれない。そのことを余人に陰口されるは覚悟の上だが、プブリウス、おまえは俺の奮闘を、ずっと側でみてきたはずではないか。

カエサルは少し黙った。怒鳴ろうとは思わない。地の性格というなら、若い頃から滅多に怒鳴らない男だった。ただ、このまま屈伏したくない。その思いが狡猾《こうかつ》な昔話となって口を突いた。

「マケドニアのアレクサンドロス大王は、ひとつも嘘をつかなかったろうか」

「と申されましても……」

「私はアレクサンドロス大王になろうと誓ったのだ」

三十一歳のときだった。カエサルは財務官として、初めて属州ヒスパニアに赴任した。巡回の途上、西部の街ガデスに建てられた、アレクサンドロス大王像の足に縋り、大いに泣いたことがある。かの大王が、すでに世界を征服した歳なのに、この俺は、なにひとつなしえていないと。これがカエサルの、遅れに遅れた青雲の志だった。

「失礼を申し上げたやもしれません」

と、プブリウスは屈した。カエサルには、かなわない。真摯《しんし》な諫言に反省なく、といって声を荒らげることもない。しんみりとさせながら、巧みに自分を美化してしまう手際など、さすがは成功した中年男の類だった。奴隷の肩を叩きながら、一八番の朗らかな笑みで幕を下ろそうとした、そのときだった。

女の悲鳴が上がった。兵士に慰まれたガリア女ではない。こたびのアウァリクムでは、皆が新兵のように興奮して、女子供に至るまで残さず虐殺しているのだ。なにより、近い。不穏な物々しさが肌で感じられるようである。事実、大きな物が倒れるかの重い音が、墨壺の小刻みな震えとなって卓上に現れていた。この屋敷の中だ。

「カルプルニア……」

カエサルは呟くように、妻の名前を口にした。カルプルニアが、まさか、カルプルニアが。寡黙な奴隷も目で答えて頷いた。二人の中年男は時間を置かずに動いたが、扉を蹴り、屋敷を飛び出す物音が先んじた。急げ、外だ。

いつしか、雨がやんでいた。出たところの城市広場は一面が水溜まりで、てらてらと青白い月光に光りながら、まるで鏡を敷きつめたようだった。幻影さえ思わせる朧《おぼろ》な景色に、やけに肉感のある白さが、ぽっかり丸く浮かんでいた。成熟した女の尻を、いかつい肩に担いだ巨漢は、そうすると闇から這い出た魔物だった。

太い腕に刺青が渦巻いている。石灰で固めた髪が逆立っている。長い髭が不敵な笑みに歪んでいる。カエサルは、ぞっと背筋を凍らせた。これは初めての感覚ではない。

「おまえ、ウェルキンゲトリクスか」

横顔だけで振り返るや、男は獣の威嚇に似た声を発した。中年男は二人とも、ひるんでしまったのだろう。あっ、と思ったときには、もう若者の姿は遠く、広場には嘲弄《ちょうろう》の高笑いだけが残されていた。

「まて」

あとを追おうとして、カエサルは立ち止まった。とっさに頭に手を運ぶのは、ふわと薄い髪が浮遊して、冷たい夜風が頭皮を撫でたからである。神経質な禿頭男の悪癖が、危急の時間を奪い去った。プブリウスひとりの足音が、陥落した夜の城市に響いていた。馴れない酒で、私は酔いが回ったらしい。言い訳は考えついても、カエサルの手に若い妻が戻るわけではなかった。

五、敗軍の将

急遽《きゅうきょ》、ガリア首長会議が召集された。髭の立派な男たちは各部族の首長並びに、その左右を固める軍笛持ち、軍旗持ちの面々である。

車座の一同は一様に伏目がちで、まともに顔を上げられなかった。鳥だの、獣だの、各々彫刻に象《かたど》りながら、競うように掲げる軍笛、軍旗の先飾りも、心なしか今は勢いが感じられない。否めない事実として、ゲルゴヴィアの空気は重かった。

四月末、ガリアの暦にいう柳の月も半ばが過ぎ、山里も遅い雪解けを迎えていた。萌え立つ緑は勢いづき、蛇と虫は冬の穴から這い出してくる。小鳥たちの賑やかな囀《さえず》りを聞きながら、ぽかぽかと気持ちよい春の陽が、この日ばかりは歯痒かった。

城市アヴァリクムが陥落した。ガリアを駆け抜けた衝撃の報に、皆が打ちのめされていた。従前にもヴェッラウノドゥヌム、ケナブム、ノヴィオドゥヌムと城市陥落は相次いだが、これを受けて起死回生の焦土作戦を強行した後だけに、こたびの敗戦は決定的な印象を与えていた。ガリアは負けた。やはり、ローマ軍にはかなわない。

――我らは、どうなるのだろう。

問いかけながら、アステルは群衆の狭間で額の汗を拭っていた。吹き抜ける春の風は、まだ冷たい気配を残していたが、むっと籠《こ》もる人いきれで、革外套が邪魔なくらいに暑い。ゲルゴヴィアの城市広場は、まさに立錐の余地もなかった。

住民だけでは、こうならない。頭を巡らせれば、無数の長槍が林立していた。きらきらと陽光を弾く、磨き抜かれた武具の列も、また街には常ならぬ光景だった。がちゃ、がちゃ、と鉄の音を鳴らしながら、各部族の兵士たち、駆り集められた無頼たち、合わせて戦場に出ていた軍勢が、総大将の城市に大挙引き揚げたのだ。

部族ごとの多彩なキルトも、ごてごて飾る無頼の装束も、今日のところは冴えなかった。アヴァリクムの大敗を間近に目撃しているだけ、だらりと下がった口髭も悲しげに、兵士は落胆の色を隠せないのだ。本当に我らは、どうなってしまうのだ。

展望は暗かった。解放軍は全ガリアを名乗るものの、ハエドゥイ族はじめ、未だ合力に応じない部族は少なくなかった。勝てば、同志は一気に増えると楽観された。が、こうして負けてみると、迂闊に蜂起した部族だけが敵に囲まれているのだ。さりとて、ローマ軍はアヴァリクム四万の民を虐殺した。いまさら、和睦の道などない。

悲観は自明のことだった。いや、まだしも悲観できるなら、それは気丈な方なのだというべきか。恐怖と紙一重の不安を抱え、胸が苦しくて苦しくて、なんであれ救いを探らないではいられない。こんなときに首長たちが、こそこそ密室談合を続けるなら、群衆は恐慌を来した心理から、暴動さえ起こしかねない状態だった。

これを察して、公開にしたのだろう。ガリア首長会議は異例なことに、城市広場で行われていた。雨上がりの泥の上に敷物を広げ、要人は万人注視の中で車座を作った。

幾重の群衆に囲まれて、主座のヴェルチンジェトリクスだけが高く顎を上げていた。神妙な顔の軍笛持ち、ヴェルカッシヴェラーノスを右後ろに従えながら、どっかと胡座をかき、刺青の腕を組み、静かに瞑想する体《てい》である。敗軍の将でありながら、微塵も人目を避ける態度がない。かえって美貌を公に誇っているようだ。

金箔の角の兜を脇に置き、逆立つ髪が春の陽に今日も白く輝いていた。きらきら光が乱舞する様は、ともすると嬉しげにもみえた。いたるところ具足を金板で飾る武者姿は、まさに現人神の気高さである。アステルは西の山の銅像をみやった。深山の澄んだ空気を突き抜けながら、また光の神ルーゴスも逃げ隠れしなかった。

「せめてもの励ましだ」

と、アステルは声に出した。ヴェルチンジェトリクスのことだろ。しょぼくれた山羊鬚の炭屋が隣から確かめた。おうよ、おうよ、さすがはケルティル様の御子息だ。違う、いや、違うね。小心者は喋るほどに、能弁になってゆく。本当いうと広場に来るまで、逃げるが勝ちだと思ってたんだ。ところが、ヴェルチンジェトリクスときたら、どうだい。堂々とした御姿をみて、わしは勇気づけられたね。もう少し様子をみてみようと決めたね。まだ、なんとかなるんじゃないかと思えてきたね。

「まったく、その通りだよ、ゲルゴヴィアの親爺さん」

居合わせた若者が受けていた。キルトの赤地に白糸の格子柄で、カドルキ族の兵士だとわかる。俺も現場にいたんだ。ローマ軍がアヴァリクムに突入したときは、もうガリアは終わりだ、もう故郷に帰るが利口だと考えたもんさ。だけど、ヴェルチンジェトリクスが動じなかったんだ。みんな、もう少し頑張ってみよう、なんて話になったね。ゲルゴヴィアに着く頃には、何事もなかったような気さえしたんだ。他の首長連中が落ちつかないんで、やっぱり大事だったんだと思い知ったくらいさ。

「帰還する道々、ガリア王には秘策があるに違いない、なんて兵士は噂してたんだ」

「ほう、そうか、そうだったかい。アステルの、あんた、なにか聞いとらんか」

「いや、特には……」

「ヴェルチンジェトリクスとは懇意なんじゃろう」

懇意といわれても……。口籠もる間にも、周囲は刀鍛冶に注目していた。アステルさんなら、とゲルゴヴィアの住民は期待を寄せたし、その空気を目敏《めざと》く察して、余所から来た兵隊も聞き耳を立てていた。言葉を尻窄《しりつぼ》みにして、それで終わるわけにはいかなくなる。いずれにせよ、ここはヴェルチンジェトリクスを信じる、それしかあるまい。

「あの方はガリアの王なのだから」

アステルは苦しまぎれだったが、周囲は妙に納得していた。そうだ、ガリアの王だ。王さまなんだもんな。それは他に代わりがいないという意味だった。アルヴェルニア帝国を継承すべき貴公子には、かの英雄ケルティルの独り息子には、どんな代役も立てられない。愚かでも、無能でも、ヴェルチンジェトリクスの失脚はありえないのだ。

その証拠に誰にも媚びない。なるほど、誰に選ばれたわけでもない。その理不尽な存在感が王であり、また神なのだと、美貌の若者は無言の態度で諭していた。だから、民は安心できる。これが小利口な官吏だったら、アヴァリクムの大敗を伝えられた時点で、ガリア解放軍も、合力の諸部族も、とうに離散しているに違いなかった。

――やはり、あの方しかいない。

ヴェルチンジェトリクスは今や、ケルトの大地の柱だった。危うくなるほど、その大きさがわかる。皆が必死でしがみつくからである。屋根が飛び、壁が破れ、敷石が剝《は》がれても、柱さえ揺るがなければ、ガリアという家はなる。

なんとか平静を保っていた群衆が、ざわめきを俄に増した。広場に面する神殿から、白衣の行列が登場していた。車座の首長たちを待たせながら、各部族のドルイドは神殿内で、秘儀の神事を営んでいると知らされた。なんでも、ガリアの未来を占っていたらしい。

アルヴェルニア族のドルイドにして、全ガリアの大神官、クリトグナトスが主君の左に席を取り、いよいよ議事の始まりである。すっと空気が箱に収まり、群衆が固唾《かたず》を呑んで見守る中、ガリア大神官は最初に苦言を呈していた。

「まずは遺憾の意を表明いたします。我らドルイド一同は、ローマ兵の捕虜を用いた内臓占いにより、また前日の鳥占いによりましても、城市アヴァリクムの陥落を予見しておりました。今後の会議におかれましては、御一同は我ら神官団が伝える神々の御印を、ゆめゆめ軽視なされませんよう」

どよ、と低い声が人垣に籠もる。どういうことだ。ドルイドの預言は、この惨劇を見越していたのか。避けようと思えば、避けられたということか。

群衆の疑念に答えることなく、ドルイド・クリスは言い放したきり、憮然と車座の列に下がった。手ぶりで後の議事を委ね、ヴェルチンジェトリクスに水を向ける。どうやら説明は、ガリア王からなされるらしい。

人垣ではアステルが、左右から矢継ぎ早の問いを浴びせられていた。なにを、いわれるおつもりかな。さあ、わからない。王に非があったということか。だから、わしには、わからんよ。まさか責任を取って、総大将を辞されるとか。

「それは、ないだろう」

と、刀鍛冶は答えることができた。広場の中央に、ヴェルチンジェトリクスが立ち上がった。改めて、若者の見栄えは武器だった。美貌の男は土台が驚くべき巨漢だったが、今や何倍にも大きくみえたのだ。問いたげな無数の視線を注がれながら、小さく縮こまるどころか、逆に胸を張り気味に、どころか大きく髭を歪めて、笑い始めているではないか。

「今のところ、全ては順調である」

と、ヴェルチンジェトリクスは開口一番、宣言した。よく通る声だったが、意味がわからない。王は今なんと申された。順調だといったようだが。まさか、この大敗を受けて、順調といえるわけがない。

ざわめきの波が大きくなっていた。王は髭を歪めたまま、平然として言葉を続けた。いや、順調とは、いいすぎたかもしれない。

「あらかた成功させているというべきか。ハエドゥイ族の長老数名が、即時の合力を促す我らの打診に、応じないでもない風がある。一刻も早く説得するべく、ガリア王としては引き続き、魅力的な金品を送ろうと考えているが、御一同の意見は如何か」

皆が呆気に取られていた。明らかに話が違っていた。アヴァリクムの敗戦は、どこにいった。この一大事について、ヴェルチンジェトリクスから一言もないのか。

群衆ばかりか、車座の列に並ぶ要人の面々まで、あんぐり大口を開けていた。いや、ガリア王の右ではヴェルカッシヴェラーノスが慌てている。ヴェルチン、おまえ、なにいってる。

左ではドルイド・クリスが躍り上がり、いきなり鎖帷子の袖を奪う。おまえ、おまえは、また勝手を口走りおって。

長身を屈めさせると、大神官は王に耳打ちを試みたようだったが、待たずして群衆からも声が上がった。ヴェルチンジェトリクス、アヴァリクムの敗戦は、どうなさるおつもりか。

「なんだ、そのことか」

と、美貌の若者はうそぶいた。迷惑げに顔を顰め、まるで相手にしない風である。まったく、クリス爺にも困ったもんだ。もう老眼になっちまったらしいや。だから、ガリアが一致団結すれば、世界中が束《たば》になっても敵《かな》わないんだよ。

「目下のところ、我らの目的はガリアを統一することにある」

ヴェルチンジェトリクスは公に断言した。さもなくば、ローマの追放など、もとより絵空事である。大事と小事を混同してはならない。大袈裟に気を落とすことではない。これくらいの敗戦にうろたえるなど、どうかしているのではないか。耳殻に王の言葉を響かせながら、ゲルゴヴィアの刀鍛冶は人垣の中で唸っていた。

――なんと、アヴァリクムの陥落まで……。

小事といって片づけるか。ヴェルチンジェトリクスの豪気な放言に、広場の空気が変わり始めた。すっと心が軽くなる。表情に明るさが戻る。刹那の感慨をアステルにいわせれば、まさに目から鱗《うろこ》が落ちる爽快感だった。

なにを気に病んでいたのだろう。そうだ。はじめから、ヴェルチンジェトリクスは公言していたのだ。なによりもガリアを統一しなければならない。ガリア総決起を実現しなければ、ローマを相手に勝ち目はない。闇雲に戦うは愚の骨頂なのだ。その丁寧な手順は他でもない、かつて英雄ケルティルが踏んだものではなかったのか。

「現状では敗北も、特に驚くべきものではない」

王の言葉は改めて、道理だった。合力しない部族が数多ある現状では、ローマ軍に大敗するは必定である。本末を転倒させて、闇雲に悲観したことが、今では恥ずかしくも感じられる。引き比べて思うのは、我らが指導者の大器だった。

——さすがはヴェルチンジェトリクス。

動じなかったはずだ。隠れなかったはずだ。それを再び、生まれながらの王だからと説明して、いっこう差し支えあるまい。ヴェルチンジェトリクスの血は強かった。貴公子は偉大なる先祖が記した道標を、迷うことなく邁進できるのだ。ケルティル様の御子息に賭けたことは、やはり間違いではなかった。

「もとより、戦というなら、上首尾ばかりといかないのが常だろう」

「じゃが、じゃが、アヴァリクムの損失は大きいのですぞ」

なおもドルイド・クリスは抗議した。側近は敗戦を重大視しているようだった。なんとなれば、かの城市を奪われたために、補給を得たローマ軍は勢いづいて、折角の焦土作戦が無駄になったのですぞ。このままではガリア統一など……。

「まったく、クリス爺は、おこりん坊だなあ」

どや、と群衆に笑いが起こった。ほんと、やれやれ、だよ。おどける王の仕種は、若者というより生意気な子供のようで、それが滑稽な愛嬌になっていた。お、おお、おこりん坊ではない。ヴェルチン、また、また、きさまという奴は。だから、爺も年寄りなんだから、そんなに怒ると身体に障《さわ》るぜ。

広場に笑いが広がっていた。すでに大爆笑だった。寸劇が愉快と笑えるくらいまで、皆の心に余裕が生まれたということでもある。わかった、わかったよ、クリス爺。悟り顔のドルイドのくせして、暴力なんかふるうなよ。

「ああ、考えてる。俺だってローマ軍の始末くらい、きちんと考えてるんだ。アヴァリクムの失敗なら、すぐに取り返してやるよ」

「わしがいうのは、神官団の忠告を無視して……。おまえ、元が、おまえが……」

老顧問は数語を口走りかけたが、それを王は手を出して止めた。わかってる。こたびの戦について、総括しろといってんだろ。

聞き止めて、群衆は潮が引くように静まった。ヴェルチンジェトリクスの声が凄むように変わり、へらへら笑いも一緒に切り捨てられていた。無表情に戻ると、きつい目である。白金の冷たい後光に彩られながら、若者の美貌は今度は冴えた剣の凄味を連想させた。

ゆっくりと歩を進め、なにゆえのことか、王は車座の首長のまわりを、ぐるりと一巡してみせた。困惑に捕らわれながら、群衆は言葉を待った。ヴェルチンジェトリクスは再び笑顔を取り戻し、すると唐突に「許そう」といった。

「許そう。こたびは誰の咎も責めまい」

またも言葉は不可解に飛躍していた。許す、とはなんのことだ。誰か咎められるべき者がいるということなのか。わからない。俺たちにわかるわけがない。ざわざわと私語の波が広がるほどに、群衆が突き当たる壁はひとつだった。

首長会議は、これまで密室で行われていた。庶民も兵隊も、下は結果を通達されるだけである。王の言葉が謎であれば、答えは知られざる会議を置いて、他の場所にはありえない。群衆が察する頃合いを計り、ヴェルチンジェトリクスは先を続けた。

「予はアヴァリクム防衛を不可能と判断していた。ドルイドの預言も予の判断を裏付けていた。よって、予は城市アヴァリクムを破壊する予定であった」

それを焦土作戦という。群衆は思い出していた。アヴァリクムが破壊されるか、それとも残されるのか、首長会議で議論になったと噂だけは洩れていた。今こそ実を明かせば、ある一部のものが反対して、アヴァリクムは残されることになった。ガリアで最も美しい街を焼きたくないと、予は繰り返して懇願されたわけだ。

なるほど、とアステルは思った。やはり、反対意見が出ていた。やはり、抵抗感は必至だった。ビトリゲスの奴ばらめ。早くも決めつけ、そばで気の荒い兵士が罵倒に及んだ。橙色のキルトからピクトネス族の出身とわかる。ビトリゲスの奴ばらめ。自分たちだけ助かろうとしやがって。おかげでガリア全体が迷惑したんだ。おまえらがローマ軍を勢いづかせたんだぜ。ふざけやがって、ぶち殺してやる。

兵士の憤慨はわかる。わかりすぎて、こちらも怒りに唇が震え出すほどだ。が、アステルは律儀な正義感から、弁護せずにいられなかった。いや、ピクトネスの。ビトリゲス族は焦土作戦に参加しているぞ。

「わしは現場監督として、城市マンキウムの破壊を見届けたんだ」

「だったら、腐れ野郎はアヴァリクムの連中てことか」

「おい、若いの、少しは言葉を慎んだらどうだ」

アステルは声を荒らげた。なお自制を利かせ、それは人目を憚るような窘め方だった。嗚咽の音が微かに耳に届いていた。群衆にはアヴァリクムの生き残りも紛れていた。四万の城市住民のうち、僅かに助かった八百人のことである。敗戦の咎を責めるでなく、ヴェルチンジェトリクスは陣営に温かく迎え入れ、ゲルゴヴィアに保護していたのだ。

所在なげに肩を寄せ合うのは、親子連れの三人だった。妻と子を守るように抱きながら、苛められ子を思わせる目をした男は、左右で髭の長さが違っていた。

敵陣を抜けるとき、茨線かなにかで千切られたものらしい。その証拠に頬にも細かい傷が、無数に縦横していた。毛織の服とて方々が破れ、もう半裸に近い。なりふり構わず、身体ひとつで、本当に命からがらという脱出だったのだ。アステルは労《ねぎら》う口調で声をかけた。

「家族を守るのは当然だよ。あんたは悪くない。偉い。ああ、あんたは偉いんだ」

長くは、みるに忍びなかった。親子は三人とも痩せさらばえ、ろくろく食べられなかったことがわかる。なんの、アヴァリクムに残りたかったものか。できることなら、農民と一緒に避難したかったに違いない。アステルはピクトネス族の兵士に向き直った。

「貧しき民だ。この連中を責められるか。こいつらだって被害者なんだ」

「だったら、誰が悪いんだよ」

荒らげた問いに答えるのは、ヴェルチンジェトリクスだった。誰と名指しする気はない。ただ、一部のものがアヴァリクム破壊に反対すると、また別な一部のものが、かくの主張に雷同したことは事実である。

群衆には、ぴんと来るものがあった。ビトリゲス族が容赦の前例を得れば、自らの城市、あるいは自らの屋敷、あるいは自らの財産も救われるのではないだろうかと、そうした望みを最後まで諦めない薄汚れた連中が、確かにガリアにはいた。

「あいつらだったか」

と、ピクトネス族の兵士は怨敵を睨んだ。名指しする気はないといいながら、事実上は明らかな告発だった。群衆が四方から身を乗り出すと、車座の男たちは俄に落ち着きを失った。

部族の首長と有力者である。持てる者ほど、焦土作戦に反対する。持てる者ほど、過去にこだわる。持てる者ほど、下らない保身のために、皆の未来を犠牲にしてしまうのだ。ぎり、とアステルは奥歯を噛んだ。この連中ときたら……。

それでも予は許そうと思う。ヴェルチンジェトリクスは続けたが、もう群衆は聞かなかった。ふざけるな、あんたら、いつだってそうなんだ。貧乏人まで、皆が犠牲を覚悟したんだぞ。普段は威張りやがるくせに、少しは恥を知れ。

がんがん、と手あたり次第に固いものが打ち鳴らされ、城市広場は、もう鼓膜が馬鹿になるくらいだった。くやしい、くやしい。声は分別なく上擦り、また涙混じりになりながら、それはガリア流の賛意でなく、あからさまな恫喝だった。

首長、長老は怯えていた。民など塵屑《ごみくず》扱いして憚らない連中が、蒼白になった顔を伏せ、ぶるぶる震え始めていたのだ。高が民だが、数が違う。すでに白分の部族の人間だけではなかった。数多部族の民が一丸となっている。分厚い声の迫力を前に、傲岸不遜な男たちも、もはや一睨みで黙らせることなどできないのだ。

庶民のほうも声を張り上げ、気後れなどは失せていた。激昂の相も露に威嚇の拳を空に突き上げ、一緒に唾を飛ばしながら、神聖不可侵の首長、長老を人声で脅しつけている。ああ、そうか、もう部族の旦那方は大物ではない。上にガリア王がいるからである。

巨大な権威を後ろ楯に、民は無意識に勢いづいていた。熱狂の渦中にありながら、あれ、とアステルは踏み留まった。あれ、覚えがある。よく似ている。

それは同じ、このグルゴヴィアの城市広場だった。あのとき、ケルティルの息子はアルヴェルニア族の首長になった。興奮しながら、民人は旧弊な長老どもを排斥した。もってヴェルチンジェトリクスは、部族に独裁を確立したのだ。

「………」

次は親ローマの貴族だった。タラニス像に詰めて、全て焼き殺した。なるほど、ガリア解放戦争には明らかな障害である。が、障害というなら、その利己的な性癖においては、反ローマの貴族とても変わりがない。

――すると、また殺したのか。

アステルは愕然となった。もしや、みせしめのためにアヴァリクム、四万の民を見殺しにしたのか。従わぬ者は切り捨てると、首長どもを無言で恫喝するために、全て殺してしまったのか。

まさか、まさか。四万の命を生贄にするなど、いくらなんでも度がすぎている。神事の形がつかないのだから、今度は生贄ですらない。ドルイド・クリスは関係ない。やはり、全てはヴェルチンジェトリクスが……。

もはや車座の男たちは、ぴくりとも動けなくなっていた。腐れ首長ども、てめえら、叩き殺してやる。物騒な脅し文句の迫力も、一通りのものではなかった。

なるほど、震え上がるはずである。事実として、武器が振り回されていた。ヴェルチンジェトリクスが指一本でも動かせば、血気さかんな若党などは血を求めて、迷うことなく飛びこむだろう。これに抗する手だてはない。ぎら、ぎら、と鈍い光で閃きながら、これだけの数で刃物が林立しているのだから。

「…………」

ガリアは大敗した。なのに兵隊は減っていない。軍勢は今も無傷で温存されている。アステルが刀一本の打ち直しも、頼まれることがないほどである。なるほど、ヴェルチンジェトリクスは戦おうとしなかった。軍勢を率いて出陣するも、馬糧が足らない、地勢が悪いと口実を作って、遂に大きな戦闘には及ばなかった。アヴァリクムを本気で救う意志があるなら、これは奇妙な話である。

「………」

他に考えようはなかった。なるほど、懲りない権力者どもが、恥も外聞もなく怯えるはずだ。群衆の暴力など、問題ではない。連中は間近で、ヴェルチンジェトリクスの冷たい囁きを聞いたのかもしれないな、とアステルは思った。

直後に全身が戦慄の身震いに襲われる。なんと恐ろしいことか。ガリア統一、ガリア総決起とは、そういう意味だったのか。

最初はアルヴェルニア族の長老だった。次に親ローマ貴族、次に反ローマ貴族と、立て続けに軍門に降《くだ》していく。ケルティル様の再来ではない。アルヴェルニア帝国が再興されるのでもない。ヴェルチンジェトリクスという若者は、数多《あまた》屍《しかばね》を踏みつけながら、その上に絶対の独裁を築く気なのだ。

――それが許されるのか。

王だから、許されるのか。神だから、許されるのか。馬鹿な、馬鹿な。ヴェルチンジェトリクスとて人間だ。ひとりの人間にすぎないのだ。アステルは知っていた。美しい髭を歪ませ、にたりと冷酷に笑うとき、この若者が危うく変化することを。

六、暴挙

ヴェルチンは凌虐の快感が好きだった。他人を蹴落とし、踏みつけ、その尊厳を黙殺することが、楽しくて仕方がない。

車座の男たちは偉そうな髭の先まで震えていた。タラニス像を包んだ火炎に一時だけ臆したものの、対立する親ローマが焼き殺され、連中は自らの部族支配が安定したため、ほどなく自信を回復していた。あくまで神事と要らぬ理屈を重ねたドルイド・クリスも悪い。もはや御一同だけが頼りです、などと顔を立てたヴェルカッシも悪い。それ、みたことか。少し甘い顔をみせると、この馬鹿どもは、すぐ調子に乗るのだ。

「なにが、一同の衆議をもちまして、王の行きすぎを正します、だ。なにが、中庸をもって最善の策といたします、だ。今にも小便ちびりそうな腰抜け野郎が、おもしろい冗談を語りやがったもんだ。今度おふざけがすぎたら、いいか、てめえら……」

小声で恫喝を囁きながら、ぞくぞくする快感に、ヴェルチンは心震えていた。はん、ぐうたら親爺が阿呆面ならべやがって。てめえら、みんな、虫けらなんだよ。先を続けず、あとは群衆の罵声に任せる。おまえらは死ね。そんなに財貨が大事なら、おまえらの命と一緒に神々に奉献してやる。

怒れる群衆は徐々に罵声に代えながら、名前の連呼を始めていた。ヴェルチンジェトリクス、勇者の中の勇者にして偉大なる王。ヴェルチンジェトリクスに従えば、アヴァリクムの惨劇は避けられた。ヴェルチンジェトリクスを置いて、もう誰の命令も聞くまい。

「ヴェルチンジェトリクス、ヴェルチンジェトリクス」

王を唯一無二の旗頭に、ガリアの団結が高まっていた。総決起の志は大敗北を乗り越えて、かえって強くなったのだ。解放戦争を遂げるために、内紛に足を取られてはならない。王の主導権を打ち立てるために、部族の首長に至るまで、あらゆる障害を取り除かねばならない。ガリア統一に邁進して、それを英断といえば、確かに英断というべきだった。が、暴挙といえば、ヴェルチンが考えつくことは、いつだって暴挙なのだ。

気に入らなければ、問答無用に誅殺する。志を貫くために、他に手があるとは思わない。あっても妥協する気がない。話し合いで穏当に折り合うとか、遺恨も時間が解決してくれるとか、そうした類の綺麗な結びは反吐が出る。後悔するなら、するでいい。鬱屈した感情を卑屈に抱え続けるより、怒りの限りをぶちまけて、後日に悔やんだほうがよい。それがヴェルチンの生き方なのだ。

「…………」

いつ頃から、こんな性癖が身についたのだろう。ヴェルチン本人も自覚がない。が、根本の理由だけは明らかだった。俺は正しい、と固く信じているからである。あるいは固く信じているのに、それを認められなかったからだというべきか。

首長の息子でありながら、生まれ故郷の城市を追われ、過酷な流転を強いられた。極貧の境涯にありながら、そのまま惨めな敗北者で終わる道さえ与えられなかった。周囲は執拗に繰り返した。おまえはアルヴェルニア族の首長にならねばならない。ケルティルの遺志を継いで、ガリア王にならねばならない。

少年は至高の地位とて、約束されたものだと思う。なのに落ちぶれた貴公子は、みすぼらしい粗衣を纏う、ただの痩せっぽちだった。世は奇妙に気位の高い少年を笑った。まともに相手にしなかった。だから、ヴェルチンは怒るのだ。こんな不正義に甘んじるわけにはいかない。間違いは正さなければならない。口でいってわからなければ、拳骨と一緒に叩きこんでやる。

すると、どんな暴挙に及んでも、ヴェルチンは自分が咎められるとは思わなかった。

──なぜなら、俺は正しい。

自分の正義には絶対の自信があった。英雄ケルティルが讃えられ、また惜しまれていたからである。父が認められているのに、その息子が笑われる法があるか。帝国を再興できるのは、この俺さまだけだ。ローマ人を放逐できるのは、この俺さまだけだ。おまえらは、この俺さまに感謝するべきなのだ。

正しさに居直るから、ヴェルチンは好きに怒れる。すなわち、その実は自分に自信が持てない人間に、特有の症状というわけだった。

ヴェルチンは馬鹿ではない。どころか、異常なほどに頭が切れる。ヴェルチンは鈍感ではない。どころか、病的なほどに感受性が強い。周囲に与えられた理想と、世に強いられた現実に、あまりに大きな開きがあるため、その狭間で少年は、もがき、苦しんできたのである。逃れるため、いや、逃れた錯覚を得るためには、過激に他人を攻撃するしか道がなかった。どうだ、わかったか。この俺さまは誰よりも偉いのだ。

「わかったか、わかったか、わかったか」

そうして心の均衡を図るうち、ヴェルチンは凌虐の快感に憑かれた。

小鳥の囀りが長閑《のどか》に聞こえた。ひと通り激して、群衆は鎮まり始めていた。取り戻された静寂には、微かな啜り泣きが紛れていた。

掌底で頬を押し上げながら、赤い目が方々で濡れていた。うっ、と嗚咽の声まで聞こえているが、とりたてて意味のある涙ではない。感情を揺り戻して、無分別な興奮を、ただ贖《あがな》うだけの涙である。が、これを聞き分け、ヴェルチンは気にした。涙するとは一体、どういう了見なんだ。

権力者の横暴のため、アヴァリクムは失われた。それは怒りの涙だろうか。いや、違う。それなら終わった。先刻、涙まじりに激している。辛気臭い啜り泣きだから、俺は気に入らないというのだ。それが悲しみの涙であるなら、不満だ。それが恐れの涙であるなら、断じて許すことができない。アヴァリクムの惨劇など、小事だと教えたろう。ガリアが一に団結するなら、ローマなど恐れるに値しないのだ。それを聞き分けることがないのは、あのカエサルが鎮圧戦に乗り出したからなのか。

――気に入らねえ。

ガリア王は、じりと口角に髭を噛んだ。誰も敵将の話など持ち出していない。上辺は無視しながら、ヴェルチン自身が実は過剰に気にしていた。ドルイド・クリスやヴェルカッシに始まって、ローマ人の名前を聞いたことがない子供まで、皆が一様にカエサルを恐れた。その一挙手一投足に神経を尖らせ、この男で全てが決まるといわんばかりである。はん、おまえら、そんなにカエサルが怖いのか。

なるほど、突如として征服戦争を始めた男である。破竹の勢いで勝ち進んだ常勝将軍である。魔神バラロを彷彿とさせる恐怖の代名詞なのである。だとしても、この俺さまより、偉い人間であってはならない。ガリアの王がいるというのに、ローマの木端《こっぱ》役人を恐れることは許さない。なにがカエサルだ。あんなもの、ただの、にやけた中年男だぜ。おまえら、自分の目でみたことがないから、阿呆みたいに怖がるんだ。

――それを、わからせてやる。

ヴェルチンは両手を広げ、群衆の注意を喚起しながら叫んだ。あいつらは、ただの大工だ。

「ローマ軍の勝利は、勇気に勝るからではない。事実、我らは正面きった戦闘で負けたわけではない。ローマ軍の勝利は我々の知らない、ある種の技術と攻城知識のおかげなのだ。だから、ただの大工という。それだけのことなのだ」

ガリア王は重ねて敗因を説明した。群衆は一斉に顔を上げ、熱心に聞いた。アヴァリクムは工事でやられたのかい。ああ、でっかい土手を築いてた。左右と囁き合うにつけ、正鵠を射た王の言葉に、感心顔で頷くばかりである。安易な楽観に流れず、理性的に応じる態度は理想的ともいえる。ガリアの士気は上昇の途についた。それでもヴェルチンは満足できない。まだだ。まだだ。カエサルになど、一分の恐れも抱くことは許さない。我らの解放戦争は絶対に、負けに終わることがない。

「なぜなら、我らには最後の牙城として、この難攻不落の城市、ゲルゴヴィアがある。難攻不落という意味は、森が厚く、峰が険しい深山では、さすがのローマ軍も土木工事ができないということだ」

うん、うん、と人々の頷きは続いた。焦土作戦の立案に続き、ヴェルチンジェトリクスの戦術眼は冴えていた。見事に理屈が通っている。たとえ嘘でも美貌のカリスマが働いて、強い説得力を加えている。が、これが本人だけにはわからないのだ。ヴェルチンには自分の言葉が、虚しく聞こえてならなかった。

「我らは油断なく、さらに城市の防備を強化すべきだろう。それも早急に達成すべきだろう。なぜなら、ローマ軍が次に襲いかかるのは、このゲルゴヴィアなのだ」

脈絡なく断言して、ガリア王は群衆をざわめかせた。ヴェルチンは皆の動揺を認め、やっと小さな笑みを頬に浮かべた。それは体内で危うい因子が動き始めた印でもある。みせてやる。おまえら、みせてやるからな。

「ドルイドから預言が明かされる」

ヴェルチンは手振りでクリトグナトスに水を向けた。それが打ち合わせだった。神官団は東方リゾル山の雪解け模様から解いて、ローマ軍は次にゲルゴヴィアを襲うに違いないと、皆に預言を納得させる。しかる後にガリア王の軍笛持ち、ヴェルカッシヴェラーノスが焦土作戦の展開と合わせ、ローマ軍の必然性を述べる。最後にヴェルチンジェトリクスが再び皆の戦意を鼓舞して、ゲルゴヴィア防衛作戦を勢いよく始動させる。全て打ち合わせ通りなのだが、ドルイド・クリスは目を丸くしていた。

「ほら、もたついてると民が不安がるぜ」

いうと、ヴェルチンは踵《きびす》を返した。中座など聞いていない。どういうつもりだ。衆目注視の舞台まで進みながら、老顧問は白髭をもごもご動かし、なおも目尻で巨漢の行方を気にしていた。ヴェルカッシも異変に気づき、その痩身を若者らしく機敏に翻《ひるがえ》している。まて、ヴェルチン、どこに行く。

「すぐ戻るさ」

「おまえ、まさか……」

「ヴェルカッシ、自分の仕事に専念しろよ」

危うい笑みを残像に、ヴェルチンは奥の首長の屋敷に下がった。その様子を目撃しながら、なにかの準備があるのだろうと、群衆は特に気に留めなかった。示された彼方の山に目を凝らし、ドルイドの預言を聞くほうが忙しい。重く垂れこめた雲を破り、遂にリゾル山の頂が姿を現しております。これをガリアの吉兆と解せずして、なんとしたものか。しかしながら御一同、ここで注意して頂きたい。

「峰々に残る雪の模様は、なにを暗示しておるのか」

　二人の優れた側近は民を納得させるだろう。するってえと、俺も負けちゃあいられねえ。俺は俺で自分の役目を、きっちりと果たすんだ。ひひ、とヴェルチンは気味の悪い笑いを洩らしていた。屋敷の奥の間に、すっと両手を広げて立ちながら、身の回りに数人の少年を忙しく働かせる。それがガリア王の準備だった。みせてやる。教えてやる。カエサルなぞ、とんまな道化にすぎないのだと、いいか、わからせてやる。

「ためにローマ軍には、後方を脅かす北方の制圧に乗り出すか、あるいは解放軍の本拠であるゲルゴヴィアを攻めるか、ふたつにひとつしかないのです。神官団の預言が後者を裏付けるなら、我々は城市の防備強化に急ぎ着手すべきでしょう」

　ヴェルカッシの演説が終わろうとしていた。頃合いを計りながら、ヴェルチンは議場に戻った。とたん、群衆はどよめいた。悲鳴とも嬌声ともつかない高い声は、女たちである。

　ガリア王は裸だった。一糸纏わぬ、本当の丸裸である。力強く隆起する筋肉の塊は、全身に渦巻き模様の刺青が施され、なお服を着ているようにみえた。が、大股の歩みにつれて、ぶらぶら揺れる男の印は見間違えようがなく、また見落とされるはど、可愛らしいものでもなかった。

　裸だ。王は服を脱いで来られた。とすると、肩の白布が気にかかった。着衣ではない。それを男は広い肩に担いでいた。豊かな丸みを帯びた造形は、ふたつに分ける狭間の影を、うっすら白布に透かしながら、これも見間違えようがなかった。

「あれは女の尻だ」

白装束の女は手首、足首を縛られながら、荷物のように運ばれていた。広い肩に腰紐のあたりで担がれ、男の背中に結い髪からほつれた長い栗毛を垂らしている。かすかに覗いた横顔は、紅の唇に猿轡《さるぐつわ》を嚙まされていた。

なにが始まる。問いたげな無数の視線を引き連れながら、ヴェルチンは城市広場の中央まで、悠々と歩を進めた。内心の興奮を髭の乱舞に託しながら、晴々とした表情は自慢げで、ときに無邪気な子供のようにもみえた。

「ローマの女だ」

いいながら、ぱあんと高い音を立て、ヴェルチンは女の尻を叩いてみせた。張り詰めた空気が破れ、どっと人垣が沸いた。なお臆しながら、ぶつぶつと囁き始める。あれはローマの女なのか。ああ、着るものなんか、ひらひらして、ちょっと変わった風だもんなあ。それにしてもガリアの街に、どうしてローマの女がいるんだ。

「さらってきた」

と、ヴェルチンは続けた。とんてん、とんてん、ローマの男は大工仕事に夢中だから、こんな立派な尻でも女は放っておかれるのさ。ぷっと吹き出し、最初のうちこそ笑い転げた群衆も、段々に冗談でないことを察し始める。だったらガリアの益荒男が、いっぱつ面倒みてやろうじゃねえか。だって、可哀相だろう。

「この女の亭主は禿げで、痩せで、ちびなんだぜ」

しかも中年の糞親爺だ。弱くなって、最近さっぱりなんだとさ。げらげらと笑う輩は、もう迂闊な若い連中だけだった。なにが始まろうとしているのか、そろそろ明らかになっている。だらしなく股間に垂れた例の印が、みるみる力を漲《みなぎ》らせ、まさに凶器の棍棒として、りゅうと反り返ったからである。

まさか、と呟くのは余所の部族の人間だった。またか、とアルヴェルニア族の人間は諦め顔である。すでにゴバンニチオスの令嬢が犠牲になっていた。度を越した示威行為は、ガリア王の十八番なのだ。

それにしても今度の生贄は、ガリア人には驚愕すべき女だった。その素性が明かされると、若者の迂闊な笑みさえ、喉の奥まで押し戻される。ヴェルチンジェトリクスは、はっきりと名前を出した。

「カエサルの奥方だ」

ひくと人垣が揺れた。引いていく群衆を追うように、ヴェルチンは興奮に上擦る言葉で畳みかけた。そうだ、総督の女だ。ローマ軍は必ず、ゲルゴヴィアにやってくる。この女を取り戻すため、カエサルは来ないわけにはいかないんだ。

「もっとも玉なし野郎だったら、作戦も違ってくるがな」

誰も笑わない。誰も答えない。群衆は蒼ざめていた。我らが土は、とんでもない真似をした。ただで済むはずがない。玉なしどころか、カエサルが報復しないわけがない。恐怖のあまり、がくがく膝を震わせる者がいた。驚愕が激しすぎて、その場に卒倒する者まで出た。

狼狽は側近の列でも同じだった。

「やめろ、ヴェルチン、馬鹿なことはやめるんじゃ」

「女なら、いくらでも手配してやる。だから、ヴェルチン、早まったことだけは」

ヴェルチンは耳を貸さなかった。はん、どのみち奴は怒り狂うさ。今頃は禿げ頭に湯気を立ててるに違いねえ。だったら、一発ぶちこまないのは損だろうが。

「なんせ、これだけの上玉なんだぜ」

ぬらりと長い舌を出すと、揃えた女の爪先に屈み、小さく並んだ指を卑猥に舐め回す。やめる気など毛頭ない。どころか、ぞくぞくと悪寒にも似た快感に、もう夢中になっている。目にみえる一面が、引き攣る顔で震えていた。それがヴェルチンには楽しくて仕方がないのだ。おまえら、そんなにカエサルが怖いのか。危うく立っていられないほど、にやけた中年男が怖いのか。

――俺は違う。

隆起した先端が、不潔に尾を引く涎《よだれ》を垂らした。どうだ、俺は怖くない。どうだ、俺は萎えない。いいか、おまえらに教えてやる。おまえらが恐れる男など、この俺さまに比べれば、ほんの道化にすぎないということを、な。

無造作に捲り上げ、ヴェルチンは女の尻を露にした。どうだ、みんな、つるつるだぜ。まるで白大理石の置物だ。産毛一本、生えてねえ。ひた、ひた、と尻ぺたを叩く音が、一場に新たな空気を生んでいた。卑猥と紙一重の滑稽が、広場に苦笑を誘いこむ。そうだ、そうだ、それでいい。アヴァリクムの大敗など忘れろ。カエサルなんぞ笑い飛ばせ。

ヴェルチンは惚けた風な声に代えた。おい、おい、みんな。

「ローマの女が、なんかいってるぜ」

確かに声が籠もっていた。ガリア王は手を伸ばし、女の項《うなじ》の下を解いた。猿轡が外れると、ローマの女は小さく数語を呻いた。が、言葉は通じない。え、え、なんだって、わっかんねえなあ。耳に手をあて、執拗に問い返すのだから、悪乗りにしてもヴェルチンは度を越している。上がった目尻を紅潮させ、意味不明の言葉を必死に連ねながら、ローマの女は明らかに恐慌を来しているのだ。

「ああ、わかった。足の縄を切ってくれと、そういうことだな」

ヴェルチンは勝手に決めつけ、かたわらの首長の腰から短刀を奪った。縄を切ると、細い足首に痕が赤く輪になっていた。その色に指をあてがうようにして、すかさず毛だらけの手で束縛する。伸ばした腕が、なぜか交互になっていた。すると男は肩を撥ね上げ、くるりと女の身体を回した。

前後が入れ代わる。半転して男の懐《ふところ》に収まると、女は今度は背中を分厚い胸板に抱えられる格好だった。すらりと伸びた太腿が露なまま、足首は左右とも、まだ毛だらけの指に握られている。ヴェルチンは甲高い声でわめいた。ローマの女が、どうなってんのか、おまえら、みんな、知らねえだろ。

「よくみな、びっくり箱だ」

ヴェルチンは腕を左右に広げた。一緒に白い内腿が開き、秘めた底部が衆目に暴かれていた。乱暴に犯して捨てるより、いっそう破廉恥な辱《はずかし》めである。その卑猥を人間は、かえって喜ぶのである。おお、と驚く低い声が、徐々に笑いに流れていった。

「どうだ、毛がねえ。ローマの女は下の毛を、綺麗に剃ってやがるんだ」

すでに広場は大爆笑だった。猥雑な野次が飛ぶ。囃《はや》すような口笛が吹かれる。ヴェルチンは上機嫌だった。知ってたか、おまえら、知ってたか。捲れんばかりに目を見開き、わめき散らす王の姿は、あわや狂人と思わせる奇態だった。こいつが文明て代物だ。まったく、恐れいるじゃねえか。ほら、ほら、みなよ。よくみてみなよ。

隠すように女は、さっと顔を伏せた。なのに隠れようがないことに絶望して、きつく閉じた瞼から累々と涙の玉を絞り出す。嗚咽に細い肩を揺らし、いやいやをするように激しく頭を左右に振る。されて顔にかかる髪を、やかましそうに避けながら、ヴェルチンに止める様子は皆無である。

「みなよ、これがカエサルの女だ。うまそうじゃねえか、ほら、よくみなって」

骨盤を軋ませながら、いっそう大きく腿を開き、女の身体を裏返すかの勢いで、さらに前に押し出してみせる。げらげらと笑い声を転がしながら、これに男たちは腹を抱えた。なにが可笑しいといって、女が嗚咽に咽《むせ》び泣くほど、柔らかげな下腹が、ひくひくと間抜けな波を寄せるのだ。まるで、艶笑コントである。どうだ、こいつがカエサルの女なんだぜ。

「役立たずの亭主のかわりに、そろそろ一発、ぶちこんでやろうじゃねえか」

ヴェルチンは女の身体を放り投げた。地べたに転ぶと、もがく動きで起き上がり、女は縛られたままの両手で難儀しながら、乱れた裾を直そうと懸命だった。その努力を嘲笑うかのように、男の大きな手が伸びる。ヴェルチンは小さな臍が露になるまで、白布を音を立てて引き裂いた。

女の悲鳴は仕留められる雉《きじ》に似ていた。男たちは騒ぎを収め、ごくと生唾を呑んだ。いよいよ始まる。いや、違う。ヴェルチンという男は、どこまでも執拗だった。女の平たい腹に馬乗りになってしまうと、惚けた表情で腕を組み、女の鼻先に伸びたものを、ひょこひょこ動かしてみせる。粘る涎が糸を引いて、紅の唇に垂れ落ちた。

どこまでも、こけにする。群衆は再び大爆笑なのである。

「ほうら、ほうら、逃げてみろ」

いたぶるような戯《ざ》れ言で、またもヴェルチンはローマの女を解放した。が、逃げられるわけがない。裂かれた裾を重ねる女は、四方の行手を群衆の壁に阻まれていた。迷い子のような目を見開き、ひたすら右往左往するばかりである。この哀れな生贄に、卑劣な男は容易に止めを刺さないのだ。

ときおり追いついては、乱暴に女の腕を引く。よろけて転ぶと、泥に汚れた白布を、すっかり首まで裂いてしまう。裸身を細い腕で隠しながら、また女は走り出す。おどけた手足の動きを交え、男は隆起したもので追い立てる。ゆさゆさ揺れる女の肉を、皆で笑い物にするのだから、ヴェルチンの凌虐欲は、まさに際限というものがない。

「ひへへ、みなよ。変なもの、巻いてるじゃねえか。おっぱいの形を整える紐だとよ。ストロピウムというんだとよ。こんなものでローマの女は押し上げてやがるんだ」

知らねえと騙《だま》されるぜ。ひひ、けはは。鳥のように笑いながら、ヴェルチンは遂に女の腕を捕らえた。いひひ、けはは。ローマの女は犯されて、ガリアの笑い物に落ちる。亭主も一緒に笑われて、もう誰にも恐れられない。そうだ、カエサルなんぞ糞だ。

――それを、わからせてやる。

ローマの女に残されたのは、金鎖の首飾りだけだった。目を血走らせる男たちは、もう笑っていなかった。やれ、やれ、やっちまえ。カエサルの女なんぞ犯しちまえ。行為を鼓舞する激昂は他でもない。ガリアの女もローマの男に、さんざ弄ばれたからである。

すでに恐怖は消えていた。あるのは冷やかな軽蔑と、激しい憎悪だけだった。それでいい、とヴェルチンは思った。

カエサルを恐れてはならない。それはカエサルを認めることだからである。我が手に正義があるならば、どこまでも敵は否定しなければならない。いっぺんの尊厳すら、敵に認めてやってはならない。仮借ない世の定めを解すればこそ、群衆は熱い拳を振り上げたのだろう。

それでいい、とヴェルチンは思った。悲鳴であれ、喜悦であれ、ローマの女が洩らす声など、もう誰にも聞こえなかった。

七、進軍

ずきずき傷口が疼《うず》く。ガリア人の武器を夢中で払い、そのとき無くした小指と薬指の跡である。軍医に傷口を縫合させたが、今も赤黒い血と黄色い膿が滲み出て、左手の包帯を汚していた。あの藪医者め、とマキシムスは苦々しく唾を吐いた。

うう、むう。これみよがしに呻きながら、百人隊長は痛む左手で肩紐の位置を直した。担ぐ背負子は長い縦棒と短い横棒を、十字形に組み合わせたものだった。大鞄から、鍋釜、水筒、つるはし、スコップと装備品を下げながら、がらがら音を鳴らして行軍する。背中に高く山を作り、ローマ歩兵が歩く姿は、まさしくロバのようだった。

襲われやすい荷馬車部隊を、英断で廃止にした将軍をマリウスという。カエサルの伯父にあたる人物である。かわりに兵隊が自ら担ぐ羽目になると、ローマ歩兵は改革者の名に因んで、実際に「マリウスのロバ」と綽名を得ていた。

いうまでもなく、重い。鎧兜で身を固めた上に、右手には軽重二様の投げ槍を束ね、肩掛けには突き剣を吊るし、左手には楕円の盾を抱え、一切合切を身体ひとつで運びながら、それでも世界最強の軍隊は「止め」と命令が下るまで、黙々と行軍を続けなければならないのだ。革編サンダルは、もう泥だらけである。

「カエサルの、くそったれ」

マキシムスの悪態は口癖となり、今もって改まる気配はなかった。総大将には今度も合点が行かないからである。なんだって、行軍なんだ。アウァリクムのあと、ほんの数日の休養だけで、ローマ軍は急な出発を命じられていた。それから、毎日が行軍に次ぐ行軍である。これが兵士には応えたのだ。

アウァリクムは大勝だった。それは紛れもない事実だが、同じく最前線の激戦も嘘ではない。ローマ兵は飢餓に苦しんでいた。明らかに地力が落ちて、苦戦を余儀なくされたのだ。その証拠に今も呻き声が聞こえてくる。

夜陰に顔はみえないが、ラッパ手だろうか、とマキシムスは部下の見当をつけていた。怪我人は百人隊長だけではない。ほとんどの兵士が、なんらかの傷を負っている。わけてもラッパ手は、太腿を矢尻に射抜かれていた。藪医者の奴ときたら、探り針で赤肉の傷を開き、いきなりペンチを差し入れた。なんとか矢尻は取り出したが、腿の怪我は化膿して、大事な部下は今も軽い発熱に悩まされている。行軍が楽しかろうはずもない。もとより、ラッパ手は夢中で援軍を呼んだ最中を狙われたのだ。

――なのに、カエサルの野郎……。

のろのろしやがって。ぶっと音を立てながら、マキシムスは汚らしく唾を吐いた。ほう、ほう、と音を曇らす、恨めしげな囀りだけが応えてくれた。深山に暮らす梟《ふくろう》らしい。夜の鳥が跋扈《ばっこ》する刻下、ローマ軍は欝蒼たるガリアの森に隠れていた。

昼なお暗い赤松の群生は、この土地では神々が暮らすといわれる聖域だった。現に巨木の袂や沼の辺では、古い社にぶつかっている。マキシムスは幼い頃に昔話か、なにかで聞いたことがあった。深山では神々が獣に変化する。山犬となり、熊となり、また鹿となって現れる。がさがさ木々を騒がせて、生贄にする人間をさらいにくる。

ハッとしてマキシムスは背後をみた。なにもない。馬鹿な、馬鹿な。そんなもの、異国の邪教ではないか。突き放しながら、その素朴な畏怖感だけはローマ属州に生まれた男も、きゅっと縮む陰嚢《いんのう》の感覚で認めざるをえなかった。ひんやりした空気に頬を撫でられながら、だから怒りに燃えていないと、気味が悪くて落ちつかない。

いつでも出発できるよう、装備の上で待機と上から命令が来ていた。が、マキシムスなどは不機嫌顔で足を前に放り出し、すっかり尻餅をつく格好である。地べたに腰を下ろす者は少なくなかった。背中の大きな背負子にもたれて、少しでも楽な姿勢を取らないではやりきれない。腿まで来る赤服の裾に、股間を守る鋲が打たれた「キングルム」と呼ばれる下げ紐が垂れていたが、これを弄り回しながら、若き百人隊長は思い出したように、ときおり悪態を吐き出すのだ。

「けっ、やってられるか、馬鹿野郎」

尻が濡れて冷たい。ぶる、と不意の身震いに襲われる。マキシムスは自分を励ますように、強いて罵声を夜陰に連ねた。あの禿げ、のろま、馬鹿総督が。

数日の行軍は険しさを増すばかりの山道だった。雪解け間もない冷たい泥に、くるぶしから下を埋め続けでは、もう疲れ果てて、戦意などない。戦意など……。ぶる、とマキシムスは、また身震いに襲われた。

ローマ軍は目下、ゲルゴウィアを目指していた。ガリア中央山地に抱かれる、アルウェルニ族の都は、反乱軍の総大将ウェルキンゲトリクスの城市である。難攻不落の山城は諸部族の軍勢を集め、今やガリアの総本部だった。

――まさに敵地だ。

好んで足を踏み入れるかねえ。皮肉な笑みを浮かべた直後に、マキシムスは寄りかかる赤松の幹を、がんがん拳で殴りつけた。ずきずき痛む左手から、激痛を脳天まで走らせでもしなければ、たちまち手足が震え出す。恐ろしい。暗い森に捕らわれた数日は、まさに血塗れの行軍だった。これは聖域を冒した罰ということなのか。

なるほど、ガリアの神は生贄を好むという。ローマ人の不用意な行軍を、敵は地の利を生かした、好き放題の狙い撃ちだった。矢傷が絶えない。V字型に切り立った渓谷の狭道を進めば、みえない崖上から不意の大岩が振ってきた。びちゃと嫌な音を立て、生身の人間が蟻のように潰される。運良く逃れられたとしても、すぐさま兵士は汗だくの撤去作業を強いられる。

ようやっと道を塞いだ岩を退けると、もう夕刻になっていた。ガリア軍は薄闇を利用してローマ軍に近づくと、今度は森陰から恐ろしい奇襲をかけてくる。その巨軀に怯《ひる》み、逆立つ髪に狼狽し、おどろおどろしい顔料に我を失わないにしても、土台が「マリウスのロバ」は背中の荷物が嵩《かさ》張って、蛮勇の好餌とならざるをえないのだ。

血飛沫《しぶき》が生温かい突風として駆け抜ける。一難去った夜の陣営では、監視兵が見張りに余念がないとは知りながら、怖くて、怖くて、ろくに眠ることができない。朝を迎えて陣を解き、気を取り直して進軍を再開すれば、その矢先に先頭が悲鳴を上げるのだ。坑道技術に優れるガリア人は、夜の間に必ず落とし穴を掘っていた。

山間の一本道だけに、穴を埋め直さないことには、前に進むことができない。丸太を並べた、いわゆるガリア道を発見して、今度こそはと行軍しても、まんまと迷い道に誘いこまれるだけである。ローマ軍は果ての断崖絶壁に、しばし呆然と立ち尽くす。来た道を引き返して、正しい道を辿ってみれば、あげくは道がない有り様なのである。

ごうごうと水音が聞こえていた。流れはエラウェル河と呼ばれていた。ゲルゴウィアは渡河した西岸の彼方にある。が、未だ城市の影さえ拝めなかった。ローマ軍は東岸に留まり、だらだら川沿いを南進するだけである。この季節、谷川の急流は冷たい雪解け水を集め、その量といい、その勢いといい、容易に渡河を許さなくなる。

――なのに橋がない。

ガリア軍が全て壊した後だった。土木国家ローマの実力を発揮して、新たに橋を架けようと試みても、やはり思うに任せなかった。

木も容易に切り出せない。ガリア軍の騎兵隊が、エラウェル河の西岸を縦横して、東岸のローマ軍を絶えず牽制するからである。呑気に斧を打ちこんで、山々に作業の音を木霊させれば、それこそ敵に矢の的を教えてやるだけの話だった。

どうにもならない。ガリアの森に捕らわれたまま、ローマ軍は本当の立ち往生である。エラウェル河は秋になると、水も引けて、浅瀬で渡ることができるという。そうするとローマ軍は、木々が紅葉に色づくまで、森に隠れて待つのだろうか。

「………」

カエサルの、のろま野郎が。再び声に出した百人隊長を、脇から袖を引いて咎めるものがいた。そう何度も繰り返していちゃあ、じき偉いさんに聞かれちまいますよ。

その部下は鋳物の軍旗を、宝のように抱きかかえていた。前の軍旗持ちはアウァリクムの激戦に果てた。ために大隊長の推薦で、前の教練係プロキシムスが昇進していた。念願の地位を得て、いっそう欲が出たとみえ、おべっか使いにも拍車がかかる。

「大隊長殿も気に病んでおられるようなんですよ」

「なにを」

「上下の間に不本意な誤解が生まれつつあることを、ですよ」

「誤解ではない。カエサルは本当に馬鹿だと思うから……」

「ええ、ええ、隊長殿の御炯眼《けいがん》は、かねがね存じ上げております」

猫撫で声で宥《なだ》めると、一転鋭く背後を叱りつける。炊事班、なにしてる。隊長どのに粥《かゆ》を、急いで。上には媚び、下には苦労を押しつける。それがプロキシムスという男である。侮蔑の眼で若き百人隊長は思う。きさまの手合いがローマ軍には、ごまんと溢れているのだろうな。だから、カエサルが調子づく。にやけ顔の取り巻きが、なにをやっても御上手、御上手と褒めるから、ああいう類の中年男は落ち目のまま、世にのさばり続けるのだ。

「俺を同じに扱うな」

マキシムスは発作的に動いた。いきなり軍旗持ちの襟をつかみ、ぐいと手元に引き寄せていた。なんです、なんです、隊長どの。ご立腹はわかりますが、ここは、ぐっと堪えて下さいましな。その場の空気だけ収めようとする態度に、なおのこと百人隊長は苛立った。わかる、だと。おまえに、なにがわかるのか、だったら、いってみろ。

「え、え、なにがですか」

「俺が腹を立てる理由を、おまえ、わかってるんだろう」

「ですから、この行軍地獄のことでしょう」

軍旗持ちは声を落として応じた。いやあ、今回も歩かされましたな。これから先も歩くんだと思うと、気が滅入るのは小生も同じですよ。といって、まあ、今回は食い物があるだけ、これも仕方がないでしょう。

「さあ、どうぞ、隊長どの。大麦の粥が運ばれてきましたよ」

マキシムスは手の中で碗を弾いた。だから、きさまは俺を馬鹿にするなという。威嚇するように、ぶっと唾を吐き出すと、マキシムスは再び背負子にもたれた。ふてくされた横顔を覗きながら、青年将校の周りに集うのは、不満顔で下士官の苦言になど無視を決めこむ、いつもの連中と決まっていた。隊長殿、こいつは一体どういうことなんですか。総大将のやることなすこと、まったく合点が行きませんや。

「カエサルおじさん、今回もローマに目がいっちまって……」

「それなら、まだしも幸いかもな」

マキシムスは冷笑気味に答えた。意味が取れず、直属百人隊の部下たちは、ぎこちなく互いの顔を見交わした。徐々に苛立ちに襲われる声で、隊長は続けた。だったら、誰か説明してみろ。ローマを持ち出して、この作戦を読み解いてみろ。いや、ローマなんか抜きでもいい。誰か納得の行く説明がつけられるか。

「なんだって、急にゲルゴウィアなんだ」

意外な進路だった。いや、兵卒の感覚では、まさに寝耳に水である。従前の戦勝直後には、しばらくアウァリクムで休養するような話だった。なるほど、勝利を収めはしたものの、全軍が士気を回復するには程遠かった。多少の補給は得たものの、これも十分な量とはいいがたかった。体力は回復しない。傷も癒《い》えない。なのに休養を打ち切られ、急遽ゲルゴウィア行を命令されたのである。

本当に急な話で、現に幕僚部はガリア中央山地の地図さえ、ろくろく用意していなかった。山道に右往左往する展開に、総大将の決定は、すでに物議を醸《かも》していた。マキシムスの部下たちは、おずおずと寄せる観測を述べ始めた。

「鳥占いの結果という噂もありますが」

「あの俗物がユピテル神の印に殊勝に従うような玉か」

「だったら、一気に王手をかける、という意味でしょうか」

「王手をかけられる状況だろうか」

「といいますと」

「背後に不安を残してるだろ。当初は休養の後、北方の足固めをする予定だったじゃないか。セノネス族の討伐、城市ルテキアの制圧なしに、ローマ軍の南進は愚挙だ」

「本拠地を叩いて、一気に反乱を終わらせると説明されましたが」

「本当なら、あるいは英断というべきだろう。が、だったら断固たる決意で、全軍を南に下げるべきじゃないか。一気というなら、なにより総力戦を敢行するべきなんだ」

皆も百人隊長がいう意味はわかった。ゲルゴウィア行を決めながら、総大将カエサルは北方の足固めも断念していなかった。なんでも万全の慎重策ということで、ラビエヌス将軍に四個軍団を預けながら、予定通りの制圧作戦に発たせている。ガリア中央山地に向けたのは、残りの六個軍団だけなのである。

「カエサルの馬鹿が軍を分けやがった。そんな中途半端な意気こみで、ゲルゴウィアを落とせるものだろうか」

「…………」

「しかも動きの鈍いこと」

アウァリクム発は四月末、それが、もう五月も半ばだった。ゲルゴウィアなら、ゲルゴウィアでいい。あるいは六個軍団で落とせる程度の標的だろう。が、迂闊に軍を分けた上に、準備不足で敵地に踏みこむからには、せめて迅速に動くべきだった。

敵に時間を与えれば、応戦の準備を整えられるは自明である。現に岩に襲われ、落とし穴に捕らわれ、奇襲に苦しんでいる。電光石火に動いていたなら、エラウェル河の渡河だって、橋を破壊される前に、とうに済ませていたはずなのだ。

「度重なる失策に加えて、俺たちは余計に歩かされてもいる」

マキシムスが続けると、部下たちは寄せ合う額を擦るようにして、皆が深々と頷いた。遅いだけではない。ゲルゴウィア行は直線距離を進まず、アウァリクムから南下の進路を大きく東に迂回していた。その余計な距離、実に一三〇ミレ・パッスス（約二百キロ）に及ぶ。これが歩兵の身には応えたのだ。

理由はあった。東ガリアに盤踞する大部族、ハエドゥイ族の内紛である。

ガリアの数多部族の中でも、とりわけ長老貴族の力が強く、ハエドゥイ族は首長家門の存在すら認めなかった。長老会議に席次を持つ名門の中から、「ウェルゴブレドゥス」と呼ばれる任期一年の統領を選び、年ごとに部族統治を委ねる政体である。勢い、権力闘争は他部族に増して熾烈を極めるが、折り悪く今年の選挙は揉めに揉め、二人の候補者が二人とも統領を名乗るという、異常事態に発展したのだ。

かたや若き新進有力者コンウィクトリタウィス、かたや部族最大の権勢を誇るコトゥス。前者はドルイドの支持を受け、後者は前統領を実兄に持つ。長老貴族も二派に分かれ、それぞれ武器まで持ち出して、すでに一触即発の内乱の危機だった。この争いを治めてほしいと、ハエドゥイ族はカエサルに調停を求めてきたのだ。

総督に調停を依頼するだけ、ハエドゥイ族は伝統的な親ローマだった。ガリア反乱の渦中にある時下、最も重要な友邦部族といってよい。アルウェルニ族の東隣に領国を置き、本作戦ではローマ軍が後方支援の頼みにする部族でもある。ハエドゥイ族の安定なくして、ゲルゴウィアは攻められない。

「ですから、やむをえざる事情でしたよ」

弁護の口調は軍旗持ち、プロキシムスだった。先刻から私語をやめない一角を、大隊長が睨みつけているらしい。おべっか使いが神経質になるわけだが、マキシムスは多少の意地悪心で、わざと大きく放言した。まったく、馬鹿な話だぜ。

「ハエドゥイ族の掟では、統領さまは部族の土地から出られないんだとさ」

すなわち、統領は将軍として遠征できない。権力を集中させない措置を講じて、まだるっこい談合政治は親ローマというより、すでにローマかぶれである。はん、手本を選べというんだ。苛立つ心を、マキシムスは皮肉な冷笑で誤魔化した。はん、本当に馬鹿な話だ。ハエドゥイ族が有する西端の城市デケティアまで、カエサル自ら出向くことになり、それが軍団には余計な行軍になっていた。ええ、ええ、馬鹿な話です。まったく、馬鹿な話です。

「カエサル閣下も、お気の毒なことでしたな」

穏便に治めたくて、プロキシムスは額に汗を掻き始めた。こちらを気にする大隊長に、愛想のつもりなのか、中途半端な阿呆笑いで何度も会釈を送っている。

マキシムスは段々情けなくなってきた。もう大声を出す気にもならない。百人隊長は捨て鉢の台詞を放り出した。今回は負けだな。その言葉の衝撃に、一同は青年将校の意に反して息を呑んだ。みてとるや、これを機会とマキシムスは言を重ねた。

「ああ、カエサルは負ける」

「………」

「ローマ軍は負けるんだよ。ガリアの王は、ウェルキンゲトリクスとかいったか」

「ええ、ええ、そんなような名前です」

「器が大きいよ」

それが偽らざる百人隊長の実感だった。不可解といえば、敵軍の総大将も不可解な男だった。ウェルキンゲトリクスは敗軍の将である。でありながら、失脚を逃れている。どころか、いっそう優れて軍勢を統率しているのだ。

ひんやりした森の夜気に、マキシムスは身震いを新たにした。ガリアの神々が聖域を縦横にして、不敬なローマ軍を苦しめている。が、その恐るべき神とは、ウェルキンゲトリクスのことではあるまいか。

敵地だとか、応戦準備だとか、いろいろ理屈をこねてみるが、それも従前のガリア軍が相手なら、配慮すべき問題にもならなかった。蛮勇を誇るだけの愚か者に、なんの警戒がいるだろうか。

が、こたびのガリア軍は明らかに違う。全てが戦略的な発想で動いている。まるでローマ軍を相手に戦っているようなのである。橋を壊して、文字通りに敵を水際で阻む算段など、ローマ軍の将軍でも、どれだけ考えつくだろうか。

「視野が広いんだよ」

と、マキシムスは括った。先の焦土作戦にしろ、目下の防衛作戦にしろ、ウェルキンゲトリクスの視野は広く、また発想は合理的かつ大胆である。もしかするとハエドゥイ族の内紛にも、このガリア王が一枚嚙んでいるかもしれないな。炯眼の百人隊長が思いを巡らす間にも、とにかく、この場を治めたくて、プロキシムスが割りこんだ。

「視野の広さを論じるなら、カエサル閣下も負けておりませんよ。ラビエヌス将軍には北方部族を抑えさせました。ハエドゥイ族の内紛も治められました。真に公正な調停により、統領の地位を認められたコンウィクトリタウィスは、大量の補給と、それを護衛する一万の歩兵を、総督閣下に約束したわけですからな。これで後顧の憂いなく、我が軍はゲルゴウィアに突進できるというものです」

「だと、いいがな」

「………」

「広いというより、カエサルは視野が散漫なんだよ。まるで不器用な八方美人だ」

吐き捨てながら、マキシムスは自分の言葉が情けなかった。友軍の総大将を恥ずかしいとまで思う。なぜなら、ガリアは必死だ。ぞっと背筋の寒さを伴い、蘇るのはアウァリクムの激戦だった。

ガリア兵は城門の死守を試みた。ローマ軍は投矢機で、巨大な矢尻を打ちこんだ。土手腹に受けて、ガリア兵は倒れる。すると別なガリア兵が仲間の屍を踏みながら、かわりに城門前に立ちはだかる。また矢尻が打ちこまれる。また別なガリア兵が身構える。投矢機の殺戮《さつりく》と捨て身の死守が、戦闘が終わるまで繰り返された。死ぬのはわかっていたはずだ。なのに目を見開き、真正面から殺意を迎えた決死の形相が、マキシムスには今も忘れられなかった。

——なのに、きさまは……。

にやにやするな。カエサルは胡散《うさん》臭い愛想だけだ。いい加減に反吐《へど》が出る。ぎり、とマキシムスは奥歯を嚙んだ。あっちこっち、機嫌を取って回りやがって。

「八方美人どころか、はん、これじゃあ、まるで歳を食った淫売だ。方々に媚を売って、カエサルの野郎は自分を高く売りつけることしか、頭にないというわけさ。よさそうな旦那がいれば、あっちにふらふら、こっちにふらふら」

皮肉にするほど、理想高き青年将校は泣けてきた。落ち目のカエサルも、いよいよ末期症状である。なんなんだ、この手練売女みたいな小賢しさは。

それが森に潜むという作戦だった。四軍団は、そのままエラウェル河の東岸を移動させ、渡河地点を探索するかの動きを取らせる。これを囮《おとり》にガリア騎兵隊を引きつけながら、その間に二軍団は森に潜み、夜を待って速やかに渡河を図る。ガリア総督ユリウス・カエサルは、なんとも得意気に演説したものだった。

「ガリア反乱軍は甘い。なるほど、橋は壊したが、まだ橋脚《きょうきゃく》を残している。我らがローマ軍の工兵技術をもってすれば、一瞬にして新たな橋を架けられよう」

あげく総大将自らが、指揮官は目立たぬよう、兜飾を外すようにと厳命していた。なんともはや、カエサル閣下の細心であられることか。

「はん、どれだけ小細工を弄そうと、老いぼれた淫売は、安淫売でしかないのさ」

言い値を譲らないだけ、買い手なんかつくわけがない。吐き捨てて、マキシムスは立ち上がった。臆病な内緒話に似た声で、上から命令が回ってきた。どうやら、渡河が始まるらしい。左手で重い背負子の肩紐を直せば、マキシムスの失われた二本の指が、ずきずき疼《うず》いて止まなかった。

八、激怒

ローマの言葉で「カストラ」といえば、軍の野営陣地になる。行軍ごとに築かれる即席の陣地だが、そこは土木国家の面目躍如というところか。

長方形に濠を掘り、防塁を積み、柵を巡らせ、その内側に大路、小路と碁盤の目の区画を切り、整然と幕舎を並べるカストラは、東西南北の門や広場まで設けて、あたかも都市の威容を誇った。幕舎の配置も全て軍規で定められ、屋根の高い将官幕舎は東西の門に通じる中央大路に立ち並び、特に本営となる大幕舎は、南北を貫く歩兵大路にぶつかる中枢に上げられることになる。

幕舎の赤布は夏の陽光を受け、内側に黒みがかった血に似た色を投じていた。カエサルは腕を組んで床几《しょうぎ》に座ると、じっと目を瞑りながら、きつく唇を引き結んだ。幕内に籠もる熱気に耐えながら、やや乱れた薄い髪を不快な汗に濡らしている。

——かくなる上は……。

ゲルゴウィアを落としてやる。かっかと燃え立ち、ぶるぶる手足を震わせながら、やはり怒りに目が眩んだということだろうか。大人げない。もっと冷静であるべきだった。ガリア中央山地に深く軍を進めるほどに、カエサルの心は後悔に傾いていた。

渡河は成功した。先発した二個軍団に、呼び戻した四個軍団を合わせ、全軍がエラウェル河を渡っていた。さらに五日の難行軍を要して、ローマ軍は城市ゲルゴウィアの南東に、なんとか陣地を建てるところまで漕ぎつけたのだ。

が、攻め手がない。ゲルゴウィアは、まさに天然の要塞だった。城市は仰ぎみる台地の頂に建ち、全体が鬱蒼たる森に覆われていた。一部は山肌が覗けたが、これも滑りやすい玄武岩が切り立つ斜面になっているだけである。

四苦八苦して山裾まで辿りついても、高さ六ペデス（約一・八メートル）の防壁が山肌の隆起に沿いながら、うねうねと果てしなく連なっている。日頃の訓練の成果を示し、なんとか乗り越えたところで、まだ城外の陣営である。

ウェルキンゲトリクスは軍勢を街の外に出していた。無傷のままで温存した、八万を数える大軍である。この人間の壁を決死の白兵戦で切り崩しても、さらに彼方の頂には、あの木材と石材を組み合わせた分厚いガリア式の城壁が待ち受けるのだ。櫓を組み、守備兵の足場を設けながら、全長三ミレ・パッスス（約四・五キロ）に及ぶゲルゴウィアの城壁は、不動の守備を容易に崩しそうもない。

アウァリクムとは格が違う。ガリアの常識にいう「都」という言葉の意味を、カエサルは再認識させられていた。水路の要でも、陸路の起点でもない。数多部族が群雄割拠し、紛争が絶え間ない土地なれば、絶対に落とされない地勢こそが、都たるべき条件なのである。さすがはアルウェルニ族の都、いや、かつてガリア全土を統べた、アルウェルニ帝国の都というべきか。

鬱蒼たる森の城市は真実、未踏の聖地だった。古の歴史において、アルウェルニ族を降した勝利は、平野の合戦におけるものである。時の王ビテュイトスにゲルゴウィアまで後退され、ローマ軍には追撃の術がなかった。

なるほど、深山の城市は周囲に際限なく峰を連ね、およそ開けた平地がない。上ったり、下ったり、この斜面に継ぐ斜面では、土木国家ローマが誇る工兵軍団も、思うように力を発揮できないのだ。

ゲルゴウィア攻めは誤りだったか。この読書家ともあろうものが、なぜに故事に学ぼうとしなかったのか。和睦を騙り、ビテュイトス王を出頭させ、そのまま獄死に追いやる政治謀略こそが、ローマに決定的な勝利をもたらしたのではなかったか。やはり、おびき出すべきだった。だから、もっと冷静であるべきだった。ちっ、とカエサルは不機嫌な舌打ちを禁じえなかった。

いや、難攻不落の城市だからこそ、ローマ人として初めて降す壮挙に意味がある。そんな風に前向きに考え直しても、現実に攻め手は限られていた。長期戦に持ちこむしかない。敵は八万の大軍を容易に養うことができまい。が、翻って友軍は長期戦を粘り切れるのか。

敵地で補給に不安を抱えるのは、むしろローマ軍のほうだった。

――せめてハエドゥイ族が……。

掌で拭い去ると、火照る額に汗だけが冷たかった。痩せた首に喉仏を上下させ、カエサルは懸命に嘔吐を堪える表情である。頭が痛い。目が重い。小刻みに震えながら、指先の感覚すらおぼつかない。

昨夜は徹夜になっていた。ぴりぴり神経を尖らせるまま、仮眠を取ろうにも容易に寝つくことができなかった。ガリア総督が苦渋顔で唾の酸味に耐えている場所は、ようようゲルゴウィアを睨んで建てた、あの陣営ではないからである。

ゲルゴウィアの陣営には、総督代理ファビウスに預けて、二個軍団を置くだけだった。カエサルは自ら四個軍団を率い、新たに二十五ミレ・パッスス（約三十七・五キロ）を踏破していた。一昼夜の強行軍を終え、さる森の辺に別に築いた陣営で、カエサルが待ち焦がれるのは、エポレドリクスという男だった。

むさ苦しい髭のガリア人は、ハエドゥイ族の長老のひとりである。部族の有力者数名は、それぞれに郎党で騎兵隊を仕立て上げ、軍団のゲルゴウィア行に同道していた。頼みとする親ローマの大部族は、さらに準備が整い次第、補給と援軍を送る手筈になっている。それが遅い。今か、今か、とゲルゴウィア包囲陣で待っていたところ、昨日の深夜、本営の大幕舎に飛びこんだのが、このエポレドリクスなのである。

「ハエドゥイ族に造反の動きがあります」

いわく、部族を代表して補給隊と護衛の歩兵一万を引率したのが、長老リタウィックスという男だった。予定通りに出発したが、これがゲルゴウィアから三十ミレ・パッスス（約四十五キロ）の地点で、不穏な動きを示した。エポレドリクスが郎党を遣わせたところ、ローマ軍の穀物仲買人が数名、惨殺死体となって発見されたのだ。

すでに翻意は明らかだった。補給隊は行軍を続けているが、ローマ軍に届けるのでなく、ゲルゴウィアに入城するものと思われる。

「あの青二才めが、ヴェルチンジェトリクスと密かに通じておったらしいのです」

そういって、エポレドリクスは地団駄を踏んだ。リタウィックスという長老は、まだ三十代の半ばで、部族では若い世代に属している。

はじめ、カエサルは耳を疑った。通訳に何度も確かめるが、意味を取り違えたわけではなかった。まさか、信じられない。まさか、信じたくない。なんとか頭を整理すると、浮かび上がる全貌が、カエサルの体内に激怒の火柱を昇らせた。

――こしゃくな、ウェルキンゲトリクスめ。

こそこそ陰で動きおって。カエサルは発作的に動いた。むざむざ補給を渡してなるものか。すぐさま全軍を叩き起こし、夜が明けぬうちにゲルゴウィア包囲陣を出発する。道なき道を踏み越えながら、ハエドゥイ族の補給隊を追跡する。

かいあって、この夕刻までに、なんとか捕捉に成功していた。現在は供してきたエポレドリクスを送り、同胞の説得に努めさせているところである。

どう出るものだろうか。再び帰順するならば、背反の罪は問わない。が、あくまで反意を貫くなら、四個軍団のローマ軍が直ちに討伐に動く。それがハエドゥイ族の補給隊に、カエサルが示した条件だった。が、もし拒否されたら……。

考えるだけで、どっと冷たい汗が噴き出す。腹いせに補給隊だけ討伐しても始まらない。ハエドゥイ族の動揺は必至だからである。

まだ翻意は、ほんの一部の動きだろう。が、カエサルには先の内紛が気にかかった。調停で統領職から退けられ、その遺恨から長老コトゥスの一派などは、すぐさま反ローマの一派に雷同しかねない。また権力闘争が始まる。ほんの小さな火種でも、ガリア人という厄介な連中は、みる間に大火事にしてしまうのだ。

ローマ軍とて火傷では済まない。ハエドゥイ族に内紛が起これば、もう後方支援は期待できないからである。ゲルゴウィア攻めは続けられない。

「………」

撤退が無難だろうか。カエサルの考えが後ろ向きに流れていた。ハエドゥイ族の補給隊が、帰順の説得に応じたとしても、このまま撤退するのが利口ではないか。もとより、深山の城市は難攻不落の要害なのだ。そうした心の動きは、ゲルゴウィアに二軍団だけ残し、四軍団まで連れ出した、数の割合にも現れていた。が、数は同時に全軍の撤退も思い切れない、総大将の苦悩を物語るものでもある。

——なんとか、なんとか。

やらねばならない。撤退するわけにはいかない。生意気なウェルキンゲトリクスを、ここで叩いておかなければ、ガリアの反乱は長くかかる。馬鹿な話だ。俺には野蛮人を相手にしている暇などない。ローマの政局は今が難しいところに来ているのだ。

「くそ」

と、カエサルは短く呻いた。それが賢明な判断でも、ゲルゴウィアから撤退するとなれば、陰険な元老院が色めき立ち、これを機会にガリア総督失脚の陰謀を、いよいよ本格化させるだろう。いや、元老院などどいい。恐ろしいのは、大ポンペイウスが撤退の報を聞いて、もはやカエサルは敵ではないと、早まった判断を下すことだ。

——だから、引き下がれない。

ふう、とカエサルは、ひとつ大きく息をついた。手櫛で薄い髪を撫でつけ、強いて自分を冷やかす笑みを浮かべる。悪いほうに、悪いほうに、自ら考えるものではない。おまえは誰だ。ユリウス・カエサルは天下の常勝将軍ではないか。相手は誰だ。ウェルキンゲトリクスなど、連敗続きの愚将にすぎないではないか。

カエサルは自分を冷やかす笑みを、自分を励ます笑みに変えた。明るい材料がないわけではなかった。先行きに不安はあるにせよ、少なくとも現状では、ゲルゴウィア包囲戦は順調に運んでいる。

カエサルは想像の画布として、赤黒い幕布を見上げた。かの地では築いた陣営から北西の方角に、城市ゲルゴウィアと向かい合う形で、ひとつ台地が聳《そび》えていた。ガリア軍の守備隊が置かれていたが、これを夜襲で掃討することにより、ローマ軍は速やかな占拠に成功していた。新たに小陣営を置き、濠と土塁に守られた回廊で本営と結ぶことで、着々と攻勢を強めている。

なにが撤退だ。はん、馬鹿らしい。俺には豊かな経験がある。これまでも危機は乗り越えてきた。冷静に判断する。果敢に決断する。敏捷に行動に移す。危機を乗り越える術を会得しているから、今日の俺があるのだ。

ハエドゥイ族の支援さえ得られれば、勝てない戦争ではなかった。ならば、なんとしても押さえる。そのために陣営を手薄にすることも辞さない。猛然と強行軍を行って、うん、さすがは俺だぞ、ユリウス・カエサル。これに優れる措置はない。これで失敗するならば、なにを試みても無駄なのだ。ハエドゥイ族の補給隊が、あくまで反意を貫くなら、そのときは認めてやるしかあるまい。俄に気が大きくなりながら、英傑たらんと豪気に笑い飛ばそうとしたときだった。

「総督閣下に申し上げます」

と、幕舎の外から伝令が告げた。幕内の相貌は笑いかけて固まった。ただいま、エポレドリクス殿が戻られました。ひく、と痩せた頬が痙攣する。喉仏を上下させ、無理に乾いた唾を呑む。充血した目を見開きながら、カエサルは答えた。承知した。こちらから迎えに出る。歩兵門で待つように、エポレドリクスに伝えてくれ。

歩兵門はカストラの南門だった。北の近衛門のほうが近いが、あえてカエサルは遠くを選んだ。同盟軍の野営地は南側の区画と決まっている。補給隊と一万の歩兵がいるべき場所である。そこまで歩く僅かな時間だけでも、審判のときを先伸ばしにしたいという心理も、どこかで働いたのだろう。

――さて。

カエサルは床几を立った。側に控えた奴隷が動き、主人の肩に緋色のマントをかけた。総大将の印である。留め具のピンを嵌めると、すっと引いて片膝をつく。プブリウスが揃えた両手で差し出す品は、カエサルが愛用している柘植《つげ》の櫛だった。

無言で受け取ると、ガリア総督は馴れた手つきで、薄い髪を撫でつけた。いつもと変わらぬ、それが人前に出るときの習慣だった。

「よし」

櫛を返されると、プブリウスは素早く動き、今度は出入口の垂れ幕に手をかけた。いきなり開かず一拍置く呼吸も、この主従には習慣だった。その間にカエサルは、気さくな器量人との風評に違わぬ、魅力的な笑顔を整えるのである。主人が表情を仕上げると、すかさず奴隷は垂れ幕を撥ね上げた。

「やあ、戻られたか、エポレドリクス殿」

歩兵大路を進みながら、カエサルは大きく手を広げた。金から琺瑯から、珊瑚《さんご》からガラス玉から、とにかく光り物が押しつけがましい軍装で、髭面のエポレドリクスが立っていた。

抱擁の構えで近づきながら、ちらと覗きみるのは、いかついガリア人の肩越しだった。視線を戻すと、友邦部族の有力者に、いよいよ強く抱擁を捧げる。まずは大儀であった。貴殿の献身には謝意の表しようもない。あくまで態度は穏やかに、朗らかに、それでいて内心は踊り出したいくらいだった。

──よし、よし。

歩兵門にたむろしながら、黒い兜が塀際を埋めていた。無数の馬車を搬入するのは、ハエドゥイ族の補給隊である。談判の結果は一目瞭然だった。成功だ。このカエサルの下に、友邦部族は戻ってきてくれたのだ。

あくまで上辺は平静に、歩兵一万になど目もくれない顔をして、カエサルは自然な手振りを盟友に送った。エポレドリクスに本営に戻る道を勧めながら、こともなげに説明を求める。

「それで」

ハエドゥイ族の長老は通訳を介しながら、一通りの顚末を報告した。首謀者リタウィックスと、その郎党には逃げられた。恐らく城市ゲルゴウィアに急行すると思われる。が、ハエドゥイ族の補給隊の大半は、ローマ軍の麾下《きか》に戻りたいと望んでいる。

「首謀者リタウィックスは他でもない、エポレドリクス殿や、さらにはウィリドマルス殿という主だった長老たちが、ローマ軍に皆殺しにされたと虚偽を語って、部族の兵士を煽動した模様です」

「なんと大それた嘘を。リタウィックスとやらは、よほど言葉巧みな輩のようだな」

カエサルは笑顔を絶やさなかった。が、その実は腸《はらわた》が煮えくり返っている。無事に援軍を取り戻した安堵感が、直ちに怒りを招いていた。ああ、確かにリタウィックスに煽動されたのだろう。が、馬鹿げた嘘を簡単に信じて、こうも他愛なく雷同すること自体が、すでに大罪ではないのか。元来が腹に一物あったということだろうが。ガリア人め、おまえたちはローマ人を殺しているのだぞ。

「アウァリクムの虐殺を伝え聞き、もしやと信じてしまったのだそうです」

四万の住民を皆殺しにした顚末のことである。それで、このカエサルを信じられなくなったというのか。その程度のことで長年の友誼を反故にするのか。ハエドゥイ族にはローマの「アミキ（友邦）」に留めず、「フラトレス（兄弟）」とも、「コンサンギネイ（血縁）」とも、名誉な称号を与えてきたではないか。

「その件については、このガリア総督も大変遺憾に思っている、と伝えてくれ」

通訳を見守りながら、カエサルの朗らかな笑みは、もはや薄皮一枚だった。それでも老練な政治家は人一倍の自制が利く。ここが人物の器量をみせつけるときだとも計算している。総督は重ねて非を認め、こちらから言葉を足した。本当に遺憾に思う。後悔しても後悔しきれない。アウァリクムでは兵士の気が立っていた。総大将として、できる限り制する努力をなしたつもりだが、やはり悲劇は避けられなかった。

「兵士は飢餓に苛《さいな》まれ、本当に気が立っていたのだ」

それも、おまえらが補給品を出し渋るからではないか。節度を知らない兵隊どもといい、勝手な都合ばかり述べ立てる友邦部族といい、どいつも、こいつも、どこまで俺の足を引っ張れば気が済むのだ。

「エポレドリクス殿が申しますに、いずれにせよ、ハエドゥイ族に悪意はなかったと。こちらも大変遺憾に思うので、今回だけは平に御容赦願いたいと」

「許すも、許さないもない。我らは友邦ではないか」

カエサルは、あとに朗らかな哄笑を続けた。そう、そう、不埒な煽動家に連れ回されて、さぞや腹が減ったことだろう。ああ、おまえ、炊事班に連絡して、ハエドゥイ族の有志諸君に食事を運んで差し上げなさい。命令は伝令に告げたものだが、通訳は言葉を直してエポレドリクスにも教えた。とたん、ガリア人の髭面が感動に輝く。

どうだ、ウェルキンゲトリクス。これがユリウス・カエサルだ。これが指導者というものだ。厳罰主義では人はついてこない。大義を語るほど虚しい。人間の醜さまで、丸ごと呑みこむ大器だけが、この世界の真の指導者たりえるのだ。

——これで、戦に戻れる。

さあ、ともにゲルゴウィアを攻められたい。高らかに宣言しながら、カエサルが盟友の肩を叩いたときだった。近衛門の方角から走り寄る影があった。軽装のローマ兵である。総大将の緋色のマントをみつけると、一目散に駆け寄ってくる。

「総督閣下に申し上げます」

片膝をついた兵士は、ひどく呼吸を乱していた。馬を飛ばして来たのだろう。兜から鎖帷子まで、砂を被ったように埃《ほこり》っぽい。その不穏な様子に、カエサルは早くも不吉な知らせを直感した。それでも顔には出さない。というより、出せない。

上の動揺を下は敏感に察知する。弱みをみせてはならない。この節操のない下郎どもは誓ったばかりの忠誠さえ、処置に困って捨てかねないのだ。天下のガリア総督は泰然自若と慌てぬ態度を貫き、あくまで微笑を湛えているべきだろう。

「なんだ、なんだ、こうも難事が続いては、さすがの私もかなわないよ」

おどけ加減に、カエサルは肩を竦めた。周囲では側近が失笑を洩らし、一同の心にも、進行中の戦況にも、余裕が生まれたかの錯覚が流れた。それで、どんな大事件が起こったんだね。ゲルゴウィアに戻ってからでは遅いくらいなのか。

「は、一刻も早く申し上げたく」

「では、申せ」

「かの領国において、ハエドゥイ族が蜂起いたしました。いたる所でローマの穀物仲買人、徴税請負人を虐殺に及び、その財産を略奪しております」

「…………」

「城市カウィッロヌムでは、駐留ローマ軍まで襲撃を受けました。現在は閣下の代官、アリスティウス殿が奮戦なされておりますが、それでも陥落は時間の問題かと」

「それはリタウィックスの一党が煽動して……」

「いえ、こたびは統領コンウィクトリタウィスが首謀者であります。領国の中枢にあって、ハエドゥイ族を反ローマの蜂起に駆り立てている模様です」

ガリア総督は再び耳を疑った。統領コンウィクトリタウィス、だと。コトゥスでなく、コンウィクトリタウィス、だと。若き長老は先の内紛でカエサルの調停により、統領の地位を確保した男である。すると、この俺は恩人ということではないか。

コンウィクトリタウィスの演説が伝わっております、と兵士は続けた。

「なるほど、私はカエサルの恩義を、いくらか蒙《こうむ》っている。が、それは、たまたま奴が居合わせたところで、なんぴとも正義を疑いえない係争に勝利しただけのことだ」

ガリア総督は今度こそ絶句した。無駄な行軍まで引き受けて、有利に調停してやったのに……。あんなに目をかけて、あんなに可愛がってやったというのに……。

カエサルは積み上げてきた人生を、全て否定された気がした。神経が擦り減るほどに気を遣い、身体が軋むほどに骨を折り、そうまでして下の世話を焼いてきたのは、世の中には、そういう大器が必要なのだと自負があったからである。なのに、居ても居なくても同じだというのか。すれば、俺の人生は一体どこにあるというのだ。

カエサルはハッと我に返った。周囲は緊張の面持ちで、ことごとく疑念の目を注いでいた。

いや、俺は居ても居なくても同じ人間などではない。

「なにか、誤解があったようだ」

あくまで微笑を絶やさず、それでもカエサルの声は屈辱に打ち震えていた。

九、中年男

とっぷりと日が暮れた。が、明朝にはゲルゴウィアに戻る。三時間の休息を置いて、夜のうちに出発する。そう麾下の軍団に命令して、ガリア総督は幕舎に下がった。

カエサルは独りになりたかった。いや、人の目から逃げたかった。報告された危急の事態は、冗談にしても笑えない。顔が醜く強張ると、思うところはひとつだった。

――醜態だけはみせられない。

皆の前で動じてはならない。総大将が動揺すれば、不安は全軍に広がるだろう。戦況は芳しくないなどと、余計な憶測を抱かせてはならない。浮ついた連中には、ひとつの口実も与えられない。

くぐもる声が陣営に満ちていた。囁くのは節操のないガリア人だろうか。いや、ときおり声が意味を伴う言葉になる。独りになりたかったくせに、カエサルは聞き耳を立てずにいられなかった。

ローマ兵の言葉は不満めいていた。これが幕舎に隠れる総督の耳まで届くのだから、辛辣な非難だって低めた声で、吐かれないとは限らない。

いや、とカエサルは思い返した。下手に勘繰るべきではない。気にすまいと自分に言い聞かせるのだが、ざわざわと波を寄せる陣営の声は、どこまでも失策続きの総大将を追いかけた。ばた、ばた、と慌てて幕舎を畳む音が聞こえる。材木が転がる音が響くのは、もう防護柵の撤去を始めたということだろうか。

「三時間後には出発だ。一分も遅れることは許されないぞ」

大隊長が叫んでいた。誰が、そんな命令を下した。誰が、些かの遅れを責める。気を回したつもりだろうが、それが俺には気に入らない。

カエサルは正体不明の苛立ちに襲われた。なんたることだ。俺は幕舎に下がっただけではないか。なのに柵内の馬まで嘶《いなな》いて、すでに全軍が動揺している。三時間後には元の笑顔をみせてやる。元気づけてやるから、せめて、それまでは不安を隠してほしいというのだ。いや、いや、下らない人間に多くを求めるものでない。ないが、休めといわれたら、おとなしく休め。俺の命令を無視して、きさまら、少し不敬ではないか。

——俺など居ても居なくても……。

変わりないというのか。総大将の幕舎に明るみはなかった。奴隷はランプを用意しようと続きかけたが、それさえ外に追い払ったからである。

月が出ているのだろう。光ともいえないくらいの青色だけが、幕を透けて射しこんでいた。

ぼんやり白くみえる塊は、足元に転がる銀色の兜である。豪奢な緋色の馬尾飾りは半ば闇に沈んでいた。幸いかな、とカエサルは思った。明るみに暴かれれば、どんなに安っぽくみえたことか。

「………」

カエサルは発作の動きで弾けた。兜は蹴られて転げると、からん、からん、と音まで軽薄な感じがした。なにがガリア総督だ。わめき散らしたい衝動を、できた中年男は必死に殺した。うう、むうう、うう。とっさに両手で口を押さえ、掌に醜い叫びを籠もらせる。

悟られてはならない。絶対に悟られてはならない。それでも暴れる感情は、元の箱に納まることなく、ぶつける相手を探し続けた。悶絶しながら地べたを転げ、終いに自分の髪の毛を掻き毟《むし》る。

指の股に無数の抜け毛が絡んでいた。大切な髪だ。馬鹿な真似をした。切実な意味の次元が違いながら、そうすることでカエサルは自分を取り戻すことができた。物惜しそうな弱い笑みで、ふっと息を吹きながら、細い髪を地面に飛ばす。誰もみていないのに、総督は人の目を意識し出した。顎を上下させながら、ほぐれようもない薄い頬を動かしてみる。僅か口角を上げ、きらと黒い瞳を光らせ、得意の笑みで万人を魅了するのだ。

なすべきことは、わかっていた。ああ、頭が禿げる歳になった。それだけ経験を積み重ねている。世の中のことは心得ている。わけても人心の掌握は、俺の十八番ではなかったか。だから、大丈夫さ。カエサルは新たな笑顔を作った。

折り返し、ハエドゥイ族には新たな使者を送っていた。なに、ガリアの部族は、どこも一枚岩ではない。たまたま馬鹿な統領が、反ローマの暴挙に走っただけのことだ。要するに頭の軽い若造が、分不相応の地位を得て、迂闊に増長したということだ。部族の反感を買わないはずがない。自然と親ローマの反対勢力ができあがる。連中が、このカエサルを必要としないわけがない。

うん、と軽快に頷きながら、カエサルの笑みは自分を励ます色に変わった。どことなく、所作が子供じみていたが、本人は気がつかない。うん、だから、大丈夫なんだよ。ローマ人でも、ガリア人でも、この俺が懐柔できない相手などいない。俺は気前よく金をばらまく。俺は大いに利権を与える。俺は権力の後楯にもなってやる。そう、権力だ。どんなに綺麗な言葉で飾り立てようとも、人間などは根本が薄汚れた豚なのだ。権力という魔物には、逆らえないようにできている。逆らう馬鹿がいるとするなら、ふん、いきがった若造と、あとは女くらいのものだ。

「…………」

女は裏切る。呟きが中年男の頭蓋に、不快な重さをもたらしていた。女は裏切る。それは揺るがない実感だった。他でもない、カエサル自身がローマの都に色事師として、浮名を流した時代があるからである。

若きカエサルの得意は人妻だった。絢爛《けんらん》な色香を競う生物は、ことごとくが大貴族の奥方だった。夫は権力者である。不断に政治活動が忙しい。妻は放っておかれる。カエサルが退屈顔に狙いを定めると、女たちは恐るべき大胆さで男たちを裏切った。

女たちに後ろめたさはなかった。悪いのは夫だ。正当に扱われていないのだから当然だ。淋しさに負けたことは、やむをえない。恋に落ちたのだから、仕方がない。あなたを愛しているのだから、後悔はない。あるのは手前勝手な正論だけだった。

うわべ真面目な共感を眉間の皺に表しながら、嫌な顔ひとつせずに聞いてやる。ながら、カエサルは心の底では愉快に笑っていた。男が十人の女を抱けば、その九人までに心がない。ただの玩具にされているのに、こいつら、馬鹿じゃないのか。

調子に乗った伊達男は、六百余名を数える元老院議員の、その三分の一までを寝取られ男に貶《おとし》めてやった。クラッスス夫人テウトリアも、どころか、ポンペイウス夫人ムチアまで、わざと卑猥な体位で犯しながら、女の身体の隅々にまで勝利の印を刻んだのだ。

それは実力では足元にも及ばない男たちの奥方だった。無力な文学青年は、寝台で大下を取った気になった。虚しい優越感に喜びながら、カエサルは報われない二十代を、やりすごしたのである。

が、カエサルは他面では自らも妻帯者だった。これまで結婚は三度経験している。最初の妻コルネリアは死別だったが、二度目の妻ポンペイアは離縁だった。

元老院派の大立者スッラの孫娘は、ローマ屈指の門閥の出だった。着々と政界の足場を固めた、あれは三十八歳の年だ。法務官の職を手に入れ、順調に出世の階段を登り始めていたというのに、カエサルは妻ポンペイアに浮気されていた。

苦い経験だった。許されざる裏切りであるばかりか、広く世の知るところとなり、カエサルは大恥をかかされている。妻の浮気相手はクロディウス、その美貌と家柄で不思議な人気を誇る若者だった。

季節は師走、それは女神ボナに捧げられる祝祭の夜だった。執政官や法務官という、一握りの権勢家だけが、自宅で祝祭を挙げる名誉に浴する。とはいえ、出産の女神に捧げる祭祀は、女だけのものだった。その日は家が男子禁制になる。いうまでもなく、亭主カエサルも留守である。愛人と忍び逢うに、この機会を見逃すものかと、クロディウスは大胆にも女装を試み、カエサル邸に侵入したのだ。

これが、ばれた。大の男が、ばれないわけがない。女たちが騒ぎ立て、落ちつくと今度は忍び笑いを浮かべながら、醜聞を愉快な土産話として家の男たちに持ち返った。ローマ中が知るところとなり、かくてカエサルの面目は丸潰れである。

どころか、ちょっとした事件に発展した。カエサルは終身のローマ大神官を兼ねていた。男子禁制の則が破られ、ローマ最高の神官の家で、瀆神行為が行われたことになる。カエサルは政敵に、管理責任と職務怠慢を責められ、まさに泣き面に蜂だった。

無論、クロディウスも告発された。その裁判に証人として呼ばれながら、ところがカエサルは知らぬ存ぜぬを通し、妻の浮気相手が救われるよう計った。復讐などしない。鷹揚に許すことで恩を売り、怖いもの知らずな若者を子分にする。それが政治家として、基盤固めを模索していた大人の男の判断だった。

「ですから、私はクロディウス君が罪を犯したとは考えておりません」

「しかし、カエサル殿、ならば、なぜに奥方を離縁なされたのか」

「…………」

許せなかった。自分を裏切った妻、ポンペイアだけは許せなかった。門閥出らしい品の高さを誇った女は、あられもない姿で悶え喘ぎながら、その恥部を他の男にみせることで、この俺を散々侮辱したことになる。かつて自分自身が味わい、喜んだ優越感だけに、カエサルは身悶えするほど悔しかった。高がクロディウスごときに……。

「苟《いやしく》も私の妻たるものは、世に疑いを持たれる女であってはならないのです」

と、カエサルは苦しく離縁の理由を説明した。妻を罰して、後悔などしていない。つまるところ、プライドの問題だった。俺は自分を愛するよりも、ポンペイアを愛しているか。

答えは「否」と弾き出された。妻より、プライドのほうが大切だ。男はプライドを持たなければ、この弱肉強食の世界を渡れない。その証拠に大ポンペイウスとて、俺との不義を知ったあと、奥方のムチアを離縁放逐したではないか。

その心理をカエサルも体験した。クロディウス、なにを得意になっている。あんな女は、私が執着するほどの玉ではないのだ。はん、女を口説いて回るなど、所詮は中身のない若輩のすることとさ。後で自分を恥じることになるだけだと心得たまえ。

カエサルは冷笑のうちに許したのみか、クロディウスの後援に力を入れて、晴れの公職にもつけてやった。かつて大ポンペイウスが、カエサルを推した論理と同じである。そうすることで、器量の違いというものを、小物にみせつけようとしたのだ。

「…………」

本当に、そうだったろうか。俺は若い男に怖じ気づいたのではないか、と中年男は過去の自分に問いかけた。勘繰るだけの証拠はある。つい春の出来事である。クロディウスとは、カエサルと民衆の支持を追い風に護民官の地位まで登り、ながらも先の政争で執政官ミロの凶刃に倒れた、あのクロディウスのことである。

ローマの都の情勢を知り抜き、政争の激化を認めながら、ガリア総督は積極的に保護しようとしなかった。子分を暗殺されるがままに、都に放り出したのだといってもよい。

クロディウスは派手な煽動だけの三流政治家だった。役に立たない。確保する意味はない。切り捨てる時期だと、そうした判断が働いたことも事実である。が、それだけだったろうか。ならば、醜聞が持ち上がった好機に、徹底的に断罪してもよかったはずだ。クロディウスごときを厚遇して、どうして俺は、あのとき許してしまったのか。

どれだけ詭弁《きべん》を弄しても、敗北感は否めなかった。女は男を裏切るという、その意味を考えるからである。それはポンペイアという天秤に乗せたとき、権力は得ても若さを失った夫より、無能だが潑剌とした若者のほうが、重く振れたということだった。

――このカエサルより……。

ウェルキンゲトリクスは若い。しかも気高く、美しい。その強烈な印象は、クロディウスのごとき不器用な優男など、微塵に蹴散らすほどなのだ。無謀で思慮に欠け、未熟が否めないにしても、その若さは明らかに破格だ。ならば、ハエドゥイ族という天秤に乗せたとき、このカエサルより重く振れても、当然ということなのか。ウェルキンゲトリクスに劣るから、俺は見限られたということなのか。

――それでもカルプルニアだけは……。

カエサルの脳裏に一瞬だけ、若い妻の乱れた艶冶《えんや》が浮かび上がった。ウェルキンゲトリクスにかどわかされた。恐らく、ただでは済むまい。すっかり着衣を剝ぎ取られ、裸にされてしまっただろう。抗うも虚しく、犯されてしまっただろう。カルプルニアは被害者だ。器量の大きな男として、女の痛みを受け止めなければならない。同時に妻の名誉に報いるため、卑劣な若造に天誅を加えるのだ。が、しかし、あの筋骨隆々たる大男に組み敷かれ、カルプルニアが喜んでいたとするなら……。

ぶんぶんと頭を振って、中年男は思い返した。そんな女は我が妻ではない。いや、だから、あのカルプルニアはポンペイアとは違う。そんな女では……。

カエサルは先を断言することができなかった。カルプルニアが淫蕩な女だからではない。まるで逆だからである。あの女は一度も乱れたことがない。夫である、この俺に抱かれても、全てを脱ぎ捨て、女をさらけ出したことがない。

今にも肩を竦めそうな勢いで、カエサルは自嘲の薄笑いを浮かべた。無理をいうものではない。あの女も思えば、哀れな身の上なのだ。執政官に当選したがった父親、カルプルニア・ピソが差し出した娘である。カエサル様の機嫌を損ねてはいけない。はしたないことは慎むように。きつく父親から教えられて嫁いだに違いない。いや、だから、この俺はローマ屈指の大政治家なのだ。政界に無関心な若い女でも、権勢家の名前くらいは、前々から聞き知っていたはずだ。父親に教え諭される以前に、カルプルニアは恐れにも似た尊敬の念を覚えていたに違いない。嫌われたくない。軽蔑されたくない。そうした一心で、あの健気な妻は必死に自分を繕い続けてきたのだ。ああ、そういうことだ。ああ、あの女も気の毒なのだ。

「………」

そう思うなら、どうして女の仮面を無理にも剝ぎ取ってやらなかったのか。カエサルは髪の薄い額に、ひんやり冷たい汗を掻いていた。女の嘘を暴いてやる自信がない。はなから無様な敗北者として、夫婦の寝台には妻を起こさないよう、慎重に忍びこむようになっている。政界を台頭する華々しさとは裏腹に、中年男は男としての自信を失いつつあった。

弱くなった。色事師として知られながら、土台がカエサルは強いほうではなかった。数え切れない女を抱いて回りながら、子供は十代のときに最初の妻から得た娘、ユリアひとりだけである。危機感と劣等感を密かに覚え、その鬱屈した感情が、度を越えた漁色の道を歩ませたのだともいえる。

無論、そういう問題ではないとも思う。俺は魅力的なのだ。女が靡《なび》かずにはおけない所作を、女が喜ばずにいられない気遣いを、女が許してしまいたくなる言葉を、ふんだんに持ち合わせている。だから、もてできたではないか。が、そんな自負さえ脅かすほど、弱くなってきたのだから、やはり中年男には大きな問題なのである。

カエサルは今も、もてる。ローマに帰れば、すぐに忍んでくる愛人は、両手の指でも数えられない。なのに饗宴を催し、贈物を手渡し、豊富な話題で笑わせ、酔いも回り、そろそろ寝台に移る頃には尻こみして、こそこそ逃げ出したくなるのだ。

まったく、女の生々しさには、たじろぐ。それは挑みかかれるだけの、荒々しさがなくなったということだった。情けない。細心な気遣い男など、まさに道化ではないか。極論をいうなら、力ずくで女を犯して、ひるまないような蛮勇をこそ、女は愛してやまないのではなかろうか。

少なくとも男には、そうした強迫観念がある。だから、中年男は活き活きした若者を憎み嫌う。幼い、未熟だ、中身がないと切り捨てる心理そのものが、嫉妬の裏返しなのである。

かたわら、妻には猜疑心《さいぎしん》ばかり強くなる。登るところまで登れば、いまさらプライドを捨てることもできない。この至宝を馬鹿な女に傷つけられてはたまらない。そうすると若い愛人を作るまいかと気が気でなくなり、ガリア総督は出征の間にも、若い妻をローマに留め置くことができなくなった。

なにせ、かつての色事師である。カエサルは知っていた。権勢家の夫が何年も公務で遠国に赴任するときこそ、間男には一番の稼ぎ時なのだ。だから、カルプルニアを、このガリアくんだりまで連れてきた。が、なんたる皮肉だ。連れてきたがために、姑息な中年男は今また美しい若者に、妻をさらわれてしまったのだ。艶めいた息遣いまで伴いながら、カエサルの耳に女の囁きが蘇る。

「豚亭主の話はよして。けがらわしくて、寒けがしてくるわ。それよりも、ねえ、ガイウス」

きて、とカルプルニアもいうのだろうか。獣のような舌遣いにねぶられると、桜色の可愛い乳首に芯を通して、あの慎ましやかな妻が馬鹿な有閑婦人どもと同じに、妖しく身悶えるのだろうか。喜悦の波に耐えかねて、海豹《あざらし》のようにおめきながら、若い男にならの浅ましい女の素顔を、みせるとでもいうのだろうか。だとすれば、この俺には一片の尊厳すら残らない。そのとき、積み重ねた俺の人生は、どうなる。

むう、うう、うう。カエサルは再び叫びを自分の掌に籠もらせた。落ちつけ、落ちつけ。そんな馬鹿な話はない。ああ、カルプルニアは哀れな被害者なのだ。ウェルキンゲトリクスに身を任せ、はしたなく喜ぶなどと、あの女に限ってありえない。

「…………」

ありえないと思われたハエドゥイ族が、造反の動きを示していた。いや、だから、ハエドゥイ族は説得できる。再び我が方に戻ることは明らかなのだ。まだ勝負は決まったわけではない。まだゲルゴウィアを攻められる。いや、いや、無茶でもなんでも、これだけは、やり遂げねばならないのだ。

――カルプルニアは必ず……。

取り戻してみせる。ぎり、とカエサルは奥歯を噛んだ。ああ、できる。大人の男が本気になれば、どれだけ恐ろしいものか、たっぷり若造に教えてやる。ああ、今にみていろ、ウェルキンゲトリクス。それまでは荒々しく腰を突き上げ、せいぜいが夜具の天下を楽しむがいい。そんな下らないことでしか、自分を証明できない子供ならばな。

ふん、と鼻で笑った直後に、ぎん、と眼光を閃かせる。この凄味に震え上がらない者などないと、カエサルは信じた。いや、信じようと努力した。背中合わせに泣き出しそうな弱気がある。なんとか、なんとか、ここで踏んばらねばならない。一歩でも退けば、そこは奈落だ。落ちるものか、と中年男は怯えながらに思っていた。

十、祝宴

めでてえ、めでてえ。なあ、兄弟、まずは一献《いっこん》。ガリア風の長い髭に、しこたま酒を滴らせ、ときならぬ祝宴にゲルゴヴィアでは、皆が大変な騒ぎだった。

戦争が終わったわけではなかった。勝利を収めたわけでもない。なおも城市はローマ軍の包囲下にあった。一時は確かに敵兵の数が減ったが、出発した総大将カエサルが、もう軍勢と一緒に帰陣したため、再び厳しい状況に戻っている。

実際、ガリア解放軍は抜かりなく、城外に相応の軍を出していた。が、守備の勤めは今日に限って、交替制が敷かれていたのだ。兵士は役目を終えて市内に入るや、とたん戦のことなど忘れ、迎える町方に酌されるまま、浴びるように酒を飲んだ。犬が吠え回るというのも、気の利いた話を聞いては興奮して、物々しい武器や具足を、さかんに打ち鳴らしているからだった。

——また余計な仕事が増えるな。

と、アステルは苦笑した。無分別な騒ぎ方で軒にぶつけ、井戸を叩き、無駄に鋼を傷めては、武器を鍛え直して欲しいと注文が際限ない。もとより戦の最中にあり、刀鍛冶は忙しかった。余所からも刀鍛冶が集められ、大いに助太刀を得てはいたが、それでも抱える仕事の量は、こうして抜け出すのが気が引けるほどである。そのせいだろうか。いまひとつ、アステルは気分が乗らなかった。

五月の末、ガリアの暦にいう山査子《さんざし》の月は、清々しい山里の景色が、緑の勢いを強くする季節である。草の香が紛れるような心地よい陽光に、眩しそうに目を細める男女がいて、城市広場に置かれた輿に、ふたり並んで座していた。忠誠の証として、鉄の軍旗を無数に捧げられながら、派手に祝われたのは他でもない。

ヴェルチンジェトリクスが結婚した。花婿が並外れた巨漢なので、まして花嫁は小さくみえた。ふてぶてしい青のキルトに、ちょこんという感じで、赤い塊が寄り添っている。赤地に太線、細線二重の交差を描く紋様は、ハエドゥイ族の印だった。

花嫁の名はエポナという。ハエドゥイ族の長老リタヴィッコスの娘である。父親は補給隊を警護した歩兵一万を煽動するも、カエサルに捕捉され、仕方なく自らのアンバクトスだけでゲルゴヴィアに飛びこんだ、あの「リタウィックス」である。

まずは目的を遂げた。アルヴェルニア族、ハエドゥイ族、ガリア二大部族の同盟が成立していた。いや、事実上の同盟成立と言葉を控えるべきだろうか。

状況は依然として、予断を許さない。エポレドリクス、ヴィリドマロスはじめ、未だ親ローマを貫く長老がいる。が、アルヴェルニア族の王とハエドゥイ族の姫の婚儀がなり、すでに大勢は固まったのだ。光の神ルーゴスの妻ロスメルタは、夫に豊かな財をもたらしたというが、エポナ姫がヴェルチンジェトリクスにもたらした幸運も計り知れない。少しだけ頭を使えば、からくりは誰にもわかるものだった。

ハエドゥイ族の、少なくとも一部は、ガリア王の解放戦争に加担した。これだけで天秤は大きく傾く。ハエドゥイ族と朝貢関係に、あるいは同盟関係にあるために、これまで静観を貫いてきた諸部族から、親ローマの箍《たが》が外れるからである。新たな合力が期待される。この動きに拍車がかかれば、ハエドゥイ族の親ローマとて、いつまで頑張れるものではない。部族挙げての蜂起さえ、ありうべき現実なのである。

ガリア総決起がみえてきた。ガリア解放も夢ではない。本当に、やってしまった。アステルは上着の隠しから、一枚の金貨を取り出した。

表面に若々しい青年の横顔が浮き彫りされ、その周囲に「ヴェルチンジェトリクス」と名前の刻印が入れられている。鍛冶屋も、大工も、職人もなく、手作業を生業とする人間は全て、王の屋敷に集められていた。鋳型に一枚ずつ円い金板を載せながら、とんとん槌で叩かせられているから、この数日は休みなしなのである。

全土に流通させるべく、ヴェルチンジェトリクス金貨が大急ぎで増産されていた。金貨を裏返せば、こちらの面は馬（エポス）の浮き彫りだった。騎馬の戦士といいたいわけではない。馬の女神の名を授けられた姫君、エポナを象徴する印である。ヴェルチンジェトリクスと表裏一体の金貨を手にして、遠く離れた部族もアルヴェルニア族とハエドゥイ族の同盟を、即座に理解するというわけだった。

激情気質のガリア人が、これに奮起しないはずがない。アステルの掌に、すでに小さな新生ガリアが輝いていた。裏返し、また表に返し、何度も執拗に確かめながら、なお慎重な中年男は、ヴェルチンジェトリクスに似せた金貨の横顔に、問いかけずにはおけなかった。これで、よいのか。この暴君が、このままガリアに君臨して……。

「おいおい、アステルどん。飲みが足りねえんじゃねえか、飲みが」

素焼きの杯が差し出されていた。仲間意識を高めるべく、同じ杯で回し飲みするというのが、ガリアの宴の作法である。が、杯を強引に押しつけた男は、いまさら仲間意識を高めるもない、ゲルゴヴィアの古い馴染みの炭屋だった。口角に垂れ下がる山羊鬚を踊らせながら、炭屋は気安い風で続けた。なんだ、なんだ、暗い顔して。

「めでてえ日に、アステルさんは、なにか文句があるんですか、とくら」

「いや、そういうわけではないんだ。ただ少し疲れたよう……」

だったら、飲みねえ。なおさら、飲みねえ、なあ、兄弟。炭屋は鼻を酒毒に赤らめて、とうに出来あがっていた。宝のように腋に抱える大瓶は、とっておきの蜂蜜酒である。長い鬚に滴らせ、ぐいぐいと呷《あお》りながら、蜜蜂よろしく、ぶんぶん騒ぎまくるというのも、ガリアの宴の決まり事だった。アステルは渡された杯を素直に干し、かたわら、だらしない旧友に小言をいった。また、おまえは、前後もなく酔っぱらって。

「弱い質《たち》なんだから、がばがば飲むんなら、麦酒にしておけといったろう」

無意識の苦言だったが、それがアステルの心に懐かしさを運んでいた。前にも似たような小言をいった。婚儀の華やぎにゲルゴヴィアが無分別に賑わうのは、これが二度目のことだった。あのときも、花嫁は真紅のキルトを纏っておられた。あのときも、ハエドゥイ族から姫君が嫁いでこられた。

アステルの心に蘇るのは、英雄ケルティルの結婚だった。ハエドゥイ族の姫君ダナの輿入れは、数年の苦闘を背景に、ようやっと漕ぎ着けた、ガリア統一事業の総仕上げというべき壮挙だった。それを彷彿とさせる賑やかな婚礼は、ヴェルチンジェトリクスも同じ位置まで、到達したということである。

「…………」

あまりに簡単に遂げていないか。最初の蜂起から、まだ半年と経っていない。父君の前例を踏襲する有利を考えても、ローマ軍を眼前にした危機感の作用を加味しても、これは驚くべき速さである。

「おっとっと、あぶねえなあ」

炭屋は顰《しか》め面を作っていた。また刀鍛冶の杯を満たそうと、瓶を傾けたところだった。危ねえ、危ねえ、虎の子の酒が台無しになるところだった。どこの部族のものだろうか。興奮のまま、上着をはだけて裸になると、ぐるぐる槍など振り回す酔漢がいた。まったく、困ったもんだ。戦争中に武器を捨てろとも、いえねえからな。

「その通りだ」

と、アステルは認めた。危ない。しかし、今は非常時なのだ。酌を受けると、今度は口内に蜂蜜酒の滑らかな舌触りを、ゆっくりと確かめる。どう考えても、この騒ぎは尋常でない。浮かれながら、半裸で踊り、もはや風体も定かでない。兄弟、兄弟、と誰彼構わぬ回し飲みに興じながら、皆が色様々なキルトを片肌脱ぎにしているのだ。晴れの柄が出身部族の誇りであることを、よもや忘れたわけでもあるまいに……。

ガリアが団結していた。部族など、どうでもよくなっていた。驚くべきは速さだけではない。この土地の歴史において、これほど民が一丸となった瞬間は、かつてなかったのではなかろうか。だとすれば、それは恐らく、ヴェルチンジェトリクスが希代の暴君だからである。あるいは善悪を超えたところで、ひたすらガリア統一、ガリア総決起に邁進した、強固な意志の賜物《たまもの》というべきだろうか。

——まっすぐ前に進める若さは……。

やはり、力なのだ。それも物凄い力なのだ。やはり、認めねばなるまい。心の中で呟きながら、アステルは次の杯を一気に干した。お見事、お見事。みつけて周囲は、次から次と蜂蜜酒の杯を差し出した。飲んでくだせえ、アステル殿。さあさ、ぐっと、ぐっと。酌する手は四方から寄せ、高が街の刀鍛冶を、長老貴族かなにかのように持ち上げている。こちらが苦渋顔で固辞しても、一向に聞き入れる様子がない。

「別に胡麻すりじゃないですから、さあさ、ぐっと、アステル連絡官どの」

それがガリア王の側衆として、ゲルゴヴィアの刀鍛冶が与えられた役職だった。連絡官とは軍笛持ち、ヴェルカッシヴェラーノス配下に統合された軍の伝令役、あるいは検査役のようなものである。ガリア王は身分も出身部族も関係なく、働きぶりを見こんだ者を自ら選んで重用していた。ゲルゴヴィア攻防戦では各首長と同列に並べながら、連絡官を毎朝の幕僚会議に臨席させる習慣である。

寄せ集めの軍隊は指揮系統が弱い。幕僚部から末端の兵卒に至るまで、必要な伝達事項を徹底させる試みだが、連絡官は折り返し、兵士の装備、馬の状態、士気の高低、力の優劣を各分担につき、つぶさに調べて王に報告しなければならなかった。そうすると連絡官は恐れられ、また敬われるようになる。粗相を見咎められれば、直ちにガリア王の厳罰が下るからである。

連絡官どの、連絡官どの、と馬乗り貴族にまで囃され、ゲルゴヴィアの刀鍛冶は馴れない境遇に気後れした。この種の仕組はケルティル時代にはなかった。いや、ケルティル時代に断行すれば、わしなど、とうに撲殺されていたことだろう。従前は部族の長老が従えるアンバクトスに、首長が口を出すことさえ法度だったのだ。それが今ではガリア王の威を借りて、連絡官は他の部族の軍隊まで、自由に観閲することができる。

誰も逆らわない。恐ろしくて、恐ろしくて、ヴェルチンジェトリクスに逆らう人間などいない。まして闇討ちにできるなど、誰が考えるものだろうか。

「………」

やはり認めねばなるまい、とアステルは心に繰り返した。ヴェルチンジェトリクスは父君を超えた。ケルティルは息子に劣る。結局は暗殺されたのだ。かの英雄には、あまねくガリアの民人を平伏させる、凄味が欠けていたということである。だから、ケルティルは志を遂げるに及ばなかった。それをヴェルチンジェトリクスなら遂げられるのかもしれない。ガリアにとって幸か、不幸か、それは別な話になるにしても。

淋しげな笑顔を潮に回し飲みを断ると、アステルは踵を返して歩き出した。定かでない手元で、なおも勧める男たちに、はぐらかすように言い残す。ちょっと、新郎新婦の御尊顔を拝んでくるよ。

広場の中央に進むにつれ、ゲルゴヴィアの賑わいは厚みを増すばかりだった。食欲をそそる熱い煙が方々に流れていた。あちらでは油で豚カツが上げられ、こちらでは羊の丸焼きが切り分けられ、また麦酒の樽も、ずらりと蛇口を並べながら、誰もが捻り放題である。古に強大を誇ったアルヴェルニア族の王は、囲いの中に飲み物、食べ物を山積みして、誰彼となく好きに取らせたというが、これはガリア全土から集めた補給品を放出して、まさしく昔話の再現である。ローマ軍から奪ったものだと、赤い葡萄酒までふるまわれ、宴は盛り上がるばかりなのだ。

アステルは独り冷めていた。喜色を浮かべて、無邪気に騒ぐ群衆に、ひとり、ひとり問いかけたい思いがする。なにか間違っていないか。

やはり、中年男は容易に自分を捨てられなかった。自分が生きてきた時代に、そうして積み上げた人生に縋らないでは、今日を生きる勇気が持てない。ケルティルの偉業が否定されれば、この解放戦争に尽力する気概も失せる。それは単に、おもしろくないだけなのかもしれなかった。が、中年男の自己弁護と、あるいは若者を排する依怙地な理屈と、それだけでは片付けられない問題が、ヴェルチンジェトリクスには確かにある。

この若者は自らを貫くためなら、なんぴとも殺して、省《かえり》みることがなかった。だから、アステルは声を大にして問いたいのだ。本当に勝利に邁進しているのか。我々が突き進むのは、もしや救いのない地獄なのではあるまいか。

「やあ、どうも。ええ、今日は本当に、めでたいですな」

馴染みの顔に無難な挨拶をこなしながら、アステルは内心の叫びを押し隠した。大上段に論理を翳《かざ》して、せっかくの楽しさを白けさせようとは思わない。それこそ、大人の分別というものだ。暗く沈んでいたガリアに、ようやく射しこんだ明るさを、無神経に打ち壊す権利などは誰にもない。かくいうアステルとて、若い男女の祝言に独特の華やぎには、気分が浮き立つ感慨を覚えないではなかった。

だから、本当に綺麗な金髪なんだって。いや、美人が悪いというんじゃないが、女房にするんなら、気立ての優しい女が一番なのさ。話の輪を作りながら、若者たちは気分が高揚した顔で、故郷に残した恋人の自慢話をやめなかった。なるほど、ガリアの士気が高まるのは道理である。ガリア王の幸福に、皆が自らの未来を投影しているのだ。

それがゲルゴヴィアの者なら、ひたと恋人同士で寄り添いながら、うっとりと輿の男女をみつめていた。わたしたちも、あんな風に幸せになれるかしら。いや、あんな風に幸せになるんだ。この手で、きっとつかむんだよ。若者の会話を目を細めて見守りながら、それが中年男となると、胸の感慨も自ずと色合いが違ってくる。顔がみえる場所まで進むと、アステルの目が惹き寄せられたのは、目立つ巨漢の花婿よりも、消え入りそうな小さな花嫁のほうだった。

ダナ様とは違うな、とゲルゴヴィアの刀鍛冶は思った。ケルティルの奥方はガリア一の麗人との触れこみで、輿入れなされたものだ。どちらが、どうという話でなく、それはエポナ様の美しさとて、出来の良い人形のようなのだが、その趣というものが違うのだ。

ヴェルチンジェトリクスの花嫁は、栗色の髪に可愛らしい花冠を載せ、成熟した女の色香というよりも、可憐な清潔感を感じさせた。念入りに塗られた白粉も、赤土を香油と混ぜた口紅も作り物めいて、どこか板についていない。その幼い印象は、ともすると、いたいけな少女のようにもみえる。実際、まだ十四歳だという。

アステルの目に不意の涙が湧いていた。ハエドゥイ族の姫君が知らず、自分の娘に重なったからである。法外な税を納められず、ローマの官吏に泣く泣く売った、あの一人娘のことだ。幸福な時代だったら、わしの愛娘も、こんな華やぎに包まれながら、嫁いでいったものだろうか。

それが父親の涙なれば、すぐにアステルは複雑な気分に戻った。女の子が嫁ぐのは、めでたい。が、相手は誰でもよいわけではない。人前で平気で女を犯すような男に嫁いで、エポナ様は果して幸せになれるだろうか。アステルは睨みつける気分で、視線を花婿に移した。

ヴェルチンジェトリクスは無表情だった。きつい美貌は神妙に黙すると、ふてぶてしさも平素に増して憎々しげである。その冷酷な所業を思えば、かっと頭に血が昇る。みつめているうちに、それでもアステルの表情からは刺《とげ》が落ちた。頬の緊張が和らぎ、と思うと、くしゃと歪んだのである。あの男児が立派になられた。

——ケルティル様にも……。

おみせしたかった。わしが娘の花嫁姿をみたかったように、あの方も御子息の晴れ姿を、一目みたかったに違いない。冷酷非情なヴェルチンジェトリクスとは違う。そう、ケルティル様は人徳豊かな御仁であられたのだ。

懐が深くて、心が広くて、その温かさで万人を包みこむ器量人だった。民を思い、部族を思い、その優しさが英雄に、終には孤高の志を抱かせたのだ。また父親として、息子を可愛く思わなかったはずがない。幼くして残すことになり、さぞや無念だったに違いない。なのに、どうしてケルティル様を死なせてしまったのだ。

わしには負い目がある、とアステルは最初の気概を取り戻した。ヴェルチンジェトリクスに納得する必要はない。わしはケルティル様のために、その御子息を支え、助けると誓ったのだ。それが冷酷非情な人間であり、民のことなど思いやらない暴君であればこそ、わしは父親の気概をもって、いっそう。

気持ちがガリア王に寄ったとき、ふとアステルは気づいた。これは政略結婚である。花嫁を被害者と決めつけるが、花婿だって相手を選べたわけではない。皆が我が身を投影するが、その男女は皆を幸福に導くために、愛情のない結婚を強いられたのだ。

同情しかけて、アステルは自分を冷やかすように笑った。やはり、被害者はエポナ様だ。この若者なら、いたいけな花嫁でも頓着せずに組み敷くだろう。続けて冗談半分に思う。平気で女を犯せるような人間でなければ、もしや指導者は勤まらないのかもしれんな。平気で人を殺せるような人間でなければ、偉業をなしえないのと同じに。

「…………」

冗談半分だったものが、呟くほどに深刻な色を帯びた。ケルティル様は不世出の人物だった。なのに、志半ばに倒れた。ガリア統一、ガリア総決起という大偉業は、生身の人間には荷が勝ちすぎるということなのか。あるいは指導者たるもの、一個の人間であることを、許されないものなのか。

ヴェルチンジェトリクスは金の具足で、今日も光の神ルーゴスを彷彿とさせていた。やはり、真の英雄は神であらねばならないのか。さりとて、人間が神であることは幸せなのか。やはり、なにか間違っている。その峻厳な美貌にこそ、悲壮な業のようなものが感じられて、アステルは自問せずにおれなかった。この若者は人を殺したかったのだろうか。女を犯したかったのだろうか。

――なにより……。

ヴェルチンジェトリクスは恋をしたことがあるのか。悲しげに髭を垂れて、アステルは踵を返した。わしは、ある。それなりの青春を謳歌した。豚のように自分の喜びだけ追いながら。

子供たちの明るい声が側を駆け抜けていた。おまえ、いつまで羊肉かじってんだよ。あっちで豚の塩漬けを貰おうぜ。おら、ちびっとでも蜂蜜酒を飲みたいなあ。おまえ、また生意気いってると、父ちゃんに殴られるぞ。戦争も、政治も、婚儀の華やぎさえ解さずに、子供たちは久方ぶりの馳走に夢中のようだった。

無邪気なものだ。ああ、それで子供はよい。が、大人は大人として、きちんと考えなければならないだろう。新郎新婦の輿に向けられたとき、ずんぐり丸い中年男の背中には、新たな負い目が加わったようだった。

十一、花嫁

山里ゆえ、ゲルゴヴィアの夜は虫の声がうるさかった。

今宵に限っていうならば、それは賑わう城市広場から、そろそろ人が退けたという印でもある。あとは城外で夜勤を命じられた軍勢が、ときおり点呼とも、号令とも取れない物音を立てるだけで、これが尾を引いて木霊するほど、城市は本当の静寂に包まれていた。

ローマ軍は相変わらず工事らしい。せわしない槌音を峰々に反響させ、かえって騒々しいのは敵軍だった。あるいは聞き咎める耳こそは、息苦しい静寂を逃れようとする、無意識の心の働きだったろうか。アルヴェルニア族の首長屋敷の、奥の寝所に下げられると、新郎新婦は二人とも、奇妙なくらいに黙っていた。

若い男女を待つのは、夫婦の初夜だった。ぎこちなさは無理もない。細い拳を強く、色が変わるくらいに揉みながら、わけても小さな花嫁は、ほとんど生きた心地もしていない様子だった。

自分の夫になったという男が気になる。荒くれの大男だと思えば、つんつん尖った金髪が怖い。絶世の美男だと思い返せば、ギリシャ人の彫刻のように完璧な容貌に、胸の動悸が押さえられない。初夜に決まりの不安と期待に苛まれながら、ハエドゥイ族の姫君は大袈裟でなく、今にも窒息する思いだった。もう限界だ。エポナは救いを求めて、ちらちら男に視線を送った。ねえ、なにか、いってよ。

父親リタヴィッコスの郎党に守られ、ゲルゴヴィアの城門を抜けたのは、つい昨夜のことだった。男女が引き合わせられたのは、ほんの今朝のことであり、すぐ結婚の宴に移れば、まだ夫になったという男の声すら聞いたことがない。

いや、突き放せば、これは典型的な政略結婚だった。もとより、愛だの、恋だの、夢見がちな乙女の希望に沿うものではない。それはエポナとて、承知している。が、昨日まで顔も知らずにいた男と、女として最も親密な関係を築かねばならないのだから、多少の配慮は、いや、いっそうの気遣いがあるべきではないだろうか。

笑いを誘って気分をほぐす冗談とか、でなくても真面目な語りかけや、それこそ不器用な四方山話《よもやまばなし》でも構わないから、とにかく前向きな働きかけとして、エポナは言葉をかけてもらいたかった。なのに花婿ときたら、不機嫌そうな仏頂面で、だんまりを決めこんでいるのだ。

ひとつ敷物に並んで腰を下ろしながら、居心地の悪さに拍車がかかった。敷物は熊の一枚毛皮で、詰め物をした頭が、エポナの手元で肘掛けになっていた。ときおり、熊の耳を弄ったり、頭を撫でたり、きっかけをあげているのに、無愛想な男の態度は変わらなかった。初夜を控えた花嫁の、健気な信号さえ報われないとするならば、いくら天下のガリア王でも無神経にすぎませんか。拗ね加減で内心に呟きながら、やはりエポナには、ちらちら男に視線を送ることくらいしかできなかった。

――なに、みてんだ、この女は。

と、かたやの男は思っていた。ふざけんな、馬鹿野郎。依然だんまりを貫くが、それがヴェルチンにいわせると、最大限の気遣いだった。汚い言葉を呑み、仏頂面に包み隠してやっているのに、これ以上を望むのは理不尽というものではないか。

花嫁に目さえ合わせず、ヴェルチンは壁ばかり眺めていた。二箇所に控え目に灯されたランプが、ぼんやりと橙色に薄闇を押しやっていた。男女二人には広すぎる寝所も、今宵は祝賀の品で埋め尽くされていた。

金板を随所に嵌めた祭式用の胴鎧から、羽根を広げた鳥の彫像を載せる兜、匠の手で渦巻模様が描かれた大壺、金糸で縁を刺繡したマント、金片で飾りをつけた長靴、最高級の染を施された羅紗の反物、ガリアでは滅多に手に入らない絹布の束まで、数多部族が贅を凝らした贈り物をなしていた。貴金属は首輪、腕輪、耳輪に始まり、細工の見事なブローチから、革帯を通すバックルまで、全て金ぴかに輝きながら、別に表具の箱に納められているはずだった。

納屋にも見事な駿馬が、八頭ほど献上されたと報告があった。ああ、明日は偵察がてら城外に出て、気晴らしに新しい馬でも攻めてみるか。でないと窮屈で、息苦しくって、とても生きた心地がしねえ。

三重に巻かれたトルクを首に直しながら、苦渋顔で呟く男が実は最も楽にしていた。沈黙に捕らわれたまま、寝所の空気は重い。祝賀の品々に重なりながら、壁際に近習が控えていた。数人いるが、いずれも十代の少年である。こちらもガリア王の仏頂面を恐る恐る覗きながら、なにか粗相があったかと顔面蒼白になっている。

もしや王は、我らを邪魔と思し召されておられるのか。少年ながら気を回さないではなかったが、といって生まれながらの貴公子は、自分で服を脱ぐことができない。役目を終えずに奥に下がるわけにはいかないのだ。

ああ、そうか。王は姫君の服を脱がすこともできない。我らが手伝いに及ぶわけにもいかず、そうするとハエドゥイ族から随行した、エポナ様の侍女を呼びつけねばならない。そこまで気を回した近習だったが、実際に王が寝所に呼ぶよう命じたのは、側近を務める従兄弟ヴェルカッシヴェラーノスだった。

やはり、粗相があったのか。陛下に不満を伝えられ、我ら近習はガリアの軍笛を持たれる重臣から、楽器の雄叫びさながらの、大目玉を食らうことになるのだろうか。

一言の説明も加えず、一同を不安の渦に放ったまま、なおもガリア王は憮然と黙り、尊大な腕組みを崩さなかった。狼狽する近習に配慮など皆無である。元来が気がつく質でなく、わけても現下は、気まぐれにも他人を思いやれる状態にはない。

ヴェルチンは怒っていた。有体にいえば、この結婚が気に入らなかった。

「ああ、ヴェルカッソンめ、やっと来たか」

近づく足音だけで察して、やっと口外された言葉は、吐き捨てるように苦々しいものだった。寄り添う花嫁を含め、それだけで皆が、びくと首を竦ませた。声を聞けば、もう疑いようがない。やはり、王は機嫌を損じておられたのだ。

石灰で固めるだけだと知りながら、つんつん逆立つ金色の髪は、もう猛る怒気しか連想させない。事実、からんとトルクが鳴った。長身痩軀の重臣が登場するや、ヴェルチンは自ら動いて、従兄弟の襟首をつかんだのだ。ふざけやがって、この野郎。

「ど、どうなされました、陛下」

ヴェルカッシは慌てた。通じていない相手に、ヴェルチンは構わず続けた。なにが、陛下だ。くたばれ、気取り屋、嘘つき野郎。

「と申されましても、意味がわかりかねますが」

筋道立った苦情でなく、汚い悪態なのだから、さすがの有能な側近も、理解できるわけがなかった。でなくとも、痩軀を反らした従兄弟を追い、ぐいぐい詰め寄る王の姿は、まるで聞かない駄々子である。とぼけるな、とぼけるな、ヴェルカッシ。

「なんなんだ、この、ちんちくりんは」

ヴェルカッシは、すぐには反応できなかった。おまえ、いま、なんて……。

「だから、とぼけるな、こんちくしょうが」

苛々しながら、ヴェルチンは背後を指さした。こいつのことだ。こいつのことに決まってんじゃねえか。

されて、エポナは抱き人形のような顔を上げた。きょとんと目を丸くして、問題は自分にあるようだと、それは感じ取ったのだが、すぐには意味が呑みこめない。目の前に壁のような広い背中で聳えながら、夫になったという男は、賢顔《さかしらがお》の従兄弟に向けて続けていた。ヴェルカッシ、てめえ、忘れたとはいわさねえぞ。

「俺は念を押して頼んだはずだぜ。おっぱいのでっかい、でえんと尻の肉づきも立派な、そりゃあ、遠くから眺めてるだけで涎が出てくるくらい、うまそうな女にしてくれとな。なのに、なんなんだ、この痩せっぽちの子供は」

とても食えたもんじゃねえ、とヴェルチンは吐き捨てた。エポナは十四歳である。十四歳なりの十四歳である。この時代の常識では結婚適齢期にあるのだが、ヴェルチンのような貪欲な好色漢には、また違った常識があるようだった。

「…………」

ヴェルカッシは絶句した。意味はわかる。わかるが、こんな不満を臆面もなく口外する、従兄弟の神経が理解できない。いや、ヴェルチンならと納得できないでもないのだから、ガリア王の側近は心底情けない思いだった。

かたわら、花嫁は唖然と口を開けたままだった。あからさまに罵られながら、憤るわけでなく、というより理不尽に過ぎて、腹を立てることすらできない。十四歳の少女というなら、こんな暴言を吐く男がいるなどと、エポナは考えてみたこともないのだ。

背を向ける巨漢の肩越しに、王の側近が投じている目に気づいて、やっとエポナは顔を伏せた。瞬間、身体に羞恥の火が走る。ふっくらと子供の面影が濃い頬が、みるみるうちに紅潮していく。腿の上の小さな拳が、屈辱感に細かく打ち震えている。まずい。

「ば、ばか、ヴェルチン、おまえ、声が大きいよ」

ヴェルカッシは慌てながら、内緒話の小声で諫めた。が、案の定というべきか、ヴェルチンには斟酌する気配もない。小さくいったら、おまえはわからねえんだろ。だから、俺は出したくもない大声だって、張り上げるんじゃねえか。

「いいか、ヴェルカッシ。俺の好みは、おっぱいのでっかい……」

「だから、声が大きい。おまえ、おまえ、いい加減にしろよ、ヴェルチン」

小声で叱りながら、同時に姫君を気にして声を作り、ヴェルカッシも気苦労の耐えない男だった。陛下、これは異なことを仰せられます。王妃さまは遠からず、ガリア一の麗人の誉れを得るに違いないと確信いたしますればこそ、小生、今のうちにと焦りながら、是非にとリタヴィッコス殿に所望いたした次第ですぞ。姫君の面目を立ててやってから、ぐいと従兄弟のトルクを引き寄せる。耳元の声は再び小さい。

「仕方ないだろう。他にいなかったんだから」

ヴェルカッシは険悪な溜め息をついた。叱責の意味も籠めて間近から、年下の従兄弟に鋭い一瞥をくれてやる。ヴェルチン、おまえにも説明してあるはずだ。

ガリア王の基本戦略に則《のっと》り、ハエドゥイ族に合力の誘いをかけると、悪くない反応を返したのは、なべて若い世代の長老だった。姫君の父親リタヴィッコスしかり、統領コンヴィクトリタヴィスしかり。

ハエドゥイ族の分裂は、実は世代間の闘争でもあった。年配の長老は保守的で、親ローマの立場で安住を望んでいる。反ローマの大義で焚きつけ、切り崩せるのはアルヴェルニア族の王と年齢の近い、うち数人は母方の従兄弟でもある、二十代、三十代の若い長老だけだった。

勢い、令嬢の歳は低くなる。エポナが嫌なら、あとは九歳、五歳、二歳のうちから選ぶしかない。だから、やむをえなかったんだ。ヴェルカッシは再び声を変えた。

「これはガリア大神官クリトグナトス様の御推薦でもあります。なんでも我らがドルイドが夢占いを行ったところ、麗しき毛艶も新雪と見紛うばかりの白馬が、活き活きと飛び跳ねながら草原を駆けていたと。なるほど、夢の印に合う方は、馬の女神の名を持つエポナ様を置いて、他におられませんでしょうなあ。ガリアの王妃にふさわしい方を得たと、神官団一同は神々に、感謝の祈禱を捧げたくらいでございますよ」

鼻にかかった声の抑揚も穏やかに、長々と台詞を回す間にも、優等生に特有の冷たい目が、少しも笑っていなかった。いい加減にしないと、おまえ、ドルイド・クリスにいいつけるぞ。誰もが震え上がる権威のはずだが、老人に甘やかされた貴公子だけは、まるきり馬耳東風である。

「ああ、いえ。おお、いえ。クリス爺には、ぜひとも知恵を貸してほしいや。ちんぽこが立つように、特別な薬でも調合してほしいくらいだ。なんたって相手は……」

ああ、そういうことでありましたか、とヴェルカッシも方向転換が素早い。

「ええ、ええ、陛下、少しも恥ずかしい話ではございませんよ。エポナ様の清らかな美しさを前にすれば、男の気後れは当然のことでございます。その汚れなき御姿は、すでに神聖でさえあられますからなあ」

「なんの話だ。俺がいうのは、おっぱいが……」

「ええ、ええ、ふしだらな女なら、別ということですな」

「ヴェルカッシ、おまえ、ふざけてる場合じゃねえぞ」

ふざけてるのは、どっちだ。ぎらと激怒の眼光を閃かせ、冷静沈着なガリア王の軍笛持ちも、そろそろ堪忍袋の緒が切れる。声を潜めるというよりも、今度は低く凄味を効かせたというべきか。勘違いするなよ、ヴェルチン。おまえの下半身の都合まで、気を回してやる義理はない。これは政治だ。おまえは王の義務として済ませるんだ。

「義務だと、おまえ、義務といいやがったか」

馬鹿、ヴェルチン、声が大きい。ヴェルカッシは再び花嫁を気にした。わななく唇を必死に引き結びながら、すでにエポナは円《つぶ》らな瞳に厚く涙の層を溜めていた。無理もない。いたいけな少女こそは政治の犠牲者なのだ。あげく、味方と思しき重臣にまで、義務と切り捨てられてしまった日には、もはや立つ瀬がないというものだ。

売り言葉に買い言葉の勢いとはいえ、迂闊に姫君を傷つけてしまい、ヴェルカッシの目は罪悪感に泳がざるをえなかった。この空白を好機とばかり、この期に及んで、ごね続けるヴェルチンの態度は、もはや非人間的とさえいえる。

「義務で済む話じゃねえ」

いいか、よく聞け、ヴェルカッシ。ガリア王は、なにやら熱弁を始めていた。ぼんくら野郎が、政治を甘くみるんじゃねえぞ。もらった女を一刻も早く腹ぼてにして、ひとつ、ふたつ餓鬼を産ませて、そうやって同盟関係を安泰にするもんなんだ。だから、しばらく飽きがこねえように、うまそうな女を頼むって、俺は念を押したんだ。

「妙に、まともな理屈をこねるな」

「まともなんだろ。まともなんだろ。俺は間違ってねえんだ。ああ、くそ。考え足らずの従兄弟に、とんだ失敗をやらかされたぜ。俺は一体、どうしたらいい」

こんな子供とやる気にはなれねえし、かといって、ハエドゥイ族との同盟は大事だし。くそったれ、くそったれ。どんなに色っぽい女がくるかと、俺は楽しみにしてたんだぜ。頭を抱えて苦悶しながら、ヴェルチンは理屈をこねても、結局は自分の都合だけだった。

しかも下半身の都合だ。ここは一発、殴りつけるしかないか。ああ、そうだ。この年下の従兄弟は子供の頃から、口で教えて改めた例がない。ああ、決めた。ヴェルカッシが右の拳を振り上げたときだった。

「同盟は解消なさらなくとも結構です」

甲高い声が介入していた。二人の若者が振り返ると、エポナが立ち上がっていた。わななく唇を震わせながら、ぼろぼろ落ちて涙が止まらないというのに、気丈なハエドゥイ族の姫君は金切り声で応じたのだ。私とて家門の未来を、いえ、ハエドゥイ族の、いえ、いえ、ガリアの未来を背負って、このゲルゴヴィアに輿入れしております。目的を果たせず、おめおめ部族に戻るわけには参りません。

ちっ、と舌打ちしながら、ヴェルチンは巨大な影を少女の頭上に翻した。おまえも、わかんない女だな。だから俺は、おまえなんかと、やる気が起こらない……。

「わたしだって、お断りよ」

叫ぶや、少女は崩れた。がくがくと膝が震え、ただ立っているにも難儀する。それでも気丈に身構え直して、エポナは最後まで続けた。そ、それでも、あなたは死ぬまで私の夫です。私も死ぬまで、あなたの妻でおります。

「そういうわけにはいかねえんだ、馬鹿女。放っておいたら、おまえの親父が角生やして怒るんだよ。はん、親父てな妙なもんで、結婚しねえと手を出したなんて怒るくせに、結婚すると手を出さないなんて怒るんだ」

「父には私から、うまく申し伝えておきます。表向きは、あくまで夫婦として振る舞います。ええ、本当に死ぬまで、夫婦として振る舞います。そのかわり……」

少女は一拍置いて、折角の紅で飾った薄い唇を噛みしめた。なおも可愛らしいのに、本人は精一杯の凄味を利かせたつもりで、夫となったはずの男を睨みつけた。いっておきますよ。あなたには絶対に抱かれません。指いっぽん、私の身体に触れることは許しません。私が大人の女になり、あなたが望む美しさを手に入れたとしても、私は断固あなたを拒絶いたします。あなた、あなた、あなたなんか……。

「土下座されても、御免だわ」

最後の声は痛々しく裏返った。わっと泣いて、エポナは寝所を走り去った。なす術もなく見送りながら、ヴェルカッシは重い溜め息をついた。大した姫君じゃないか。さすがは由緒ある名家に生まれた女だよ。

無理な褒め言葉は、罪悪感の裏返しだった。感じやすい少女の心中、いかばかりのことだろうか。不本意ながらも傷つける片棒を担いだことで、心は沈むばかりである。それなのに、へらへらと笑いながら、うそぶくような男がいるのだ。へへ、あいつも意外に気が強えじゃねえか。

「気が強い女は嫌いじゃないぜ。犯されて悔しがる顔が、たまんねえからな。はん、エポナも下手な猫かぶりは止めて、はじめから地をみせてたら、一発くらいは背中から、ぶちこんでやったのによ」

「おまえ、おまえな、ヴェルチン、少しは女の身になって考えられないのか」

「はん、女じゃねえんだから、女の身になれるわけがねえ」

「そういう話じゃないだろう。少しは思いやりを持てと、そういってるんだ」

「またまた、ヴェルカッシは年寄みてえなことをいう」

側近は険悪な表情ながら、やれやれと呆れて首を振るしかなかった。その背中を、ばんばんと叩きながら、ヴェルチンは無神経な安堵顔である。とにかく、一件落着だ。いうだけ、いってみるもんだな。おねだりなんかされたら、どうしようかと本気で頭を痛めたもんだぜ。大きく伸びをして、こきこきと首の骨を鳴らしながら、すると王は顚末に声も出ない近習たちを呼びつけた。さ、早いとこ、服を脱がしてくれ。

「ああ、夜着はいらねえ。脱がしてくれれば、それでいいんだ」

ヴェルカッシは表情を和らげた。おまえも素直じゃない男だな。両手を広げて直立するまま、少年たちを働かせる従兄弟に向かい、微笑を浮かべて忠告する。ヴェルチン、まずは謝るんだぞ。ああ、それからエポナ様を慰めるなら、いきなり裸で行くよりも、まずは服を着ていったほうが……。

「誰が、あんな、ちんちくりんを」

「だったら、どういう」

ヴェルチンは無表情を貫いた。素肌に入れた渦巻模様の刺青が現れた。裸になるや、盛り上がる背中の筋肉をみせながら、すっと玄関に踵《きびす》を返す。

蝶番《ちょうつがい》が軋む音で、外に出たことがわかった。遠ざかる足音は迷いがなく、どころか、みるみる小走りになっていた。後の寝所には野分がすぎたような、落ちつかない印象だけが残った。ヴェルカッシは髭を嚙むまま、またかと苦く呻くしかなかった。

十二、ローマの女

つかみ、まさぐり、もつれるほどに、これが他人の身体なのだと思われない。男根に濡れ絡む肉襞の質感さえ、生まれたときから自分の身体に備わっていた気がする。快さに埋没しながら、その女から、ヴェルチンは離れられなくなっていた。

全てを奪われた裸のまま、ローマの女は屋敷の厩に放られていた。すっと伸びた華奢な首には、千切られた金鎖のかわりに幅の広い革紐が巻かれ、それを無骨な鎖で壁の鉄輪に括られながら、獣のように飼われていた。

高窓から青い月が覗いていた。がさがさ敷藁をざわめかせ、際限なく絡み合う男と女の肉体は、茫洋と白い光を発しながら、まるで神々の営みだった。

男の筋肉が力強く隆起すれば、女の脂肪は妖しく応えて、たおやかに波を打つ。二十歳を超えて間もない男と、じき三十歳を迎える女は、ふたつながら、その美しさを完成の高みに寄せていた。後にも先にもありえない、至福の一瞬を貪るように、この夜も男と女は汗だくで、表になり、裏になり、執拗に形の違う下腹の部位をつなげていた。

虫の声に重なるのは、もう男の荒い息遣いだけだった。あとは各所の湿りが、ときおり濡れた音になるだけである。しごく動きで髭の汚れを拭いながら、ヴェルチンは開いて立てた、作り物のような膝の間から、彼方の景色を展望した。朧《おぼろ》な熱を発しながら、白い大地が広がっていた。なだらかな丘陵が、ひくひくと上下していた。

ヴェルチンは手を伸ばした。むんずと熟れた果実をつかむと、掌の窪みに突起を収め、ころころと転がしながら、その弾力を弄《もてあそ》ぶ。もうひとつの果実は絞り上げ、尖らせた先端を、ちゅうと音を立てて吸う。甘い体臭を誘引するかに、無我夢中で髭を擦りつけながら、男は逞しい背中ごと、女の腹を滑るように迫り上がった。

手入れの絶えた女の恥丘が、ちくと男の下腹を刺した。その痛みともいえない疼きの中で、びくびくと鰓《えら》を張る己の随喜を確かめる。あたたかい。谷間に髭面を落としながら、豊かな肉塊を揉みしだく手の動きは、もう新たな営みを始めていた。やめられない。この女だけは、やめられない。みる間に隆と蘇生する剣を、ぬくもる鞘に収め直すと、新たな快感に震えるまま、また狂ったように前後せずにはいられない。

　こんなことは初めてだった。煙る女の体臭に包まれながら、なぜだろう、とヴェルチンは考えていた。この女だけに、なぜに、こんなに夢中になるのだろう。

　美しいからだろうか、と自問してみる。生まれたままの裸体までが洗練されて、ローマの女は別世界の生物のように、美しいからだろうか。

　いや、違う。ヴェルチンは小さな頭を掻き抱き、女の頬に卑猥な長い舌を這わせた。はじめ、蠟人形のようだと思った青白さは、ローマに流行る白墨の化粧だった。全て舐め取れば、薔薇色の血色が現れて、その素直な愛らしさは、ガリアの女と少しも変わるところがない。

　ガリアの女も美しいものは美しい。たわわに美味な脂肪を稔らせ、艶めかしく男の愛撫に応えてくれる。そうするとローマの女だから、俺は物珍しさに惹かれているのか。憎みながら、心の底では異国の進んだ文明の香に、憧れていたというのか。

　いや、違う。くるくるとこてをあて、鉢巻きのように左右に分け、項に重たい髷を作るローマ風の結髪などは、とうの昔に崩れていた。栗色の豊かな髪を汗に汚し、生き物のように床に広げる女の艶冶は、よもやガリアの女も、ローマの女も変わりあるまい。

　やはり、カエサルの女だからか。ならば、わかる、とヴェルチンは思った。この女体は凌虐の供物だった。あの禿げた中年男が気に入らない。小賢しい役人風情が、ああも恐れられることが許せない。女房を犯して、亭主を道化に落としてやる。泣け、わめけ、叫べ。そうすることで、おまえの亭主の無力を宣伝するがいい。ヴェルチンは女を無残に叩き壊してやろうと考えていた。

ローマの女だけではなかった。どの女も同じだ。ヴェルチンの性は闘争の延長でしかなかった。ために常に破壊の衝動に直結する。俺に平伏せ。俺を崇めろ。組み敷かれて悶えながら、俺の軍門に降ったことを認めるのだ。さもなくば、叩き壊す。力ずくでも、おまえを卑しい奴隷に落としてやる。

だから、女は気位が高いほうがいい。破壊の快感が大きくなるからである。が、どの女も行き着く先は同じだった。なぜか自分に夢中になる。つまらない。下らない。だから、すぐに飽きがくる。奴隷に執着する男はいない。

――ならば、違う。

やはり、ローマの女は違う。こんなはずではなかった、とヴェルチンは思う。あのとき、俺は奇妙に裏返った声で、確かに高く笑っていた。ゆさと乳房が揺れたと笑い、ぷるると尻の肉が弾んだと笑い、恥部を衆目に暴いては、隠れた唇の形まで下品な言葉で品評して、皆で大笑いしたのだ。

泥で汚して侮辱に侮辱を重ねたあげく、力ずくで身体を開かせ、あとは自慢の武器で叩き壊す。そのはずだった。なのに女の深みに呑まれた刹那に、ヴェルチンは悟らされたのだ。

――この女は壊れない。

くびれた腰など、乱暴に抱き寄せれば、すぐにも折れてしまいそうなのに、左右に張り出す腰骨と平らな下腹で男の力を受け止めるや、この女は壊れなかった。

喜んだという意味ではない。首を振り、顔を歪め、泣き叫んで嫌がっていた。が、ヴェルチンにはわかったのだ。この女は少しも傷つきやしない。傷つくだけの自尊心がないからである。が、それは男の奴隷という意味ではない。どころか、この女には価値がある。求められることに馴れ、受け身のままに流されながら、常に愛される自分の価値を知っているから、この女は簡単に敗北することができるのだ。

ヴェルチンは戦慄した。女は弱さに隠しながら、なにを、どうされようと自分は自分であるという、絶対の自信を持っていた。だから、どうやっても壊せない。真実を人間の根幹で理解したとき、群衆の凝視にさらされて、逆に追い詰められたのは、自分に自信が持てない乱暴者のほうだった。

俺は醜態をさらしかねない。どうして、こうなる。嫌だ、嫌だ。どうして、どうして。額に冷たい汗を掻き、戸惑う瞳を泳がせると、ふと柔らかい袋のような女の身体が、自分を包みこんだまま、決して逃げないことに気づいた。逃げるはずがない。こそこそ逃げる理由など、この女にはないからである。

ヴェルチンは果てた。惨めなくらいに、あっけなかった。なのに無残な敗北は、無限の解放でもあった。こんなに満ち足りた瞬間が、果して、あったものだろうか。どくどく脈打つ男の魂は、女の体内に終に安息の地をみつけていた。

以来、夢中である。ローマの女でなくていい。カエサルの奥方でなくていい。ヴェルチンは他に意味のない、この女の身体にこそ狂っていた。今も首輪を嵌めているが、すでに無慈

悲な辱めではない。そうでもしないと、逃げられやしないかと気が気でないのだ。頼むから、

そばにいてくれ。家畜のように囲いながら、その実は足しげく通い詰めるヴェルチンのほう

が、女の奴隷に下がっていた。

「あ、うう」

苛《いじ》められ子が泣き出すような呻き声で、また男は勝手に果てた。拙《つたな》い。もう女を壊すどこ

ろではない。が、ヴェルチンは全てが許される感覚に夢中だった。我に返れば、わからない

はずがない。ああ、こんな幼稚な男は軽蔑されたに違いないのだ。

そうだろう、と心の中で裸の女に問うてみる。そんなことないわ、ヴェルチン。

「………」

はあはあ、と整わない男の息遣いだけが聞こえた。どんな返事を期待しても、営みに言葉

はなかった。ガリアの男とローマの女に、人として言葉で通じる術はない。ただの雄と雌と

して、獣のような交わりを汗だくで、ひたすら繰り返すだけなのに、皮肉なことにヴェルチ

ンは、今までにないくらい人間らしくなっていた。

この女のことが知りたいと思う。俺を軽蔑しているか。まだ俺を怒っているか。それでも

俺を許してくれるか。ヴェルチンは臆病な目で、ローマの女を探り始めた。もう暴れない。

もう泣かない。けれど、喜ぶ風もない。自らが萎んだ隙間から、女の器に手を伸ばすと、そ

れは少しだけ濡れていた。呆れたような、諦めたような無表情で、じっと天井の梁をみつめ

ながら、実際のところ、おまえは、なにを考えている。

——この女のことが知りたい。

ヴェルチンは繊細な造りに気後れしながら、そっと女の腋に手を差し入れた。壊れ物を扱うように、ゆっくりと抱き起こすも、はらと零れて豊かな栗毛が自分の髭に触れたとたん、乱暴に太い腕で締め上げてしまう。

愛しさが弾けていた。必死に抱いた女の背中は、しなやかに肉の薄いものだった。あるいは寒くて、ほんの一瞬も離れがたかったというべきか。が、このままでは永遠に、わからない。

柔肌の温度を惜しみながら、ヴェルチンは少し離れた。女の細い肩を握り、僅か屈むようにして、宝石の瞳を下から覗きこんでみた。

「あんた、名前は」

と、ヴェルチンは聞いた。名前を知りたいと思うことも初めてだった。なのに、ローマの女は答えてくれない。ぼんやりしていた目を蘇生させ、一転こわばらせるだけである。

ガリアの男は苦渋顔で髭を噛んだ。とすると、救われたように晴れた顔で、自分の胸板を叩き始める。ヴェルチン、俺はヴェルチンだ。ヴェルチンジェトリクス、ローマの言葉でいうと、ええと、確か、スーペル・ベラトール・レクスだ。ああ、意味なんか、どうでもいいか。とにかく、名前がヴェルチンジェトリクスなんだ。仲間はヴェルチンと呼ぶ。違う、渦巻の刺青じゃなくて、俺の名前がヴェルチンなんだ。

「ヴェル……、チン」

と、女は真似て繰り返した。その声の可愛らしさに、ヴェルチンは感動した。そうだ、そう、そう、俺の名前はヴェルチンだ。無邪気な顔で喜びながら、今度は青い血管が浮いた、女の白い乳房を指で押してやる。

「あんたの名前は、なんていう」

俺はヴェルチン、そんで、あんたは。拳で自分の胸板を叩き、指で相手の乳房を押し、俺はヴェルチン、そんで、あんたは、俺はヴェルチン、そんで、あんたは、と何度も同じ動作を繰り返す。すると女は戸惑うように眉を顰め、小さく答えたようだった。え、なに。いま、なんていったんだ。

「カルプルニア」

怯えた上目遣いのまま、それでもローマの女は教えてくれた。俺はヴェルチン、あんたはカルプルニア。俺はヴェルチン、あんたはカルプルニア。嬉しさ余って阿呆のように反復すると、その様子に女の唇が、ふっと笑みを過らせたようだった。

「ああ、笑った」

狂おしいほどの愛しさが、ヴェルチンを突き上げた。髭面を押し出したのは、女の唇を塞ごうとしたのか、その身体を抱き寄せようとしたのか、自分でもわからない。ただ、動きにカルプルニアが怯えたことは事実だった。ひくと肩が竦む動きが、耐えがたい痛みとして掌に伝わった。

瞬時に心に亀裂が走る。すでに悲鳴を上げているのに、さらに締め上げられる感覚が胸に苦しい。そうだった。俺は、あんたをさらった。俺は、あんたを笑い物にした。俺は、あんたを犯した。取り返しのつかない真似をしたんだ。

「許してくれるわけがない」

そうだろう、と尋ねてもカルプルニアは答えなかった。あなたが心から悔やむのなら、許してあげるわ、ヴェルチン。どこかから聞こえる声は、もう虚しいだけだった。

男は淋しく目を落とした。円い乳房は精巧な象牙細工を思わせる。この完璧な造形が手で触れると簡単に歪む。まるで夏の川辺の泥みたいだ。他者を思う術のない若者には、やはり雄と雌の根源の行為しか、与えられていなかった。

――悪かないさ。

とうに道具は整っていた。細い肩を押し倒して、ヴェルチンは卑猥な腰の動きを再開した。女は真意の知れない薄目に戻り、また生暖かい吐息だけの時間である。

カルプルニア、か。俺が子供の頃、ドルイド・クリスが教えてくれたぜ。ケルトの森には妖精が住んでいる。気まぐれに現れて、淋しがり屋の話し相手になってくれる。そうすると、カルプルニア、あんたは妖精みたいなもんだ。

ヴェルチンは妖精が言葉を持たないことを知った。それで、いい。ああ、悪かないさ。素直に自分と向き合えるなら、それで妖精は立派な話し相手になるんだ。黙々と腰を動かしながら、はじめに思い出されるのは罪悪感だった。

なぜ、エポナを抱いてやらなかったのか。胸が薄かろうが、尻が小さかろうが、女の道具を持っているなら、一体なんの文句がある。それで万事が丸く収まるなら、お安い御用ではないか。なのにヴェルチンは避けた。要らぬ悪態までつきながら、その実は無様な逃げに他ならなかった。

エポナは壊れる女だ。気が強いだけ、折れやすい。簡単に俺の奴隷になる。ならば、壊すか。いや、壊せるか、とヴェルチンは自分を疑っていた。はじめから自信などなかった。絶えず誰かを傷つけることで、自分を確めてきただけである。それがローマの女だけは壊せないと悟らされた。のみか、無残な敗北こそは解放だった。確信が深まるにつけ、ヴェルチンは自分の人生を見失ったのである。

――なんなんだ、この俺は。

なんのために生きている。なにを望んでいる。ガリア王ヴェルチンジェトリクスだと。はん、ちゃちな冠に、なんの意味がある。安んじて、ローマの女の肉に埋没するほどに、ガリア解放戦争など無意味な幻ではないか。静かにカルプルニアと暮らせるなら、すぐにも俺は王座を捨てることができる。

「………」

いや、俺は英雄ケルティルの息子だ。その偉業を受け継いで、ガリア統一を成し遂げるのだ。総決起を実現して、やはりローマを駆逐しなければならないのだ。

志には、これまで疑問を抱いたこともなかった。全く正しいからである。正義を白らの血肉としながら、強引に走ってきた。が、目の前にローマの女が、壊せない壁として現れたとき、ヴェルチンは人肌に執着する、全く別な自分を発見したのである。

ヴェルチンは自分を疑わざるをえなくなった。高邁《こうまい》な志など、実は借り物ではなかったか。なぜなら、ほんの子供だった。声高にガリア統一、ガリア総決起、ガリア解放と叫んだのは、周囲の大人たちだった。父上の無念を晴らしなさい。あなたなら、父上の無念を晴らせます。いいえ、あなたは父上の無念を晴らさなければならないのです。

なかんずく、それは母ダナの金切り声だった。追放された首長の妻は、死ぬまで繰り返したものである。期待に応えようとする意志を、息子は拒否できなかった。はねつけられるはずがない。ガリアの大義は、また母の誇りも支えていたからである。

首長ケルティルは処刑された。仮借なき権力闘争の常として、順当に運べば、一族郎党も運命を同じくするはずだった。なかんずく、復讐を企てかねない嫡男が、簡単に見逃されるはずがない。ヴェルチンが命を長らえた秘密は他でもない。

ゴバンニチオスは美しき兄嫁を、一夜の慰みに用いていた。母は身体を売ることで、息子の助命を卑劣な簒奪《さんだつ》者に認めさせたのである。

「母は恥とは思いません。あなたを立派に育てるためなら、なんだってやります」

なれば、ヴェルチンに「否」とはいえなかった。はい、母上。僕が父上の無念を晴らしてみせます。アルヴェルニア族の首長の座を取り戻します。ガリアの王位についてやります。ローマを綺麗に駆逐して、ケルティルの偉大を世に知らしめるのです。光の神ルーゴスのように、僕は雄々しく立ち上がってやるんだ。

「…………」

借り物なら、こんな人生に一体なんの意味があるのだろう。アルヴェルニア族の首長になって、どうする。ガリアの王になって、どうする。ローマ人の支配を受け入れ、それで平和に暮らせるなら、なにが不都合だというのだ。ローマの民になって、ローマの言葉を覚えて、ああ、そうすれば、カルプルニアとわかりあえる。

もっと、この女のことを知りたい。もっと、この女を愛したい。なにがガリアの自由だ。俺の自由は、この女の笑顔にある。とうに確信しているのに、また母の金切り声が聞こえた。

「嘆かわしい。ヴェルチン、それでもケルティルの息子なのですか」

逃げられない、とヴェルチンは呻いた。母上の望みに応えなかったら、俺は俺でなくなってしまう。すでに借り物ではない。生んでくれた母親は、この血となり、肉となって、この俺を俺たらしめているからだ。捨てれば、なにも残らない。

──恐らくは……。

カルプルニアさえ愛せなくなる。そんな気がした。ええ、そうよ、あなたは間違ってなんかいない。正しいことをしているのよ。妖精が励ますように答えてくれた。ヴェルチンは、かっと目を見開いた。

「あ」

カルプルニアが、ぬるい声を洩らしていた。のみならず、あ、あ、あ、あ、と声を細かく刻んで連ね出した。ふと気づくと、下腹が小水を洩らしたように濡れていた。ぬると滑り、女の腰が迎えるように動いた。背中には細い爪が食いこんでいた。ヴェルチンは燃えるような熱い身体を抱いていた。

カルプルニアが乱れていた。妖精の香気は濁り、そのかわり目が妖しく潤んでいる。不潔な唾を口角に垂らしながら、白痴の相で赤い舌を突き出して、吸って欲しいとねだっている。ヴェルチンに霊感が走った。俺は正しい。やはり、俺は正しいのだ。

口内に唾液が混ざった。握り合う指の果てまで女は熱い。力強く応えながら、もう男は自分を疑っていなかった。きっとガリアを解放する。きっとローマを打倒する。なぜなら、女は勝者を愛する。カルプルニアは、この俺を愛するのだ。なあ、そうだろう。

もう妖精は答えなかった。かわりにヴェルチンは獣の咆哮を耳にしていた。

十三、罠

カエサルの馬鹿が、一体なにを考えてやがる。口汚い不平は今や、若き百人隊長ガイウス・マキシムスではなかった。

この山国では工事ができない。長期戦を覚悟するにも補給が足らない。ぶらぶらして仕事もなく、徒に時をすごしながら、食糧だけを減らす毎日なのだから、先細りの運命は兵卒風情の目にも明らかなものだった。だって、ハエドゥイ族は領国で蜂起してるんだろう。ああ、偉いさんは今も説得を続けているらしいが。といって、もう補給はあてにできまい。また絶食の毎日か。やってられねえぜ、まったく。わけても総督に批判的な上官を頂き、マキシムスの直属百人隊は我慢しなかった。

「嫌だ、嫌だ。さっさと退却しちまいたいねえ」

　できれば、いいがな、とマキシムスは心の中で反駁した。今や退却すら安全策ではない。鎮静化ならず、このまま反乱が勢いづけば、ローマ軍は前方にアルウェルニ族、後方にハエドゥイ族と、ガリアの二大部族に挟撃されることになる。

　退却こそは破滅の道になりかねなかった。といって、ゲルゴウィアに張り続けても、餓死を待つだけなのだから、最悪の場合は八方塞がりである。悠長に善後策を論じている場合ではない。切迫した答えが、ひとつあるだけだ。もはや撤退は一刻を争う。

　――その決断が……。

　優柔不断な中年男の手には余る、か。押し黙るまま、切れ者の青年将校は横目で、ただ部下たちの放言を見守っていた。絶望的だ。もう舌を動かす気にもならない。マキシムスは半ば自暴自棄の心境である。

「こら、こら、おまえたち」

　ここぞと私語を咎めるのは、軍旗持ちプロキシムスだった。この期《ご》に及んで、退却を口にするとは、なにごとか。我らは目下、戦列にあるんだぞ。

「起死回生の大作戦だ。おまえたちも、カエサル閣下の演説を聞いたろう」

正午を少し回った時刻、ローマ兵が戦闘に備えたことは事実だった。

深山にだけ住む蟬が、耳馴れない澄んだ声を、さかんに木霊させていた。銀色の兜の鉢には、初夏の木漏れ日が斑模様を描いていた。ローマ軍は森の中に待機していた。「厄介な森を逆手に取るのだ」などと得意気に演説して、カエサルは先の下らない成功に、これまた下らない自信を得たものらしい。再び馬毛飾りを外すよう、細心な用心を厳命しながら、ガリア総督は飽きずに森に隠れる作戦だった。

木々の彼方は聳える台地の岩肌と、その頂上に黒く覗いた城市ゲルゴウィアの影だった。

早朝、作戦は始まった。最初に城市南東に構えた本営から、南西に築いた小陣営まで移動する。機会を窺いつつ、さらにゲルゴウィアの丘の裾まで進撃する。この位置から壁のような岩肌を見上げれば、斜面半ばの防壁まで六百パッスス（約九百メートル）、さらに街の城壁まで六百パッスス、合わせて千二百パッスス（約千八百メートル）を残すのみとなる。

もっとも測量の結果は直線距離の話で、急斜面に苦慮した細い坂道は、右に左に蛇行しているのだが、いずれにせよ、さほどの距離ではなかった。この地点まで敵に察知されることなく、首尾よく接近できたのは他でもない。

「今こそ、千載一遇の好機なんだ」

と、プロキシムスは続けた。部下の私語を咎めながら、この下士官は自分は短い腕を大きく振って、なにやら熱弁の様子である。話は割り引くにせよ、軍旗持ちの主張は嘘というわけではなかった。

敵陣が手薄になっていた。いつもならゲルゴウィアの城壁から斜面半ばの防壁まで、びっしりとガリアの軍勢が埋めていた。それが空とはいわないまでも、草むらや岩肌の様子が覗くほど、ずいぶん疎《まば》らになっていたのだ。

城市は裸同然である。ガリア軍は僅かの留守居だけ残し、目下は裏手の山に出動していた。ゲルゴウィアの丘と尾根続きに、立木の繁る平坦な頂がある。ローマ軍に占拠されれば、包囲の圧力がきつくなる。ガリア軍が警戒の動きを示したところ、これを利用する作戦が考案されたのだ。

「つまり、カエサル閣下は罠をしかけられたというわけだ」

総大将は夜のうちに、騎兵数個小隊を裏山に移動させた。数を多くみせるため、荷車の御者まで駆り出して、役馬やロバで同行させる。このような部隊にカエサルは、大いに騒ぎ、走り回るよう命じていた。かねて警戒していた地点に、ローマ軍が来襲したと、敵軍に思いこませたいわけだ。

「ガリアの連中、まんまと罠に嵌まりおった」

裏山に迎撃に出た結果が、敵陣における現下の閑散たる状態である。肝心の城市の守りが手薄になる。そこをローマ軍は突く。歩兵軍団を大量に投入して、敵陣の留守居を蹴散らし、一気に城壁まで突撃する。ゲルゴウィアの守備兵をあしらい、あわよくば市内乱戦に持ちこむというのが、カエサルの立てた秘策であり、また聞いてプロキシムス形容するところの「起死回生の大作戦」だった。

「どうだ、おまえたち。さすがは総督閣下じゃないか」

軍旗持ちは興奮気味だった。なるほど、ローマ軍の空気を論ずるに正確を期すならば、一方では確かに戦況を悲観したが、他方では逆転劇を疑わず、いつもより士気が上がっていた。

そこは強気な常勝軍団ということか。戦えば、勝てると自信は揺らいでいなかった。行軍地獄に辟易として、欲求不満になってもいる。久方ぶりの戦闘に手柄と略奪品を期待して、兵士が盛り上がる展開も、ありうべきものである。

「ひとつ、暴れ回ってやろうではないか」

と、プロキシムスは勇ましく結んだ。森に反響するところ、他の大隊、百人隊も似たような台詞を並べていた。やっと戦らしくなったな。ああ、まちくたびれたぜ。ガリア野郎め、思い知らせてやる。ゲルゴウィアには軍資金が集めてあんだろ。おおさ、陥落の暁には金貨、銀貨が両手に抱え放題というわけだ。やる気満々の連中は、昨日まで陰でカエサルについて零《こぼ》した不平不満など、すっかり忘れたようだった。

これぞローマ軍の兵士というものじゃないか、とプロキシムスは興奮冷めやらない。それが烔眼の百人隊長には、なんだか子供じみて聞こえた。

「はん、勝手に死ね」

マキシムスは突き放すように吐き捨てた。ぼそ、という感じだったが、この一言で軍旗持ちの熱弁が反故になった。部下たちは逸るどころか、不安顔である。ひとりが勇気を出して、緊迫の空気を破った。どういうことです、教えて下さい、隊長どの。悲壮な声に重なりながら、隣の百人隊が、どやと歓声を上げていた。なんだか楽しみだな。へへ、俺は陣営で杭に打ちこみ稽古をしてきたんだ。

「はん、馬鹿野郎が」

「だから、隊長殿の考えを」

「考えなんかない。ゲルゴウィアは落ちない。そうした自明の理があるだけだ」

切り捨てて終わるかに思われたが、理想家の常でマキシムスは沈黙が苦手である。自分の言葉に鼓舞されて、次の言葉が湧き上がる。それまで斜に構えていただけ、堰《せき》を切ったように語り始める。なるほど、城市は手薄だ。確かに陣営は突破できるだろう。が、こんな隙を突く程度の攻撃で、ゲルゴウィアを陥落させられるのか。

「忘れたか。我らに攻め手はないんだ」

ハエドゥイ族の動揺がある。この深山に工事はできない。もとより、かのアウァリクムを上回る巨大な要塞都市を相手に、ローマ軍は前の包囲を下回る兵力しか動員できていないのだ。上面を掻くような小手先の技で、覆せるような劣勢ではない。土台から無理なのだと、わかり切ったことではないか。

「上だって、とうにゲルゴウィア攻めを後悔している。撤退だって覚悟している」

「しかし、こうして戦闘が……」

「カエサルの考えることくらい、きさまらにもわかるだろう」

「…………」

「偉いさんという人種は、絶対に自分の落ち度を認めないものなのさ」

ああ、わかりました、と教練係が手を叩いた。またローマしかみえていないと。元老院の目を気にしていると。マキシムスは恐い目で頷いた。その通りだ。言い訳がつく程度に戦って、ちょこちょこ勝ってからでないと、引き揚げるに引き揚げられない。あの小狡《こずる》い中年男は、つまるところ、自分の保身だけなのさ。

「そんでもって、命の危険は俺たちに押しつけるというわけですかい」

激昂の声が続いた。ふざけるな。なんだって俺たちが、あんな禿げ親爺のために。やめた、やめた、馬鹿らしくて、やってられねえ。短い腕を振り回し、慌てながらに介入するのは、軍旗持ちプロキシムスしかありえない。

「黙れ、おまえたち、黙れ」

高圧的に怒鳴るかたわら、百人隊長が肩に掛ける剣帯を引き、その耳に小さく苦言する。こんな風に焚きつけて、ぜんたい、なんの得があるというんです。いいですか、脱走兵が出たら、責任を取らされるのは我々なんですよ。管理職の共感に訴える手だったが、相手は頭でっかちな青年将校である。マキシムスは声を遠慮しなかった。

「戦死者が出たら、その責任は誰が取る」

「隊長どの、ですから、もっと小さな声で……」

「カエサルが責任を取ってくれるのか。だったら、どう責任を取ってくれる」

「…………」

「偉いさんは絶対に自分の落ち度を認めない。つまりは無責任だからさ」

待って下さい、待って下さい。兵卒どもが再度の激昂を立ち上げる前に、プロキシムスは身を躍らせて発言権を確保した。待って下さい、ええと、その、なんです。ですから、そう、上が撤退を覚悟しているなら、まして英断というべきでしょう。

「この作戦は撤退前の牽制ですよ。古来の兵法に、撤退ほど難しい技術はないといいますからな。いや、カエサル閣下は人物です。我々を思いやって……」

「いるはずがない。牽制にしては欲張りな作戦だ」

あわよくば、てな下心がみえないか。俺たちは街の城壁まで突撃するよう、命じられているんだぜ。ゲルゴウィアに、いかにも未練たらたらじゃないか。マキシムスは肩を竦め、小馬鹿にする虚ろな半日で、カエサルの心理に観測を寄せた。

「上も撤退は覚悟だといったが、はん、あの馬鹿だけは今も捨てられないでいるのさ。最悪でも撤退前の牽制と言い逃れできると、小狡い計算はしたにしても、だ」

「しかし、ですよ。さっき、隊長殿は……」

「もういい。カエサルのために死にたい奴は、勝手に死ね」

俺は御免だ。マキシムスは一方的に話を切った。懲りもせずに熱く論じた自分が、いまさら恥ずかしくなってくる。カエサルは、もう駄目だ。ああ、俺は諦めたんだ。ああ、俺は決めたんだ。

聞けば、プロキシムスは仰天するだろうが、若き百人隊長は自らが脱走しようと考えていた。即座に撤退しなければ、ローマ軍は破滅する。地獄に同行するほど、俺は御人好しではない。補給品を盗み出して、数人の部下を誘って、折りをみて遁走する。故郷に帰りつける保証はないが、それでもカエサルのために死ぬよりは良い。

「そんな、そんな、隊長殿こそ無責任じゃありませんか」

如才ない軍旗持ちも、上官のあまりな態度に声を荒らげ始めていた。マキシムスが傲岸に無視すると、いよいよ顔を赤らめながら、剣帯に手をかけて逃がさない。なんだ、なんなんだ、きさまは。だから、無責任な発言を取り消していただきます。

「なにかというと、死ね、死ね、と仰いますが、そんな、簡単に死ぬわけがありません。我らはローマ軍なんですよ。機械のようだと謳われる世界最強の軍団なんですよ。しかも常勝将軍カエサル閣下が指揮を執られる。死線は見極めて下さいます。我らは臨機応変に動けます。突撃ラッパなら進むと。退却ラッパなら引くと」

「はん、この山奥で、そんな芸当ができるか。ラッパの音なんぞ、峰々に木霊して、誰が器用に聞き分けられる」

おっと、失言だ。最初の突撃ラッパは別だ。けたたましい楽器の猛りが、百人隊の私語に終止符を打っていた。なにを見極めたものか、カエサルは後方で指揮棒を振り下ろしたようだった。

マキシムスが冷笑を収めないうち、サンダルの鋲底が森の下草を蹴上げ始めた。連なる兵士の赤服を、森の出口で右、左と総督代理が振り分ける。進め、進め。ひとつ覚えに叫ぶだけの大隊長は、ローマ貴族の御曹司どもである。

まさに怒濤の突撃だった。ローマ軍は地響きを伴いながら、みる間に山腹に到達した。人の背丈を僅かに越える、高さ六ペデス（約一・八メートル）の防壁は、平地なら大した高さではないが、山の傾斜があるために、下から寄せると実際以上に高く感じる。が、統率の取れた軍勢は、ものともせずに乗り越えるのだ。

矛槍で茨線をかたすと、組んだ掌で仲間の足を撥ね上げながら、まるで仕掛けの機械のように次から次と送り出す。日頃の訓練が物をいった。防壁を越えれば、留守居の寡兵など問題ではなかった。ばたばたと無人の幕舎が倒されて、ガリア軍の野営陣地は突破されたというよりも、巨大な流れに呑まれたかのようだった。

遂にゲルゴウィアがみえた。なんとなく人の流れに身を任せて、百人隊長マキシムスも城市の近くまで来ていた。戦意はない。頬を冷笑に歪めるまま、投げ槍を地面に支え、よりかかる格好で、気の抜けた見物の構えである。

——全く、よくやるよ。

大変な騒動になっていた。ラッパの雄叫び、猛り狂う鬨の声、言葉にならない兵士の怒声。混濁しながら峰々に反響して、戦場は独特な音の世界を醸していた。マキシムスは一縷の期待感から、耳を欹《そばだ》てていた。探るのは退却ラッパの音である。撤退が主眼の牽制なら、すでに目的は達している。ここで引くなら、まだカエサルも捨てたものじゃない。

が、後方から指示はなかった。はん、三流将軍が。冷やかな傍観を貫きながら、マキシムスは楕円の楯を前に構えた。

たまに矢尻が飛んでくる。物音に気づいたのだろう。ゲルゴウィア城壁を挟んで、激しい戦闘が始まっていた。櫓の上から槍を投げ、石を落とし、熱湯を浴びせかけるが、ローマ軍の猛攻撃で返礼されて、ガリア軍の劣勢は明らかである。なるほど、ガリア兵の影は疎《まば》らだ。城市の守備兵まで削り、敵は相当規模の兵力を裏山に投入したようだった。

カエサルの罠に嵌まった、ということである。いやはや、狡賢い中年男は、小手先の手品だけは巧みなものだ。ゲルゴウィアは、あるいは本当に落ちるかもしれないな。皮肉にして笑おうと試みるも、マキシムスの頰は少しも弛もうとしなかった。

ローマ軍は着々と作戦を遂行していた。楯を頭上に亀甲密集隊形を作ると、みる間に城壁の裾を取る。城市を囲む塹壕に、幅広の板を渡して足場を作ると、またも四人組で演習の成果を示す。ひとりを城壁に担ぎ上げ、登ると上から次の兵士に手を差し出し、あとは同じく上の二人が下の二人を引き上げる。

分厚く強固なガリア式の城壁も、高さは大したことがなかった。壁面に返しの勾配があるわけでなく、周到に茨の防御線が敷かれているわけでもない。市内まで乱入されて、城壁の向こう側に悲鳴が上がった。恐らくはガリア兵が、ローマ式の突き剣に喉を破られたものだろう。

このまま、勝つのか。勝っていいのか、とマキシムスは心得違いに自問した。あんな落ち目が罷り通るのか。世を統べる力とは、やはりカエサル流の狡知なのか。だとすれば、変わらない。ますます豚が世に憚る。不潔な堕落に漬かるまま、ローマは永遠に変わらない。

戦列に下卑た笑いが挙がっていた。ほら、ほら、おいで。こっちにおいで。マキシムスは戦場の無骨な色の中に、汚れのない白い色をみつけていた。

――女か。

しかも、ひとりではなかった。二十人、いや、三十人もいるだろうか。守備兵が奥に下がると、いれかわりにガリアの女たちが楼門に現れた。金色の髪を風に靡《なび》かせ、皆が半裸の風体で、我先と争いながら、街の城壁を下りようとしている。

「タスケテ、ワタシ、タスケテ」

片言のラテン語を叫びながら、ある女は仲間の腕を伝い、ある女は綱を下ろし、ゲルゴウィアから脱出を試みていた。なんと節操のない雌豚だろうか。半裸というが、毛織の粗衣は胸を大きくはだけながら、意図して豊かな乳房を露にしてある。命は助けて。そのかわり、好きにしていいわ。暗黙の了解というわけだろう。

毛だらけの尻が、ひょこひょこ戦場に動き始めた。ローマ兵は女の肉に飢えている。売春婦は冬営地に残してきた。さらってきたガリアの娘はいたようだが、それも行軍に次ぐ行軍で、ここまで連れてきてはいない。戦闘の闇雲な興奮が欲望の回路に直結して、思わず制服を捲り上げる男の理屈はわからないではない。それでガリアの女は、いいのか。

マキシムスは泣き出しそうな顔で顎を左右に振った。が、ガリア人は必死だった。解放の大義に共鳴して、アウァリクムでは己の命さえ投げ出した。なのに、ガリアの女たちは、なんなのだ。やはり、この醜さが人間なのか。だから、ローマは君臨するのか。だから、カエサルは勝ち続けるのか。

すでに腹上が制されていた。それは豊満な女だった。子供の頭ほどもある乳房がローマ兵の指に絞られ、ぐにゃぐにゃ形を変えている。やれ、やれ、いいぞ、やっちまえ。心に冷えたものを抱えながら、理想高き青年将校は視線を外した。

戦場の混乱さえ、どこか不潔な感じがした。唐突な艶笑コントに兵士の群れが集まってくる。ある者は面白半分に笑い、ある者は目を血走らせ、その盛況ぶりときたら、広く城壁に分散していた軍勢が、だんごになって中央楼門に固まったほどである。

どこまでローマ軍は規律正しいのか。陰部を取り出した男たちは、順番待ちの列を作り始めていた。それは思わず、苦笑したときだった。

不快な違和感がマキシムスの心を捕らえた。なにか、おかしい。が、なにが間違っているのか、わからない。楼門に視線を戻すと、毛だらけの尻が増えていた。醜い。男たちは汚い。が、女とは、そういうものだったろうか。

これまでにも城市の陥落は、何度となく経験していた。そのたびに汚い尻が、ところ構わず蠢く風景も目撃している。問答無用の強姦に、女たちは悲鳴を挙げた。陥落の悲劇を訴えるように、いつまでも甲高い悲鳴を挙げ続けたのだ。

混み合いに目を凝らすと、組み敷かれる女たちは確かに媚態の笑みを浮かべ、優しげに兵士の頬を撫でていた。やはり、尻軽女の類か。男も女も、なべて人間は醜く、また滑稽なものなのか。少なくともローマ人の男根は、遠目では弥《いや》が上にも粗末にみえた。

「…………」

やはり、なにか、おかしい。さんざ涎を垂らしながら、どれも風に吹かれるまま、思いを遂げていなかった。男たちは阿呆のように、露天に尻を丸出しにするだけなのだ。

「なんだ、これ。ちっとも膝が開かねえぞ」

マキシムスはハッと目を上げた。女たちは綱につかまり、まだまだ楼門を下りようとしていた。その姿は美しい。観念的に女を美化する理屈でなく、まるで手練の女衒が手ずから選び抜いたように、ガリアの女は皆が若く、また器量が整っている。優美に張り出す腰つきは、すらりと脚線美につながって、なのに裾布の足首は無骨に窄《すぼ》まり、あろうことか、左右が紐で縛られているではないか。

女は身体を売る気などない。マキシムスの眉間に深い皺が寄った。俺の部下は、どこにいる。ああ、くそ、あんなところまで進んでいる。言葉にならない閃きが走り、直後に百人隊長は叫んだ。下がれ、早く下がるんだ。おまえたち、早く逃げるんだ。声の限りを張り上げても、この騒動では届かない。

「ラッパ手」

と部下を呼ぶも、その姿がみあたらない。もとより、この深山では峰々に音が響いて、器用な楽器は役に立たないのだ。なにより、戦場は分厚い音に包まれていた。

「…………」

頬が低い音の波動を感じていた。なんだろう、と答えをを考えあぐねるうちに、びく、とマキシムスは太い首を竦ませた。びっ、びっ、びっ、と鋭く空気が振れていた。とっさに音を目で追うと、ゲルゴウィアの城壁に、ずらりと横に並びながら、守備兵が手に手に弓を構えていた。少なかったはずだ。ほとんど出払っていたはずだ。

ゲルゴウィアの反撃が始まっていた。槍を打ち、石を落とし、熱湯を浴びせながら、先刻とは明らかに勢いが違う。不意を突かれたローマ兵は、尻を出すまま悶絶して、次から次と塹壕に転げ落ちた。底に仕こまれていたのは、先端を鋭く削った杭だろう。串刺しになった遺体が、方々で血飛沫の花を咲かせていた。

悲鳴が聞こえる。血飛沫が上がる。唐突な惨劇に、マキシムスは息を呑んだ。もう答えがわかっているのに、頭が混乱に襲われて、それを言葉にすることができない。目玉を射抜かれ、転げ回って悶絶する友軍兵士を足元に眺めながら、自分は両の足が萎縮して、ただの一歩も動くことができないのだ。

なんだ、なんなんだ、これは。左右に窄まる城壁の死角から、不意に巨大な影が現れた。戦慄の空気を孕《はら》んで押し寄せると、みる間に中央楼門を呑みこんだようだった。

一面が赤く弾けた。殺気の激流が走り抜けていた。矢ではない。守備兵ではない。マキシムスは動かない足の裏に、身体の平衡を失うくらいの、凄まじい地響きを感じていた。兵士を問答無用に薙《な》ぎ倒すのは、大きな獣の胸板だった。ローマ兵の兜を上から叩き割る武器は、猛々しいガリア式の長剣だった。

マキシムスは頭上に殺気を感じた。避けた勢いで転倒すると、地面に手を突いたところに、上から槍の穂先が打たれた。激痛に叫ぶより、踏みつける馬の蹄《ひづめ》を、かわさなければならなかった。

恐る恐る見上げると、金色の具足を纏う益荒男が、にやりと笑って馬上から見下ろしていた。戟槍のような髭が歪んでいる。相貌の半ばが青い顔料で染められている。覗いた目玉が、ぎらと剣戟の眼光を放っている。灼熱の戦場に刹那、ひんやりと冷たい空気が静かに流れたようだった。

――ウェルキンゲトリクスが……。

裏山から戻った。見渡す限りに馬の蹄を林立させて、ガリアの騎馬軍団が戻ったのだ。城市の騒ぎに急ぎ駆けつけたということか。それにしても、こんなに早く……。

「罠だ」

と、マキシムスは呟いた。罠を仕掛けたのは、ウェルキンゲトリクスのほうだ。罠に嵌められたのは、ローマ軍のほうだ。

刺青の太い腕が、槍を引き抜いていた。次は止めを刺される。掌が自由になると、マキシムスは必死に這った。逃げた先に落ちて、ローマ兵の兜が鈍く光っていた。くるくると草の上を回転して、止まると白目を剝いている。

鉢には肉が詰まっていた。友軍の兵士は首を刎《は》ねられたのだ。

気がつくと、大地が赤黒く濡れていた。裁断された肉片が、いたるところに転がっている。引き出された内臓が、剣に釣られて紐のように踊っている。ばりばりと音を鳴らして、馬の蹄が骨ごと肉を潰していく。呆然と見渡すと、そこは紛れもない地獄だった。

ガリア軍は虐殺を始めていた。殺される、とマキシムスは思った。ローマ軍は四方を囲まれていた。無様に這っても逃げ場がない。山の斜面を転げても、高さ六ペデス（約一・八メートル）の防壁に止められるだけである。まさに袋の鼠だ。まさに全滅の危機だ。

いきなり顔に生暖かい湿りを浴びて、マキシムスは目を瞬かせた。覚えがないまま、喉を裂かれた遺体を両手で抱いていた。皮一枚を残した首が、ゆらと揺れて垂れ下がる。

ひっ、と悲鳴を挙げながら、百人隊長は戦友を放り出した。こんなのは嫌だ。俺は死にたくない。逃げるんだ。とにかく六ペデス防壁まで転げるんだ。これさえ攀《よ》じ登ることができれば、あるいは助かるかもしれない。向こう側には精鋭第十軍団が、カエサルを守って待機しているのだから。

——カエサルを……。

かっと身体に火が燃えた。カエサル、きさま、殺してやる。立ち上がると、突き剣を支離滅裂に振り回して、マキシムスは意味なく叫んだ。ああ、ああ、ああ、ああ。ぬるい血煙を抜けながら、若者に宿った正義は怒りだった。

十四、大敗

カエサルは細い腕で、左右から小さな書机を抱えこんだ。爪の壊れた指が力んで、鉄ペンを小刻みに震わせる。文字は全て、読み返しが困難なくらいの殴り書きである。

例の自慢の覚書だった。嬉々として書き進めていたものが、この日に限って、はかどらなかった。数行だけ綴っては、不意の発作で丸めて捨てる。その繰り返しである。

――ゲルゴウィアの顚末を……。

どう書いたものだろうか、とカエサルは悩んでいた。

蒼白の相貌は青黒い陰を宿し、幽霊でないならば、熱に憑かれた病人だった。不快な脂汗を掻きながら、現に頭痛がひどいというのに、それでも筆に起こさなければならないと、カエサルは切迫感に駆られていた。

誰に求められたわけでもない。素人作家の拙い筆を、熱心に急かす者がいたとするなら、それは受け入れがたい現実を突きつけられた、哀れな中年男でしかありえなかった。

それが証拠に、ちっとも巧く書けやしない。だから、ランプの位置が悪い。手元が暗くて、なかなか調子が出ないのだと決めつけて、カエサルは受け口の油皿を持ち上げた。光の調子を診るうちに、ひくと痩せた頰が引き攣るのは、赤幕に痩せた影がひらひら動いて、誰かが自分を襲いにきたかと戦慄したからだった。

なんだ、俺の影ではないか。ガリア総督は表情を弛め、ついで苦々しく舌打ちした。いつものように幕舎に椅子と机を運んだ、それは野営の夜だった。

さすがの工兵軍団も、この数日は満足な陣営を築けなかった。塹壕も掘られず、防塁も積まれず、かろうじて板塀だけは立てられたが、それも殴られて欠けた歯の並びをみるようである。碁盤目状に整然と区画を切るどころか、今や大路と小路の別も、東西南北の方角もなく、全てが雑然と入り乱れている。個々のテントも傾いているのだが、夜露が凌げれば、それで上出来というべきだろうか。

兵卒は寝静まっていた。夏の虫が騒がしい夜に、こうこうとランプなど灯すのは、総大将の大幕舎ひとつだけだった。闇に沈んだ陣営に、ぽっかり浮かんだ赤布は、中から灯に照らされると黒ずみ、毒々しい血の色を思わせた。ついつい生臭い連想に傾くのは、陣営の至るところ、目に痛いような鉄の香《にお》いが漂っていたからだった。

寝静まるというが、心地よい安眠からは程遠かった。兵卒は容易に起き上がれないという意味である。

長く尾を引く呻き声が、闇の陣営に絶えることなく強弱していた。無傷の者は珍しい。包帯に赤い染みを浮かべながら、ざっくり裂けた傷口から、蛆《うじ》が這い出るくらいでは、歩哨の任務を免除されることもない。目を潰されたもの、上腕がないもの、膝から下を落とされたもの、さすがに重症の連中とて、まだ首が胴体から離れていないだけ、ユピテル神の加護に感謝するべき状況なのだ。

ローマ軍の被害は甚大だった。ゲルゴウィアの丘は真実死地と化していた。思い起こして、幕舎のカエサルは鉄ペンの尻を齧った。こうでもしないと、たちまち手が震え出す。

山裾の本営からみると、それは赤色の霧だった。問答無用の虐殺が、空に立ち登らせた血煙である。首をもがれる刹那の家禽を思わせる悲鳴が、いつまでも折り重なる峰々に反響していた。

後方から精鋭第十軍団を出立させ、懸命の援護で、なんとか本営まで引いた。それでも最前線は全滅に近かった。戦慄の殺意を孕んだガリア軍の罠に嵌められ、ローマ軍は百人隊長だけで四十六人の死者を出してしまったのだ。

その麾下に突撃した兵士の末路は言を待たない。百人隊長の戦死が四十六人ということは、六個軍団のうち、三個軍団が壊滅した計算になる。兵数にすれば、一万五千余が瞬時に失われたということである。

――いや。

続きを書きかけて、カエサルは筆を躊躇した。ガリア総督は極端に兵士の質が落ちることを嫌う。これは有名な話だ。滅多に新兵を補充せず、定数が五千余の軍団も常に三千人規模だったのだ。すると死者は九千人程度になる。いや、いや。だから、こんな風に筆の勢いに任せるべきではない。よくよく考えて書かねばならない。それが大事な場面なら、なおのこと緻密な技巧を凝らすのだ。

うん、ここは大胆に省略するという技巧だな。もとより、この種の書き物では、不正確な数字は大目にみてもらえるものなのだ。百人隊長の数は誤魔化せないとして、無名兵士の数なら多いか少ないか、それだけローマ市民に伝われば、もう合格である。

「その日、七百人を少し下回る兵士が失われた」

一文を結んだ刹那にペン先が乱れ、余白に意味のない線を走らせた。ぶる、とカエサルは身震いしていた。寒く立ち上がる怖気は、姑息な数の話などではなかった。

ガリアの野蛮人どもは、地獄絵さながらの戦場を物色して、ことごとくローマ兵の首を刈った。すると神官団が降りて来て、気味の悪い読経の声を山々に木霊させたのだ。厳かな神事とは、ぐつぐつと大鍋で生首を煮詰める蛮行に他ならない。翌日には綺麗な頭蓋骨が出来上がり、山腹の六ペデス防壁に横一列に並べながら、みせしめにしたものである。

恐ろしい。なぜ、こんなにも恐ろしいのか、カエサルには解せなかった。首刈りの習慣は知っていた。ガリアでは誇らしげな頭蓋骨を、何度も屋敷の軒先に目撃している。それで歓待のつもりなのか、しゃれこうべを酒杯にして、勧められたことさえある。

なのにゲルゴウィアの戦慄が頭から離れなかった。こんなに恐ろしい連中と、どうして今日まで戦ってこられたのか、俄に自分を訝《いぶか》しがったほどである。

あれから身体の芯が凍りつき、容易に氷解しなかった。カエサルの細い髪の毛は、びっしょり冷たい汗に濡れ、びたと額に張りついていた。夏の夜の暑さを幕舎に籠もらせながら、なお背中には毛布を被らなければならなかった。がくがく定かでない手は自ずと酒杯を求め、悪酔いしようが、二日酔いになろうが、とにかく飲まなければやりきれない。

――もう、ごめんだ。

弱音を吐露したことに焦り、カエサルは、すぐさま理屈に縋ろうとした。そう、鬱蒼とした森と険しい山国が、もう、ごめんだという意味だ。そう、そう、ローマ軍に山岳地帯の戦争は不利なのだ。誰が指揮を執っても同じことだ。この俺の落ち度ではないのだ。いや、落ち度というべきではない。やむをえざる事態なのだと、ガリア総督は落ちこむ兵士を、かえって温かく激励するのだ。

「かかる出来事に、決して落胆してはいけない。不利な地勢がもたらした結果を、敵の勇気に帰して考えるべきではない」

カエサルは気を取り直して文章をひねった。うん、優れた状況分析が窺える。包囲の継続は無理とみて、賢明なる総督は深入りを避けたのだ。戦略上の判断なれば、撤退という言葉を使わなければならない。

「ゲルゴウィアからの撤退については……」

ふむ、この賢明な人物なら洞察鋭く、ハエドゥイ族の動揺を告げられた時点で、即座に撤退を決断するだろう。すると、続きはどうなる。ゲルゴウィアからの撤退については、これ以前に見極めていた方針を変えなかった。

「かくて、ローマ軍はハエドゥイ族へ向け、陣営を動かした」

なにげない風に、カエサルは文章を作為した。が、どんな技巧を凝らそうとも、ローマ軍が敗走した事実は変わらない。かのガリア総督は深山の惨劇に震え上り、一も二もなく陣営を畳んで、一目散に逃げ出したのだ。

戦意など失せていた。ひたすら怖くて、もう一刻も留まる気になれなかった。進軍時には五日を要した行程を、たったの三日で走り抜け、ローマ軍は突貫工事で橋をかけると、再びエラウェル河を越えたのである。

今宵の陣営は、もう開けた平原だった。ここまで引いて、なんとか人心地つけたとき、ガリア総督は急に覚書の執筆を思い立ったのだ。負けたわけではない。逃げたわけではない。あれやこれや、言葉を堂々巡りにしながら、カエサルは自分は冷静なのだと思う、それ自体が常軌を逸した軽い錯乱状態に、弄ばれるばかりだった。

ああ、そうだ。俺は嘘を書いたわけではない。賢明なるガリア総督は、現在もハエドゥイ族の安定に、総力を傾けているではないか。

報《しらせ》が届いていた。ゲルゴウィアを発ち、逆賊リタウィックスが領国に舞い戻った。不埒《ふらち》な反ローマの統領コンウィクトリタウィスと合流して、さらなる蜂起の拡大を運動するは必定である。させじとカエサルは先手を打った。信望厚きハエドゥイ族の二長老、エポレドリクスとウィリドマルスを直ちに領国に遣わせて、リタウィックスが到着する前に、部族を安定させることにした。

安定しないはずがない、とカエサルは思う。ローマ軍が遠い深山に釘付けになればこそ、ハエドゥイ族にも迷う余地が生まれたのだ。領国の西端に陣営を取られては、最強軍団の報復を恐れて、もはや恭順の選択肢しかあるまい。うん、やはり俺の判断は正しい。よし、書けそうだ。熱病人のように目に涙を溜めた顔を、救われた苛められ子のように晴らしながら、カエサルがペンを握り直したときだった。

「申し上げます」

と、声が外から飛びこんだ。びく、とカエサルは首を竦めた。その拍子に指は重い鉄ペンを落とし、羊皮紙に無様な染みを転がした。きょろきょろと意味なく幕舎を見回しながら、ガリア総督には今、なにをすべきなのかがわからない。

かろうじて気づくのは、薄い髪が乱れているということ、この醜態をみられてはならないということだけだった。カエサルは不機嫌な咳払いで、即席に威厳を繕った。なにごとか、その場で告げよ。

「は、ハエドゥイ族が蜂起を拡大させております」

「そのことなら、とうに存じておる。リタウィックスが煽動したのであろう」

「は、かの長老は城市ビブラクテにあり、長老会議を召集している模様で……」

くそ、と呻いて、カエサルは伝令の報告を遮《さえぎ》った。くそ、いまいましい。反ローマの一党は遂に部族の都、ビブラクテまで手中にしたか。

「それでエポレドリクスとウィリドマルスは目下、どこにある」

「は、ノウィオドゥヌムに入城して……」

「そうか、さすがは我が盟友だ。ビブラクテが危ういとわかれば、親ローマの一党には是が非でも、ノウィオドゥヌムを死守してもらわねばならないからな」

ノウィオドゥヌム、あるいはノヴィオドゥヌムとは、ガリアの言葉で「新市」という意味である。どの部族でも、国境や要地の監視に築かれた城市を、ノウィオドゥヌムと呼ぶ。ハエドゥイ族の場合はロダヌス河を監視しており、交通の要衝ゆえに部族第二の城市にまで成長していた。

友邦関係に基づいて、現在は専らローマ軍が基地に用いている。ノウィオドゥヌムには常設の守備隊があり、その保護下に安んじてローマの官吏と商人が拠点を置き、また管理下に補給物資から軍資金、なかんずく、親ローマ部族の首長、長老が差し出した重要な人質が留め置かれていた。こちらが肉親の命を握っている限り、友邦部族は軽々しく蜂起に走るわけにはいかない。

「うん、うまい。引き続き努めてほしいと、折り返し二長老に伝えてくれ」

「ですから、総督閣下、エポレドリクスとウィリドマルスが、ノウィオドゥヌムを拠点に造反の動きをみせているのです」

「………」

カエサルは声を失った。というより、報告の意味が容易に咀嚼できなかった。なんとなれば、なおも幕を挟んで伝令は続けるのだ。軍民合わせ、ことごとくローマ人は虐殺され、また金品も全て奪われてしまいました。ガリア諸部族から差し出された人質も、反乱の拡大に寄与すべく、ビブラクテに送られた模様です。

「強奪の限りを尽くした後に、二長老は城市ノウィオドゥヌムを破壊しました。ウェルキンゲトリクスの焦土作戦に、明らかに準じた動きを示しております」

かすれた声で伝令を追い払うのが、やっとだった。ふらふらと歩を進めて、カエサルは崩れるように椅子に戻った。じりじりランプの油が燃える音だけが聞こえた。ペンを持たねば。ペンを持たねば。この顚末を俺は書かなければならないのだ。必死で自分をけしかけるのに、手が少しも動かない。

「なぜだ」

と、カエサルは虚空に問うた。俺は賢明な撤退を行った。後方の安定に全力を注いだ。俺は間違っていない。きちんと構想を練ったのに、なぜに、こうも全てが出鱈目なのだ。

ずきずきと危うい血脈が、こめかみを打っていた。気づかずに、まだカエサルは自分が冷静でいると考えていた。筋書きが違う。どこかで記述を間違えたのだ。

カエサルは半狂乱の手で卓上を掻き回した。どこだ、どこだ。統領コンウィクトリタウィスが大恩人を裏切った。間違いは、これだな。急いで書き直そう。改稿すれば、エポレドリクスとウィリドマルスの動きも自ずと違うはずだ。二長老は熱心な親ローマである。なるほど、俺は随分と贔屓にしてきた。このガリア総督を裏切れるわけがない。こんな大それた忘恩が、こんな卑劣な背反が、あってよいはずがない。

「………」

なぜだ、と再び叫んだとき、すっと意識が遠のいた。がらがらと音を立て、幕舎に無数の紙片を舞わせながら、カエサルは机を道づれに倒れていた。ぶるぶる手足を細かな動きで震えさせ、この痩せ男は幼い頃から持病の癲癇《てんかん》持ちだった。

なぜ、この俺が裏切られる。カエサルは自らの浮言《うわごと》で、ハッと目覚めた。視界の靄《もや》が引けていくと、薄灯に黒く幕舎の骨がみえた。ややあってから、自分が転倒していることを理解した。ああ、癲癇の発作に襲われたのか。

ごろりと横に転がると、伏せて頬をつけた土床が、ひんやりと気持ちよかった。寝台に移るのも面倒な気がした。このまま寝てしまおうか。いや、きちんと眠ろう。思い直したのは幕布に影絵として、がっちりした男の肩が動いていたからだった。

「ああ、プブリウス。また、やってしまったよ」

声が甘えるようだった。やはり、余人にはみせられない醜態である。カエサルには自分の全てを心得る奴隷の存在が、これほど嬉しく感じられたことはなかった。プブリウス、なんだか立ち上がれそうにないよ。すまないが、寝台まで運んでくれないか。

奴隷から返事はなかった。主人の大事に気が動転したのだろうと思い、カエサルは言葉を続けた。大袈裟だな、プブリウス。別に驚くようなことではない……。

「敗軍の将だからさ」

返事になっていなかった。しかも聞き馴れない声だった。カエサルは後頭部を寒い風に襲われた。まさか、ウェルキンゲトリクスが……。

くると敏捷な小動物のように動き、カエサルは膝立ちで身構えた。見下ろすように聳えるのは、確かに大柄な若者だったが、ぐるぐる巻きの包帯から出る茶褐色の髪の毛は、短く刈られたローマ風だった。全身が黄土色の埃に塗れているが、半袖テュニカの赤色は隠し切れない。

ローマ兵である。カエサルは一瞬の安堵に息を抜くも、すぐに緊張を取り戻した。若者の横柄な態度が、敵意のようなものまで感じさせたからである。少なくとも兵卒が総大将に面する態度ではない。お、おまえは……。

カエサルは問いかけたが、若いローマ兵は傲岸に無視して繰り返した。あんたは敗軍の将だからさ。

「なぜ、この俺が裏切られる。そう、寝言で聞いてただろ」

「………」

「あんたは敗軍の将だからさ」

若者の表情が冷笑気味に歪んでいた。ガリア総督ユリウス・カエサルは負けた。負けるべくして、負けた。だから、ハエドゥイ族にも裏切られる。恐れるに足らないと見限られる。下らない器用者が、順当に人間の軽さを見透かされたということだ。

「違うか、禿げ親爺」

あからさまな侮辱に留まらず、若者は屈みこむと二本ほど指の欠けた手で、くしゃくしゃと総大将の薄い髪を弄んだ。ぽかん、と口を開けて、カエサルは啞然とした。この暴挙が現実の出来事なのだと、ようよう呑みこめてくるにつれ、かっと頭に血が昇る。なんなんだ、この若造は。

温厚を常とする器量人も、このときばかりは刺々《とげとげ》しく、無礼な手を打ち払った。さっと立ち上がり、素早く頭を横に撫でつけ、睥睨する一拍を置く間に、それでもカエサルは感情を抑える努力をした。まともに向き合い、声を荒らげるべきでない。徒に威厳を損なうだけではないか。とっさの自戒は、できた中年男の癖だった。

　ふう、と息を吐きながら、カエサルは哀れみに似た表情を作った。静かに威厳を保ちながら、露にならない激怒の結果を仄めかす恫喝である。

「きさま、所属と身分は」

「第十三軍団、第八大隊、主力中隊、任命百人隊長、ガイウス・マキシムス」

「ほう、任命百人隊長マキシムスと。百人隊長の分際で、許しも得ずに総大将の幕舎に上がったわけか。返答の次第では懲罰を受けてもらうこと……」

「俺の部下が六十人も死んだ」

「………」

「あんたに懲罰はないのか」

「それは……」

「兵隊のせいだと書いてあるな」

　百人隊長マキシムスと名乗る男は、紙片をランプの灯に翳した。なになに、カエサルは兵士を集会に呼び、その無鉄砲と無謀な逸りを責める。退却の合図を与えても止まらなかった。大隊長や総督代理の制止にも従わなかった。はん、よくも見事な嘘を書くもんだ。総督は弱みを突かれた気まずい顔で、半端な笑みまで浮かべながら、とたん弁解めいていた。卑屈に擦り寄るような、ある種の媚さえ感じられた。

「嘘ではない。いや、はじめから一撃を加えたら、私は退却させようと考えていたのだよ。

それを兵士たちが先走ったものだから……」

「合図なんか聞こえなかったぜ」

「それは山々に木霊して、うまく伝わらなかったという……」

「その程度の問題を、常勝将軍ともあろうものが、どうして先に見越せなかった」

「…………」

「あんたのせいで、ローマ軍は負けたんだよ」

負けたというべきではない。今度の場合は……。少し口走ってから、カエサルは自分の滑稽さに気づいた。この俺が、どうして必死に弁明している。相手は高が百人隊長ではないか。取るに足らない若造ではないか。

カエサルは自分の地位を思い出した。とたん、正義の軸が転倒した。どちらが正しく、どちらが間違っているか、ではない。どちらが上で、どちらが下か、の問題である。不当ではない、と中年男は考える。実績あるガリア総督が、取るに足らない軽輩に、こうまでいわれる法はないのだ。みるみる激昂が極まって、再度の癲癇を恐れるくらいに、カエサルは目尻を危うく紅潮させた。

――マキシムスとやら、きさま……。

ふう、と再び息を抜くと、総督は自分を冷やかす笑みを作った。どうかしているぞ、ユリウス・カエサル。だから、まともに相手にすることはない。軽くあしらえば、それで良いではないか。それも巧みに、恨まれないように。威厳を示して、逆に敬意を新たにさせるくらいに。カエサルは余裕を作為して笑みの趣を変えた。

「若いということは、怖いものがないということかな」

まずは言外に仄めかす。きさま、誰に話している。この私はガリア総督、ユリウス・カエサルであるぞ。が、人間は過度の押しつけを嫌う。いかに懐柔してゆくか、ここからが肝心の技術なのだ。名前を呼んで、もう覚えたぞと脅しながら、同時に親しみを演出して、ぐっと心を惹き寄せよう。責めるのではない。けれど、マキシム……。

狡猾な言葉は続かず、かわりにカエサルは、ぶっと斜めに無様な唾を吐いていた。痩せた顎が不意の衝撃に襲われていた。気がつくと尻餅をついていた。なんだ、どうした。

狼狽の目で見上げると、マキシムスは指が揃った右の拳を固めていた。俺は殴られたのか。この若造が天下のユリウス・カエサルを、いきなり殴りつけたというのか。ぜんたい、どういう正義があって、こんな大それた真似ができる。

「だから、下らない理屈は、たくさんなんだよ」

百万語を並べられても、死んだ兵士は戻ってきやしないんだ。百人隊長は自らの暴力を弁明したようだった。が、そんなもの、耳に入るわけがない。凶暴な衝動が、カエサルの臓腑を底から突き上げていた。声の限りに怒号を吠え、報復の拳を振るう手前で、それでも中年男は、また内なる自分の声に抑えられた。だから、喧嘩してどうなる。まともに向き合う義理はない。あとで、たっぷり思い知らせてやるだけだ。

カエサルは立ち上がると、手櫛で乱れた髪を直した。ぎん、と睨みつける目は、血走りながら濁っていた。きさま、ただで済むとは思うまいな。怖いもの知らずというより、きさまは本当の馬鹿……。ぐっと息が詰まるのは、みぞおちに革編サンダルの爪先が、食いこんでいたからだった。マキシムスは今度は足蹴りに及んでいた。

「さあ、こい、禿げ親爺。それとも世に聞こえた天下のモエクス・カルウスは、実は玉なし野郎だったのかい」

大柄な若者は問答無用の勢いで、礫《つぶて》と化した手を足を、次々叩きつけてきた。相手が床に転倒しても、鼻血を噴き、顔を歪め、腹を抱えて咳きこんでも、まるで容赦することがない。絶え間なく罵りながら、まるで言葉を拳骨に託して、中年男の痩軀に刻みこむかのようだった。認めろ、くそ野郎。あんたは負けたんだ。ユリウス・カエサル、あんたはガリアのウェルキンゲトリクスに負けたんだよ。

「…………」

百人隊長マキシムスは去った。ぜえ、ぜえ、と乱れた息遣いが、後の幕舎に残っていた。カエサルは一方的に殴られた。反撃を試みようにも、全身が激痛に見舞われて、もう呼吸すらままならない。暴力を逃れた今でも、ごろりと横に転がる拍子に、ひどく咳きこんでしまう。血の混じる痰が喉に絡んで、咳は気味の悪い音を発した。

動かないほうがよい。カエサルは悶絶しながら、冷たい土間に身を預けた。全身が焼けるように熱かった。どくどくと心臓の鼓動だけが聞こえた。ローマ軍の陣営は音もなく、本当に静かだった。いや、かすかな呻き声が聞こえる。誰か怪我でもしたのだろうか。確かめようと思っても、目に血と汗が流れこみ、赤く滲んでおぼつかない。瞬かせた先に一枚の羊皮紙が落ちていた。顔にかかる不自然に長い髪を払うと、カエサルは頭だけ起こしながら、読みにくい文字の羅列を追ってみた。

「ゲルゴウィアからの撤退については、これ以前に見極めていた方針を変えなかった。そこで軍団を陣営から……」

やめた。また完全に仰向いて、カエサルは幕舎の天井に荒い息を吐き続けた。やめた。読むまでもない。血と汗に汚れた頰に、すっと自嘲の笑みがよぎった。読むまでもない。相場が中年男の報告は、あてにならないものなのだ。それはカエサルが若者時代に会得した、大事な教訓のひとつだった。

戦場の実際を知りたければ、誰より先に女に聞け。女は衒《てら》いがない。みたことを、みたままに話すから、こちらは現場を正確に知ることができる。これが男となると、頼みもしない解釈を勝手に交えてしまうのだ。みえるのは戦場よりも、自分を美化する姑息な作為のほうである。

なかんずく、中年男の言葉は駄目だ。なまじっかに地位があれば、つぶさに報告させるだけ、端から言い訳になっている。女がいなければ、奴隷に聞け。奴隷がいなければ、若者に聞け。若者がいなければ、老人に聞け。老人さえいなければ、その時点で諦めるのだ。

——中年男は駄目だ。

おかしな言い方だが、苦痛が人心地ついていた。ほてる身体に静かな疼きが、じんじん共鳴するだけである。ずいぶんと楽になった。さっきは本気で死ぬかと思った。ああ、俺は殴られたんだなあ、とカエサルは事実を認めた。

「………」

屈辱が蘇れば、ばっと立って敵を追いかけたくなる。が、カエサルは断念した。いまさら間の抜けた怒りに固執するよりも、灼熱の汗の余韻に、このまま身を任せていたい。

不思議と清々しい気分だった。殴られるのは久方ぶりのことだ。この数年は曖昧で、陰険で、狡猾な理屈ばかりこねてきた。比べると、暴力はいいな。かっと来て、殴り返そうとする衝動は、中年男には懐かしい感覚だった。一瞬の怒気に駆られながら、それでも走れなくなってみれば、胸に去来するものは一抹の淋しさだった。

「弱くなったな」

短絡的に暴力に訴えるなど、稚拙だ。が、自分を「分別」という言葉で飾り立てたところで、身体を軋ませる激痛は現実としてあり、まだ立ち上がることさえできない。はん、無駄に口を動かすより、すぐさま反撃するべきだった。できないから、俺は負けた、とカエサルは認めた。負けた、負けた。俺は愚かな若造などに完敗したのだ。要するに駄目な文学青年には、これが順当な結末ということなのだ。

「ふふ」

と、カエサルは笑った。ふふ、ふふ、と徐々に笑いが大きくなる。耳殻に蘇るのは、百人隊長マキシムスの声だった。最後に吐き捨てた言葉は激昂のあまり、青臭い涙声になっていた。見損なったぜ、カエサルよ。

「あんただけは違うと思った。本当の英雄だと思った。ローマを決然と改革する男だと思った。あんたは俺の希望だったんだ。あんたは俺を裏切ったんだ」

ふふ、ふふ、とカエサルの笑いは止まらない。なにが英雄だ。なにが改革だ。綺麗事ばかり語りおって、あいつも駄目な文学青年の類だな。冷やかしながら、若者が迸《ほとば》しらせた涙だけは、どうにも笑う気になれなかった。殴られて、亀の子のように縮こまりながら、ちらと横目にした涙の美しさが、カエサルに強い印象として残っていた。

「…………」

人間は汚い。なべて欲の深い豚だ。なれば、力は価値ではない。なれば、尊いのは美しさだ。臆面もなく、一片の理想を口走れるだけ、あの若者は美しかった。嘘で固めた醜い中年男に比べるなら、その無力な人品は遥に誇るに値する。だから、俺は負けを認めるしかなかった。ああ、そうか。俺などに土台が勝ち目はなかったのだ。

ウェルキンゲトリクスは美しかった。悲しいまでに美しかった。比べたとき、この薄汚れた中年男を、どこの物好きが選ぶという。女だって、あっちを取るさ。ハエドゥイ族だって、あっちを取るさ。ああ、誰よりウェルキンゲトリクスが相手にしない。

カエサルは気づいた。はじめから俺のことなど、てんで眼中になかったのか。二大部族の連合に向け、ガリア総決起の実現に向け、ガリア統一の理想に向けて、あの美しい若者は脇目も振らずに驀進《ばくしん》していたというわけだ。

それこそ、強いな。カエサルが吐露する心境は、すんで嫉妬に近かった。自分を貫ける若者は強いな。きょろきょろ他人の顔色ばかり窺いながら、ちょこちょこ下らない勝ちを手に入れて、それで当座だけ凌いで、それで意味のない綱渡りに成功して、あげくに有頂天なのだから、ガリア総督とやらも、とんだ道化を演じたものだ。

ははは、ははは。カエサルは笑い続けた。殴られた傷の痛みに苦笑するほど、気分は清々しいばかりで、なにか心に溜まった汚い澱を、綺麗に洗い流したようだった。

その証拠に目が開いた。俺は負けた。負けるべくして、負けた。別段訝《いぶか》しがる運びではない。要するに下らない人間が、分不相応に地位を得て、独りよがりに自惚れていたということだ。

してみると、解せないのはローマのほうだった。このガリアで通用しない男が、なぜに都では屈指の地位まで躍進することができたのか。

ああ、とカエサルは晴れた顔で呟いた。簡単な話だ。相手が、ちょろい。ローマの門閥連中には、かけらも若者の愚かしさがなかった。古い都に巣くう老いぼれた亡霊どもは、まともにすぎて、やることなすこと、全て読めてしまうのだ。

が、また俺も見え透いていたことだろう。鏡合わせに自分の姿を認めたとき、カエサルの心に思わず涙ぐむほどの淋しさがすぎた。

——生き方を……。

覚えてしまった。それは堕落に他ならなかった。上手に生きて、下らない地位を守ろうとして、いつしか体制に迎合していたのだ。文学青年が独りよがりに奮起といい、栄達と自惚れながら、その実は世間並みに、小さくまとまったということである。

「俺は駄目な男だ」

と、カエサルは消え入る声で呟いた。大敗を否応なく認めさせられ、それは絶望の呻きだった。が、むっくり起き上がるとき、それは力強い再生の言葉に変わるのだ。

かつての文学青年も、挫折を認めて同じ台詞を吐いていた。俺は駄目な男だ。この世界に通用するわけがない。ぎりと奥歯を噛み締めながら、認められずに三十歳をすぎた男は、とたん、その黒い瞳に熱っぽい光を取り戻した。

ふざけるな。俺は駄目な男ではない。俺が通用しないわけがない。ガイウス・ユリウス・カエサルという人間を、誰にも否定させやしない。なんとなれば、俺は他の誰とも違う、特別な人間なのだ。

――そのことを、わからせてやる。

凄むように呻いたとき、後のガリア総督は、まだ一片の若さを残していた。が、世馴れた大人たちが無下に片づけるように、それは幼稚な無分別ではありえない。カエサルは思い出した。自分を諦めることのない、強靱な意志の力をこそ、人々は畏敬の念をこめながら、若さと呼び称するのだ。

第三章

ウェルキンゲトリクスは陣営前の兵団を後退させ、直ちにマンドゥビイ族の城市アレシアに進軍を始めた。補給隊も速やかに陣営から出し、本隊に続くよう命じた。カエサルは補給を近くの丘に運び、その守備に二個軍団を残すと、昼の続く限り敵を追撃し、行列の最後尾にいた敵兵を約三千人殺し、その翌日にはアレシア近くに陣営を築いた。

（ガリア戦記、Ⅶ - 六八）

一、ガリア総決起

ヴェルチンは上機嫌だった。奇妙に裏返った声で笑いながら、柔らかな喉をつつき、ふっくらした頬をつねり、さっきから隣席の少女をからかっていた。

毛だらけの分厚い手を払いながら、エポナは顔を顰めていた。明らかに嫌がっていたが、それくらいで無神経が売りの男が、引き下がるはずもない。

ガリアの王妃は遂に堪えかね、退席しようと立ち上がった。にやと髭を歪めながら、そうすると王は少女の足元から、床を擦る裾布の房飾りを、いきなり捲り上げてしまった。ひらと舞う拍子に屈んで、下から覗きこむという、庶民にもない破廉恥ぶりである。

「お、お、尻の割れ目がみえた。みえた、みえた、ちらとみえたぜ」

それにしても小せぇ尻だなあ。くると回り、丸顔を真赤な色に染めながら、エポナは小さな拳を翳して脅した。が、ヴェルチンは懲りない。逃げるどころか、ふざけながらに追い縋り、ふたつ合わせて華奢な膝を抱きかかえてしまう。

「前のほうはどうなってんだよ。え、みしてみろよ、エポナ。きちんと生えてんのか、え、おい。下の毛は何色なんだよ」

「はなして、陛下、はなして下さい」

「そんな、おこるなよ。あやまる。あやまるから、な、エポナ。だって、俺たち夫婦なんだろう。死ぬまで夫婦でいるんだろう」

「………」

エポナは臆病に探る目で、男に真意を問うていた。無礼を許すつもりはない。が、死ぬまで夫婦なのだといわれると、少しは考え直そうかと思わないでもなかった。依然として褒められたものではないが、自分に興味を持ったのだと思えば、くすぐったくないわけではない。こんなに不器用な謝罪もないが、夫が関係を修復しようというなら、話だけは聞いてみないではないのである。

あやまるから、仲良くしようぜ。ヴェルチンは美貌の真顔で、そっと少女に囁いた。だから、エポナ、おまえも素直になってくれよ。恥ずかしがらずに、いえばいいんだ。

「ぬれぬれですから、あたしの御股に根元まで打ちこんで下さい、なんてな」

ヴェルチンは大笑いである。はなしなさい。は、は、はなせ、この馬鹿男。エポナは半身を捩りながら、ばち、ばち、ばち、と石灰で固めた頭を打ちつけた。が、悪乗り男は改めるどころか、今度は顔を埋めようとするのだ。おっぱいは、どうなってんだ。え、おい、エポナ。育ち具合を調べてやるから、おまえの御亭主さまに弄らしてみなよ。

「さわるな、馬鹿男。けがらわしい、さわるな」

少女の赤面は、もはや火も噴き出さんばかりである。一度ばかりか二度までも、こんな侮辱があるものだろうか。げらげらと男たちの笑い声まで聞こえていた。からかわれるのも、夫婦の私室ということなら、まだ我慢の仕様もあった。が、これが公衆の面前で、臆面もなく行われていたのだ。しかも目撃者は錚々《そうそう》たる面々なのだ。

きらきらと光りながら、金棒の軍旗が際限なく列をなしていた。けばけばしい衣装を競い、いたるところ光り物で飾りながら、ずらりと車座に詰める男たちは諸部族の首長、もしくは代表者たちだった。

他でもない、ガリア最高会議の議場である。参加者は膨大な数に上っていた。召集が布告されると、かねて合力の部族は無論のこと、これまで静観を貫いていた部族までが、続々と首長や代表を派遣してきたのである。

その数たるや、五十部族を超えていた。未だ親ローマを貫くレミ族、リンゴネス族、立地からゲルマニア人の襲撃に忙殺され、不本意ながら参加できなかったトレヴェリ族と、欠席した三部族を挙げたほうが早いくらいである。

ガリア総決起が実現していた。まずもって、驚天動地の報がケルトの大地を駆けた。あのカエサルが敗走した。魔王バラロを彷彿とさせる侵略者が、ケルトの民に生贄を強いる神テウターテスの化身とも崇《あが》めかけた巨人が、遂に倒されたというのだ。

仮にヴェルチンが軽視しても、現実にカエサルの存在は大きい。ローマ軍の敗退は民を大いに勇気づけるものだった。さらに各地のドルイドたちが、これは神々が示された印なのだと、報に尾ひれをつけて喧伝したのだ。

勝利の地はアルヴェルニア族の城市、ゲルゴヴィアだった。かつて隆盛を極めた帝国の都、復活したガリアの王の都である。

光の神ルーゴスの化身とも噂される美貌の若者、ヴェルチンジェトリクスが侵略者を撃破して、まさにガリアの闇を裂いた。きらきら輝く新品の金貨を握りながら、その雄姿を掌に確かめれば、ケルトの民が興奮しないわけがないのだ。そうだ、ガリアは無力ではない。あるべき姿を見失っていたから、これまではローマなどに調子づかせていただけなのだ。

ガリア総決起の流れが加速した。かくて八月一日、光の神ルーゴスの祭典に合わせて催された最高会議は、まさにガリアの勝利を祝う民族の祭典になっていた。

今も外の城市広場から、大変な賑わいが聞こえてくる。ルーゴスの祭りはガリアの収穫祭である。いつにも増して無数に麦酒の樽が並べられ、豚肉が焼かれ、羊肉が切り分けられ、蜂蜜酒の瓶を抱える酔漢どもが、ぶんぶん騒ぎ回っているのだ。ときおり、一際高く歓声が上がるのは、これも祭りの恒例として徒競走だの、相撲だのと、運動会が派手に行われているからだった。

まさに晴れの日である。吹雪すさぶ白樺の月に持たれた密謀から半年、この柊《ひいらぎ》の月には燦々と照る太陽の下、全土から登り来る部族を集めて、おおっぴらにガリア解放の道行を論じている。

全ては思い通りだった。若き王の上機嫌も頷ける。嬉しくて嬉しくて、天下のガリアの王と王妃として主座を占めれば、ヴェルチンジェトリクスは哀れなエポナを捕まえて、ふざけないではいられなかったのだ。

「はなせ、はなせったら、馬鹿男」

激怒の少女は、もはや毛を逆立てた猫だった。ふてぶてしい髭面を、爪を立てて掻き毟るが、それでもヴェルチンは放さない。なんだよ、エポナ、おねだりにしては穏やかじゃないぞ。赤面の少女は悔しくて、恥ずかしくて、もう卒倒するのでないかと思う。この男は一体、どこまで無神経なのか。

会議には実父、リタヴィッコスの苦笑も居合わせていた。さりとて、父親のほうは婿が些か節度を欠く点に、苦笑を禁じえなかったのであり、えがたい姻戚関係に鼻高々の内心は、おおよそ満足のいくものだった。行き過ぎの感があっても、傍目には仲睦まじい夫婦にみえる。卑猥な言動すら歓迎される空気がある。だから、救いのないエポナには、大いに迷惑なのである。

父親だけではない。親戚はじめ、顔を知る長老も少なくなかった。なるほど、そこは少女が生まれ育った土地だった。ガリア最高会議は、平原の小高い台地に築かれた巨大城市、ハエドゥイ族の都ビブフクテに召集されたものだった。

全体が反ローマの意をまとめて立ち上がるや、ハエドゥイ族はゲルゴヴィアに正式な使者を送り、城市ビブラクテ来訪を求めた。ガリア王にも異存はない。今やガリア第二の大部族まで、ヴェルチンジェトリクスの大義に共鳴したことを、公に知らしめる好機となるからである。

ヴェルチンの読み通り、ハエドゥイ族の動向もまた、ガリア総決起を後押しした。ローマ軍の敗走が報じられると、一緒に金貨も流通して、すでにアルヴェルニア、ハエドゥイ、二大部族の同盟も広く伝わっていた。が、最大の親ローマ部族として知られるだけに、ハエドゥイ族の転向は当初、疑いの目でみられたものである。

この疑念を払拭する意味でも、城市ビブラクテにおける、ガリア最高会議の召集は必須だった。魔王カエサルの罠ではないかと、戦々恐々する首長たちの目の前で、ヴェルチンは同盟の固さを表現するためにも、ハエドゥイ族の姫君を相手に、いちゃついてみせなければならなかったのだ。

幸福な結婚を通じて、犬猿の仲だったアルヴェルニア、ハエドゥイ、二大部族が合同した。束の間に帝国復興を遂げた、あの英雄ケルティルの時代が戻ってきた。ガリア総決起の気運は盛り上がるばかりなのだ。

同時に哀れな少女の苦悩も深い。

「乳くせえ、乳くせえ」

するってえと、あそこは、どんな臭いなんだ。男の大声が歯痒くて、歯痒くて、エポナは分厚い掌を思い切り嚙んでやった。いてえ、いてえ。やっとヴェルチンが引いた隙に、さっと少女は腕を解き、ぷりぷり怒って退場した。この馬鹿男、あんたなんか、もう死んじゃえ。傍目には微笑ましい、ガリア王の夫婦喧嘩を見守りながら、あくまで議場は和やかな爆笑だった。

それが、すっと静寂に引けていく。厳かな白装束で、いれかわりに奥から現れ出でたのは、丸く額を剃り上げたドルイド神官の群れだった。

各部族のドルイドは、それぞれ首長の隣席に戻った。王の傍《かたわ》らに起立する全ガリアの大神官は、いうまでもなく老クリトグナトスである。

「神官会議を代表して、開票の結果を発表いたします」

と、ドルイド・クリスは切り出した。目配せを得て、ガリア王は強く頷く。非常識なヴェルチンも、さすがに大事な会議を中断させて、ふざけていたわけではなかった。エポナをからかったのは、公正を期して神官団に委ねられた、別室の作業を待つ間のことだった。

軍における最高指揮権の所在が、新たに議題に上っていた。提案したのは、ハエドゥイ族の長老たちだった。立候補が受けつけられると、ヴェルチンジェトリクスの他にエポレドリクス、ヴィリドマロスの二者が立った。

ガリア総決起が実現して、解放戦争は新たな段階に移行していた。ひとたび懐柔したところで、やはりハエドゥイ族は難敵だった。戦争の規模が巨大化する中で、今度は主導権争いが浮上したのだ。

理解に難くはない。カエサルの支配下ではローマ軍の後ろ楯をもち、ハエドゥイ族は我こそガリア第一の部族と自認することができた。それがガリア王の傘下に入り、アルヴェルニア帝国の一翼を担うことで独立を失い、しかも積年の好敵手の後塵を拝する、第二の部族に転落したのである。

すでに布石は打たれていた。エポレドリクスとヴィリドマロスは、城市ノヴィオドゥヌムを襲ったとき、ローマ軍に捕らわれていた、ガリア諸部族の人質を確保している。

一気呵成の総決起にも、背後に不穏な動きが隠れていた。諸部族は必ずしも自発的に参加したわけではなかった。ローマ軍との距離やら、ゲルマニア人との緊張関係やら、それぞれの部族には、それぞれの事情があり、ガリア解放の大義に霊感を得たなどと、いずれも単純な動機では動きえない。

ハエドゥイ族が積極的に動いていた。人質を暗黙の恫喝としながら、自腹を切って金品を送りつけ、新たな合力を稼ぐことで蜂起の出遅れを挽回し、主導権を握ろうと躍起になっていたのである。

このビブラクテに、最高会議の召集を求めた意図についても、同じ文脈で読み解ける。現に会議が開かれるのは、長老エポレドリクスの屋敷である。毛足の長い絨毯を敷きつめて、壮麗な大壺はじめ、贅を尽くした調度の数々を披露していること自体が、すでに一種の示威行為なのだと解釈しなければならない。

ドルイド・クリスは咳払いで声を整えた。投票は一部族、一票の計算である。候補者を出したアルヴェルニア族、ハエドゥイ族は票を持たない。では、発表いたします。

「ヴェルチンジェトリクス四十二票、エポレドリクス五票、ヴィリドマロス三票」

これが目下の形勢だった。賛意の印に武器、甲冑が打ち鳴らされ、方々から「ヴェルチンジェトリクス、勇者の中の勇者にして偉大なる王」と名前が連呼されている。

旧アルヴェルニア帝国の威光、英雄ケルティルの後光、これらをハエドゥイ族が無視するとしても、今やヴェルチンジェトリクスは、自らの巨大な功績で光り輝いていた。とても競える相手ではない。美貌の男の至高の地位を、今さら脅かせるとは思わない。そのことは対立候補として立ったエポレドリクス、ヴィリドマロス、ともに重々承知していた。問題は、さらに複雑なのである。

今や焦点はハエドゥイ族の内部抗争だった。終いに転向を決めたものの、カエサルなどにかかずらって、エポレドリクス一派、ヴィリドマロス一派は大きく出遅れていた。ガリア総決起の流れにおいて、いち早く反ローマを標榜した統領コンヴィクトリタヴィスの一派が、部族の主導権を握ったことになる。リタヴィッコスに至っては、ガリア王の舅なのである。

形だけでも、ヴェルチンジェトリクスに肩を並べなければならない。立候補は部族の中で幅を効かせる、王の舅の一派に対する牽制というわけである。これだけ短期間に、これだけの部族を結集させたというのも、ハエドゥイ族が躍起になったというより、ハエドゥイ族の諸党派が水面下で、互いに鎬《しのぎ》を削った結果ということができる。

ガリア総決起が実現された。ヴェルチンジェトリクスの目的が、達せられたようにみえながら、その実は順風満帆とばかりはいかなかった。

いうまでもなく、どの部族も利己的である。無能でありながら、虚栄心が強く、なにかと口を出して憚らない首長、長老どもが今や数を倍にして、ガリア王の足を引っぱる形勢なのだ。ハエドゥイ族の懐柔により、ガリアは再び混沌という病根を、体内に宿したのだというべきか。

これを巧みに操らなければならない。最高会議は続いた。ヴェルチンジェトリクスが引き続き、総大将としてガリア解放軍の最高指揮を執りまする。宣言したドルイド・クリスの後を受けて、立ち上がるのは王の従兄弟、ヴェルカッシヴェラーノスだった。解放軍を統括する軍笛持ちは、議事を具体的な戦争の算段に進める役割だった。

最初は基軸戦略の確認である。

「御一同におかれましては、ヴェルチンジェトリクスが推進してきた焦土作戦を引き続き、ガリア全土的に徹底することを確認して頂きたく」

武器甲冑が打ち鳴らされ、意外なほどに、あっさりと承認を受けた。効果が証明済という事由もあるが、それだけに、かねて参加の部族は焼かれるものが全て焼かれ、いまさら反対する理由もない。

反対が出るとすれば、新たに合力した部族になるが、これを掣肘したのはハエドゥイ族の長老たちの、ひとを射竦めるような眼光だった。同時に連中は、まくしたてる。

「異議などございません。陛下の優れた戦略に学び、小生などは早速、城市ノヴィオドゥヌムを破壊しております」

「どころか、我が一党はリゲル河の橋を撤去して回りましたぞ」

「それでも浅瀬を渡って、ローマ軍は渡河してしまいましたがね」

一転、険悪な空気が張り詰めた。ハエドゥイ族がハエドゥイ族とやりあって、少なくとも議場の主導権は握りそうな勢いだった。ドルイド・クリスと素早く目を見交わして、ヴェルカッシヴェラーノスは不毛な言い合いに介入した。

「渡河の話が出ましたが、ここで小生から、ローマ軍の現況を報告しておきたく」

ガリア軍が総決起に盛り上がる間に、かたやのローマ軍は、やや読みにくい動きを示していた。そのまま南方属州に引くかと思いきや、リゲル河を越えて、ハエドゥイ族の領国を縦断しながら北上する。ラビエヌス将軍に預けた北方軍四個軍団と、カエサルは城市アゲディンクムで再び合流を果たしていた。

副将ラビエヌスは派手な政治家でもある総督の陰に隠れ、あまり目立たない存在だったが、武将としてはカエサルよりも優れていると、評判の高い男である。なんでもローマの都では、ガリア征服の半ばまでは、ラビエヌスの功績だといわれるらしい。

現に今年の進退を振り返っても、総督が失策を続ける間に、その副将は着実な戦果を上げていた。カエサルの無残な敗退で、折角の仕事が台無しになった格好である。

いうまでもなく、ラビエヌスの兵力は、ほぼ無傷で温存されている。冬営地アゲディンクムには補給品も蓄えられており、カエサルはゲルゴヴィアの敗残兵を補強して、かろうじて戦える軍勢を手にしたことになる。

「一方で南方属州では、総督代理ルキウス・カエサルが急遽、各地に守備隊を配置している模様です。かかる状況に、どう対応すべきか、御一同に意見を伺いたい」

と、ヴェルカッシヴェラーノスは議場に投じた。受けたのは、またしてもハエドゥイ族の長老だった。が、挙手したリタヴィッコスは、あらかじめガリア王と打ち合わせた上で発言している。

「焦土作戦が遂行されるがゆえは、ローマ軍は早晩、南方属州に撤退するしかないものと思われますが」

だから、これまで通りの基軸戦略を徹底する。奇襲作戦を行うと同時に、ガリア解放軍は大幅な兵力を割いて、南方属州に侵攻する。各地の守備隊を撃破して、ローマ軍が帰還すべき基地を先んじて占拠するのだ。

並行的に属州内でローマ化した短髪のガリア人を啓発して、民族の大義のために立ち上がらせる。すれば、カエサルと麾下の軍勢のみならず、あらゆるローマ人はアルプスを越えて逃げるしかない。この途上に勢を張るアッロブロゲス族に使者を送り、敵が苦手とする山岳戦で完全殲滅《せんめつ》を計る。それがガリア王ヴェルチンジェトリクスと、その側近たちが練り上げた戦略だった。

「撤退する意図が明らかならば、こちらからローマ軍を迎撃するのも一計かと」

口を出すのはエポリドリクスだった。ヴィリィドマロスも負けじと続ける。行軍中の歩兵隊を、我らは精鋭騎馬軍団で一気に蹴散らしてやると、そういった作戦ですか。すでにガリア諸部族は、新たに一万五千騎の供出を約束していますからな。

最高会議は賛意の印に、がんがんと武器甲冑を打ち鳴らした。広々とした平原に、輝く軍旗を果てしなく林立させ、カルニクスの号令一下に地響きを轟かせながら、派手な騎馬突撃を敢行する。想像しただけで血が騒ぐ。激情気質のガリア人が、いかにも好みそうな作戦である。

が、まずい。ヴェルカッシヴェラーノスは再び、ドルイド・クリスと目を交わした。要するに大々的な合戦である。寄せ集めのガリア軍が、機械のようだと謳《うた》われるローマ軍に、正面から挑戦しても勝ち目はない。この案を呑めば、これまでの戦略が崩壊する。勝利の方程式は貫かなければならない。ガリアの軍笛持ちは異議を挟んだ。

「それは、いかがなものでしょうか。カエサルは敗走いたしましたが、ラビエヌスと合流した結果、ローマ軍は未だ侮れない力を備えていると思われますが」

「ですが、こちらの兵力は比ではありませんぞ」

「歩兵相手に野戦に及んで、我らが騎馬軍団が、よもや敗退するわけがない」

「撤退中の行軍を襲うのですから、ローマ軍は戦う態勢も取れますまい」

あるいは、そうかもしれない。今や圧倒的な優位に立ち、ガリアは九分通り勝利を手中にしているのだ。ローマは問題ではない。大事は戦闘ではない。このまま諸部族の団結を維持することさえできれば、解放戦争の成功は約束されたも同じなのである。

そう思いながら、ヴェルカッシの表情は晴れなかった。本音の部分で心配するのは、実は手に負えない身内の出方のほうだった。気に入らないことがあれば、怒りをぶちまけることしか知らない。自分の戦術を反故にされれば、ヴェルチンの激怒は必定である。わめき散らして済めばよいが、にやにや不気味に笑いながら、また、なにをしでかすか知れたものではないのだ。

これまでは暴挙も、なんとか繕ってきた。ときに神事の大義を持ち出し、ときに宥めて怒りを鎮め、ときにアルヴェルニア族の権威を押しつけ、なんとか諸部族の結束を維持してきた。が、今度の相手はハエドゥイ族なのだ。やっと懐柔した今、再び造反されては元も子もない。その内部抗争を抑える意味でも、ここでヴェルチンに好んで火種を吹く挙に出られては拙いのだ。

――けっ、余計な心配だってんだ。

従兄弟の心配顔と神官の苦渋顔を、ちらちら交互に見比べながら、ヴェルチンは含み笑いで、あくまで上機嫌だった。わかってる。へへ、わかってる。

「カエサルなんて禿げ親爺は、土台が腰抜け野郎なんだ」

ガリア王ヴェルチンジェトリクスが、勢いよく議場に出た。ガリア解放軍の猛攻を凌げるわけがねえ。ちらと騎馬隊がみえただけで、怖じ気づいて逃げるんじゃねえか。

打ち鳴らされる武器甲冑の、音の厚みが増していた。幾重にも壁に響いて、耳が馬鹿になりそうである。掌で必死に鼓膜を守りながら、それにしても側近たちには意外だった。

自分の策を退けて、ヴェルチンが賛意を示した。誰を排除することなく、全てを内に取りこみながら、今の勢いを優先させたのだ。その証拠にガリアは、総大将の力強い決定に興奮しながら、まさに一丸となっていた。

いよいよ総攻撃ですな。敵の縦隊を馬で突破できなかった臆病者は、親にも子供にも、いや、妻にも近寄ることは許されない旨、軍旗を集めて皆で宣誓しては如何か。いや、それは新婚の陛下には、ちと酷なのではありませんか。気分が高揚した高笑いに、ヴェルチンジェトリクスは気の利いた答えさえ投じていた。

「なにをいう。突破の誓いは一度でなく、二度にするぞ」

上機嫌なまま、これに王の提案は留まらない。陽気な口舌で、さらにハエドゥイ族の顔まで立ててやる。エポレドリクス殿、ヴィリィドマロス殿、貴殿らには将軍として分隊の指揮にあたってもらおうと思うが、よもや臆したりなさるまいな。

ビブラクテのガリア最高会議は散会した。議決に満足しないものはなかった。大いに気勢を上げるまま、古式ゆかしく神々に戦勝祈願の生贄を捧げ、神官団の占いが定めた日時に意気揚々と、ガリア解放軍は馬に乗った。

二、敵の肖像

ヴェルチンは乾いた大地に鉄兜を叩きつけた。ローマの女は、どこにいる。どこだ、どこにいる。大声で怒鳴りながら、巨漢は一面に舞う砂煙を蹴散らしながら、ずんずんと突進してゆく。

城門に馬車が飛びこみ、四方に荒い嘶きが上がる。血塗れ、汗塗れで、どうと横倒しになる馬が後を絶たない。こっちだ。怪我人は、こっちだ。扉は閉めるな、まだまだ退却してくるぞ。歩兵は早く城壁に上がれ、櫓から敵の追尾を牽制するんだ。

まだ陽光衰えぬ、午後遅くのことだった。白い大地に黒々とした夏の影が、せわしなく乱舞していた。切迫した将兵の怒号、恨めしげな怪我人の呻き、かまびすしく城砦を駆ける足音と、一面が大変な騒動である。ほうほうの体で、ガリア解放軍が飛びこんだのは、小部族マンドゥビイ族の都アレシアだった。

アレシアは南北に分流する河と、なだらかな渓谷に守られた高台の城市だった。小さいながら、地勢に恵まれた要塞は、街道を束ねる要衝でもあり、従前にガリア王が作戦の基地と定めた拠点である。出撃するも束の間、ガリア解放軍は再び城門に駆けこんで、かろうじて難を避けたところだった。

――負けた。

と、ヴェルチンは言葉を嚙んだ。兜に潰れた金髪を、がりがり掻いてほぐしながら、その間にも屈辱の言葉を嚙み締める。負けた。ガリアは負けた。いや、俺が負けた。

アゲディンクムから南下、ローマ軍は親ローマ部族リンゴネスの領国を辿り、ハエドゥイ族を避けるように、セクアニ族の領国に抜ける進路を取っていた。越アルプス属州、ことによると山々を越えて、内アルプス属州まで撤退する道である。

ローマ軍は行軍隊形だった。中央に補給の馬車を置き、その外側を歩兵軍団に、さらに外側を騎兵隊に守らせながら、臆病な亀のように身体を固めていたのだ。

この動きを捕捉するや、ガリア解放軍はアレシアを出発した。敵の進路に地勢を選んで、迎撃の布陣を整える。左右の尾根と中央川辺に三分して陣を立て、すなわち、三方から騎兵隊を仕掛ける策を取る。さらにローマ軍の反撃を後方の歩兵隊が援護する。万全の構えで、未曾有の規模の大合戦に逸りながら、全員が固く信じていた。

「勝てる」

なのに、ガリア解放軍は負けた。騎馬突撃を敢行した三方で、ことごとくが打ち破られた。左手の自陣もローマ軍に占拠され、総大将ヴェルチンジェトリクスが座した川辺の本営まで、すんでに危うくされかねなかった。

ヴェルチンは退却を即決した。冷静な状況判断というより、それは直感に近いものだった。勝てない。直ちに引かなければならない。さもなくば、甚大な被害が出る。

アレシアに向け、渓谷沿いに後退する道々でも、判断の正しさは確認されるばかりだった。総大将の素早い決断で八万の歩兵は無傷で助かり、一万五千の騎兵隊は相当な被害を出したものの、これとて立ち直れないほどではなかった。

総大将の英断に、ガリア解放軍は救われた。が、それは結果の話ではなかった。退却の判断が直感なれば、表面に現れた勝敗の帰趨《きすう》以上に、ヴェルチンは心に大きな傷を負っていた。若者は本当の意味で、初めて挫折感を覚えたのである。

――なぜだ。

と、自問してみる。なぜだ。なぜ、負けた。頭で考えるなら、答えは自明だった。他でもない、ハエドゥイ族である。

連中の虚栄心を満たしてやろうと、ヴェルチンは騎兵隊の指揮を任せていた。卓抜した差配を期待したわけではないが、これほど無能だとは思わなかった。一方的に破られるまま、コトス、カヴァリッロスの二隊長ばかりか、将軍エポレドリクスまで、捕虜に取られてしまったのだ。

指揮系統が麻痺していた。連中には自分が先陣を取ることしか、頭になかった。ハエドゥイ族の内部闘争が、そのまま戦闘に持ちこまれた結果だった。これ幸いと他部族の騎兵隊も独断で、それぞれに益のない愚行を繰り返した。ガリア人は、こうなのだ。

敗北の歴史が繰り返されていた。寄せ集めの軍隊が、支離滅裂な蛮勇を誇るなら、機械のような最強軍団を相手に勝ち目があろうはずもない。

わかっていた。わかっていたから、合戦を避け、焦土作戦と奇襲戦法を貫き、これまでは勝ってきた。だから、ヴェルチンは思う。要するにガリアではない。しくじったのは、この俺だ。俺さまともあろう者が、陳腐な勝利に酩酊して我を失っていたのだ。

いまさら、悔しさがこみ上げた。ハエドゥイ族の内紛を知りながら、なぜに放置しておいたのか。協力的な一党を残して、エポレドリクス、ヴィリドマロス等々、ああした下らない手合いは、さっさと始末しておくべきだった。

統領コンヴィクトリタヴィス、舅リタヴィッコスとて同じだ。ハエドゥイ族の求めなど、ひとつも聞いてはならなかった。城市ビブラクテに招かれ、お祭り騒ぎに興じる暇があったなら、ローマ軍を追撃しているべきだった。それこそ、アルヴェルニアの森を脱する前に、奇襲を用いた殲滅作戦を敢行するべきだったのだ。

止めを刺す戦争にはハエドゥイ族も参加させ、最後は連中に花を持たせようなどと、卑しく媚びた気遣いが、我ながらに腹立たしい。はん、なにが騎兵隊の優位だ。ぐずぐずする間に、ローマ軍はレヌス河の彼方からゲルマニア騎兵を呼び寄せて、応戦の準備を整えてしまったではないか。

いや、とヴェルチンは求めた答えを打ち消した。いや、だから、ひとつ、ふたつは勝っても負けても関係ない。アヴァリクムの惨劇に比べれば、こたびの敗戦など、ほんの火傷のようなものだ。いや、いや、だから、軽傷であることはわかっている。その理由も隅まで心得ている。なのに、なぜ、こんなにも苛々するのか。

「がっ」

と、ヴェルチンは意味なく吠えた。釈然としない。納得できない。巨漢は路地を抜けながら、沿道に並ぶ家々の土壁に、ぶんと拳を打ちこんで、意味なく穴を開けていた。

ここまで激するのは他でもない。勝てる、負けるわけがないと、ヴェルチンは理屈を超えたところで、絶対の自信を持っていた。多少の不利があったとしても勝てる。不手際など、ものともせずに乗り切れる。苛々するのは、その確信を見事に裏切られたからだった。

──あの女のせいだ。

と、ヴェルチンは考えていた。理不尽な見当だが、他に考えようがない。俺は勝利に酩酊したのではない。あの女に微笑まれて有頂天になったのだ。ローマの女は確かに俺を受け入れてくれた。愛撫に応えて、カルプルニアは俺を認めてくれたのだ。俺は正しい。俺は勝者だ。俺が負けるわけがない。

「…………」

ヴェルチンは、ぎりと奥歯を嚙み締めた。裏切るなら、なぜ俺に自信を与えた。でなければ、手あたり次第に叩き壊して、今も俺は強引に自分を貫いていたはずだ。させずに、カルプルニアは無残に敗走するような男を、なぜに身悶えて讃えたのだ。

「がっ、ああ」

補給品を積んだ馬車隊は、半分しか出撃させず、アレシアの城市広場に並べていた。幌の群れに目を凝らすと、数台の青布が貴族屋敷の門前に連なっていた。アルヴェルニア族の馬車隊である。特に烏の模様が描かれた幌が、首長ヴェルチンジェトリクスの馬車だった。あるいはローマの女のために、特別に誂えた後宮なのだというべきか。

一時も手放すことができない。だから、ヴェルチンは馬車に心血を注いでいた。ガリア風では気に入るまいかと怯えながら、荷台には舶来の絨毯を敷き、寝台を据え、机を置き、とっておきの銀食器まで整えている。両腕に食物、飲物を抱えながら、いそいそと足を運ぶ若者の姿が連日、この馬車では目撃されたものだった。

猛然と荷台に足を掛け、が、そこでヴェルチンは立ち止まった。目を瞑れば、ふたりだけの秘め事が浮かんでくる。

王たる男が華奢な女の膝に張りつき、花弁の唇に手ずから食べ物を運び与えた。ひくひくと細い喉を動かしながら、女が飢えて貪るほどに、口角に斜めに垂れた涎さえも愛しかった。その場で女がもよおせば、股の間に盥を運び、その汚物も疎ましいとは思わない。どれだけ恥部をさらしても、年上の女は落ちることなく、煙るような香気を湛えていたからである。ヴェルチンは全てを許せた。カルプルニアのすることなら、なんでも許すことができたのである。

——幸せだった。

なのに、なぜ俺に嘘をついた。ヴェルチンの瞼の狭間に涙が湧いた。振り切るように、かっと目を見開くと、若者は鬼の形相で乗りこんだ。

垂れ幕を撥ね上げると、幌の暗がりに一瞬だけ目が迷った。が、じき白いものが浮かび上がった。カルプルニアは豊かな尻で寝台に腰掛けていた。

もう首輪は外されていた。裸でいるわけでもない。染めの大布を与えられ、身体に巻いていたのだが、射しこんだ赤い光に肩のあたりが白く輝いていた。睨みつけながら、ヴェルチンは思う。雌豚が、この卑猥な肉で俺を誑《たぶら》かしたのだ。

はじめ、女は今にも微笑に傾きそうな平静で、ヴェルチンを迎えた。その深い緑の瞳には、やんちゃな年下の男を迎える、慈しみさえ覗いていた。この玉石が悪戯《いたずら》めいて輝くとき、ヴェルチンの心は楽しさに浮かれた。自慢の髭を引張られ、からかわれて、だらしなく笑っていた自分の姿が、いまさら腹立たしく思い出される。

直後に女の瞳が戦慄した。ヴェルチンは殺気立ち、一目瞭然に尋常でなかった。逃げようと後ずさるも、カルプルニアは荷台の壁に阻まれるだけだった。

ぐらぐらと馬車を揺らして迫ると、いきなり男は手を上げた。栗色の髪を乱しながら、女の小さな顎が飛んだ。よろめいた先に突進すると、ヴェルチンはカルプルニアの身体から、華奢な四肢を躍らせながらに一枚きりの着衣を剝いだ。ゆさと歪んだ乳房が美しい形を取り戻すと、そこで男は突進を思い直したかにみえた。

ヴェルチンは仁王立ちだった。幌の天井に支える長身から見下ろして、ふんと冷たく鼻で笑う。平らな下腹に青々と、群生を始めた恥毛の様子が覗いていた。恥部を隠そうと、女は両の膝を揃えて豊かな腰を固めた。腕は前に交差して、白い胸を守ろうとしている。はん、この淫売が、いまさら、なにを取り繕う。

ヴェルチンは冷たい言葉を発した。ほら、ぐずぐずすんなよ。

「おまえ、淫売なんだろ。だったら、ほら、さっさと股をひらきなよ」

言葉尻が激して跳ねた。ガリアの言葉は通じない。伏せた女の横顔に、明らかな恐怖の色だけ認めると、ヴェルチンは構わず先の言葉を続けた。この糞淫売が、おかしな媚売りやがって。ほら、自分から股をひらきなよ。手入れした道具をひろげてみせなよ。それが、おまえの商売なんだろうが。え、おい、この雌豚が。どんな男に抱かれても、おまえは悶えてみせるんだろうが。

言葉と一緒に手が出ていた。長い髪を鷲づかみに、ぐいぐいと荷台の中を引き回しながら、ヴェルチンは罵倒の文句を身体でわからせようとしていた。

「え、違うか、この淫売女が」

女の繊細な口許に、ヴェルチンは噛みつかんばかりだった。頬に唾を浴びながら、カルプルニアは身を縮めて、きつく目を瞑っていた。長い睫毛が濡れている。今度は女が瞼の狭間に、大粒の涙を溢れさせた。追い詰められた小動物のように怯えながら、それでも震える唇は、小さく念じる言葉を洩らしたようだった。

「なんだ、いいたいことがあるなら、いえ」

「………」

「ほら、いえ、この雌豚が」

「カエサル……」

ヴェルチンは絶句した。カエサル、カエサル。救いを求める呪文のように、カルプルニアは何度も何度も繰り返した。愕然として、その意味がわからない。俺のものになったはずだ。いや、違う。この女は嘘つきだ。いや、いや、違う。この女は他に男を識っているのだ。

——カエサル、だと。

あんな駄目男に救いを求めるのか。カエサルなら、こてんぱんに打ち負かした。勝者である俺が、懇《ねんご》ろに抱いてやったというのに、カルプルニアは禿げで、痩せで、ちびで、あんな下らない夫のことが、今でも忘れられないというのか。

耳奥に女の獣じみた声が残っていた。そのとき、白い肉を捻転させていたのは俺だ。熱く迸《ほとばし》る泉を溢れさせたのは俺だ。なのに、どうしてカエサルの名前を呼ぶ。不快な息苦しさを胸に、ヴェルチンは女の過去を、初めて許せないと思った。

すでにして、それは男と男の問題だった。女の過去を許せないのは、自分が否定される恐怖と背中合わせに、過去の男と張り合う定めを負うからなのだ。ヴェルチンは問うた。あんな男の、なにがいい。中年男とは、そんなに頼りになるものか。そんなに安心できるものか。女が思わず縋るほど、大きな力を感じさせるものなのか。

——この俺よりも……。

ヴェルチンはハッとして固まった。カエサル、なのか。この俺をして、この女から消し去ることができない名前は、この俺でさえ越えられずにいる、希有な男の名前でしかありえない。カルプルニアでなく、ハエドゥイ族でなく、カエサルなのか。俺はカエサルに負けたというのか。

まさか、信じられない。実績はあるが、矛を交えた実感として、カエサルなど怖くなかった。そのへんにいる、下らない中年男と同じだ。なのに、この俺が負けるなんて、信じられない。まだ本当のカエサルを知らないということか。あるいは、あの男が変わったというのか。

事実として、ローマ軍は変わっていた。地道な用兵だったが、従前の小細工はなかった。行軍隊形を襲われながら、少しも動揺することなく、決然と応戦したのだ。それをヴェルチンは、合流したラビエヌス将軍の力なのだと思っていた。が、そうではなくて、カエサルなのか。ローマ軍なら勝てた。勝てないのはガイウス・ユリウス・カエサルという、たったひとりの傑物だったということか。

唐突に頭に浮かび上がるのは、カルプルニアが妖しく演じる艶治だった。しかも自ら立ち上がり、カエサルに一生懸命尽くしていた。ふやけた中年男の陰部に綺麗な顔を近づけながら、その汚物を引き受けることこそが、女の幸せなのだといわんばかりである。この女は、この俺には、そんな無様な姿をみせない。

――気に入らねえ。

きさま、と叫ぶや、若者は女の長い髪をつかみ、その身体を吊るし上げるようだった。それを乱暴に投げつけると、荷台に落ちた衝撃で、カルプルニアは淫らな腹を仰向けに広げた。のしかかりながら、ヴェルチンは心に叫んだ。犯してやる。犯してやる。この淫売女が、股をひらけ。股関節を軋ませながら、膝の裏を無理に引き上げ、女の底部を露にしながら、激した言葉を繰り返す。殺してやる。殺してやる。

「てめえ、ぶちこんでやる」

ヴェルチンに破壊の衝動が蘇った。なのに、思いを遂げることはできなかった。下らねえ。やっぱり、俺は下らねえ。心の叫びは力なく終息した。じゃらじゃらと鎖帷子の音を鳴らして、まだ重い具足姿のままだったからだ。

ヴェルチンは自分で服を脱げなかった。ずっと、かしずかれて育ったからである。なにからなにまで、世話を焼かれて長じながら、奇妙なくらいに恵まれたかわり、余人の意志を背負わされるのは宿命だった。

「ケルティルの意志を継げ、か」

やっぱり、俺の人生は借り物だ。もがいたところで、与えられた器から、ついぞ逃げ出すことができなかった。女ひとり、まともに手に入れられやしない。股の逸物ひとつ、自分で取り出すことができないのだ。だから、情けなくて、涙が出てくる。

がらがらと車輪の音が響いていた。これで全部か。ええ、最後の二台はローマ軍の追撃にやられちまって。まあ、無難に済んだうちだろう。全軍がアレシアに逃げこんで、ひとまずは落ちついたらしい。外の会話は恐らく、ヴェルカッシだろう。全ての馬車を広場に集め、時をおかずに点検を行いながら、かたわらでは連絡官に将兵の被害状況を報告させていた。できた従兄弟は、相変わらず勤勉なものだ。

——馬鹿らしい。

ヴェルチンは、どすんと馬車の荷台に尻餅をついた。馬鹿らしい。ガリア解放戦争などに、なんの意味があるという。はん、やめだ、やめだ。俺は別にガリアが、どうなったっていいんだ。借り物の意志なら、後生大事に抱えるだけ虚しい。女を犯して、人を殺して、全て壊して、必死に守る意味なんかない。もとより、カエサルには勝てない。自分の人生がある奴には勝てない。

はあ、とヴェルチンは情けない息をついた。俺の人生は、なんなんだ。借り物の志を除いたら、なにが残るというんだ。ぜんたい、これまで俺は自分の意志で、なにか、やってみたことがあるのか。

薄闇に白い塊が浮かんでいた。女の丸い尻だった。亀の子のように手足を畳み、ひくひくと脇腹の肉を痙攣させて、カルプルニアが今も啜り泣いていた。

「ある」

と、ヴェルチンは呟いた。俺は自分の意志で、やったことがある。白い肉の狭間の闇に沈みながら、微かに臭う女の秘部が、若者に遠い記憶を取り戻させた。

「恥とは思いません。あなたを立派に育てるためなら、なんだってやります」

羞恥と屈辱を押し隠す、気丈な顔で母はいった。そして物陰に消えたのだ。いへへ、こいつは別嬪《べっぴん》さんじゃねえか。ほほう、うまそうな尻してるぜ。追放された貴公子を養うために、首長の奥方ともあろう女は、身体を売って日々の糊口を凌いでいた。

遠巻きに眺めるうちに、ヴェルチンは中年男が嫌いになった。ガリア人の山賊だったり、ローマ人の兵隊だったり。男は数え切れなかったが、不潔な涎を垂らしながら、神聖な母の身体を侮辱するのは、なべて醜い中年男だったからだ。

「ひひ、たまんねえ。こいつは具合のいい穴だぜ」

銅貨一枚はずむから、次は口でいかしてくれ。それをヴェルチンは、あなたのためだと教えられた。いくら悔しくても仕方がない。うろたえながら、少年には術がなかった。

母は変わってしまった。おっとりした相貌は、きつく尖った目に壊され、あんなに愛した母とは、すっかり別人になってしまった。母が母でなくなったことは、ずっと前に承知していた。ああ、母は永遠に去ったのだ。

——それでも……。

ヴェルチンの体内に怒気は絶えず噴き上げた。愛する母は、もういない。かわりに実現すべき大志がある。そのためなら仕方がない。それでも少年は愛する母を、ついぞ忘れることができなかったのだ。

怒りを外に向けたのは、十三歳の頃からである。少年は急速に背が伸びた。痩せぎすな身体が、みるみる太い筋肉に被われた。そのへんの大人など、比べられない巨漢に育った。俺には力がある。そのことに気づいたとき、もう我慢ならなかった。

ヴェルチンは自分の意志で、中年男に拳骨を叩きつけた。わけないことだった。ひやあ、たすけてくれえ。我が物顔で至宝を汚していた罪人は、実は言い訳ばかりの、みかけ倒しにすぎなかった。なんだ、こんなもんか。

半死半生で息を荒らげる中年男を見下ろすたび、えもいわれぬ快感が総身を打ち震わせた。ヴェルチンは親爺狩りを始めた。美貌の母を囮に中年男を誘い出し、色欲に目が眩んだ最中に殴りつけ、身ぐるみ剝いでやったのだ。

「へへ、もうかった、もうかった」

そのとき、かたわらの薄闇に白い塊が浮かんでいた。女の丸い尻だった。手足を畳み、ひくひくと脇腹の肉を痙攣させて、母は無言で啜り泣いた。母上、もう身体を売らなくたっていいんです。ええ、かわりの女をさらってきました。これからは僕が稼ぎます。ええ、簡単なことですよ。

慰めても、母は泣いた。元の親子に戻ることはできなかった。やはり、母は永遠に失われていた。その女は身体と一緒に魂も少しずつ、売り払っていたようだった。残るのは亡き父、ケルティルの意志だけである。

「そんなもの、なんの意味があるという」

ヴェルチンには、わからなかった。どうして母は父を捨てなかったのか。この俺が側にいて、あんなに優しく労《いたわ》ったのに、どうして父を捨ててはくれなかったのか。ケルティルの、なにがいい。中年男とは、そんなに頼りになるものなのか。そんなに安心できるものなのか。夫と共にある夢だけでもみたいがために、虚ろな意志を受け継ぐなどと、そんな馬鹿な話があるか。そこまで母を虜にした、ケルティルとは全体、どんな男だったというのだ。

「…………」

ヴェルチンに閃きが走った。というより、音が重なっていた。ケルティル、カエサル。ケルティル、カエサル。二人の中年男が重なっていた。ガリアの男は少年から、母ダナを奪い去った。ローマの男は若者に、今もカルプルニアを渡そうとしない。

カエサルに重ね合わせて、ヴェルチンは遠い存在だった父ケルティルを、はじめて身近に感じていた。暗殺に逝った英雄とは、ああいう男だったのかも知れない。その肖像を掌で触るように実感しながら、こみあげるのは、いや増すばかりの憤激でしかありえなかった。おまえら、おまえら……。

――能無しのくせしやがって。

英雄ケルティルの失脚が全ての始まりだった。そのせいで息子は流浪を余儀なくされた。そのせいで母は身体を売らなければならなくなった。全ては成功する能もないくせに、あの父が大それた志を抱いたためなのだ。

ふざけたことをしてくれた。ろくでもない法螺《ほら》を吹いて、半端者が妙な野心を持ちやがった。ぶち殺されるが相場の阿呆のくせしやがって、なのに女を手に入れることだけは一丁前だ。

どれだけ愛し敬っても、母ダナは父ケルティルのものだった。カルプルニアがカエサルのものであるように、終いまでヴェルチンのものにはならなかった。そのくせ、息子には自分の尻拭いを押しつけたのだ。

ぐらぐらと煮立つまま、ヴェルチンは気づいた。ケルティルの意志を継ぐといいながら、これまで一度も父を愛したことなどなかった。型通りの尊敬さえ、周囲に与えられた義務だった。誰のものでもない、自前の感情を取り戻してみれば、ありうべき真実はひとつだった。俺は中年男が嫌いだ。馬鹿な親父を憎み続けてきたからだ。

——ぶっころしてやる。

アレシアか、とヴェルチンは呟いた。ドルイドの伝える神話によれば、聖地と崇められる城市である。ケルトの民の父なる神、テウタ―テスが建立したからである。はん、テウタ―テスだと。おまえは全体、なにものなんだ。

ガリアの言葉で「テウタ」とは「民」の意である。テウタ―テスは文字通りに「国神」だが、それは意味なのであり、エスス、タラニス、あるいはルーゴスのような、特定の名前を持っていない。ガリアの最高神は、その姿すら判然としない男だった。なのに女を手に入れることだけは一丁前だ。

テウターテスはアレシアの娘を抱いて、ひとりの息子を生ませていた。この男児の名をケルトスという。ケルト民族の祖とされる男である。だから、ここで勝負を決めてやる、とヴェルチンは腹を括った。子なる俺が新しい神話を造る。父なるテウターテスを追い払い、このアレシアをヴェルチンジェトリクスの聖地に変える。

――ために、カエサルを撃つ。

認めねばなるまい、とヴェルチンは腹を据えた。ローマ軍を幾千度打ち負かそうと、カエサルを生かしておくなら、ガリアに明日など来るはずがない。だから、撃つ。必ず撃ち果たしてみせる。なんとなれば、これは借り物でなく、心底から望んで貫こうとする、自分自身の意志なのだ。ケルティルの亡霊は跡形もなく叩き壊す。

「それまで、待ってな」

ローマの女に告げて、ヴェルチンは立ち上がった。カルプルニアは意味がわからず、勝手に啜り泣くばかりだった。

三、計画

カエサルは父を知らない。ガイウス・ユリウス・カエサルと、名前だけ譲り渡して早くに亡くなり、少年が物心つく頃にはいなかった。

後日に逸話を聞かされた覚えもない。法務官まで勤めた人物だというが、とりたてて特筆すべき功績もない、凡庸なローマ人だったということである。伯父も政争に巻きこまれて死んだ。周囲には父のかわりになるような、男の影さえ一個もなかった。

かわりに母がいて、姉がいて、妹がいて、十代の内に妻を得ると、生まれた子供も娘だった。カエサルの家は女だけだった。勢い、女とつきあう術には長けた。

もてるはずだ。のみか、これが処世に役立った。カエサルは民衆派の政治家である。民衆は、なべて女と同じだった。扱いは簡単である。要は尊重してやればよい。どんなに不細工な女でも、どんなに無能な輩でも、決して無視せず、おまえは大切な人間なのだと、貴重な人材なのだと、尊重してやればよい。それを、みえみえの嘘でなく、ごく自然な優しさとして表現できたのも、女の中で育ったことの賜物だった。

目の前の人を愛するために現実的であり、現実的であるために柔軟でもある。心を開くと同時に細心であり、女といえば、カエサル自身が多分に女のようなものだった。

現に三頭政治を成功させている。ローマの国民的英雄ポンペイウスと、ローマ随一の大富豪クラッススは、実は権勢を合い争う犬猿の仲だった。おこぼれに与かるために、カエサルが仲介して和解させ、他に比類のない強力な政権としたのである。

男と男が正面から睨み合う緊張感に、器用で愛嬌に富む女がひとり居合わせると、たちまち空気が和むという、あれと同じ理屈である。

他面、カエサルは男とつきあう術を知らなかった。男とは自己愛が強く、頑固で、保守的で、虚しい理想ばかり語り、そのくせ無能で他人に命令することしか知らない、あの愚鈍な連中のことである。はっきり、元老院議員と明言するべきだろうか。

門閥連中には嫌われた。元老院と敵対しながら、民衆の支持によって、なおカエサルの地歩は安泰だった。恐れる必要はない。ローマでは男など、その程度の玉なのだ。

ガリアでは違った。ウェルキンゲトリクスは愚鈍な男と軽んじて、それで済む相手ではなかった。誰の顔色を窺うこともなく、ひたすら自分の道を驀進する。誰の言にも耳を貸さず、頑なに自分の殻に閉じ籠もる。そうして固めた肩口を押し出したとき、あの若者は問答無用に世の全てを圧殺したのだ。

無能ではない。虚栄ではない。怒濤の勢いで動くなら、男の愚鈍は途方もない力となる。恐るべき敵の大きさを認めながら、同時にカエサルはウェルキンゲトリクスの在り方に、男と向き合う術を垣間みた気がしていた。

「マキシムス、地図を」

と、総督は麾下の百人隊長に命じた。声が少し曇るのは、まだ唇から腫れが引かないからだった。肉の薄い顎とて紫色に変色していた。軟膏を塗りこめてなお、ぱっくり開いた目尻の傷口が痛々しかった。傷だらけの相貌に、側近は悲鳴を上げそうになっていたが、カエサルは「転んだ」の一言で済ませた。

かたわら、大隊長のひとりに命じて、百人隊長ガイウス・マキシムスの所在を確かめ、麾下の中隊と一緒に親衛隊に組みこんでいる。この日は総大将の幕舎に呼びつけ、近習として細々した用事をいいつけていた。

百人隊長は大柄な体軀を居心地悪そうに、幕舎の隅に起立していた。命令されると、いかつい肩を翻し、大きな巻物を運んでくる。その表情は複雑なものだった。

無理もない。カエサルは自分が側に召しながら、ろくろく声もかけなかった。責めるでなく、咎めるでなく、気にするな、私にも非があった、くらいの言葉で形をつけてやるわけでもない。ただ淡々と用事をいいつけ、特に悪意も感じさせないのだから、さすがの青年将校も困惑するばかりなのだ。

中央の円卓まで運ぶと、小指と薬指のない左手は卓上に巻物を解き、糊で張り合わせた羊皮紙を丁寧に伸ばしていった。用事といえば、カエサルは人遣いが荒い。マキシムスは目の回るような忙しさで、なんとか日々の平静を保っていた。

ローマ兵は最初に土木作業を叩きこまれる。これが将校となると、背丈より高い棒物差と、十字の四端に鉛の錘を垂らした測量器を授けられる。マキシムスも測量技術は習得していたのだが、くまなく八ミレ・パッスス（約十二キロ）四方を巡り、一両日中に地図を仕上げてこいとは、人遣いの荒さにも程がある。

重用なのか、苛めなのか、それは判然としないながら、こうなるとマキシムスも意地になった。山や谷の形状から標高の計算まで、正確かつ厳密を極め、最高の地図を作ってやろうと意気こんだ。部下と一緒に徹夜仕事で完成させた賜物が、卓上に広げられた羊皮紙なのである。描き出される地勢は城市アレシアの全貌だった。

ガリア軍を追撃するまま、ローマ軍はアレシア郊外まで詰め、そこに陣営を築いていた。この午後、夏の陽光に蒸すような総大将の幕舎では、主だった幕僚を集めた軍議が催されていた。みな、本日は大儀である。昨日は、うまく休養を取れたかね。それは、よかった。ああ、きみ、先の戦闘で足を傷めたと聞いたが。大事なければ、安心したよ。部下の労いから始めるのが、ガリア総督ユリウス・カエサルの習慣だった。

「さて、ウェルキンゲトリクスは籠城を決めたようだな」

舵を取り、いよいよ軍議が始まる。ガリア軍の出方が明らかになっていた。城市の内に退却するまま、翌日にはアレシア東部に塹壕を掘り、敵軍は粘土と小石を固めた防壁を建築した。人の背丈を僅かに越える、六ペデス（約一・八メートル）防壁である。この線から街の城壁に至る斜面に、きらきらと無数の鉄兜を光らせながら、びっしり軍勢を並べている。

「城外の布陣は、まさにゲルゴウィアの再現です」

頓着なく口外してから失言に気づき、まだ若い幕下将校は息を呑んだ。閣下を前に不愉快な敗戦など持ち出して……。ひとに闊達な印象を与える美男子は、ざっくばらんな性格で兵卒の人気も高いのだが、それだけに神経の造りが雑駁《ざっぱく》というのか、平素から思慮の浅いところが否めなかった。が、アントニウスは根は悪い男ではない。

「うん、ゲルゴウィアと比べると、わかりやすいかもしれんな」

カエサルは露ほども気分を害した色をみせず、そのまま微笑に流してやった。ガリア総督は鷹揚な人柄で知られた男なのだ。青ざめた幕下将校を励ますように、総大将は口許で呟き続ける。なるほど、なるほど、ゲルゴウィアと比べるわけね。

——これを媚びたというだろうか。

ガリア総督は百人隊長の表情を、ちらとみやった。腹芸のできない文学青年だ。気に入らなければ、正直に顔に出すだろう。

マキシムスを側に置いたのは他でもない。カエサルは自分を変えようと決意していた。というより、かつての自分を取り戻そうとしていた。さもなくば、ウェルキンゲトリクスには勝てない。潔癖な相貌の百人隊長は、安易な堕落に立ち戻らないよう、常に自分を確かめるための鏡だった。

マキシムスの表情は動かなかった。神経質になりすぎか。政治家として体得した、姑息な技術を捨て去れば、なおのこと本来の自分の姿がみえてくる。もとより、ウェルキンゲトリクスではない。土台が無闇に他人を傷つけられない性分なのだ。人心掌握などと気取らずとも、女に育てられた男は心優しく、容易に他人を面罵することができないのである。そうした美点が、あるいは甘さが、しばしばカエサルの言動を縛る。

やはり、意識しすぎなくらいがよい。カエサルは実のところ、不断の自問で軍議の席に臨んでいた。はたして俺は自分を貫けるものか。部下たちを気遣うままに、また俺は適当な落としどころを探るのではないか。方々に目を配りすぎて、また中途半端に流れるのではないか。

アントニウスの安堵顔に苦笑しながら、カエサルは先を急いだ。では、ゲルゴウィア包囲と比べながら、アレシア包囲の可能性を探ろう。かの城市を彷彿とさせるのは、なにも敵軍の布陣だけではないからな。

「地図上に確かめるにつけ、アレシアもまた天然の要害といわねばなるまい」

促されて、一同は地図に注目した。第一に西の平地を例外に三方を山に守られ、加えて南北は分流する河に守られている。中州というには大きすぎる台地の頂に建ち、第二に城市アレシアは非常な高地に座している。

「すなわち、第一に接近が困難ということだ。ガリア軍が本格的に展開すれば、友軍は思うように距離を詰められまい。第二にアレシア自体が堅城ということだ。攻城櫓は届かない。破城槌も、破城鉤も、あの切り立つ斜面を、上まで運べそうにない。前例といえば、もうひとつ、アウァリクムがあるが、あのときのような接城土手の設営を試みても、この地勢では徒労に終わるだけだろう」

のっけから、カエサルは悲観材料を述べ立てた。これに一同は神妙顔の沈黙を守り、特に異議を唱える風でもない。なるほど、ガリア総督の読みは正しかった。実のところ、ほとんどの幕僚が戦況を悲観して、撤退が妥当と考えていた。

わざわざ地図を作らせるまでもない。一目瞭然にアレシアは簡単に落ちる城市ではない。偶発的な遭遇戦で、ガリア騎馬軍団を敗走させた先の戦勝とて、この場合は自信にならない。今度は包囲戦である。歩兵軍団の勝負になる。ゲルゴウィアの再現というならば、アレシアの軍団は、まんまゲルゴウィアの軍団なのである。

この半年余り、ウェルキンゲトリクスの麾下にあり、その厳罰主義で統制された軍団でもある。絶対服従の機械を思わせる動きは、今やローマ軍に勝るとも劣らない。

実際、ガリア軍の士気は高かった。敵陣からは今も威嚇するような鬨の声が、ひっきりなしに届いている。騎馬戦の敗退などには、かけらも動揺していない。ゲルゴウィアの再現というなら、連中は勝っているのだ。現況は敵にこそ、自信を与えるものだった。

ローマ軍は撤退しかない。どう考えても、撤退が妥当である。が、部下の立場から、では撤退いたしますか、とはいえなかった。沈黙を守りながら、総大将が自ら決断を下すときを、ひたすら待つというのが幕僚一同の本音である。ためにカエサルが何気なく続けた言葉は、はじめ誰にも理解されなかった。

「封鎖しかないな」

「…………」

「長期戦を覚悟で、直ちに封鎖工事にかかろう」

言葉を反芻する数秒を置いて、幕舎に重い空気が流れた。閣下は本気であられるのか。一同の怪訝な顔など斟酌せずに、ぶつぶつと独り総大将は続けた。もちろん、ガリア軍は攻撃を仕掛けるだろうから、封鎖施設は念入りに造らねば。ここ、あとは、このあたりにも砦を置こうか。土手を築いて、ぐるりと塹壕を巡らせて。

幕僚一同の縋る目は、その間に別な男に吸い寄せられていた。黒く固い髪を短く刈った中年男は、ローマ人にしては大柄だった。不機嫌にもみえる無表情も武人然と、普段は極端に口数が少ない男である。実際、話は得意ではなかった。できれば、無言で通したい。が、今度ばかりは黙ってばかりも、いられないようだった。

「恐れながら、閣下」

と、ラビエヌス将軍は切り出した。反対できる人間がいるとすれば、ガリア総督の副将しかいなかった。周知のように、カエサルの勝利の、半ばを稼ぎ出したとされる名将である。いったん口を開けば、この無口な男ほど発言の重い人物もなかった。

「封鎖は不可能です。こたびは撤退を優先させるべきかと」

言葉を濁すことのない、有体な反対意見だった。正しい意見だけを放り出す。これがアテイウス・ラビエヌスという歴戦の強者なのである。無礼ともとられかねない口上であり、ために無口が癖になっているのだが、この苦手意識から上官には、カエサルを求めたのだともいえる。

この鷹揚な器量人は、言葉面に眉を顰めることなどなかった。底の誠意を汲み取って、素直に耳を傾ける。でなくとも、ラビエヌスなくして、この戦争は続けられない。カエサルは余人に輪をかけて、優れた副将を無視できない。

──いよいよ……。

山場だ、とカエサルは内心に呟いた。とうに心は固まっていた。撤退などしない。このアレシアで勝負を決める。さりとて、男にしては繊細にすぎる男が、反対の空気を感じていないわけではなかった。これを説き伏せなければならないから、カエサルは神経質に自問を続けていたのである。俺は自分を貫くことができるか。ちらと百人隊長を覗きみてから、総督は朗らかな声の調子で受けた。

「ああ、ゲルゴウィアに比べるといって、ラビエヌスは現場にいなかったんだな」

あれは本当の深山だった。比べると、アレシアは平地といってよいくらいだ。周囲の山々も、ゲルゴウィアほど険しいわけではない。鬱蒼と森が繁るわけでもなく、疎らな灌木くらいなら、我らの土木工事を阻みはすまい。封鎖施設程度のものなら、十分に造れるのだよ。柔らかい口調とは裏腹に、カエサルの言葉は違えようなく、ばっさり副将の進言を切り捨てるものだった。

「恐れながら、地勢の問題ではありません」

と、ラビエヌスも真正面から食い下がる。しかも戦争巧者の発言は、ときに無礼であれ、口外されるだけ正論なのだ。我が軍に施設を造る力があるか否かの問題です。南方軍と北方軍が合流して、確かにゲルゴウィア包囲時より、地力は底上げされました。多少の補給品も携行しております。が、とても工事を完遂できる量ではない。一口に封鎖施設と申されますが、総督閣下は、どれくらいの規模をお考えなのですか。

「うむ、この地図の縮尺が正しければ、そうだなあ、おおよそ、全長十ミレ・パッスス（十五キロ）というところか」

さすがのラビエヌスも絶句した。冗談じゃない、と心中に吐き捨てるのは、なにも経験豊かな戦争巧者だけでなかった。全長十ミレ・パッススといえば、都市に新たな防備を施すに等しい。ガリアの城市でなく、ローマの都に等しいというのである。無論、丁寧な石組で城壁を築くわけではなかろうが、簡単な土手を築くだけでも前代未聞の規模になる。

沈黙が流れた。どうした、どうした。カエサルは無理に明るさを装った。ぱんぱん、と手を叩きながら、冗談めかして幕僚を叱りつけてみる。

「きみたち、スコップを握る前から疲労困憊して、どうするつもりだ」

「…………」

「だから、黙らない、黙らない。まだ我らの軍議は、包囲か、撤退か、それすら結論を出していないのだよ。もしも包囲するならば、という仮定の段階ではないか」

ここで議論を詰めておかないと、最終的な判断は下せまい。総督の口ぶりに、勘のいい連中などは俄に顔を晴らしながら、早くも察しをつけていた。すでに閣下は撤退を決めておられる。それが小さな戦闘でも、従前に勝利を収めた今が、引き際というものなのだ。が、引くだけの理由は、周到に整えておかねばならない。ローマに宛てる報告書に、付けこまれる隙があってはならない。

——とりあえず……。

カエサルは逃げることにした。この御人好しには、強引に押し切ることなど、できそうもない。ちらとマキシムスの表情を窺いながら、心中で自分を確かめる。これは小細工のための小細工ではない。あくまで我が意を貫くためなのだ。

「封鎖施設を完成させれば、アレシアは落城いたしますか」

沈黙を破るのは、デキムス・ブルータスだった。共和政ローマ、第一代の執政官を出した名門の流れを汲む若者は、家門の声望に目を留めたカエサル、たっての求めで幕下に加わった若者である。絶世の美男子ではないが、よく動く大きな目が憎めない男で、しかも、なかなか可愛げのある性格だった。総督の意図を察して、気の利いた発言に及ぶなど、やはりブルータスは愛《う》い。寵愛は深まり、カエサルは自分の遺言では姪の子のオクタウィアヌスに続けて、第二相続人に指名したほどである。

ブルータスは続けた。

「たまたま幸運が重なったにせよ、ガリア軍はゲルゴウィア防衛を果して、籠城戦には自信を持ったことと思われます。封鎖しても、これは長くかかりそうな……」

「それ以前に連中は、おとなしく封鎖されているでしょうか」

割りこんだのはアントニウスだった。不器用者は場の風向きが悟れぬまま、真正直にアレシア包囲を検討しているのだが、小ラビエヌスというべきか、この若者は他面で非常な軍才に恵まれていた。

「気にかかるのは、ガリア軍が騎馬隊を全て出発させたことです。アウァリクム戦でも背後の陽動に難儀しました。ゲルゴウィア戦でも、ローマ軍は城外の戦闘で大打撃を被ったわけですから」

その通りだ、アントニウス。褒める微笑で受けたものの、カエサルの内心は、ぐっと暗くなっていた。ブルータスがいうように、ガリア軍はゲルゴウィア戦で自信を深めた。が、ウェルキンゲトリクスは女々しく、過去の成功にしがみつくような玉ではない。その意味でアントニウスも、前例から推測するだけ間違えていた。こたびもガリア軍は、ローマ軍の陣営に背後から奇襲をかけ……。

「では済むまい」

と、カエサルは言葉を継いだ。ウェルキンゲトリクスの考えが読める気がした。二十代の自分だったら、どうするだろうかと、問いかけてみるからである。内と外からローマ軍を挟撃する。その点ではアントニウスの洞察も正しい。が、俺なら逃がした騎兵隊を、そのまま投入したりはしない。みみっちくて、俺なら自己嫌悪にさえ陥る。

「と申されますと」

「騎兵隊は煽動要員だ。ウェルキンゲトリクスは使者を遣わせ、ガリア全土に檄を飛ばしたに違いない。あらゆる部族を総動員して、このアレシアに呼び寄せる気だ」

「…………」

「騎兵隊は何倍にも膨らんで戻ってくる。十万、いや、二十万、ことによると三十万にも上る軍勢が、ローマ軍の背後から押し寄せてくるだろう」

総督が続ける言葉ごと、皆は乾いた唾を呑んだ。十万だと。二十万だと。ちょっと想像しただけで、ぞくと背筋に寒さが走る。ローマ軍は総勢で五万に満たない。数十万の大軍に襲われては、どんな作戦も立てられない。巨大な雪崩と化したガリアの軍勢に、ただ呑みこまれるだけではないか。

「ゆえに私は二重の施設を築き上げようと思う」

カエサルは遂に底意を明らかにした。一重は内に向けてアレシア籠城軍を封鎖する。もう一重は外に向けて、アレシア救援軍の攻撃を凌ぐ。ローマ軍の施設は二重にしなければならない。

理屈はわかる。わかるが、本気なのか、と幕舎中が耳を疑っていた。全長十ミレ・パッスス（約十五キロ）の施設を二重に築く。施設というより、すでに要塞の規模である。まさに巨大事業だ。塹壕を巡らせ、土手を築き、実戦の役には立たない一通りのものを仕上げるだけで、新たに城市を築くより大掛かりなのである。

――が、もう小細工はなしだ。

カエサルの心は決まっていた。ウェルキンゲトリクスの攻撃を正面から受けてやる。

「という仮定で考えると、とても、この作戦は無理という……」

ブルータスが機敏に口を挟んでいた。それをカエサルは、今度は言下に打ち消した。無理ではない。我らはローマ人なのだ。アレシアで我らは祖国の威信を賭ける。

「ローマの力をみせつけてやるのだ」

拳を握って興奮したとき、きら、きら、とカエサルの黒い瞳が閃いた。えもいわれぬ高揚感が、脳味噌に軽い痙攣をもたらしていた。そうだ、この感覚だ、と中年男は思い出した。

無謀は百も承知である。悪いことはいわない、やめておけ。いや、それでも俺はやってみたい。前屈みに踏み出しかければ、もう心は元の箱には戻らない。なんとなれば、その冗談とも本気ともつかない空間にこそ、ぎっしりと狂おしい魅惑が詰まっているのだ。意味がなくとも構わない。皆が仰天すればよい。世界が、このカエサルに目を見張れば、すでにして勝利なのである。

その証拠に、あの男は常識がないと無理に冷笑を試みたとき、人々は敗者の表情で顔を伏せているはずだ。その証拠に、この男は凄いと素直に惹きこまれれば、人々は祝福された表情で目を輝かせているはずだ。

「やってみましょう、カエサル閣下」

「ええ、ええ、我々に不可能などありません」

アントニウスが、ブルータスが、興奮顔で相次いだ。そうだ、熱い血潮をたぎらせるのは、いつだって若者なのだ。連中に常識などない。常識に収まるようでは先がない。無謀な挑戦であるほどに、若者は興奮せずにいられないのだ。

カエサルは幕舎の隅を、ちらとみやった。生意気な百人隊長は、きら、きら、と素直な目を輝かせ、まるで玩具を与えられた子供だった。目が合えば、今度は気まずそうに顔を伏せ、自らの敗北を認めている。俺は勝った。今なら生意気な若造を打ち破れる。

「冗談ではありません」

それは一転して、ずっしりと重い声だった。カエサルの耳には、浮足立つなと手厳しい警告に聞こえた。反対するのは、やはり分別のある中年の実力者、ラビエヌス将軍だった。我らの目的は工事にあるのではありません。仮に二重の要塞が完成したとしても、その頃には兵士は戦えなくなっているでしょう。焦土作戦に見舞われて、現地徴発は思うに任せない。目下の補給量では、全軍が属州に撤退するだけで、かつかつなのです。

「撤退はしない」

「なぜです。戦争遂行は無理と判断して、我らは属州まで引く途上だったはず」

「気が変わった」

「変わった、なんて」

「いったん属州に引けば、我らは二度とガリアの境を越えられない。ローマ軍を駆逐した英雄として、そのとき、ウェルキンゲトリクスは絶対の王として君臨する。ガリアは一丸となり、我らが態勢を建て直す以上に、万全の態勢を整えるだろう。恐らくは全て水際で食い止められ、一兵たりとも再びガリアの地は踏めまい」

カエサルの読みは炯眼というべきだった。観測そのものには、ラビエヌスとて異議を唱えるつもりはなかった。が、今は悠長に大局を論じているときではない。

「ガリアにかかずらっているときではないのです」

と、総督の副将は切りこんだ。カエサルの痩せた頬に緊張が走った。ラビエヌスがいう意味はわかる。ガリアではない。今はローマのほうに一刻も早く、手を回せというのである。カエサルの政治生命が、最大の危機を迎えていた。ゲルゴウィア戦の敗退を伝えられ、ローマでは俄に元老院が勢いづいていた。ガリア総督の失脚を見据えながら、いっそう運動に力を入れて、遂に大ポンペイウスの抱きこみに成功したのだ。

ポンペイウスはカエサルの政敵、名高い門閥スキピオの娘と結婚していた。さらに同じく政敵であるカトーを、来年の執政官候補に立てたという。門閥派は執政官の大義をもち、かつまた大ポンペイウスの実力を背景に、必ずや牙を剝く。カエサルの後援で、形だけ護民官を勤めた程度の朴念仁、ラビエヌスにさえ疑いえない、それは自明の危機だった。すれば、ガリアくんだりで、手を拱《こまぬ》いてる場合ではありません。

「閣下におかれましては、すぐにもポンペイウス殿と和解なされますよう」

ラビエヌスは詰めよった。こわばる頬で拒みながら、なおもカエサルは大局を論じた。下らない陰謀ごっこは、ローマの常ではないか。相手にするだけ、つまるまい。ガリア征服を頓挫させれば、それこそ、私の政治生命は絶たれる。

「しかし、せめて敵の選挙を妨害しなければ……」

「おまえに政治を教わる気はない」

辛辣に突き放され、ラビエヌス将軍は憮然と黙った。幕舎に険悪な空気が流れる。まずい。

不和を望まぬ地の性格が、最初にカエサルの心を竦ませ、次に組織経営の論理が、カエサルの気勢を取り消そうと働いた。包囲にせよ、撤退にせよ、かくも枢要な副将の機嫌を損じては立ち行かない。わかっている。わかっている。頭では繕う口舌を弄そうとするのだが、こだわる感情が鬩《せめ》ぎ合い、再び理性を凌駕するばかりだった。

浮かび上がるのは、大きな毛むくじゃらの手だった。青く血管の透けた女の乳房を、荒々しく侮辱しながら、ぷるぷる震える桜色の先端に髭面を近づけて、その男は今にも吸いつこうとしていた。やめろ、やめろ。きさま、ぶち殺してやる。

カルプルニアは俺の妻だ。こんな中年男に抱かれ、あるいは不幸なのだとしても、俺の妻であることに変わりはない。物分かりのよい寝取られ亭主を演じる気はない。誰であれ、俺の妻には指一本ふれさせない。心の慟哭《どうこく》が、そのまま外に飛び出した。

「勝ちたいのだ」

と、カエサルは叫んだ。俺は悔しい。俺はウェルキンゲトリクスに勝ちたい。ゲルゴウィアの屈辱を、あの男に返さないと気が済まない。今の俺にはローマの地位など価値がない。なんとしても勝利して、このガリアに俺は君臨したいのだ。

本音を吐露する一語ごと、分別盛りの中年男は唇を細かく震わせていた。あまつさえ涙まで流しながら、左右の腕を強くつかんで、必死に部下に懇願する。だから、協力してくれ、ラビエヌス。

また遠く鬨の声が聞こえていた。ガリア軍の陣営は士気が高い。連中は勢いづいている。

それが悔しい。ローマの力を知らしめずには帰れない。

「わかりました」

と、ラビエヌスは答えた。男は動いた。やはり、男は動くのだ。総督の副将は清々しい敗者の笑みに代えて続けた。わかりました。小生も力を尽くしましょう。そのかわり、カエサル閣下、とびきりの演説をして下さいよ。

「そうだ。ああ、そうだな。でないと、兵隊は働いてくれんだろう」

アントニウス、ブルータス、直ちに全軍に触れよ。総大将が演説を行う、とカエサルは宣言した。ほどなくして、がやがやと分厚い気配が幕舎を包み、ローマ軍は静かに始動したようだった。いや、もっと、もっとだ。とびきりの演説で、俺は男たちを力強く動かしてみせる。踵を返して幕舎を出ようとした矢先に、カエサルは足元から涙を啜る音を聞いた。

がっちりした肩の造りは、プブリウスだった。奴隷は片膝をつき、櫛を差し出す格好のまま、その肩を震わせて泣いていた。ああ、とカエサルは習慣を思い出した。

「おまえを軽んじたわけではない。つい忘れてしまった。それだけで他意はない」

「いえ、そうではございません」

「では、なぜ泣く、プブリウス」

「うれしゅうございます。わたくしめは、うれしゅう……」

「なにが、そんなに嬉しい」

「いえ、なんでもございません」

そうか、と答えて、カエサルは奴隷の脇を素通りした。プブリウス、もう櫛はいらないよ。はん、姑息に隠してみたところで、どうせ兵隊どもは「禿げ親爺」と綽名してるに違いないのだ。

さっと手櫛で髪を撫でると、それだけでカエサルは幕舎を出た。ああ、よいのだ。このほうが女も惚れ直すかもしれん。

「だから、今を繕うことはやめよう。我々は歴史に残る偉業をなすのだ」

高笑いで歩を進めた、それがユリウス・カエサルの演説だった。

四、槌音

遠景の山々に木霊して、かあん、かあん、と高く尾を引く槌音が響いていた。強い西日になりながら、ひりひりと焼けた肌をいたぶるのは、しつこい晩夏の太陽だった。溶鉱炉を思わせる色に手を翳して、マキシムスは逆光に目を凝らした。彼方では無数の黒点が、角張った影に張りつきながら、せわしなく動いていた。

足場の防備に、釘で木板を打ちつけているらしい。別軍団の大隊兵士は櫓《やぐら》の設営を命じられていた。影の形にみると足場は三段で、つまりは三階の櫓だったが、みたところの高さでは、まず確実に五階分はあるように思われた。

影に沈んだ櫓の裾では、別大隊が土手の設営に励んでいた。兵士は一輪車を押しながら、大量の土を運んで盛り固め、櫓の一階部分を埋めていた。さらに上に防護柵を並べるので、二階部分まで隠れてしまう設計である。高さ十二ペデス（約三・六メートル）の無愛想な壁の列は、黒く茜の空を切り取りながら、マキシムスの位置からすると、頭上が重く感じられるほどだった。

産毛のような細かな影は、攀《よ》じ登る者を撥ね返すための逆茂木である。この用意周到な土手が、完成の暁には十ミレ・パッスス（約十五キロ）に及ぶという。全線に八〇ペデス（約二十四メートル）間隔で、絶え間なく櫓を建てる計画なので、その数も軽く六百基を越える計算になる。しかも、これは城市アレシアに面する、内周の要塞に限った話なのだ。

外周にも同じように、土手と櫓が建築される。両者の狭間がローマ軍の陣地というわけだが、また別軍団の兵士たちは川沿いや山の頂きなど、内外の要所に置かれる砦を、全部で二十三基も建設しなければならない。

話を土手と櫓に戻せば、陣地は狭いところで七百ペデス（約二百メートル）の幅を保ち、場所によっては山の斜面を、そっくり用いようというのだから、外周は必然的に大きく膨むことになる。完成予定で、実に十四ミレ・パッスス（約二十一キロ）に及ぶといわれていた。この場合、建てられる櫓の数は、九百基に近くなる計算である。

ふう、とマキシムスは息をついた。作業を邪魔する敵軍の牽制は、どうやら今日もなさそうだ。兜を脱ぎ、汗に汚れた髪の毛を掻き上げると、ざりざり土の感触がある。兵士は頭のてっぺんから爪先まで、文字通りに全身が泥塗れだった。

巨大事業に着工して、そろそろ二週間がたとうとしていた。緑の草原に黒線の幾何学模様を描きながら、まさに見渡すかぎりの土木工事である。

切り立つ台地の頂きから、不遜に眼下の土木工事を見下ろして、城市アレシアは確かに難攻不落の要害である。その不動の威容は、ふてぶてしくもみえたものだが、それも今では身を縮こめる臆病な亀でしかない。ひとつの城市を落とすために、ローマ軍は標的の数倍に上る規模で、まさに新たな建物を現出させようとしていた。図面をみせられたときは、なんとなく大きいと観念的に捉えたものだが、この数日みるみる形を取り始め、もはやアレシアの貧相を嘲笑うかのようなのだ。

まさに度肝を抜かれる。アレシアどころか、ローマの都を新たに建て直すとしても、これほど広く芝土が掘り起こされ、これほど多く土砂が動くものだろうか。凄まじい物量に引き比べれば、もとより居合わせる人間などは、我が身の小ささを痛感するばかりである。不思議なのは、なのに自分を卑下する気には、全くならないことだった。

ちく、と刺すような痛みを覚えて、マキシムスは自分の左手に目を戻した。革手袋は先が破れ、とうに駄目になっていた。絶えない切り傷に、容赦なく泥の粒子が擦りこまれ、もう指先には痛いという感覚もない。ところが、なくなった指の痕は、少しも疼こうとしないのだ。

――人間の力とは……。

凄いものだな、とマキシムスは思う。ごわごわ血痕が固まった包帯を、くるくる手首を回して取ると、傷痕は縫い目から肉が食み出すまま、引き攣る桃色の皮膚として乾いていた。化膿して、気味の悪い液が溢れて、夏の陽気に蛆まで涌いて出たときなど、このまま腐るか、手首から先を落とすかと、生涯の不自由を覚悟しかけたものだったが、これが泥の作業を続けながらに直るのだ。

人間の力は凄い。百人隊長は休まず部下に命令した。

「穴掘りはこれくらいにして、ひとまず一列を仕上げちまおう」

上官の手ぶりに応じて、後方から荷車が押されてきた。荷台に山と積まれていたのは、長さは三ペデス（約九十センチ）、太さは男の腕くらいに整えられた杭だった。別班の兵士の作業で、それぞれ先が鋭く削られ、固く焼きが入れられている。

マキシムスは従前に属した大隊に戻され、内周要塞の内側で防衛線の工作に従事していた。最初に深さ三ペデスの見当で、擂鉢の形に穴を掘る。これが出来るとスコップを置き、次は穴に杭を打ちこむ。ぐらぐら動かないよう、隙間には丁寧に土を詰め、さらに足で踏み固める。この時点で上から覗くと、ちょうど杭が雄蘂《おしべ》、雌蘂のようにみえることから、防衛線を兵士たちは「フロリス・リリウム（百合）」と呼んでいた。最後に小枝や柴を被せれば、これが巧妙な落とし穴となる。

縦に五目型で八列並べる防衛線を、横に百ペデス（約三十メートル）ずつ仕上げていく。個別作業は百人隊を二隊合わせた、いわゆる中隊単位で行われていた。

「さあ、ひとつ仕上げるぞ」

ぱんぱんと打ち鳴らして、励ましがてら掌の土を払うと、マキシムスは腕一杯に杭を抱えた。穴の位置まで戻ると、さっさと杭を打ち始める。

なにも槌音は背後の櫓工事だけではなかった。前から後ろから、固いものを打ち鳴らす作業の音は、まるで競い合うようだった。怨敵にみたてて打ちつけたとするならば、あるいは響き渡る槌音は、兵士一同の不満を代弁しているというべきか。

はあ、と重い溜め息をつきながら、兵士たちは力なく立ち上がった。これが貴族さまの御曹司という、いけすかない大隊長の命令なら傲岸に無視するものを、現場で尊敬されている百人隊長に率先して働かれては、さすがにさぼりようがない。上官に倣って荷車に並び、両腕に杭を抱えて穴に戻り、屈んで尻を打ちつけながら、一人の兵士が一言だけ愚痴を零した。

「ひとつといいますが、隊長どの、こいつは際限がありませんよ」

マキシムスは、らしくない曖昧な笑みで答えに代えた。兵士の不平不満は当然だった。声に出して洩らされずとも、歩兵連隊の制服は赤いところがないくらいに泥に汚れ、垢染み、ぼろ布と化しながら、それ自体が雄弁な訴えになっていた。半袖から伸びた腕も、また棒切れのように痩せ衰えて、自ずと哀れを呼んでいる。

横に百ペデスずつというが、アレシアを囲む防衛線は、土手に同じく延々と十ミレ・パッススも続くのだ。まさに気が遠くなる。百合線の工作には全部で三軍団があてがわれ、今も見渡すかぎりに兵士が腰を折っているのだが、この動員をもってしても、同じ行程を五百回も繰り返す苦労は並大抵のものではない。なぜなら、全てが手作業である。しかも工期は、たった一月きりである。あげくが補給物資の節約ということで、過酷な連日の作業にも拘わらず、食事は白湯のような粥だけなのである。

ひどい。つらい。飢餓状態でアウァリクムに接城土手を築いたとき、ゲルゴウィア攻めに前後して行軍地獄を味わわせられたとき、それはそれで、ひどい、つらい、と大層嘆いたものだったが、今ではアレシアの巨大事業に備えるための、ほんの準備運動にすぎなかった気がしてくる。

大袈裟だと苦笑した総大将の演説も、この数日は控え目なものとして思い起こされていた。どころか、騙されたとも思う。「歴史的な偉業」という結構な言葉が、よもや「拷問」の意味だったなどと、ほとんどの兵士は考えていなかったのだ。

皆が身体を重そうにしていた。連日の重労働で疲れが溜まり、無理に足を運ぼうとする姿は、まるで不器用な幽霊である。ふらふらして、もはや憤慨する気力も残らない。兵士は不平を零すにせよ、明らかに声が弱く、とても力んで激昂するには及ばなかった。マキシムスも荒ぶる罵声に及ぶことなく、だから故意に明るい声を装うのだ。

「めげない、めげない。まだまだ、終わりじゃないからな」

説得力ある若き百人隊長の声も、今度ばかりは虚しかった。兵士が勢いづくどころか、どんよりと沈んだ空気は些かも軽くならない。終わりじゃないとマキシムスが仄めかすところは、内周の十ミレ・パッススを仕上げたあとに、さらに外周の十四ミレ・パッススにも、延々と百合線を施さねばならないという、すでに途方もない労苦だけにも留まらないからである。

杭を仕こんだ穴の隙間に、固めの土を流しながら、ちらと前方の草むらをみやる。風渡る緑の流れに目を凝らすと、不動の殺意が紛れて顔を覗かせていた。昨日までの作業で完成に漕ぎ着けた、「スティムルス（突棒）」線である。鉄の鉤棒を短い杭の先端に打ちつけ、地表に返しの刺《とげ》だけが覗くように埋めた、また別な防衛線である。さらにアレシア近く、はっきり前方に確認できる果てしない帯の影は、垂直に掘られた幅二十ペデス（約六メール）の濠だった。

作業はガリア陣営に近い位置から始め、後退して、ローマ陣営に近づくように進めてゆく。二十ペデス濠といい、突棒線といい、よくも仕上げたものだと感心しながら、ふと後方に目をやれば、その広漠たる手つかずの草原に、なお啞然と絶句せざるをえないのだ。

作業は現下の百合線で終わるわけではなかった。兵士たちが綽名するところの「キップス（墓標）」が、さらに後方に造られる予定である。墓標線の工作は、最初に深さ五ペデス（約一・五メートル）の溝を掘り、そこに切り株を、容易に抜けないように根元を紐で結び合わせて、五列に埋めてゆく作業になるらしい。

このために木の幹や太枝を切り出して、先端の樹皮を剝ぎ、小刀で尖らせる下準備が、すでに連夜の残業になっている。切り株を埋めれば、地表には不規則な枝々が突き出すことになるわけで、これに迂闊に飛びこめば、我が身を串刺しにする定めである。

幾重にも防衛線の構築を命ぜられ、これでは三軍団を配されても手が足りない。といって、二重の土手を盛り上げる背後の四軍団にも、文句をいうことができなかった。かえって、連中のほうが気の毒なのかもしれない。盛土と防護柵を仕上げるだけで、文字通り血の滲む思いなのに、内外合わせて延べ二十四ミレ・パッスス（約三十六キロ）に及ぶ土手には、くまなく幅十五ペデス（約四・五メートル）の堀が、空堀、水堀と二重に巡らされる計画なのだ。水堀には河から運河を引いて来なければならない。

それは七重の防備だった。ガリア軍がアレシアを飛び出して、ローマ軍の陣地を襲うためには、最初に二十ペデス濠を攀じ登り、次に「突棒」に革股引ごと脛の肉を削り取られ、足の甲に「百合」で穴を開けられながらに突破しても、まだ「墓標」に手足を傷だらけにされる。櫓から放たれる投げ槍の猛威に耐えて、空堀、水堀と乗り越えたところで、迫り上がる土手を前に足踏みするばかりなのである。

——ここまで、やる必要があるか。

と、マキシムスは公平な目で思う。量も量なら、質も質というべきか。空前絶後の巨大事業が、前代未聞の緻密な仕掛けで企画されていた。

理由のないことではない。ガリア籠城軍は八万を数える。すでにローマ軍の規模を凌ぐ大軍である。斥候が運び来る情報によれば、ガリア救援軍は少なくとも十万、各部族の動き方次第では、二十万にも、三十万にも上りかねないという。

改めて、身の毛もよだつ数字だった。悪寒に似た戦慄が走るのは、恐怖が俄に現実味を増したからである。他でもない。マキシムスは破格の全貌を露にするローマ軍の要塞工事にこそ、押し寄せるガリアの大軍が重なってみえたように思うのだ。

五万に満たないローマ軍が、まともに戦えるはずがない。持ち堪えるとするならば、堅固な要塞に依存するしか道がない。ガリアが人間の力を総動員するならば、これをローマは技術の力で迎え撃ち、文明の底力をみせてやるしかないのである。

——それにしても……。

無謀だ、とマキシムスは同時に思う。いくらなんでも、ここまでやる必要はない。後の理屈を続けるのは、砂遊びのように上辺だけ弄り回す、軍旗持ちの声だった。

「まったく、正気の沙汰じゃありませんよ」

プロキシムスは短い腕で隣の赤服を支えていた。空腹が原因か、あるいは寝不足が響いたのか、年若い兵士が柴を「百合」の穴に被せる最中に、ふらと気を失ったからだった。そのまま穴に倒れこめば、先の尖った杭が頭に刺さるところである。

よくぞ気づいて、機敏に助けてくれたものだと感心するが、なるほど、プロキシムスだけは多少の元気を残しているようだった。その秘訣は知れないが、事実として今も独り、ぶつぶつ呟き続けている。これだけの仕掛けなんです。そりゃあ、ガリア兵が馬鹿みたいに無謀でも、とても突破できないでしょうよ。けれど、後生だから考えて下さいましな。敵さんが仕掛ける前に、こっちが干上がってしまいます。

「ねえ、カエサル閣下、これを自滅と呼ぶのじゃありませんか」

総督贔屓《びいき》は独り言まで丁寧だったが、それも言葉の内容は、不平不満に変わっていた。ローマ軍は自滅しかねない。プロキシムスの現状認識は、恐らく正しいといえるだろう。アウァリクムでも零したことだが、補給が潤沢なら巨大建築も結構である。ゲルゴウィアでも非難したことだが、兵力が十分なら総力戦も望むところだ。態勢が整わないのに強行するから、いつも兵士に皺寄せが来る。

部下の理屈を尤もだと認めながら、それでもマキシムスは黙々と作業を続けて、今度ばかりは同調する気になれなかった。かたわら、プロキシムスは続けた。誰がみたって、もう理屈が通りませんよ。

「へん、カエサルおじさん、むきになってんだ」

自暴自棄の趣で受けたのはラッパ手だった。すっかり地べたに座りこむのは、アウァリクムで受けた怪我で、あれから右足が動かなくなったからだった。もう屈むことさえできない。

「だから、本営に足を運んでも、奥方の姿がみえなくなってるんだよ」

女房殿をウェルキンゲトリクスにさらわれたなんて噂も、あながち嘘じゃないのかもな。放言を受けて、やっと他の部下も乾いた口を開き始めた。敵の総大将てなあ、とんでもない巨漢なんだろう。しかも金髪の美男だってことだ。若い女房が熱を上げかねないな。萎れて久しいモエクス・カルウスは、禿げ頭を薬罐みたいに沸騰させちまったわけだ。軍旗持ちプロキシムスは、さすがに咎めた。こらこら、おまえたち、滅多なことをいうもんじゃない。ながら冗談めかして片目を瞑る仕種は、本気で弁護する気など失せたことを窺わせている。

「それでも、なにか尋常でないものを感じることだけは事実だな」

なるほど、尋常でない。すでにカエサルは、建設熱に取り憑かれた偏執狂の類だった。戦の勝敗を度外視して、闇雲な巨大工事を押し進めながら、意味のない達成感を、ひたすら求める風さえある。

マキシムスは立ち上がった。手元の杭がなくなった。また荷車に取りにいかなければならない。ついでに疼く腰を伸ばしながら、青年将校は改めて巨大工事を一望した。なんなのだ、この馬鹿でかい仕掛けは。まるで、びっくり仰天の見せ物じゃないか。

ところが、眺め渡す感慨といえば、決して悪いものではなかった。凄い。意味などなくとも、この壮挙には一種の畏怖の念を禁じえない。そうするとプロキシムスも、巧いことをいうものだった。聞けば、カエサル閣下は御乱心なされたとも。

「ああ、狂った」

と、マキシムスは受けた。部下たちは顎を挙げて、百人隊長に目を集めた。なにか鋭い洞察が聞けるかと思うからだが、青年将校は無くした指の痕を悪ろに弄りながら、にやにやと笑みを浮かべているだけだった。

事実、マキシムスは形容しがたい興奮に、総身を震わせていた。疲労困憊した身体が、俄に軽く感じられてくるほどに、気分が高揚して仕方がない。ああ、狂った。カエサルの奴は遂に狂いやがったんだ。

それが嬉しい。狂った、狂った、あの糞親爺が。高い声で繰り返しながら、偏屈な若者の顔が晴れていた。ああ、この巨大工事は無謀な愚行というべきだろう。でなくとも、やりすぎだ。が、やりすぎなくては勝てないのだ。

ガリアの人間の力を迎え撃つに、ローマは技術の力で立ち向かう。が、これが洗練されていてはならない。今こそ決戦と覚悟を決めて、問答無用に敵の喉を食い破らんと高ぶるとき、その文明は断じて野蛮でなければならない。

──でなければ、勝てない。

その理を承知して、遂にカエサルが本気になった。当座を誤魔化すように、ただ上面ばかり撫でていた男が、どうだろう。戦うことの本質を乱暴な手で抉り出し、根拠のない確信を貫くままに、この暴挙を毅然と押し進めているではないか。

カエサルは変わった。マキシムスは漠然と、なにか巨大な胎動に収斂してゆく、ひとつの流れが生まれたことを感じていた。だから、皆が働いている。斜に構えて悪態をつくでなく、また軽薄に浮かれて戦意に逸るでもない。ただ黙々と働いて、恐らくは自分が今、なにをしているのかさえも自覚できていないだろう。責め苦のような重労働に、泥のように疲れながら、それでも操り人形よろしく身体を動かしてしまうのは、カエサルという強い流れに、否応なく皆が呑まれたからなのだ。

あるいは圧倒されている。この巨大工事を目のあたりに、ちっぽけな我が身を無理にも認めさせられたとき、誰が、どんな抵抗を試みることができようか。尋常でない。正気の沙汰ではない。まともな話が通じるような相手ではない。諦め顔で吐露すれば、その時点でカエサルの大きさに、無残に敗北したことになる。

ああ、大きい。やはり、カエサルは大きい。敗北することの嬉しさに、マキシムスは自分の心に英雄が、いかに大きな存在であったことか、いまさら思い知らされた。幾度となく絶体絶命の戦場から戻り、今日まで生き伸びられたのは、それが怒りに裏返り、恨みに転じていたとしても、全てカエサルに向けた思いあってのことなのだ。

ならば、この命はカエサルのものだ。四の五の理屈をこねている筋ではない。それが馬鹿でも、阿呆でも、ひたすら命令に従うのが本当なのだ。

「だから、働け。俺たちは、なにも考えなくていいんだ」

「しかし、マキシムス隊長どのは、カエサル閣下は狂ったんだと仰って……」

「狂えるから、あの中年男は凄いのさ」

さあ、急げ。次の八列に取りかかるぞ。指のない手でスコップを握りながら、マキシムスは新たな百合線の工作を命じた。巨大工事は、まだまだ続く。意志のない機械のように繰り返して、あとどれだけ続ければよいのだろう。

苦笑を合わせて呟きながら、裏腹に果てがみえないほど、その大きさに青年将校の心は震えた。ざく、と砕ける土の音まで、今は小気味良いようだった。

五、籠城

アレシアの丘に立つ姿は、まるで匠《たくみ》の手になる彫刻だった。長剣の柄頭を右の掌に温めながら、その手首に左の手を預けると、あとは一寸も動こうとしない。石灰で固めた髪は高台の風にも乱れず、ときおり長い髭だけ靡かせながら、ヴェルチンジェトリクスは遥か眼下のパノラマを眺めていた。

伸び伸び展開する線画は、ローマ軍の要塞である。ほしいままにガリアの野山を加工しながら、まさしく文明が遂げた奇跡だった。アレシアを囲む幾重の施設は、ときに巨大な蛇が、とぐろを巻いているようにもみえた。息の根を止めんと巻きつかれ、締め上げられる獲物は身動きひとつ取れない。

ガリア籠城軍は動けなかった。自ら動かなかったにせよ、なんら抵抗を示せぬまま、徒に食糧を減らす日々は事実である。籠城を決めて、三十日が経とうとしていた。ガリア総決起と気勢を上げた、あの熱っぽい季節はすぎ、もう葡萄の木の月である。

来るべき秋は、わけても夕から物悲しげな風情を強くした。西の地平に傾き落ちる太陽が、どろと濃い赤みに燃えたと思うや、たちまち空は陰欝な紫色に変転し、みる間に寒さをはびこらせる。そうするとヴェルチンジェトリクスは、すっと嵌まって気味が悪くなるくらい、秋の黄昏《たそがれ》に溶けこめる男だった。

——なんと悲しげなのだろう。

と、アステルは思った。アレシア城壁の裏側は、守備の足場が段々に組まれ、どこにも増して薄暗く、また窮屈な感じがしていた。道路一本だけ隔てて、すぐに雑然とした町並みが始まっているのだが、軒の犇《ひし》めく界隈に潜みながら、ゲルゴヴィアの刀鍛冶は物見櫓《ものみやぐら》に上がった王を、ここから遠巻きにみつめることしかできなかった。

気安く近づく気になれない。なるほど、ヴェルチンジェトリクスには、はじめから冷たく冴えた印象があった。眼光きつい青の瞳と、端整にすぎる精悍な顔だちと、それに白金の板を思わせる美しい金髪のせいだろう。そんな常識の観相で、従前ゲルゴヴィアの刀鍛冶は割り引いていたのだが、これだけ、ありあり現れると気になって仕方がない。

無理にも理屈をつけたくて、アステルは自問した。王は少し痩せられたろうか。籠城生活で思うように食べられない。ヴェルチンジェトリクスも確かに苦境を共にしていたが、籠城生活をいうならば、かえって窶《やつ》れ方より、むさくるしさが目についた。長髪は逆立つより、中途半端な固まり方で左右に崩れ、貴公子然と綺麗に剃刀《かみそり》を入れていた頰も、最近は庶民のように青い不精髭に埋もれている。

すると、野性味が増したのか。いや、みるひとに峻厳たる印象を与えるまま、ヴェルチンジェトリクスの美貌は少しも堕ちなかった。どころか、触れると手が切れそうなくらい、ぴんと空気が張り詰めている。

王は最近、とみに無口になっていた。神々を思わせる風采が、やかましい人間に落ちることがない。が、そうすると若者が放つ青白くも神々しい光には、悲しげな陰ばかりが感じられて、下界の人間は不安に駆られてしまうのだった。

——なにが、あった。

アステルが察するところ、王は先の騎馬戦における敗北を、重大に受け止めていた。無論、敗戦は謙虚に省みるべきだが、こうまで深刻になられると解せない。アルヴェルニア族は後方の歩兵陣にいたため、ほとんど損害を出すことなく、身内の不幸がないことで、アステルなどは無頓着でいたほどなのだ。

最も被害が甚大な部族が、ハエドゥイ族だったが、こちらも十分な余力を残していた。他でもない。総大将が撤退の英断を即決して、深刻になる前に危機を回避してくれたからである。

ヴェルチンジェトリクスは自信を持ってよい。もとより、城市アヴァリクムの陥落まで、けろりと些事で片づけてきた若者が、こんな小さな敗戦に動揺するのは奇妙である。大事と拘り続けてきた、ガリア総決起の気運とて、少しも損なわれていなかった。だから、問わずにいられないのだ。ヴェルチンジェトリクスに、なにが、あった。

アステルは目を高みから、混み合う界隈へと下げた。三区画向こうの路地では、やはり建物の角に斜めの半身で隠れながら、物見櫓の王を仰いでいる者がいた。ちらと赤布が覗いただけで、わかる。またか。ハエドゥイ族から嫁いだ少女は、今日も胸の前で小さな拳を揉みながら、夫となった若者の姿をみつめていた。

その一途な表情だけで、自ら娘を持つ身の中年男は胸が痛い。ヴェルチンジェトリクスがローマの女に御執心だとは、もはや隠れもない醜聞だった。高が女のことだからと、周囲は特に騒ぐでもないが、花嫁が同じように心穏やかでいられるわけがない。

もっとも、若き王は先の敗戦から、カルプルニアとかいう女を囲う馬車には、近づかなくなっていた。まっとうな夫婦関係に立ち戻ったとも思えないが、その変化に少女は淡い期待を寄せたのだろうか。

こちらの目を感じたらしく、さっと赤らむ頬を伏せると、少女は素早く踵を返した。城市の辻に身を翻した瞬間に、きらと目尻に光るものがみえたのは、はたして気のせいだったろうか。あるいはエポナ様も、なにかを感じ取っておられるのか。

いずれにせよ、健気だった。姫君も基地と定められた当初から、このアレシアに入城していた。夫婦だからと口実にするが、要するにハエドゥイ族を裏切らせない人質である。ヴェルチンジェトリクスは全ての騎兵を城外に放っていた。

「みな、それぞれの城市に戻り、武器を取れる歳の男を全て、この戦場に集めよ」

それがガリア王の命令だった。救援軍の編制には、総責任者としてヴェルカッシヴェラーノスも派遣されている。ガリア全土から動員に成功すれば、騎兵、歩兵を合わせて、二十万から三十万に上る大軍の加勢が見こめるのだという。

独り物見櫓に登り、ヴェルチンジェトリクスは今日も救援軍の到来を待っていた。刻限と定めた九月十八日は、もう一昨日にすぎている。数日の遅れはありうるとしても、こうなると急激に暗い想像が膨らんだ。はたして、本当に来るか。このまま救援軍が来なければ、籠城軍はローマ軍に封鎖されて、あとは死を待つしかないではないか。

補給が底をついていた。節約に節約を重ね、騙し騙しに長らえてきた食糧が、遂に枯渇したのである。もう界隈ではガリアの街につきものの、放し飼いの豚さえ鳴かない。いや、犬の咆哮まで途絶えて、アレシアに飼われていた動物は、全て食い尽くされていた。俄に動揺を始めた軍勢に、冷酷なガリア王は沈黙の背を向けたまま、ただ神官の口を通して伝えたものである。そんなに腹が減るのなら、戦の役に立たない人間から食えと。

――また人殺しか。

アステルの胃袋に、ぐらと煮えるものがある。どうしても、反感を払拭することができない。質の悪い冗談にせよ、人食の勧めが洒落にならないのは、またしてもヴェルチンジェトリクスが、やってしまったからだった。

刀鍛冶は紫色の空を睨み、やたら目につく黒点の乱舞に問いかけた。おまえたちは、この若者の遣いなのか。

アレシアの空に数え切れない烏《からす》が群れ飛んでいた。ばたばたと黒い翼を動かしながら、競うように舞い降りるのは他でもない。いたるところ、大地に格別の馳走が転がっているからである。アステルの位置からはみえず、またみる気もないのだが、ローマ軍の防衛線が築かれた一帯には、今も目玉の失せた人間が、うなだれているはずだった。

またケルトの民が死んだ。その数、およそ一万に上る。気味の悪い鳥の声を耳にすれば、気が狂いそうになる。舌足らずな子供の声が、鼓膜の奥に絡みついて、今も離れないからである。おなかすいた。ねえ、ゲルゴヴィアのおじちゃん、なんか食べるもの、ちょうだい。

ついばまれた肉塊が、まだ生きて息をしていた頃、それをヴェルチンジェトリクスは一方的に「穀つぶし」と罵った。補給品を節約しなければならない。無駄な口は減らさねばならない。いわれて、城市アレシアの住民は女子供に至るまで、全て放逐されていた。

どこ行くあてがあるはずもない。アレシアに暮らしていたマンドゥビイ族の人々は、はじめ工事中の防衛線を踏み越えて、なんとかローマ軍の城壁に辿りついた。自分たちを奴隷にして欲しい。そのかわり食糧を恵んでほしい。泣いて懇願するも、にべもなく断られた。補給に余裕がないのは、ローマ軍とて同じだった。

マンドゥビイ族はアレシアとローマ要塞の狭間にあって、際限なく右往左往するしかなかった。そのうちに衰弱して、子供、老人、女、男と順に餓死していったのだ。ほどなく鳥が嘴《くちばし》を突き始めた。ことによると、まだ命のある人間が肉を毟《むし》られ、絶命していったのかもしれない。抵抗する気力も、体力も尽き果てて。

「…………」

感傷は捨てなければならない。安っぽい苦悶などは、幸福な人間の贅沢品なのだ。この非常時には許されない。全てはガリアのためである。高が一万人の命と引き換えに、ガリアの自由を未来永劫、諦めてしまうわけにはいかないのだ。ああ、そうだ。これは兵士の命を救うため、神々に捧げられた生贄と解するべきなのだ。

——それでも……。

よくみていられるな、とアステルは心の涙声で若き王に詰問した。物見櫓の高みに登れば、今も眼下に犠牲者の無残な軀《むくろ》がみえるはずだ。わしなら、忍びない。目を逸らさない若者の神経が、どうしても理解できない。やはり、ヴェルチンジェトリクスは神なのか。生贄を捧げられるべき神なのか。僕に死肉を漁らせながら、やはり……。

「鳥が出たか」

と、背後から不意の声が届いた。ハッとアステルが振り返ると、路地の暗がりから現れるのは、もうもうたる白髪の髭と、丸い形で剃髪した皺だらけの額だった。クリトグナトスさま、と刀鍛冶はドルイドの名を呟いた。

籠城生活は身体に応える。老人だけに、さすがのドルイド・クリスにも疲労の色が濃くなっていた。ガリア大神官を先頭に、城市に残ったドルイドは連日というもの、神殿に籠もり、歌うような読経を繰り返して、神々に勝利の祈禱を捧げていた。

兵士を掻き集めるべく、アレシアを発った者を合わせ、いつにも増して神官団は必死だった。なぜなら、城市アレシアは聖地である。これまで一度も攻め落とされたことがなく、また攻め落とされてはならない場所なのである。この聖地が侵略者の手に落ちたなら、そのときはガリアの神々も、ドルイドの教えも、もはや意味をなさなくなるだろう。

そうすると、クリトグナトスの表情の暗さが気になった。アステルは隣に進んだ神官に尋ねた。なにか不吉な預言でも。案の定というべきか、ドルイド・クリスの嗄《しゃが》れ声は、いつになく歯切れが悪かった。いや、不吉とばかりはいえまいさ。

「ただ、鳥が出たか」

「鳥が、なにか」

「光の神ルーゴスの象徴じゃ」

ああ、とアステルは思い出した。現にルーゴス像を祀るアルヴェルニア族では、鳥が首長の印に用いられている。昔からの決まり事で、ゲルゴヴィアの刀鍛冶は特に気に留めなかったが、そうすると意味深い鳥の飛来は、神々が下された印なのか。

それがルーゴス神の象徴ならば、幸運の印と読むべきだろうか。いや、ドルイドの口ぶりは、そんな喜ばしいものではない。もとより、こんな不気味な生き物が、幸運を運んでくるわけがない。アステルは他意なく、神官に疑問を投げた。

「いかような理由から、鳥が光の神の象徴になるのですか」

「黒点として太陽の光から現れ、この地上に舞い降りるからじゃ」

「ですが、空を飛ぶのは他の鳥とて変わりありません」

「他は空にあっては黒いが、地上に降りるや、たちまち色を帯びてしまう。偽物ということじゃ。鳥だけが太陽に抱かれるときも、この地上に舞い降りたときも、その黒い色が少しも変わることがない」

「しかし、どうして黒が」

「黒は冥界の色であろう。ルーゴスは闇の魔神バラロの子じゃ。闇を裂く光の神は親殺しの神なのじゃ。いくら天上に輝いたとて、冥界の出自は抗えん」

「…………」

「ルーゴスは複数で『ルーゴヴェス』とも呼ばれる。三位一体の神、あるいは三頭の神だからじゃ。天上の神の顔は生を、霊を、思惟を、そして創造を司り、冥界の神の顔は死を、肉を、行いを、そして破壊を司る」

「すれば、いまひとつの顔は」

「あまねく二極の対立の狭間にあり、それを解かねばならぬと苦悶しておる」

宗教の秘儀である。アステルはドルイドの真意を計りかねた。が、現実に喩えて続けられると、意味が朧《おぼろ》に浮かんでくる。もしやヴェルチンの奴は本当に、光の神ルーゴスの生まれ変わりなのやもしれんな。

創造といえば、ヴェルチンジェトリクスはガリア総決起を実現した。破壊といえば、数多ケルトの民人を殺している。なるほど、相反する志向が、ふたつながらに同居している。そうすると若き王は今、二極の対立を解くために、苦悶しているというのだろうか。

「その謎を王が解ければ、ガリアに真の幸福が訪れるという……」

「わからん」

「けれど、ヴェルチンジェトリクスは光の神ルーゴスの生まれ変わりだと」

「それが本当ならば、わしはヴェルチンが哀れじゃ」

老人の言葉は最後が声にならなかった。不意の涙に奪われたからである。アステルは唖然とした。ドルイドが泣くなど、みたことがない。

「哀れでならん。哀れで……。わしが強いたのかもしらん。このわしがヴェルチンを……。本当は優しい子なんじゃ。わしを部族のドルイドに戻してやるといって……」

嗄れた涙声に、アステルは理屈を超えた共感を覚えた。ドルイド・クリスは若き王の、いわば育ての親である。思いやりのある子なんじゃ。自分のことを後回しにして、いつだって、いつだって……。賢者と敬われる老人も、今は身贔屓の激しい親馬鹿にすぎなかった。が、その愚かさが刀鍛冶には、胸が痛いくらいに共感できたのだ。

アステルも親の気概で、ヴェルチンジェトリクスを守る決意を固めている。それでも中年男は、萎れた老人のように情に流されたりしなかった。ドルイド・クリスの言葉が偽りのない親心なら、いっそう深刻に受け止めなければならない。ヴェルチンジェトリクスが哀れとは、ぜんたい、どういう意味なのか。アステルは声高く飛びこんだ。

「クリトグナトス様、ガリアは負けるのですか」

「わからん。戦争のことは、わからん。それはヴェルチンに聞くしかあるまい」

聞くがよい。あれは頭のよい子じゃからな。謎だけを残して、ドルイド・クリスは去った。苛々して、爪で側の壁土を掻きながら、アステルは治まらなかった。なんだ。どういう意味なのだ。

――こうなったら……。

聞くしかない。アステルは意を決して、物見櫓の梯子《はしご》に足を掛けた。登ると急に視界が開けた。どんよりした黄昏の空も、俄に明るく感じられた。が、ちらと白布に黒線のキルトがみえる。マンドゥビイ族の印である。明るくても、浅ましい烏が群がる軀など、みたくはない。

なるだけ近くに目を落とすと、城外の陣営に八万の籠城軍が待機していた。兵士は一様に口数少なく、それでも目つきに燃える戦意を蓄えながら、手に手に得物を磨いているところだった。武器でなく、つるはし、スコップの類である。いざ戦闘が始まれば、城市を出撃する籠城軍は、最初に幾重の防衛線を無力化しなければならない。

目を市内に転じると、兵士はアレシアの城市広場でも動いていた。こちらは千人ほどの数で、選び抜かれた精鋭部隊ということだ。ヴェルチンジェトリクスの親衛隊、すなわち、放浪時代の無頼の徒党を中心に、あとはルテニ族の兵士で補われている。

アルヴェルニア族の古い朝貢部族は、弓の名手として知られていた。家々の壁に的を設けて、精鋭部隊は掛け声を響かせながら、連日というもの、弓の稽古に明け暮れていた。どうやら、これがヴェルチンジェトリクスの秘策らしい。

それで勝てるか。ちゃちな弓で、ローマ軍の巨大要塞に立ち向かえるのか。心に問いかけながら、アステルは勝利に固執するわけではなかった。無論、ガリアの勝利は望むところである。が、このまま平和に暮らせるなら、ローマと和睦しても構わないと考えている。中年男の分別は、五分の勝利というものもみるのだ。

交渉で自治を獲得できるなら、それもガリアの自由にとっては、大きな前進といえる。互いに勝ち、また負け、決戦に踏みこんでいない今なら、まだ話し合いの余地もある。

そうした読みを持ちながら、なおアステルが勝利に固執するとすれば、ひとえに王が望んでいるからだった。若者の価値観は、勝ちか、負けか、ふたつにひとつなのである。が、本当の意味でヴェルチンジェトリクスを守るとは、どういうことか。

今のところは情けなくも凡庸に、王の勝利を助けることくらいしか思いつかない。まして、ドルイド・クリスの謎は解けない。まして、若者の心中には遥か思いが及ばない。

「アステルか」

王から先に名を呼ばれ、ゲルゴヴィアの刀鍛冶は首を竦《すく》めた。物見櫓の足場を渡る音に気づいたらしい。ヴェルチンジェトリクスは目を動かさずに続けた。まったく、ローマ軍は馬鹿でかいものを造ったな。一緒に手振りで近う招かれ、アステルは足場を進みながら答えた。ええ、まさに鉄壁の要塞です。

「ふん、こんなもの、破るだけなら簡単さ」

「…………」

「これだけ長い廊下なんだ。かけっこに挑めるのは、一握りの健脚自慢だけだ」

「…………」

「五万に満たないローマ軍が、これほど巨大な施設を扱いきれるわけがない」

アステルは目から鱗が落ちる思いだった。いわれてみれば、その通りである。要塞が巨大であればあるほど、軍隊も巨大でなければならない。さもなくば、兵は分散を余儀なくされる。重点箇所に集中すれば、他所は手薄になる。そうか。だから、ガリアは圧倒的な人軍で挑むのだ。

それは力任せの策ではなかった。要塞のどこを、どんな形勢で攻めたときでも、ガリア軍は兵力で上回れる。それも攻め手に対する守り手の優位を覆すだけの物量である。ローマ軍は限度を越えた兵力の分散を迫られるはずだ。ガリアの大軍は敵の盲点を突くための、綿密な処置だったのだ。

戦術眼の、なんと冴え渡ることか。やはり、ヴェルチンジェトリクスは凄い。素直にも巨大要塞に圧倒された白分の、なんと子供じみていたことか。

「レア山といったな」

若き王は唐突に話題を変えた。刺青の腕がパノラマの彼方を指さしていた。

「あ、ええ、そうです」

「決戦の地は、あそこしかあるまい」

それはアレシア北西に盛り上がる小山だった。レア山は高くはないが、なだらかなだけに裾野が広い。さすがのローマ軍も、この山だけは土手で囲み切れなかった。要塞の黒線が途切れ、中途半端な高さに砦が築かれているだけである。

「弱点は他にみつかるか」

問われても、アステルは容易に意味が呑みこめなかった。な、なんでございますか。いえ、みつかりません。え、しかし、我らは大軍を分散して仕掛けるのでは。

「それではガリア軍とて、どこも突破することができない。どこかに焦点を設けなければならない。一箇所だけ突破できれば、それでローマ軍の包囲は破れる」

それにしても、とヴェルチンジェトリクスは続けた。救援軍は遅いな。合図の狼煙《のろし》は、どこにもみえまい。え、アステル、おまえにはみえるか。

いいえ、と答えて、刀鍛冶は背後をみやった。アレシアの城市広場から、赤色の濃い煙が毒々しい感じで立ち上がっていた。ドルイドが特殊な粉末を燃やしたもので、急げ、という意味である。なのに地平線から返答は上がらない。軍勢は未だ、ちらと影すらみせないのだ。

「大方はハエドゥイ族の連中が、派手な閲兵式でもやってるんだろう。はん、あとで打ち殺してやる。ああ、アステル、軍笛は完成しているんだろうな」

「え、あ、ええ、カルニクスは大丈夫です」

アステルは連絡官として城市アレシアに残っていた。ハエドゥイ族の横暴が、あらかじめ予想されるからには、救援軍で頼むべきは王の従兄弟、ヴェルカッシヴェラーノスだけである。この軍笛持ちと離れていても連絡が取れるよう、ガリア王は腕のいい刀鍛冶に、もうひとつ軍笛を作らせていた。

騎兵隊が発つ前に、綿密な打ち合わせが持たれていた。音の高低に備わる意味、音の長短に備わる意味を合わせて暗号を作り、細かな意志の疎通を果たす工夫は、アルヴェルニア族の人間にしか理解できないものだった。

ヴェルチンジェトリクスは、どうやら救援軍を二分して考えたようだった。一方には過大な期待を寄せることなく、ああ、これを要塞各所に分散して投入するわけか。他方には万全の連携を望みながら、ああ、ヴェルカッシヴェラーノス様の軍勢で、勝負を賭けた決戦を挑む気か。ガリア王の明晰な頭脳は、すでに勝利の方程式を、弾き出しているようだった。

が、全ては救援軍が来なければ、始まらない。

「本当に来るのでしょうか」

「ヴェルカッシに任せたんだ。あいつなら、間違いない」

「しかしながら、諸部族は……」

来るさ、とガリア王は答えた。はん、来なかったら、叩き殺してやるまでだ。刀鍛冶に刹那の笑みを投げながら、それで冗談めかしたつもりらしい。

――だから、そういうことを……。

軽々しく口にするな。そんな風だから、諸部族の合力が危ぶまれるのだ。そんな風だから、どうやっても幸福にはなれないのだ。反感の熱が動いた直後に、アステルの耳に老神官の涙声が蘇った。ヴェルイソンが哀れじゃ。

ハッとして目を戻すと、若き王の角張る頬から、もう小さな笑みまで消えていた。苦悶といい、哀れといい、そんな言葉がやけに心にこびりつくのは、やはり、ヴェルチンジェトリクスという男が、悲しげな陰影につきまとわれるからだった。なぜ、こんなにも……。問いを繰り返しかけて、アステルに閃きが走った。

似ている。母親似の貴公子が、刹那の横顔に父親を彷彿とさせていた。その孤独な相だけは、そっくり父君に酷似しているのだ。思えば、かの英雄も悲しげな男だった。

いや、まて。あれはケルティル様が齢《よわい》五十を超えられてからだ。若者時代は朗らかであられた。陽気な太陽のような方であられた。偉業を成就する道程で、段々と悲壮な陰りが相貌の癖になったのだ。なのにヴェルチンジェトリクスときたら、二十歳を超えて間もないのに、もう……。

――痛々しい。

胸詰まる感慨を形容するなら、やはり負い目というべきだった。ゲルゴヴィアの刀鍛冶は自らの、若き日々を思い出した。ケルティル様に献身するといいながら、かつての見習い職人は、ひたすら英雄に甘えていただけかもしれない。それが証拠に分別盛りの大人になっても、甘え癖は少しも直っていやしない。

アステルは自分がヴェルチンジェトリクスになれるとは思わなかった。意識の高い人間なりに世を憂い、ガリアを変えたいと願いながら、ためにガリアの同胞を殺すことなど、とてもできそうにないからである。

それは破壊もなければ、創造もなく、ゆえに苦悶もない人生だった。そんな安易な人間が、こんな二十歳を超えたばかりの若者に、今ふたたび甘えて全てを託そうとしているのだ。

情けない。なにが親心だ。ケルティル様に詫びると思い、親の気概でヴェルチンジェトリクスを守るというなら、少しでも荷物を下ろしてやるべきではないのか。

「きた」

と、ガリア王は常ならぬ興奮の声を上げた。とっさに彼方に日を投げると、紫色の夕暮れには不自然な、けばけばしい黄色の狼煙が空に立ち登っていた。アステルも受けて叫んだ。

きました、きました、救援軍です。

「これで勝てる」

強く拳を握りながら、ヴェルチンジェトリクスが目を輝かせていた。若者の顔は晴々として、こんな人間らしい表情も作れるのか。やはり、王は勝利を望んでいる。それが終の解放だからである。アステルは思いついた。勝てば、ガリアは幸福になる。幸福になれば、もうヴェルチンジェトリクスは英雄でなくてよい。

――だから、勝つ。

勝たねばならない、と刀鍛冶は自分に言い聞かせた。彼方の地平線に小さな土煙が上がっていた。地響きを大きくする軍勢は、光の神ルーゴスに捧げるべき、生贄になるだけの運命かもしれない。それでも、わしはヴェルチンジェトリクスのため、息の限りに軍笛を吹いて、皆を死地に追いやる。

すぐにカルニクスを取ってきます。王に告げて、アステルは固太りの体軀を翻した。

六、決戦

戦闘は正午すぎに始まった。とたん、物凄い音の波が襲いきた。鬨の声、馬の嘶き、太鼓の律動、軍笛の猛り。ガリア軍の分厚い音は前となく後となく、右となく左となく、いたるところから立ち上がって、ローマ軍を打ちつけた。

敵軍は緑の野を、友軍が描いた線画に沿って、黒く塗り潰していた。金棒の軍旗を数限りなく林立させ、まさに驚くべき大軍である。ウェルキンゲトリクスの求めに応えて、真実、ガリア全土が立ち上がっていた。

斥候の報告によれば、アルウェルニ族と朝貢部族が三万五千、ハエドゥイ族と朝貢部族が同じく三万五千、セクアニ族、セノネス族、ビトリゲス族、サントニ族、ルテニ族、カルヌテス族が各一万二千、レモウィケス族が一万、ピクトネス族、トゥロニ族、パリシイ族、ヘルウェティイ族が各八千、スエッシオネス族、アンビアニ族、メディオマトリキ族、ペトロコリイ族、ネルウィイ族、モリニ族、ニティオブロゲス族、アウレルキ・ケノマニ族が各五千、アトレバテス族が四千、ウェリオカッセス族、レクソウィイ族、アウレルキ・エブロウィケス族が各三千、ラウラキ族、ボイイ族が各二千、アレモリカエ族と総称される海に面した半島の八部族が合わせて二万。

これを兵種別に換言すれば、総勢で騎兵約一万、歩兵約二十六万となる。聖地に陣取るガリア王に檄を飛ばされ、あまねく部族が求められるまま、完璧に応えたものといってよい。要求を満たさなかった例外が、ベッロウァキ族だったが、これとて一万余の大軍を送りこんでいた。

ガリアの胎動は本物だった。ウェルキンゲトリクスの強烈な指導力が、混沌の大地を見事に決起させていた。二十万、三十万と頭では最悪の事態を想定したものの、その猛威を、びりびり兜の庇さえ震わせる、圧倒的な音の波動として体感したとき、カエサルは手足の震えを、容易に抑えることができなかった。

これでは怯える兵士を責められない。それでも諦めるわけにはいかない。くじけるな。もちこたえてくれ。鼓舞の声を届けたくて、カエサルは戦場に出て初めて、ユピテル神に祈ろうかと考えた。

南方フラビニ山の本営にあり、全体を見渡せる塔の最上階に登れば、ローマ軍の総大将には戦の帰趨が、手に取るように把握できた。巨大要塞に守られることを忘れるな。ガリア兵の質は決して高くない。我らが負ける相手ではない。なのに音の猛威に弄ばれて士気が落ち、みるみる敗色が濃くなっていく。このまま流れを変えられなければ、まず間違いなくローマ軍の惨敗に帰するだろう。

「ひるむな、ひるむな」

いま、このときが決戦である。我らは持ちこたえればよい。守りきれば、あらゆる労苦に終止符が打たれるのだ。総大将は声が枯れるほど、さかんに檄を飛ばしたが、全てガリア軍の怒号にさらわれ、一言たりとも兵士に届くことがなかった。

「西に回れ、西に。ああ、くそっ」

土手の防護柵に、鉤縄《かぎなわ》が掛けられていた。ローマ兵は上から投げ槍を打ちこむが、ひとりガリア兵が落ちても、また次に土手を攀じ登る者が続く。孵化《ふか》した虫の卵溜まりを思わせながら、うじゃうじゃ群れる黒山のガリア兵は、まさしく際限がないのだ。

カエサルは物見櫓の近習に命令を伝えた。急ぎ二個大隊を西二番砦に展開させよ。

「しかし、閣下。もう予備の兵力がありません」

返す言葉はなかった。予備は全て出払った。もとより、どこも手一杯の状態で、持ち場を離れられる兵士はいない。劣勢はガリア軍の音のせいでも、ローマ軍の士気のせいでもなかった。なにより、戦術的に最悪の展開である。

要塞の至るところに一斉攻撃を仕掛けられ、これを迎える兵団は、どこも心細い寡兵の戦いを余儀なくされていた。うまく援護の態勢が取れない。ひとりでも討たれれば、守備の分担が破綻する。

ローマ軍は十個軍団の定数、五万を大きく割りこんでいた。巨大にすぎる器は、かえって轭である。さして手際がよいともいえないガリア軍の襲撃を、最強軍団が思うように撃退できない。次第に士気が落ちこんで、あれだけ周到に設備した防衛線さえ、砂を蒔かれ、束柴で埋められ、大きな板を渡されて、みるみる無力化されてゆく。

――やられた。

ガリア軍は数だけではなかった。大軍の用兵さえ、ずばと巨大要塞の弱みを突き、やはりウェルキンゲトリクスは尋常な男ではなかった。

両軍総大将の力量の差が、戦況に如実に現れていた。いや、カエサルとて戦術的な危険は周知だった。同種の工事をヒスパニア戦役で提案され、かのスキピオが激怒して退けたという逸話は有名なのだ。が、よもや歳若い敵将が、この盲点を見抜こうとは思わなかった。あるいは中年男が要塞の出来ばえに見惚れながら、独り幼稚に喜んでいたというべきか。

なにが歴史的な偉業だ。なにが空前絶後の巨大要塞だ。よく晴れた秋の空が、俄に煙たくなっていた。敵軍が罠を埋めた細かい砂や、友軍が不覚にも崩された土手の粉が、ふわりと空に舞い上がるだけではなかった。立ち登る焦茶色の塊に、ちかと火の粉が閃いていた。火が放たれて、陣営の防護柵まで燃え始めているらしい。

このままでは落城も時間の問題である。わけても北西、レア山の砦が危険だった。裾野が広すぎる地勢ゆえ、土手の工事を半端に残した、巨大要塞の弱点である。

ガリア兵の質は、一概に低いとはいえなかった。というより、明らかに選別してある。粗悪な兵を満遍なく散らしながら、レア山には王の従兄弟ウェルカッシウェラーヌス麾下に最精鋭六万を投入して、ここに重点攻撃を敢行しているのだ。

戦前から弱点と心得て、カエサルは総督代理アンティスティウス、並びにカニニウス・レビルス麾下に二個軍団を配備しながら、万全の構えを敷いていた。戦闘が始まり、押され気味と読んだ時点で、さらに援軍を送り出している。副将ラビエヌスの六個大隊である。これで不足はないはずなのに、戦況は一向に好転しなかった。さらにブルータスを、さらにファビウスを、割ける限りの兵力を預けて送り出し、もうカエサルに打つ手はなくなっていた。

距離を置いて眺めると、レア山の砦などは、まるで玩具に同じだった。ガリア軍の猛攻とて、子供が不器用な指で、悪戯しているようにしかみえない。なのに安い積木は大慌てで、がらがらと音を立てながら、今にも崩れそうなのだ。

その絵が、やけに虚しかった。土木国家ローマというが、所詮は箱は箱でしかない。剝き出しの野性を前に、姑息な技術が立ち向かえるわけがない。すっと涼風が吹き抜けたとき、カエサルは刹那に激戦の熱から逃れた。ふふ、これが現実というものか。

「ふふ、ふふ」

ウェルキンゲトリクスは本物だった。ガリアの胎動も本物である。もう誰にも止められない。その果敢な美しさに比べれば、滑稽な我が身の情けなさには、もう笑うしか手がなかった。なにがガリア総督だ。さんざ威張り散らしながら、知恵をつけた文学青年が、どれだけの仕事をしたというのだ。

自慢の天下が目の前で、文字通りに崩れていた。ローマの支配など、ほんの上辺だけだった。俺の人生も、また薄っぺらだ。そうすると不相応な栄華のつけを、ここで払えということだろうか。冷笑の静けさに漂うまま、カエサルは皮肉な笑みで、目にかかる長い髪を掻き上げた。

――えっ？

禿頭を隠そうと、いつも丁寧に撫でつけていた髪だった。知らぬ間に乱れていたのか。一瞬の赤面に襲われながら、すぐにカエサルは自分を冷やかす笑みに戻った。滑稽な姿を皆に晒していたわけだ。はは、笑え、笑え。だから、いまさら隠そうと努めたところで、すでに馬脚は現れているのだ。気にしない。俺は、もう気にしないぞ。薄毛を忘れられるなら、そのときが幸福なのだ。忘れられるほど、熱くなれるなら、そのときの俺こそは、いちばん魅力的なはずなのだ。女だって、惚れ直すさ。

「………」

戦場の熱風が、再び痩せた頬を焼いた。分別臭い中年男は、きつく睨む目に代えて、彼方のアレシアを睨みつけた。あそこにカルプルニアがいる。俺は妻を取り戻す。自らの狂おしい怒気に触れて、カエサルは思いついた。まだローマ軍は戦える。そうだ、我らも人間なのだ。血潮をたぎらせ、がむしゃらに突き進み、どんな不可能も成し遂げる、あの理不尽な人間なのだ。その野蛮な本能は、ガリア人にも劣らない。眩いくらいに燃え上がれば、そのときは洗練された文明さえ、野蛮であるに違いない。

――だから、熱くなれ。

かっと目を見開きながら、カエサルは禿げた頭に、馬尾飾りの兜を乗せた。俺は紛《まが》い物ではない。俺は本物の人間なのだ。ウェルキンゲトリクスがガリアを鼓舞して動かせるなら、このカエサルもローマを蘇らせることができるはずだ。

緋色のマントを翻して、すでにカエサルは動いていた。きらと黒い目を光らせながら、迷いのない声で命令を発している。直ちに兵を集めよ。あらんかぎり、歩兵も騎兵も呼び寄せよ。防備は構わん。要塞が崩れるなら、それまでのこと。

「しかし、総督閣下」

「いいから、兵を掻き集めよ」

直ちにレア山に向かう、とカエサルは決断した。灼熱の温度を孕んだ体内に、どくどくと脈打つ血潮の感覚は、それだけで心地よいものだった。


レア山の砦は、まさに風前の灯火だった。きさま、きさまら。マキシムスは声の限りに吠えながら、突き剣もろとも突進した。なのに巨大な力に身体ごと、十ペデス（約三メートル）も撥ね返されてしまう。

地勢が悪かった。ローマ軍の砦は山腹の、中途半端な斜面に築かれていた。ガリア軍は夜の間に密かに山の裏手を回り、有利な高台を取っていた。敵は下り坂の勢いで押しまくる。ローマ兵は逆に登り坂に足を踏ん張ることになる。きつい。

はあはあ、と百人隊長は肩で息をしていた。気がつくと鎖帷子の下は汗だくで、ぐっしょり絞れるような赤い制服に、さらに戦場の泥が絡んで重くなっている。尻餅をついたまま、マキシムスは正気を取り戻すように、ぶんぶん頭を左右に振った。

丸楯が壁のように並んでいた。ガリア軍は亀甲密集隊形を作り、ざっ、ざっ、ざっ、と重い足音を響かせながら、まさに一丸となって迫り来る。この怪物に体あたりで挑んだところで、弾き飛ばされるが関の山なのだ。

楯の連携は前面だけでなく、左右では側面の奇襲に備え、頭上では櫓の応戦を迎え、まさに一分の隙もなかった。攻めあぐねているうちに、ガリア兵は砂を蒔き、束柴を投げ、板を渡して、ローマ軍の決死の工事を反故にするのだ。作業の隙を狙おうと、こちらが動き始める頃には、ぱあと蜘蛛《くも》の子を散らすように分かれてしまう。

呆気に取られている間に、マキシムスの眼前に獣じみた髭面が迫っていた。くわと目を剝いた顔は、右半分が黒の顔料で塗り潰されていた。

「させるか、この化け物め」

マキシムスは得物の切先を、敵の喉首に走らせた。ぱあ、と赤い花が咲く。血飛沫が目に入っても、現実から目を逸らすことは許されない。どけ、どけ、この野郎。もたれる巨体を払いのけ、次の髭面を迎え撃つ。負けるわけがない。負けるわけがない。勝利を招く呪文として、無意識に口内に繰り返すのは、ローマ兵たる自負だった。

俺たちは世界最強たるべく、考え抜かれた兵隊だ。わけても白兵戦で、ローマの突き剣に勝る武器はありえないのだ。ガリア人の剣は長くて、扱いにくい。混み合いの乱戦になれば、素早く動ける突き剣の有利は動かない。

「そのことを教えてやる」

叫びながら得物を振り下ろした直後に、うわ、とマキシムスは呻いた。もう白兵戦ではなかった。百人隊長は再び十ペデスも飛ばされていた。

亀甲密集隊が離散したあと、後列から押し出されて、新たな亀甲密集隊が肉迫していた。一丸の隊列を崩した兵士は、気まぐれにローマ兵を襲うだけで、すぐ後列に下がってしまう。次の出番まで休憩を取るのだから、敵軍は潑剌とした軍勢で、常に前線を張ることになる。この交替に際限がないことが、現場ではガリアの大軍という意味だった。

くそ、ちくしょう。亀甲密集隊の圧力に、マキシムスは今度は尻餅さえ許されなかった。踏み潰されたくないと思えば、卑屈に泥を這い回るしかない。くそ、ちくしょう。俺たちが負けるわけがない。負けるわけがないんだ。

強気な弁は旗色が悪いことの証明だった。渾身の奮闘が、まるで通用してくれない。隊列に弾かれ、逃げ回り、たまの白兵戦で血に塗れる。それも敵の血を浴びるなら、まだしも幸いなのである。

戦友がわめいていた。おお、おお、俺の手がない。探してくれ、誰か、俺の手を探してくれ。なくしちまったら、もう飯も食えない。斬り落とされた手首から、夥《おびただ》しい血を噴射しながら、うろうろ戦場を彷徨《さまよ》うちに、その戦友は押し寄せる敵の隊列に巻きこまれていた。

ぐちゃ、と湿った音がした。とっさに目を逸らした先に、マキシムスは首のない死体をみた。その手足を踊らせながら、どす、どす、と重い音で赤服が落ちて重なる。ある者は矢尻に射抜かれ、ある者は石投げ紐の礫《つぶて》で眉間を割られ、ある者は投げ縄の鉤爪で強引に引き下ろされ、それは砦に籠もっていた兵士だった。

背後も、また悲鳴だった。空を仰げば、殺意が斜めの線として走り、砦に絶え間なく降り落ちている。ガリア軍が亀甲密集隊の背後から、さかんに飛び道具を撃ちこんでいるのだ。ローマ軍は土手上の兵士まで、怖じ気づくばかりだった。反撃が途絶えがちになるや、ガリア兵に砦に乗りこまれ、ばかりか、もう櫓の二階にまで梯子が掛けられている。

涙に滲む砦の風景は、すでに落城寸前だった。

──終いか。

と、マキシムスまで弱音を吐いた。ローマ軍の士気は最悪に落ちていた。鼓舞するラッパの音さえ、敵の怒号に掻き消され、もう奮い立つ術もない。

ぶお、ぶお、ぶおお、と骨太な音を発して、ガリアの軍笛だけが頭上を好き放題に往来していた。悔しくて、悔しくて、歯噛みしても敵の丸楯を、無駄に切り付けることしかできない。

「マキシムス、マキシムス」

ふと名前を呼ばれた気がした。マキシムス、マキシムス。四方を探すと、喧騒を縫う野太い戦場声は、頭上のラビエヌス将軍だった。砦の指揮官は手ぶりを交えて、百人隊長に新たな命令を伝えていた。上がれ、マキシムス。急いで砦の土手に上がれ。

「しかし、ラビエヌス閣下、小生は退却など……」

「いいから、早く上がるんだ」

さらにラビエヌス将軍は続けたが、さすがの戦場声も聞き取れない。太く轟きながら、ガリア軍の軍笛が、また頭上を飛んで過ぎたからである。が、今度の合図は背後でなく、土手の向こう側から聞こえたようだった。もしかすると、アレシアから……。

ラビエヌスの手ぶりが閃きを裏打ちしていた。籠城軍まで攻めてきたのか。外から大軍を寄せるだけでなく、このレア山に内からも攻勢をかけて。

「ふざけるな」

サンダルの鋲底が再び戦場の泥を蹴った。肩掛けの鞘に突き剣を収めると、マキシムスは激突するように土手に身体を投げ出した。三本しか指のない手でつかむのは、砦から垂らされた縄だった。

仲間に引き上げられながら、マキシムスは悔しさに涙していた。許さない。もう、きさまらを許さない。ガリア軍は砦を内外から挟撃する。常道というべき作戦だったが、それを頭が混乱した青年将校は、卑劣なこと、不条理なこと、許せないことだと考えていた。だって、そんなことをされたら、ローマ軍は直ちに壊滅ではないか。

——きさまら、きさまら……。

もう許さない。怒る理由にもならないが、その現実を認めれば、あとには絶望しか残らなかった。負けたくない。絶対に負けたくない。ローマが負けるなど、あってはならないことなのだ。なんとなれば、せっかく俺は……。

涙声を容赦なく揉み消しながら、ガリア軍の軍笛が再び頭上に轟いた。

息の限りを筒に吹きこみ、真赤になった髭面を離すや、アステルは大きく呼吸を取り戻した。新たな息吹に満たされると、すぐに自分に問いかける。わしは合図を間違わなんだな。

ぶお、ぶおお。これはガリア籠城軍が砦に到着した信号である。音は低めに押さえて、万事異常なしと伝えている。ぶお、ぶおお、ぶおお。これはヴェルチンジェトリクスと精鋭弓部隊も到着して、後方で無事の作業に着手した信号である。ぶお、ぶお、ぶお。三度を短く切る音が届いて、外からもヴェルカッシヴェラーノスが、全て承知と伝えてきた。そうすると、わしが次に伝える合図は……。

段取を確かめようと、額のあたりに神経を集めかけ、直後にアステルは戦慄した。窮屈そうに固太りの体軀を捩じり、なんとか殺意をかわして逃げる。間に合わずに刃物が掠り、袖まくりの肩に焼ける痛みが走っている。

草むらに刺さると、ローマ軍の投げ槍は把手のない軽い型だった。かなり遠くから飛んできたということである。ぼけっとしていては危ない。いや、本当に危ないところだった。その安堵が激怒に転じた。

「馬鹿者、馬鹿者、馬鹿者」

と、アステルは怒鳴りつけた。されて首を竦めた若い兵士は、腋に楯を挟みながら、連絡官を常に守る役目だった。なのに突撃の兵団と一緒になって、迂闊に側から離れていたのだ。馬鹿者、馬鹿者、馬鹿者。わしの仕事は大事なのだ。わしが死んでは作戦全体に齟齬《そご》が生じるのだ。

「おまえ、おまえは一体、なにを聞いて……」

まあ、いい。アステルは激昂を収めて手ぶりを送った。わしにも油断があった。ああ、確かに兵団から離れないほうが安全だ。さあ、いこう。

V字型に深く掘られた水堀を、渡された仮設橋で越えながら、二人は急ぎ友軍のあとを追った。アレシアを出撃した籠城軍は、みる間にレア山の砦を囲んだ。もう束柴で最後の空堀まで埋め尽くし、土手の裾を取る戦いぶりも悪くなかった。

なんと頼もしいことだろうか。籠城軍は八万を数えていた。外周から寄せる救援軍六万さえ凌ぎ、一箇所に投入する兵力としては最大である。加えるに兵士の質が最高だった。

籠城軍の面子は真冬に動員された、いわば解放戦争の古参である。古参という意味は、ヴェルチンジェトリクス流の会得者ということだった。出で立ちは色も雑多に、それぞれ鎧兜はちぐはぐながら、野放図な猛者どもは厳格な統制を施され、今ではローマ軍さながらに機械のように動くのだ。

鉄壁の砦は整然と土手を並べ、つけいる隙などないかにみえた、が、これを計画的に攻め立てて、みるみる綻びを生じさせる。長い籠城の間に綿密に打ち合わせ、ガリア軍は三段の編成を取ることになっていた。最前列は鉤棒を駆使しながら、埋めこまれた逆茂木ごと、ぐいぐいと土手を崩す役目である。中列は防護柵に鉤縄を投げ、掛かると数人単位で声を合わせて、ばりばり引き倒す役目である。最後列は飛び道具の担当で、前二列の仕事を援護する役目である。

これが面白いように機能した。ローマ兵は武器を取るより、要塞に籠もって、なお大きな楯を手放さない。寡兵の砦は、もとより兵士の姿も疎らで、応戦らしい応戦もなかった。余裕があるので、ガリア軍は焚火を起こし、ローマ軍の砦に松明まで放り始める。無論、松脂の塊や油を染みこませた布切れが、一緒に投げこまれている。

アステルの足元に鈍い音が落下していた。仰向けの顔には髭がない。ローマ人である。砦では櫓のひとつが、遂に燃え上がっていた。業火と煙に堪えきれず、兵士は自ら飛び落ちたものらしい。

落下の衝撃で内臓でも破裂したのか、こぽっと血の塊を吐きながら、ローマ兵は動りなかった。止めを刺そうと剣を抜いて、アステルは躊躇した。

血走る目だけが見開かれていた。表情が今にも泣き出しそうだった。兜の陰に覗いた男の相貌は、四十歳、若くとも三十歳はすぎているようにみえる。妻子を持つ男だろうか、とガリアの中年男は自問した。故郷に家族を残すならば、こんな異国に果てるのは、さぞや口惜しいことだろう。

――いや。

ローマ兵は独身が建前と聞く。強引な理屈で目を逸らすと、アステルは手早く剣を振り下ろした。重い手応えはあったが、首が胴体から離れたせいか、悲鳴は少しも聞こえなかった。同情など、無用だ。感傷など、不謹慎だ。

アステルは顎を上げ、再び砦の形勢を睨んだ。土手が崩れ、防護柵が引き倒され、砦に突破口が開くと、ガリア兵は梯子を掛け始めていた。先駆けの兵などは、早くも砦を駆け回っている。順調だ。順調にすぎて、なんだか不安になるくらいだ。いや、順調に運ぶだけの準備はしてきた。二の腕を触りながら、アステルは掌に無数の切り傷を確かめた。

今日の決戦を迎えるまで、籠城軍は連夜を土木作業に費やしていた。粛々とアレシアを抜け出すと、はじめに二十ペデス濠を埋める。刃物の殺意を手で探りながら、次に「突き棒」を撤去する。一輪車で大量の砂を運び、丹念に「百合」の穴を塞いだあとは、手あたりに次第に「墓標」が突き出す枝を折る。全て造作もなかった。丁寧な工作は難儀でも、これを無力化してしまうに、なんの技術がいるものでもない。

八万の軍勢が砦に突撃する道は、すでに確保されていた。外の救援軍に仕掛けさせ、実は二度ほど緒戦の矛を交えていたが、これは籠城軍の進退を確かめるための実験だった。準備と検証を尽くした今日の本番なのだから、順調に運ばなくては困るのだ。

ヴェルチンジェトリクスの策が的中していた。兵士を巨大要塞に分散させて、ローマ軍はレア山の砦に、二万も投入できていなかった。対するにガリア軍は焦点と定めて、籠城軍八万、救援軍六万と、一挙に十四万もの大軍を投入している。

目でみることはできないが、外側の救援軍が多大な戦果を上げたことも、疑いえない事実だった。でなければ、ローマの士気がこれだけ落ちこむはずがない。さすがは万事に抜かりのない、ヴェルカッシヴェラーノス様だ。

——それを……。

退却させる必要があるのか。アステルは手元の軍笛を、まじまじと眺めた。鳥の嘴《くちばし》を象《かたど》る口から、ぶお、ぶおお、ぶおお、と三度目の音が飛び出せば、それを合図に六万の救援軍は急ぎ退却するよう、事前の申し合わせがある。ヴェルチンジェトリクスが立てた秘策の、それが序章ということである。

が、そこまでする必要があるか。今のところ、作戦は見事に成功していた。このまま押し切れるのではないか、とアステルは思い始めていた。ほどなく、敵は敗走を余儀なくされる。この砦さえ占拠できれば、アレシア封鎖は破れる。籠城軍と救援軍は合流する。ローマ軍の戦略は破綻する。ガリア軍の勝利なのである。

土手に梯子が並び始めた。続々砦に乗りこんで、兵士は白兵戦を始めている。怯えるローマ兵を追い回しながら、もう互角の戦闘というより、一方的な虐殺に近かった。この惨状から、果してローマ軍は立ち直れるものだろうか。

――立ち直れるとするならば……。

やはり、ひとつしかない。が、それは若きヴェルチンジェトリクス、ならではの発想ではないだろうか。いうような無謀な切り札を、カエサルともあろう大人が、本当に切るだろうか。切らなかったら、友軍の退却こそは敵軍の再生を助けてしまう。

「………」

なんとしても勝たねばならない。ヴェルチンジェトリクスに間違いは許されない。まして、わしが大事な仕事を誤るわけにはいかない。

アステルが背後を振り返ると、若き王は淡々と防護板を並べながら、最精鋭の弓部隊に急ぎ陣地を組ませていた。アルヴェルニア族の青を右に、ハエドゥイ族の赤を左に、ヴェルチンジェトリクスは総決起を象徴する二色で相貌を塗り分けながら、中央の高い鼻だけ地のまま白い。覗かせた素顔は左右の色に挟まれて、やはり悲壮に張り詰めていた。まさに三頭の神ルーゴヴェスである。

救わねばならない。なんとしても、わしはヴェルチンジェトリクスを。そのために、この軍笛を吹くべきか、吹かざるべきか。

鍛治の神ウルカヌスよ、我を正しきに導きたまえ。迷いに捕らわれているうちに、アステルは新たな怒号を頭上に聞いた。慌てて目を上げると、けばけばしい色の衣装が、どさと土手の高みから転げた。ガリア人だ。砦の上では一方的な虐殺が、白熱した激戦に変わっている。梯子を登りかけた者が、慌てて土手下に戻っている。

――いつの間に……。

戦況が変わった。もしや、わしは見落としてしまったのか。うっかり見落とし、それで戦に負けたとあっては、わしは詫びても詫びきれない。責任感から冷や汗を掻きながら、アステルは急ぎカルニクスに息を吹きかけた。まて、まて。ローマ軍が余力を残していたのかもしれない。ヴェルチンジェトリクスの読みが的中したとは限らない。だから、わしが慎重に見極めなければならない。容易には信じられないことなのだから。

「カエサルは来る」

きっと来ると、若きガリア王は断言していた。劣勢の兵士を勇気づけるためには、総大将自らが危険な前線に身を投じるしかない。だから、カエサルはレア山に来る。その姿がみえたら、直ちに軍笛を吹け。それがヴェルチンジェトリクスの命令だった。

「目印は総大将の緋色のマントだ」

作戦の鍵を握る連絡官は、声に出して王の指示を繰り返した。混み合う砦に目を凝らして、わしが見極めねばならない。早合点は許されない。カエサルが来たのでないなら、外の救援軍を退却させてはならない。睨む目をして探りながら、アステルは口内に復唱した。緋色のマント、緋色のマント。

緋色のマントだ、とマキシムスは声に出した。カエサルが来た。総大将自らが危険な前線に乗り出した。

ときおり前脚を上げながら、くるくる白馬が回っていた。映える緋色のマントは、やはり見間違えようがない。総督は我らを見捨てなかった。兵士と命運を共にしてくれる。なんと励まされることか。援軍など連れなくとも、来てくれただけで腹の底から、ぐっと力が湧き上がる。怯えている場合ではない。我らはローマ人なのだ。世界最強の軍団なのだ。

――なぜなら、我らはカエサルと共にある。

空気が一変していた。ひとりの男で、こうも変わるものだろうか。マキシムスは救われた気になった。すっと身体が軽くなったようでもある。それが事実ならば、きっと不安が取り除かれたせいだろう。こうなったら、やってやる。

落城寸前の危機を打開せんと、総大将は砦の外周で、ガリア救援軍の撃退を差配するようだった。ならば、俺は内周の敵を退けてやる。かっと燃えて、若き百人隊長は走り出した。

マキシムスは崩れかけた土手を、ざざざ、と尻で滑り落ちた。

「ついてこい、ついてこい」

百人隊の部下が続いた。いや、敗走寸前と思われた兵団が、続々と無謀な青年将校を追っている。カエサルに皆が勇気づけられていた。カエサルのためなら死ねると皆が腹を決めたのだ。とたん、負ける気がしなくなる。死線に身を投じながら、奇妙なくらいに迷いはなかった。

「さあ、きやがれ、ガリア人」

群がる敵に飛びこんで、終の乱戦が始まった。ガリア籠城軍は亀甲密集隊形ではなかった。白兵戦なら、ローマの突き剣を存分に振るうことができる。

かっかと全身が熱くなり、マキシムスは無我夢中で戦った。ぬると血で手が滑り、得物を二度ほど落としそうになったことしか、覚えていない。他は自分が、どこで、なにをしているのか、まるで記憶にないくらいである。興奮で頭の中が真白になり、その忘我の時間が心地よかった。

言葉を取り戻したのは、曲線を描く金棒が高く差し上げられたときだった。あれがガリアの軍笛か。数歩先で固太りの中年男が、今にも息を吹きこまんと、不精髭の頬を大きく膨らませていた。楯を掲げる若者に守られながら、その目は血煙の戦場でなく、遠く彼方に逸れている。行方を追うと砦の裏側に、ちらと緋色のマントがみえた。カエサル閣下だ。カエサル閣下をみているのか。

「させるか」

叫びながら、マキシムスは突進した。連絡を阻まなければならない。こいつは閣下を危険に貶める気なのだ。根拠のない直感だったが、一途な若者は少しも自分を疑わなかった。一蹴りに楯持ちを退けながら、今にも轟音を発しようとする軍笛に、そのまま体あたりを敢行する。させるか、させるか。

マキシムスは中年男ともつれた。偶然に上になると、握る刃を立てながら、ぐいぐい体重をかけていく。それを斜めに凌ぎながら、ガリア人も逃れようと必死だった。なんて力だ、と若き百人隊長は思った。なにくそ、こんな親爺は潰してやる。

わめきながら圧倒しようとするのだが、その中年男は若い力を凌ぐ気迫を、なぜだか総身に満たしていた。渾身の力を籠めた剣先が、ぷるぷると震えながら宙に止まる。なぜだ。どうして諦めない。この俺に勝てるはずがない。ローマ人に勝てるはずがない。カエサルに勝てるはずがない。

「だから、きさまは死ね」

口を動かしただけ、隙が生じた。くるりと回って殺意をかわすと、中年男は急ぎ立ち上がり、荒い鼻息で口髭を上下させた。マキシムスも立ち上がる。三ペデスの距離を置いて、数秒の睨み合いが続いた。油断はできない。このガリア人も鉄輪の剣帯に、きちんと剣を下げている。

するとと、男は動いた。いきなり自分の襟をつかむと、びりびり裂いて、みる間に胸毛を露にする。聞いたことがある。激情気質のガリア人は、興奮すると裸で戦おうとする。くるぞ、とマキシムスは身構えたが、中年男は剣を抜くでなく、飛ばされた軍笛を取り戻しに走っていた。しまった。

虚を突かれて遅れながら、すぐさまマキシムスは追った。軍笛は拾われたが、ガリア人は息が乱れて容易に吹くことができない。その背中に身体ごと剣を打ちこみ、刀身を鍔まで埋めれば、ぬるつく手元の感覚で、勝負あったと若者は考えた。

なのに中年男は諦めない。かすれた音が鉄の管を抜けていた。させるか、させるか。剣を抜くと、ばっと血飛沫の花が咲いた。構わず男の腕をつかみ、軍笛を奪おうと手を伸ばす。なのに毛むくじゃらの手は容易に鉄棒を放さないのだ。

だけではなかった。

「ああ、ああ、ああ」

と、マキシムスは叫んだ。中年男は血走る目を剝きながら、なりふり構わず嚙みついてきた。激痛が走るのは、落とされた二本の指の傷痕だった。ガリア人は必死だ。なぜ、こんなにも必死なのだ。ああ、ああ、ああ、ああ。

声の限りに叫びながら、マキシムスは半狂乱に暴れた。自分でも、どうやったのかわからない。気づいたときには、ガリア人の顔面が真赤に破裂した石榴《ざくろ》だった。肉が裂け、鼻が砕け、頬骨が陥没して、目玉が外に飛び出している。

ぽたぽたと目の前の庇から、赤黒い血が落ちていた。キツツキのように兜ごと、頭を打ちこんでいたらしい。呑みこめたときには指の激痛もなかった。嚙みつく歯を外しながら、ガリアの中年男は最後は口を笛に運び、そのまま事切れたようだった。

ぐら、と揺れて固太りの体軀が沈んだ。俺は勝った。にやと虚ろな笑みを浮かべながら、マキシムスは天を仰いだ。俺は勝った。ローマ人は勝つ。カエサルは勝つ。

「…………」

眼前に整然たる陣営が組まれていた。その不気味な静けさは、まるで戦に関係しないようにもみえる。なかんずく、角の生えた兜が頭上に聳えていた。相貌を青と赤の顔料で塗りながら、美貌の巨漢が凍りつく目で、見上げる我が身を見下ろしていた。

マキシムスは刹那に自分を、意味のない虫けらのように感じた。勝てない。この男にだけは勝てない。だって、この冷たい光は、なんなんだ。

――ウェルキンゲトリクスは……。

人間じゃない。そら恐ろしく冴えた殺気に、沸騰した汗が一瞬で冷えた。マキシムスは失禁していた。たすけて……。百人隊長は恥も外聞もなく逃げた。たすけて、カエサルさま、たすけて。人間じゃない。こいつは人間じゃないんだ。

カエサルは馬上から、破滅の軍勢を見下ろしていた。安堵の言葉を、戦場に舞う黒い煙と、目に痛い鉄の匂いに紛らせる。なんとか、勝った。

外周ではローマ軍が勝利していた。ウェルカッシウェラーヌス率いるガリア救援軍は、文字通りの壊滅状態である。起死回生の策が成功していた。砦から全ての歩兵を出撃させ、真正直な肉弾戦を挑むと同時に、カエサルは密かに騎馬隊を別働させていた。本営を出た時点で要塞の外に出し、レア山の裏手を大きく迂回させていたのだ。

亀甲密集隊の死角を襲われ、ガリア軍は恐慌を来した。総大将の緋色のマントに目を取られ、いっそう前に前にと圧力をかけていた最中だけに、背後からの騎馬突撃は完全な不意打ちになっていた。レア山から攻め下りる騎兵隊と、山裾から攻め登る歩兵隊で、挟み打ちにする形勢は、今度はローマ軍のほうだった。

逃げ場はない。あとは一方的な虐殺だった。馬の蹄に頭を潰され、あるいは突き剣の刃に腹を裂かれ、ガリア人は生臭い臓物を野に晒すだけである。目を外しながら、ふう、とカエサルは息を抜いた。危機は脱した。これでローマ軍は勝つだろう。レア山の敗北を知れば、他方面の軍勢も要塞攻略を断念して、すぐさま引き揚げるに違いない。

――いや、まて。

最後まで油断するな。安易な自己満足は中年男の悪癖ではないか。レア山の決戦すら、まだ完全に制してはいないのだ。外の六万は壊滅させた。が、内の八万は余力を残して、なお激しく交戦中なのである。

カエサルは手綱を捌《さば》いて馬首を返した。次は内周の兵士を鼓舞して、決戦に終止符を打たねばならない。いざとなれば、このガリア総督自ら土手を駆け降りて、この大戦争に引導を渡してやる。

「…………」

馬が動こうとしなかった。神経質な動物は、怒号渦巻く混戦を嫌がるらしかった。もとより、土手を降りて戦場に身を躍らせる以前に、この砦の足元にも、矢尻の殺意が降り落ちていた。余力を残すどころか、いよいよ勢いを増している。ガリア救援軍に気を取られ、さてはガリア籠城軍を甘くみたか。

それでも、カエサルの意志は変わらなかった。なおのこと安全な場所に、隠れているわけにはいかない。兵士とともに前線に出なければならない。さもなくば、人間は燃えないのだ。強く白馬の脇を蹴り、ガリア総督は戦火に進んだ。ぐるぐる剣を回しながら、鞍上で緋色のマントを大きく靡かせ、そうすることで兵士の心に勇気の火を宿すのだ。

「勝利は目前に迫った。戦列を建て直す。いったん引いて亀甲密集隊形を組むのだ」

叫んだ拍子に落馬しかける。混戦を嫌う馬が、またしても足踏みしていた。なんだ、こいつは、白ける奴だ。舌打ちしながら、戦場に指示を繰り返したときだった。

かちと乾いた音を鳴らして、矢が兜を掠り過ぎた。カエサルは愕然とした。ローマ軍は奮闘めざましく、白兵戦なら五分だった。戦術次第で打開できる。が、砦に矢の雨を降らせているのは、白兵戦のガリア軍ではなかったのだ。

砦から見下ろすと、よくわかる。内周のガリア軍は二段に陣を構えていた。前列の大軍を厚い壁として用いながら、水堀の向こうに別部隊が陣地を組み、物凄い矢の連射を行っていた。斬り合いなら、勝負もできる。が、これは剣で詰められる距離ではない。

さりとて、ローマ軍は飛び道具を使い果たしていた。ガリア軍の連射は止められない。砦の防備も無力化され、殺意を阻む術もない。

「…………」

カエサルは動けない自分に気づいた。馬だけではない。手綱を打とうと内心は焦るのに、額に冷や汗が垂れるまま、少しも動くことができなかった。殺気に呪縛されているのか。それほど凄い殺気があるというのか。

――すれば、ウェルキンゲトリクスか。

カエサルはみた。離れていても、見間違えようがなかった。冷たい光を燦々と放ちながら、美貌の巨漢は大きな弓を絞っていた。なのに動けない。だから動けない。ウェルキンゲトリクスの殺意は、この俺だけに狙いを定めたものなのだ。

カエサルを撃て。ヴェルチンの命令は、ひとつだった。文字通りに、カエサルを撃て。砦に緋色のマントがみえた。矢で十分に狙える距離だった。自ら選んだ最精鋭に、ずらりと弓の列を組ませ、ヴェルチンには僅かの興奮さえなかった。かっかと燃えるなど幼稚だ。陳腐に奮い立つ必要はない。自分を宥めて、なお若者は熱いのだ。

「カエサルを撃て」

横一線に鋭く空気が振動した。彼方の砦で白馬の尻に矢が食いこみ、騎手ごと鞍が上下していた。が、まだカエサルには当たっていない。急ぎ次の矢をつがえよ。

自分でも驚くほど冷静に、ヴェルチンは全てを計算していた。ローマが巨大な要塞を築くなら、ガリアは途方もない大軍をしかける。内外から波状をなす挟撃に、敵の士気は必ずや落ちるだろう。なれば、カエサルにできることは、ひとつである。自ら危険な前線に躍り出し、そうすることで兵士の士気を鼓舞するに違いない。

ヴェルチンは慎重な自重はないと踏んでいた。カエサルならやるだろうと、それは確かな自信に貫かれた読みだった。なぜなら、この目でみている。ハエドゥイ族を交えた、先の騎馬戦の経験である。

ローマ軍の左翼では、あえなくゲルマン騎兵に一蹴された。が、ローマ騎兵は力足りず、右翼ではガリア騎兵も深く食いこむことができた。不意の肉弾戦にローマ軍は恐慌を来し、一時は勢いに勝るガリア軍に、勝利が傾くようにも思われた。この劣勢を建て直したのが他でもない、カエサルだった。

——自ら前線に飛び出して……。

斬り合いに乗りこんで、ガリア騎兵に自分の剣を奪われている。証拠の品を神殿に捧げながら、それが中年男の年甲斐もない癖なのだと、ヴェルチンは記憶に留めていたのだ。

アレシアでも危機には必ず前線に出る。が、どこに躍り出すか、わからない。一点に絞れなければ、態勢を整えられない。ヴェルチンは焦点を設けることにした。レア山の決戦である。それは封鎖を突破するより、カエサルを誘い出すための罠だった。

「カエサルを撃て」

このときをヴェルチンは待っていた。このときだけを待っていた。昂りがないといえば、やはり嘘になる。ひとつ、計算が狂ったからである。

アステルは殺された。退却の合図は外のヴェルカッシに伝わらなかった。救援軍が引けば、カエサルの目は自ずと内に向くだろう。ふらふら近寄った瞬間に、矢の一斉射撃を浴びせる。これがヴェルチンの算段だった。なのに連絡官が死んだために、ヴェルカッシの軍勢が、予定外の善戦を続けることになったのである。

まあ、いい。アステルは失敗したが、あの信心深い男のことだ。その前にガリアの神々に祈っていたのだろう。幸いにも、もうひとつ計算が狂っていた。ヴェルカッシの軍勢は、恐らく壊滅したものと思われる。でなければ、緋色のマントが砦の内に向くはずがない。やはり、カエサルは恐ろしい男だ。あっという間に六万の救援軍を片づけ、が、その結果として、まんまと俺の罠に嵌まった。

「カエサルを撃て」

この男が全てだった。ローマ軍には勝てる。勝てないのは、ガイウス・ユリウス・カエサルという、たったひとりの男なのだ。ローマ軍を幾千度打ち負かそうと、カエサルを生かしておくなら、ガリアに明日など来るはずがない。

なれば、雑魚は捨ておけ。幾十万の大軍を擁しながら、その全てを犠牲にしても構わない。かわりに、カエサルを撃て。軀の山とひきかえに得る戦果は、この男の禿げた頭ひとつでいい。

「カエサルを撃て」

なおも総督の白馬は暴れ、激しい上下を続けていた。なに構うものか。問答無用に矢の雨を浴びせてやる。なんとなれば、もうカエサルは一歩たりとも動けないのだ。

ぎら、とヴェルチンの目が光った。刺青の太い腕は折れんばかりに弓を軋ませ、その弦に凶暴な殺意の力を溜めていた。鎧通の矢尻を向けて、ぴたと狙いを定める先は、赤い馬尾の鉄兜でしかありえない。糞親父が、てめえは、むかつく。目障りで反吐が出る。あの女は俺のものだ。この俺だけのものだ。もう、てめえのかわりは御免だ。

「カエサルを撃て」

くわ、とヴェルチンの顔が弾けた。てめえ、ぶっころしてやる。空気が鋭く触れた刹那に、束の殺意が戦場を貫いた。なかんずく、若者が渾身の念を籠めた殺意が一矢、ひゅるると鋭く風を切ると、まっすぐ銀色の塊に吸いこまれたようだった。

七、定め

ヴェルチンは床に崩れた。後ろ手に扉を閉じると、急に身体の力が抜けた。踏ん張ろうにも膝が怪しく、安定の悪い大瓶のように無様に倒れるしかなかった。

城市アレシアに寝所として接収した屋敷は、入口が土間になっていた。倒れると、ほてった頬に床が冷たい。神経を宥められながら、ヴェルチンは斜めの顔で小さな高窓をみつめていた。

煮詰まる色で茜《あかね》の陽が射していた。その眩さが白昼夢を招き寄せた。けたたましい音が聞こえ、頬を熱風が撫でる錯覚さえ伴いながら、高窓に蘇るのは先刻の戦場でしかありえなかった。

「カエサルを撃て」

叫びながら、ヴェルチンは自ら弓を絞っていた。矢は弓弦から解放されるや、まっしぐらに的まで走った。撃てる、と呻いた次の瞬間、戦場に甲高い音が響いた。あたった。鉄兜に命中して、騎手が落馬した。俺はカエサルを撃ったのだ。

「…………」

なのに禿げ頭は、むっくりと起き上がった。鉄兜を直すと、緋色のマントが再び風に翻った。

武運がない。兜の球面に矢尻が流れた。あと指二本分、いや、指一本分ずれていれば、総督の脳天を、確実に刺し貫くことができたはずなのに……。

どんなに論じてみたところで、カエサルが今も生きている現実は変わらなかった。

「負けた」

と、ヴェルチンは声にならない声で呻いた。短くとも万感の思いをこめ、それは若者なりに人生が凝縮された一語だった。負けた。が、濃密な悲劇の言葉を吐き出してみると、後に残された心が不思議と軽やかだった。

俺は負けた。いや、俺が負けた。他の誰でもなく、俺が欲し、俺が挑み、俺が戦い、そして負けたのだ。無残な敗北の一場であれ、そのとき、しっかと両の足で大地を踏みしめていた男は、このヴェルチンジェトリクスでしかありえない。

――つまりは俺のことだ。

はん、ケルティルなんて、どこのどいつだ。そんな奴がアレシアにいたか。いや、いない。戦っていたのはヴェルチンジェトリクス、この俺さまだ。歴史に残るのはヴェルチンジェトリクス、この俺さまだ。

全身に満ちるのは、かつてない充実感だった。ヴェルチンは胸を張る気分で起き上がった。二本角の兜を脱ぎ、潰れた髪を掻き上げると、ごわごわした石灰の長髪が、濡れて重たくなっていた。ずいぶん汗を掻いたからな。

汗を拭いがてらに顔を擦ると、ぼろぼろと垢になって、青と赤の顔料が膝に落ちた。これまでは近習が丁寧に濡れ布巾で落としてくれた。が、こうやれば、簡単に落ちるんだ。ごしごし掌で擦りながら、みるみる素顔に戻る自分が清々しい。

ヴェルチンは晴れた顔で、どっかと床に胡座をかいた。もう一度、今日の戦を振り返ろう。そう思いついた瞬間の嬉しさは、ふたつとない宝物を、懇ろに愛撫する感覚に似ていた。ああ、俺はよくやった。負けたが、確かに勝機はあった。

矢の狙撃に晒《さら》されたとき、カエサルは完全に手詰まりだった。あの慌てた顔ときたら……。にんまり頬を歪めながら、ヴェルチンは長い髭をしごいた。まるで読めていなかった。俺のほうが一枚、上手だったということだ。なのに負けたのは、なぜか。

すぐに思いあたる問題は、兵士の質だった。白兵戦なら文句のない猛者だが、さすがに弓は使い切れない。ガリア人とて弓は使うが、土台が飛び抜けて達者なわけではなかった。弓で知られるルテニ族などは例外であり、これに教授させせながら、選び抜いた精鋭に日夜の稽古を繰り返させるも、所詮は俄仕こみである。

詰めが甘い。兵士のせいにするのではない。ああ、失敗したのは俺だ。兵士の技量を見極める目がなかった。ほんの指一本分というが、本番で指一本分も外さない兵団でなければ、この作戦は土台が勝算の立たない賭だったのだ。罠を考えついたはいいが、罠そのものが粗末なことに気づかないで、そのへんが俺の未熟ということか。

ふと思い出されるのは、アステルが示した迷いだった。なかなか軍笛を吹かず、慎重に、慎重に砦の様子を窺いながら、遂に時宜を逸して連絡を届けなかった。カエサルの思わぬ逆転で帳消しになったが、結果の如何に係わらず、その失敗をヴェルチンは責める気になれなかった。

ゲルゴヴィアの刀鍛冶は並々ならぬ気構えで参加していた。それが自分を庇おうとする気概であることも、ヴェルチンは感じていた。なるほど、中年男が庇いたくなったはずだ。この若造の作戦は詰めが甘かった。きちんと見抜いていたにせよ、漠と感じていたにせよ、アステルの慎重な躊躇こそが経験というものなのだ。

――そうすると歳を取るのも……。

悪くないな、とヴェルチンは思った。刀鍛冶の分別顔が瞼に浮かび、心に暖かな温度が湧くほど、笑みは大きくなっていく。俺は若い。ああ、まだ若い。そうすると詰めが甘くて当然か。経験がないんだ。にしては、俺も大したもんじゃねえか。

もとより、ガリア各地から軍勢を駆り集めて、ほんの半年ほどである。兵士を見極められるはずがない。思い通りに練成できるはずがない。なのに世界最強のローマ軍と戦って、このヴェルチンジェトリクスは最後まで苦しめてやったのだ。へへ、へへ。

自分を疑い続けた若者には、この敗北こそが大きな自信になっていた。もう五年も俺に時間を与えてみろ。たっぷり経験を積んでやる。ローマ軍なんて目じゃない軍隊を造ってやる。カエサルなんて小物は、出会い頭に片づけてやる。

――いや。

と、ヴェルチンは深刻な顔で思い返した。経験は関係ない。兵士の質を上げても無駄だ。現に今日の戦闘では、百発百中を期待したわけではなかった。兵士の力不足は予想していた。だから、数を用意した。千人もの兵士に弓を持たせ、カエサルひとりを狙わせたのだ。これが一矢もあたらないとは、一体どういうことなのか。

ヴェルチンは思い出した。矢が自ら意志を持ち、まるでカエサルを避けたようだった。戦闘中は特に気に留めなかったが、改めて考えると奇妙である。なにか人知を超えた守護があった。だから、渾身の殺意で捩じ伏せても、兜を弾き飛ばすのが精一杯だった。なるほど、そういうことだったのか。

ガリア人には、すぐに思いつく。神の意志が働いたということである。ふっ、とヴェルチンは淋しく笑った。俺はカエサルに勝った。が、神に負けた。聖地アレシアで神々は、この俺でなく、カエサルを選んだということだ。へへ、このヴェルチンジェトリクスが王では、ケルトの民が殺され尽くすとでも思ったか。

冗談に流しかけて、ヴェルチンは真顔で高窓の光に目を細めた。

——それぞれに……。

定めがあるということだ。ドルイド・クリスが教えてくれた。人間の魂は不滅である。十度も生死を流転しながら、それぞれに定めをもって、この現世に生まれ落ちる。カエサルの現世は、アレシアで死ぬべき定めを持たなかった。あの男には、やるべき仕事が残っているのだ。それを成就させるために、ヴェルチンジェトリクスの現世は捧げ物にならなければならないと、そういうことだったのか。

「へ、へへ」

ヴェルチンは笑った。世界は天秤のようなもの、へへ、俺みたいな大物が死んだら、たいそう大きく秤が揺れるぜ。カエサルの野郎は、俺の命を背負うことになるんだ。へへ、へへ、俺は重いぜ。へへ、へへ、ざまあみやがれ。

無言の失笑が聞こえるくらい、アレシアは静かだった。最後の罠が水泡に帰したからには、籠城軍は市内に引き揚げるしかない。多くの戦死者を出して、なお数万に登る兵団が帰還しているはずなのに、しんとして物音ひとつ聞こえてこない。今は山なりのような遠い音が、ぼんやり聞こえてくるだけだった。

ローマ軍が勝鬨を挙げていた。やはり、負けた。それはヴェルチンジェトリクスの敗北だけではなかった。ガリアは負けた。ローマの軍門に降り、もう二度と立ち上がれない。それが決戦という意味だった。

幕僚たちは今、別館で協議しているはずだった。王は衆議に一任していた。ローマ軍と和睦する。ついては俺を殺してローマ人に償《つぐな》いとするか、生きたまま引き渡すか、好ましいと思われるほうを決めてほしい。

ヴェルチンには自明の道筋だった。ガリアのためと数多の犠牲を強いながら、こうして無残に負けたのだから、あとは責任を取るまでのことである。逃れられるとは思わない。逃れようとも思わない。ただ晴々とした笑みは消え、表情が暗さに捕らわれていた。虚ろな目で胡座をかいた爪先を、ぼんやりみつめるばかりである。

死ぬことは怖くない。が、もったいない。ヴェルチンは我ながら、自分を誇らしく感じていた。もっと、もっと、自分を好きになれるはずだ。なのに、もう生きられない。それが無念で、いかにも悔しい。救いが欲しくて、うろうろ目を泳がせると、その求めに答えるように、さあっと光が広がった。

ヴェルチンジェトリクス、と名を呼んだのは、射しこんだ赤い夕日に黒く沈む、いや、かえって浮かんでみえるくらいの影だった。鮮やかな印象は、あるいは影が小さかったせいだろうか。

「エポナ、か」

と、ヴェルチンは確かめた。頷きながら、からんと首のトルクを響かせて、小さな影は一歩だけ前に進んだ。どうした、エポナ。若者が眩しげに手を翳すと、少女は一瞬の迷いのあと、後ろ手で扉を閉めた。それでも戸口に背中をつけんばかりに、中に進んで来ようとはしない。

「はん、なに一丁前に警戒してんだよ。おまえに悪戯なんかするもんかい」

いいながら、からかう気分が心に軽みを招いていた。その明るさを少女は知る由もなく、深刻な声は裏返ろうとする手前で、小さく震えてさえいた。ヴェルチンジェトリクス、あなたは……。いったん口を開いたものの、すぐに口籠もってしまう。

「はっきりいえ。いわねえと、また尻めくってやるぞ」

「あなた、あなたって男は……」

薄闇に白いものが動いた。エポナが拳を翳して、脅す真似をしたらしい。それが滑稽に感じられて、ヴェルチンは声を短く刻んで笑った。くく、くく。ちびすけが、なんで、こんなに可笑しいんだ。聞き留めれば、まして少女は悪戯された猫のように毛を逆立てるばかりだった。ひとが真面目に話しているのに、あなたも少しは真面目に聞きなさい。

ん、んん、と咳払いで、ヴェルチンは改めた。

「わかった、わかった、悪かったよ。そんで」

「……」

「だから、はっきりいえ。いわねえから……」

「あなたは死ぬのですか」

「遅かれ早かれ、な。死体がローマ軍に渡されるか、ローマ軍に死体にされるか」

「……」

「悲しんでんのか。そうか、やっぱり、俺に惚れてたのか」

「だ、だれが、あなたなんかに。ただ、かりそめにも私の夫を名乗った人ですから、それで少し、少しだけ、哀れに思ったのです」

「哀れ、ときたか。へ、へへ、いうぜ、ちびすけが。そんで、なにしてくれるんだ。おしゃぶりでもしてくれるのかい」

「おしゃ、おしゃぶ……」

絶句する少女に、へらへらとヴェルチンは続けた。はっきりいって、俺の品物はでかいぜ。おまえ、くわえられんのか。まあ、ちんちくりんでも下の口なら、おさめようもあるか。女の道具てな、赤ん坊の頭を捻り出すくらいだからな。ああ、なにげに唇に紅なんか引いて、そういうことか。今生の別れに、せめて一発ぶちこんで下さいと、要するにエポナ、おまえ、おねだりにきたってわけか。

「さ、ささ、最低の馬鹿男。あなたなんか、死ね。さっさと死んじゃえばいいんだ」

「哀れと思ったんじゃねえのかよ」

「…………」

「違うのか」

「思いました。思いましたから……、馬車にローマの女を用意いたしました。あ、あなたの気に入りでしょう。汗じみて、その、夏ですから変な匂いがしたもので、私の侍女に命じて、湯浴みさせておきました。だから、その、あれを最後に……」

「へへ、そいつは気が利いてるぜ」

さて、すっきりしてから死ぬか。巨漢は遂に立ち上がった。カルプルニアか。また、めそめそ泣かれるんなら、かえって気が滅入るだけかな。大股で歩きながら、その実は明るい気分が後退していた。女は男に溌剌とした力を求め、なのに安心できる頼もしさも手放さない。さんざ欲張りやがるくせに、けっ、てめえは泣くしか能がねえんだ。

すっきりできそうもなかった。つまるところ、女はヴェルチンの心の隙間に潜りこんだ妖精だった。あれほど求めたカルプルニアも、満たされた今となっては、うざったい年増でしかなかった。なのに心の別な場所が飢えて、このままでは死ねないと思うのだ。

エポナの白い手が薄闇を動いていた。扉を押して、送り出そうというのだろう。また太陽が眩い茜色の光を広げる。送られるつもりで、あらかじめヴェルチンは目を細めた。そうして擦れ違ったとき、少女の甘い臭いが鼻孔に届いた。

――なにが臭いだ。

おまえだって、乳臭いぜ、エポナ。前にも思った。が、それを懐かしく感じたのは初めてだった。なお拘らずに進んだが、とたん忘れ物をした切迫感が心に生じる。なんなんだ、この感覚は。足を止め、心惜しさと正直に向き合ったとき、脈絡なく思い出されるのは城市ゲルゴヴィアの風景だった。

ヴェルチンは子供だった。おとなしい男児として知られていた。従兄弟のヴェルカッシなどには、さんざ馬鹿にされながら、遊び相手は女児ばかりだった。男の子は乱暴だ。弱虫の僕を苛める。だから、嫌いだ。泣かされることなく、そんな自分が誇らしく思えるから、ヴェルチンは女の子と遊ぶほうが好きだった。励ますのは僕のほうだ。だから、もう泣かないで。きっと僕が守ってあげるよ。

「どうしました、ヴェルチンジェトリクス」

と、エポナが問うた。次の瞬間、ヴェルチンは少女の手首を捕らえていた。こい。

「あの、ヴェルチンジェトリクス、あの馬車に行くのでは……」

「いいから、こい」

「だって、ローマの女は……」

「おまえとやる」

ヴェルチンは物を扱うように、ぶんと土間に放り投げた。

肩から落ちて、エポナは骨が折れたのではないかと思った。鈍い痛感に耐えながら、試しに動かそうとして気づく。口髭の固い束が自分の頬を撫でていた。

「………」

いきなり唇を塞がれて、とっさにエポナは若者の頬を打った。間近で目が合っていた。自分は男の青い瞳の中にいて、醜くこわばった顔をしていた。犯されるんだ、と少女は思った。よくは知らないが、嫁ぐ前に、それとなくは乳母に教えられていた。

「いやです、いや」

拒否すると、意外にも男は簡単に離れた。すっと壁際まで後ずさり、エポナは早鐘を打つ胸を守るように、細い腕を十字に交差させて固めた。かたわら、仁王立ちのヴェルチンジェトリクスは、眉間に戸惑うような皺を寄せていた。まあ、いいか、と独り言をいう。唇を奪うだけでいいというのか。わたしのことは諦めたのか。

が、そうではないと、すぐにわかった。びくと少女は身体を竦めた。突然、がんがんと大きな音が鳴り響いたのだ。なにゆえのことか、ヴェルチンジェトリクスは握り拳で、鉄板の鎧を叩き始めていた。衝撃で留め具が外れると、あとの革紐を無理矢理に千切っている。もがくように巨体を揺すり、がらがらと具足を落とすと、暴れる熊のような男は続けて、着衣まで破り始めるではないか。

さっと赤面する顔を伏せ、エポナは目を逸らした。初めて、みた。ちらとだけ、みてしまった。なんなの、あれは。少女は馴れない異性に狼狽した。斟酌せずに若者は、ものも露に今度こそ迫ってくる。簡単に許しちゃ、駄目。きつく目を瞑りながら、エポナは亀の子のように身体を縮めてみるのだが、男の腕力の、なんと凄まじいことか。

エポナは羞恥するより恐怖した。あっとう間に身体を仰向けに開かされ、気づいたときには顎の上を、大きな掌に押さえつけられていた。もう片方の手が襟ぐりにかかり、また鋭い音を立てて、毛織の服地を破っている。ほっそりと頼りない首の付け根を、がくん、がくん、と軋ませながら、犯される、いや、殺されると少女は思った。

さばかれる魚のように、はらと布が腹上で左右に開いた。縦に裾まで引き裂かれ、誰にもみられたことのない素肌が、馴れない寒さに晒されていた。

「いちおう、ふくらんでんじゃん」

と、ヴェルチンジェトリクスは品評した。ちびのくせに下の毛も生えてんだ。まだ、ちょろちょろだけどな。なんて無神経な男だろう、とエポナは思った。押さえつけられていなくても、顔をあげる気になんかなれない。恥ずかしくて、悔しくて、きつく瞼を閉じて絞りながら、少女は伏せた横顔に涙を伝わせるのみだった。

構わず、男は体重を預けてきた。赤子のように乳首を吸って、それが行為の始まりのようだった。

——ちぎれる。

エポナの体感をいえば、ひたすら痛いばかりだった。こんなはずじゃなかった。殿方は優しく触れる、と乳母は教えてくれていた。壊れ物を扱うように優しく、優しく、微風のように撫でてくれるといったはずだ。なのに、なんなのよ、これは。

小さな乳房を目茶苦茶に掻き回しながら、かたやで男は手を下腹にも伸ばしていた。懸命に膝を締めるも、毛だらけの脛が太腿に分け入って、やはり男の力には敵《かな》わない。不作法な指が、女の底部を探り始めた。おまえ、処女だろ。口が開いてねえもんな。それにしても、ぬれねえな。まさか感じない質なのか。まあ、いい、唾を塗るから。

直後に激痛が脳天まで突き抜けた。巨大な肉塊を体内に押しこまれ、身体が引き裂かれたようだった。どうして、どうして、わたしが、こんな目に遇うの。少女は心に叫んでいるのに、なおも男は居直るような台詞を吐くのだ。

「どうだ。俺のは、でかいだろう」

最低だ、とエポナは思った。嬉しいか、え、おい。本当は嬉しいんだろ。いいんだぜ、声を上げて喜んだって。聞くほどに、とめどなく涙が溢れる。こんな侮辱を強いられながら、蛙のように両の腿を開いたまま、じっと下腹を蹂躪《じゅうりん》されていなければならない。情けなくて、悔しくて、少女は自分の全てを否定されたように感じた。絶対に許さない。あんたなんか、死んでしまえ。

「………」

このひとは本当に死んでしまうんだ。エポナの心に小さな変化が生じた。乱暴に突き上げられて、小さな身体が軋んでいる。嬉しくない。楽しくない。絶対に許さない。けれど、夫を名乗った男は、これきりで死んでしまう。女は許さなければならないのか。こんなことをされてまで、許さなければならないのか。だって、ヴェルチンジェトリクスは辱めの言葉を続けて、やめようとしないんだもの。

「嫌がるふりして、本当は感じてんだろ」

そうそう、いい調子だ。早く馴れちまったほうがいい。女の尊厳を踏みにじりながら、ヴェルチンジェトリクスは耐えがたい激痛として、なおも腹上の汗を滑った。じき、ローマ兵が乗りこんでくる。あいつらは見境なしだ。おまえみたいな、ちんちくりんでも、みつかれば、必ず強姦されちまう。大勢がみてる中で、輪姦《まわ》されちまうかもしれない。さんざ玩具にされたあと、ローマの淫売宿に叩き売られることもあるんだ。

――え。

と、エポナは驚いた。自分の中で破壊の凶器が、びく、びく、と無様な動きで胎動していた。少女は汗の匂いに、なにか必死な生を感じ取った。ほてる額に額を落とすと、男は耳元で息を吐いた。直後にエポナは魚のように跳ねた。ヴェルチンジェトリクスが小さな頭を掻き抱いたのだ。枕のように太い腕を項《うなじ》に回すと、ごつごつした掌で栗色の髪を撫で始める。

何度も何度も繰り返して。

「おまえ、ちびのくせに、あったけえんだな」

意味が知れなくて、エポナは戸惑いに捕らわれた。その間にも身体を引き裂く痛みが、少しずつ嫌でなくなっていた。破壊の苦痛が少女の中で、新しい感情に転成しようとしていた。

「ちびといえば、ローマ人だ。連中は御粗末だ。こんなに、でかい男はいない」

「………」

「だから、エポナ、ちんけなものを押しこまれても、犯されたなんていって泣くなよ」

出来事を直視しようと、少女は思い切って目を開けた。目の前に男の厚い胸板があった。その青い瞳を探すと、ヴェルチンジェトリクスは髭を歪めて微笑んでいた。安らいだ表情が、そこはかとなく悲しかった。きゅうと縮む感触が走ると、あとの胸が、どきどき鼓動を始めていた。

優しくしたの。こんなので優しくしたつもりなの。問いながら、エポナは疑っていなかった。人を愛する術を知らない、この不器用な男なりの、これが目一杯の優しさなのだ。馬鹿じゃないの。馬鹿じゃないの。いうにことかいて、この男ときたら……。

「まじで、でかかっただろ」

「へんなこといわないで、この、この馬鹿男」

「馬鹿でも阿呆でも、俺は死ぬまで、おまえの亭主だ」

そのことを忘れるな。エポナは頷いた。鼻で涙を啜りながら、素直に頷く自分が嫌いではなかった。なのに男の重さは、すっと腹上を離れたのだ。

寒い。忍びこむ秋風が肌の湿りを撫でたとき、とっさに少女は奪うように手を伸ばした。

――ヴェルチンジェトリクス……。

男は裸のまま、土間に立ち尽くしていた。がりがり頭を掻きながら、困ったように長い髭を歪めている。あ、あの、ど、どうしたのですか、ヴェルチンジェトリクス。

「ヴェルチンと呼べ。仲間は、そう呼ぶ」

「ヴェルチン……、どうしたの」

「服が」

「服？」

「服を着せてくれ」

はい、と答えて、エポナは追った。ずきん、と疼いた痛みに思う。私の夫だわ。このひとは死ぬまで私の夫なんだわ。裸のまま、もう少女は隠そうとしなかった。馬鹿にされてもいい。侮辱されてもいい。だって、初めてなんだもの。

理不尽な男を受け入れることが、そのまま女の強い自信になっていた。だから、このひとにも隠させない。ヴェルチンの、こんなに晴々した顔なんて、みたことがなかったんだもの。自分が流した破瓜の血を拭いながら、エポナは愛撫する気持ちだった。

――こんなところまで……。

どうして刺青を入れたんだろう。どうして好きで自分を傷つけるのだろう。ヴェルチンは悲しい。こんな風にしか生きられなかったなんて。だから、エポナは自分だけの宝物として、丁寧に男の身支度を整えた。道具を探して頬の不精髭を剃り整え、石灰を水で解いて、潰れた金髪を立て直して、他の人には、できるだけ立派にみえるように。私が捧げた小さな幸せに満たされたまま、もう誰にも傷つけられないように。

「ありがとう」

似合わない言葉を最後に、ヴェルチンは歩みを始めた。悲しい笑みを残像にして、それは死に向かう歩みだった。広い背中が漆黒の影になり、そのまま光に呑まれていく。行かないで、とはいえなかった。なぜなら、それが男の定めだから。

少女は認めようと思った。ヴェルチンが好きだった。祝賀の席に並べられ、ちらと盗みみたときから、この悲しげな相貌が心に深く住みついた。その正体をエポナは遂に知ったのだ。美貌の男につきまとう、痛々しくも悲しげな陰影は、長くは生きられない魂の、悲鳴のようなものだった。

だから、引き止められない。立派に送り出すしかない。エポナは馬の女神の名前だった。このガリアでは、女神の馬が死ぬべき戦士の魂を、冥界に運ぶものとされていた。これが私の定めなのだ、と少女は思った。泣くものか、と必死に歯を食いしばりながら、エポナは頼りない自分の裸身に、男が生きた証だけ確かめた。

八、投降

鈍い音で緋色のマントが翻る。ささ、こちらです、総督閣下。百人隊長ガイウス・マキシムスが手ぶりで先を案内した。静かに頷き、ゆっくり歩を進めながら、カエサルの労《ねぎら》いは作為というより、すでに無意識の習慣だった。

「マキシムス、その左手の包帯は、また怪我を」

「いえ、閣下、大事ありません」

ならば、よかった。カエサルは若者の肩を軽く叩くと、背を金箔の鷲型に飾られた、儀典の玉座に回りこんだ。君は足の骨折で立てないと聞いたが。そうか、意外に回復が早いな。軍医に診てもらったかね。ならば、すぐにも遣わせよう。総督に声を掛けられ、苦闘の疲れが色濃い顔にも、俄に晴れやかな明るさが覗く。副将ラビエヌスはじめ、ガリア戦争に従事してきた歴戦の幕下将校が、その一場を固めていた。

「まだ身体は癒えまいに、みな、本当に大儀であった」

労いを続けながら、カエサルは腰を下ろした。用意された玉座は、肘掛けの握りにも、伸びやかな四脚にも、びっしり金板の彫刻が輝くような逸品だった。総大将に相応しいといえば、緋色の毛氈《もうせん》が一面に敷きつめられ、厳かな台座とて、まるで晴れの凱旋式の舞台である。

それが、ときに場違いに感じられてならない。

もぞもぞと座り心地を確かめながら、カエサルは四方を不機嫌な目で一望した。どんよりした秋の空は、雨の湿りはないものの、すっきり晴れるわけでなく、その薄い鉛色は心に憂鬱を運びかねない趣だった。曇り空の下、背後に延々と続く陰影は、崩れた土手と、壊れた防護柵と、燃えかけた櫓の列である。目にする者を興奮させた巨大工事も、今では祭りの後の淋しさを思わせる残骸だった。

儀典の舞台が据えられたのは戦場だった。激戦の痕も生々しい陣地を出て、カエサルは防衛線の直中に進んだ格好だった。台座は「墓標」が敷設されたあたりで、前方では「百合」線も、「突き棒」線も、二十ペデス壕も全て埋め尽くされていた。鋤《すき》返された畑を思わせる景観で、全てが原野に戻されている。

――戦は終わった。

カエサルは良くも悪くも、そのことを玉座の居心地に実感した。レア山の精鋭六万を壊滅させ、七十四本もの軍旗を戦利品にすると同時に、これを指揮したウェルカッシウェラーヌスはじめ、逃亡中の指揮官も多く捕虜にした。様子を窺い、ガリア救援軍は要塞の他所を攻めていた部隊も、みる間に遁走してしまった。ローマ軍は追撃戦を行える状態になかったが、余力を残したゲルマニア騎兵を遣わせ、退却中の殿軍にも少なからぬ犠牲を強いている。

ほどなく、降伏の意思表示が届いた。ハエドゥイ族はじめ、いくつかの部族はガリア総督に忠誠を誓い直し、蜂起に加担しなかったアルウェルニ族の長老、エパスナクトゥスなどは勝利の祝辞を述べに、早くも幕舎を訪れている。二大部族を帰順させれば、もう、これほどの大戦争は起こりえない。

なかんずく、ウェルキンゲトリクスが投降の意思を表していた。ローマは勝った。ガリアの反乱は完全に鎮圧された。が、なおもカエサルの心は沈欝だった。ガリアは本当に負けたのか。ローマは本当に勝ったのか。

――少なくとも、この俺は……。

ウェルキンゲトリクスに負けたのだから。カエサルとて、気づいていた。あの若者のほうが第一枚、勝っていた。優秀な弓兵を手にしていたなら、いや、いま少しの武運に恵まれていたなら、この俺は今頃生きてはいないだろう。

いや、一枚だけでない。つきつめれば、ガリア総督ユリウス・カエサルの命ひとつを奪うために、ウェルキンゲトリクスは数十万もの大軍を犠牲にしたのだ。

ここまで思い切れるか。ここまで自分を貫けるか。まさに人間の器が違う。豪胆にすぎて、部下を気遣う御人好しには考えも及ばない。敗北感に苛《さいな》まれながら、それでもカエサルは、心にも今度は言い訳しなかった。俺も熱く戦った。

広く彼方を見渡せば、馬車は荒野に無数の轍を残していた。一本の回廊が台座から、まっすぐ伸びるようにみえるのは、左右の沿道を人垣が、びっしり埋めているからである。

様々に趣向を凝らした鷲の軍旗を、数限りなく林立させて、ローマ軍の兵士が威儀を正していた。起立が難儀なほどに疲れ、また血と泥に塗れていながら、ひとりとして乱れる者はなかった。私語ひとつない静寂を守りながら、小高い台地に仰ぎみる城市こそは、ガリア人の聖地アレシアだからである。

この回廊を抜けて、ウェルキンゲトリクスは投降する。厳《おごそ》かな舞台を整えたのは、敵とはいえ、ふたりとない真の英雄に対する、カエサルなりの敬意だった。

ぶお、ぶお、ぶお、とガリアの軍笛が野太い音を、秋の空に轟かせた。応えて、ローマ軍は甲高いラッパの音を吹き鳴らす。アレシアが開門した。黒点が飛び出して、回廊に砂煙を上げながら、みるみる人馬の形を取る。

ウェルキンゲトリクスだった。長い口髭を風に靡かせ、ガリアの若者は美しかった。これは儀典に儀典で応えたということか。

わけても今日は、二本角を金箔で飾る兜から、金板に細かい鋲打ちを施した胴鎧、きらきらと光を弾く菱形の垂れに至るまで、全身を素晴らしい具足で固めていた。とっておきの黒い駿馬にも、馬具に細かい金鎖の飾りを抜かりなく、ぱたぱたと螺鈿《らでん》細工の剣の鞘を鞍上の革股引に揺らしながら、半袖から伸びる刺青だらけの太い腕には、二本の槍まで翳されている。

黒馬の並足を軽快に響かせて、それは死を覚悟した行進だった。尋常ならざる雰囲気は当然として、それにしても、なにやら落ちつかない空気がある。ことによると武装は儀典の正装というより、なお戦の渦中にあり、これから敵陣に乗りこむ戦意に満ちてみえた。

回廊入口に駒を進めると、そこでウェルキンゲトリクスは手綱を引き、いったん四方を睥睨した。新たに鋭い拍車が入ると、ひとつ馬が嘶《いなな》いた。

——なにをする気だ。

流れる風に白金の長い髪と青いキルトが優雅に靡いた。ウェルキンゲトリクスは定めの通りに回廊を進んだ。が、それが無残な敗北の道だとは思われない。臆することなく、悠々と駒を進める若者の姿は、常ならずも素顔を晒して、いっそう気高い美しさを、皆にみせつけるかのようだった。

下郎どもが己の醜さを知れ。無言で物語りながら、まさに勝者の行進だった。意味なく己が恥ずかしくなる。ウェルキンゲトリクスは敗者なのだと、無理にも自分に言い聞かせれば、その潑剌とした姿は今度は崇高なる悲劇だった。

冷気さえ漂わせ、きりと空気が締まっていた。ローマ軍は言葉を失い、しんと静まり返るばかりである。しかして台座の面前まで進むと、ウェルキンゲトリクスは迎える玉座に、不敵な笑みを突きつけた。カエサルと目を見交わした一瞬のあと、馬を御して台座の右に逸れてゆく。

居並ぶ幕下将校が、どよめいた。どこへ行く。ガリア反乱軍の首領は、ローマ軍に投降するのではなかったか。

慌てて動いた左右を、カエサルは手を出して止めた。事実、ウェルキンゲトリクスは斬りかかるでも、また逃げるでもなかった。ざわめきを軍団全体に広げながら、緋色の毛氈に飾られた台座の周りを、ぐるぐると駆け回る。その美貌を、なおもみせつける気なのか。あるいは臆することのない勇気を、しつこく誇示しようというのか。

いずれも違う、とカエサルは思った。依然として意味は知れない。が、そんな姑息な動機ではない。はじめから、素顔だ。ウェルキンゲトリクスは示威など意図していなかった。胸を打たれて陶然と仰いだのは、もとより卑屈な人間どもの勝手なのだ。

現に緊張感が、少しも堕落しなかった。ざわめく軍勢の軽挙に比べれば、ウェルキンゲトリクスは指先の動きまで、全てが厳かなのである。一連の態度を形容するなら、しきたりとして定められた所作を、丁寧に踏むかのようだった。

玉座の正面まで戻ると、馬を跳ね下りざまに兜を捨て、がんと乱暴に胸を叩いて鎧を落とす。黒衣の内着姿になると、恭しく両手で捧げ持ちながら、槍と剣を順に台座に置いてゆく。定式を思わせる手順を、いちいち踏んだあげくに、ウェルキンゲトリクスは平伏していた。この唯我独尊の男が跪《ひざまず》き、カエサルの面前で深々と頭を垂れたのである。

なんと潔い若者だろうか。その美しさに魅了され、ぐっと息を呑んだ次の瞬間、満場の感動が拍手となって爆発した。ローマ軍の総大将が払う敬意に、ガリアの総大将は等しく敬意で応えた。見苦しく足掻くでなく、清々しい威厳を保ちながら、率直に己の敗北を認めたのだ。

光景が皆の胸を震わせるのは、ウェルキンゲトリクスが自らを神話に高めただけでなく、そうすることでローマ軍の奮闘を讃え、兵士たちが経験した言語に尽くせぬ労苦にも、最善の報いとなったからである。

が、そうだろうか、と玉座の男は独り顔を曇らせたままだった。カエサルは聞いていた。道具を台座に捧げながら、ウェルキンゲトリクスは読経のような文言を述べた。ガリアの言葉は意味が知れない。が、ローマ人の耳にも引掛かる言葉があった。

「エポナブス」

と、若者は言上した。ガリアの言葉にいう「エポス」は、ローマの言葉では「エクス」になる。馬の意である。転じて馬の女神を「エポナ」という。その複数形「エポナブス」は、三位一体の本質を示す別称である。すぐに思い出されるのは他でもない。

アレシアは馬の女神、エポナ信仰の本山だった。城市は国神の聖地であるが、一説には、勇敢な男なる神に愛され、ガリアの民の祖を産み落とした女こそ、このエポナだったといわれている。

——女神に……。

身を捧げたのか。ローマ軍に投降するのではない。ウェルキンゲトリクスは馬の女神、エポナに平伏していたのか。ならば、敗北を突きつけられたのは、この俺のほうだ。若者が女神に身を捧げたという真実は、二重の意味でカエサルを厳しく打ちつけるものだった。

ひとつは女神に、いや、女に殉じたことである。

——カルプルニアに……。

身を捧げたのか。さらって、俺を侮辱しただけではない。あの女をウェルキンゲトリクスは愛したのだ。すれば、カルプルニアのために、この大戦争を行ったのか。ウェルキンゲトリクスは、高が女のために命を賭けて戦ったのか。

なるほど、女を手に入れるためと、男が男に挑みかかるに、これより逞しい理由などありえない。ああ、俺だって、わかる。俺だって、カルプルニアを取り戻すために戦ったのだ。が、しかし、とカエサルは敗北感に引き戻された。たったひとりの女のために、数十万もの大軍を犠牲にして、俺は迷わないでいられるだろうか。そこまで激しく、女を愛することができるだろうか。そこまで強く、自分を貫けるものだろうか。

「…………」

もうひとつは、ウェルキンゲトリクスが女神に、いや、神に投降したことだった。

それが天下のガリア総督であれ、汚らわしい人間などには降伏しない。目を見交わした刹那に、すでにカエサルは感じていた。ウェルキンゲトリクスは鼻で笑っていた。半神ともいうべき美しい若者は、にべもない罵倒の文句を、薄汚い中年男に突きつけたのだ。おまえには負けていない。おまえなど、下らない。危険を恐れず、前線に躍り出る輩など、ざらだ。熱くなれるくらいのことで図に乗るな。

「…………」

かっと頭に血が上る。憤慨するより、カエサルは羞恥心に赤面した。ウェルキンゲトリクスに鼻で笑われるだけの理由はあった。投降する敵将のため、秀麗な舞台を整えて、こうして敬意を表そうとしたからだ。が、敵を思いやるなど、媚びた堕落だ。それが相応の敬意で応えてほしいという、無言の求めに他ならないからだ。

まさしく、にやけたローマ流である。俺は負けた。負けたが軍勢の手前、負けを認めることはできない。おまえの顔を立ててやるから、ここは俺の面子も考えてほしいと、中年男は現実を直視せずに、また綺麗な形をつけようとしたのである。

他人を退けないかわりに、自分も尊重されたいと思う。誰も傷つけないかわりに、誰にも傷つけられたくない。破壊もなければ、そのかわりに創造もない。あるのは、なんとか、なんとか、現状を維持したいと願う、臆病者の下らぬ祈りだけだった。

——この甘さが抜けない限り……。

勝てない、とカエサルは思い知った。男は争わねば、生きられない。いや、生きている価値がない。それが敵なら、徹底して憎め。容赦なく喉首を食い破れ。若者は皆、そうやって這い上がるのだ。できなくなった老いぼれは、目障りなだけである。闘争の世界を退いて、さっさと隠居すればよい。

勝負が決した戦場に感動の拍手が続いていた。気に入らない、とカエサルは思う。なにを喜ぶことがある。おまえらが安っぽく興奮するほど、女神に身を捧げた勇者には、嘲笑われるだけなのだ。なのに凡夫は真実を、あくまで理解しようとしなかった。

「ウェルキンゲトリクスに助命を、カエサル閣下、この若者に助命を」

空気を賢《さか》しく読みながら、ブルータスが声を上げた。どこか無邪気な勢いで沸きながら、側近どもは不用意に後を続ける。殺すには惜しい人物です。まだ前途のある若者です。カエサル閣下、ウェルキンゲトリクスを幕下に加えて、ローマ軍の将軍に仕立てあげては如何かと。終いには副将ラビエヌスまで口走る始末である。

不機嫌に顔を顰め、カエサルは全ての声を黙殺した。枢要な部下たちには、なんの答えも返すことなく、かわりに小声で取るに足らない男の名前を呼んでいる。

「プブリウスはあるか」

長く仕えた奴隷が、玉座の傍らに忍び寄った。カエサルは眼下に敵将を見下ろすまま、自らの影のような男に冷たい言葉を囁いた。これより、アレシアに軍を進める。

「占領に先んじて、カルプルニアの身柄を確保してほしい」

「は。誰にも悟らせません」

「確保したら、すぐに医者にみせよ。奴の子を孕んでいないか、調べるのだ」

「は。して万が一に、ご懐妊の場合は」

「すぐに始末しろ」

これでいいな。問いかけながら、カエサルは眼下のガリア人を睨みつけた。ウェルキンゲトリクスは顔を上げ、すると表情が穏やかに救われていた。全軍が賑やかに騒ぐ渦中で、それは次元の異なる静けさだった。世界を共有するものがいたとすれば、視線を合わせる玉座のローマ人だけである。

上擦る興奮の舞台にありながら、カエサルは独り苦悶の相に取り憑《つ》かれていた。容易に振り切ることができない、その重さを承知すればこそ、男には力みながら立ち上がるしか術がなかった。

　カエサルは大声で全軍に命じた。これより、アレシアを占領する。我らは勝利を収めた。労苦に報いのときが来た。金銀であれ、宝物であれ、家財であれ、衣類であれ、また奴隷に落とす男であれ、慰みに用いる女であれ、全ては諸君らの正当な戦利品である。ガリア総督の名において、皆に随意の略奪を許す。

「そうやって、ローマの勝利を未来永劫、この大地に刻みこむのだ」

　アレシアを占領して夜、カエサルは例の覚書を筆にした。最大の激戦を遠い昔話を書き取るように、あるいは技師が設計図を書くように淡々と描写しながら、最後を締め括る貴重な場面も落とすことなく筆にしている。

「ウェルキンゲトリクス・デディトゥル（ウェルキンゲトリクスは投降した）」

　ただの一行でしかない。意味深い出来事ほど、さらりと流して書くというのが、ユリウス・カエサルの作風だった。

エピローグ

二年がたった。紀元前四九年、一月十一日、早暁。カエサルとガリア第十三軍団は、ルビコン河のほとりにいた。

さして大きな河ではない。わけても冬枯れの河岸が雪に埋もれる今の季節は、少し大きく助走を取れば、跳ねて越えられそうな河である。雪解けの増水は先のことで、じゃぶじゃぶ浅瀬を漕いで渡るも、また造作のないことだった。

が、カエサルと麾下の軍団には渡れない。ローマ人が得意とする言論と法の観念で、ひとたび意味を付与されると、小さな流れも、たちまち大きな壁に変わるからである。

河の此方はガリアであり、河の彼方はイタリアだった。属州総督は任地で軍を解散してから、帰京する定めである。第十三軍団は正規の歩兵、補助の騎兵、合わせて五千人程度にすぎないが、ルビコン河を越えれば、それは重大な国法違反となるだろう。

「はたして、カエサル閣下は渡るか」

と、百人隊長マキシムスは遂に疑念を声に出した。言葉が小さく震えていた。違う、違う。俺は動揺するのではない。あくまで寒いということだ。毛織の外套を大袈裟な身振りで掻き合わせ、青年将校は恨めしげに空を見上げた。

ちらつく小雪ばかりが目についた。あとは白く煙る吐息の流れだけである。弾ける音を発しながら、方々で燃え盛る松明が、かろうじて黒い闇を退けている。

そんな真冬の夜明け前だった。出発は昨夜のことで、兵士は一気にルビコン河まで、徹夜の強行軍を強いられていた。まさしく突然の召集で、意図も理由も知らされていない。だから、兵士は勘繰らずにいられないのだ。

「おまえでもわからないのか」

と、隣の百人隊長が質していた。同僚は大柄な男である。立派な体軀はマキシムスと比べても遜色なく、なるほど、同じガリア内アルプス属州の出身だった。

ガリア総督ユリウス・カエサルの周囲には、随分と属州出身者が増えた。内アルプス属州、越アルプス属州の人間はもとより、「長髪のガリア」と呼ばれる土地からも、むさくるしい風貌の男たちが加わっている。それをガリア人と呼ぶべきだろうか。あるいはローマ人と呼ぶのが本当なのか。

二年の間にガリアは完全に平定された。二大部族アルウェルニ、ハエドゥイを懐柔すれば、あとは散発的な小反乱だけである。これを徹底的に弾圧して、すでにガリア全土がローマの版図の内だった。同時にローマ軍も変質の途に就いたわけだ。

同僚の百人隊長は問いを続けた。マキシムス、本当に、なにも聞かされてないのか。

「おまえは閣下の気に入りだろう。なあ、知っていたら、どんなことでも……」

「だから、なにも知らない。ああ、くそ、なんで、こんなに寒いんだ」

マキシムスは寒さに苛立つふりを続けた。いや、実際に冬の朝の冷えこみは、銀色の鉄兜を白く曇らせ、サンダルの足元には薄く霜を降ろしている。震えながら、絶えず肩を怒らせているので、筋肉が痛くて痛くて仕方がない。くさめまでもよおしながら、風邪をひきかねないと思うのは、すっかり汗が冷えてしまったからだった。

軍勢の動きが止まっていた。駆け足に近い強行軍に、ほてる身体は白く湯気を立ち登らせ、それが霧となって流れてから、もう久しく時間がたっている。カエサルはルビコン河の辺に一個軍団を待機させ、そのまま先の歩みを躊躇していた。

「なあ、マキシムス。閣下はルビコン河を渡ると思うか」

図体の割に気が小さいのか、隣の男は喋り出すと不安な沈黙に耐えられなくなり、なかなか止めようとしなかった。

「渡ってしまえば、俺たちは逆軍ということだろう」

「連中の正義では、な」

「連中の正義、というが、法は法として……」

「糞くらえだ」

マキシムスは一緒に唾を吐いた。連中の正義なんざ、糞くらえだ。あいつらは新ココム市の役人を「鞭打ち」の目に合わせたんだぞ。

　新ココム市とはカエサルの統治下にある、内アルプス属州の植民市である。属州ガリアの住民をローマ市民のように扱っていると、執政官マルケルスは平素から、非難の言動を厳しくしていた。

「それにしても、鞭打ちだぞ。どんな罪をでっちあげたか知らないが、あの侮辱は外国人に限って加えられる刑じゃないか。市民権を持たないにしても、内アルプス属州だって、ローマに税金を納めているんだぜ」

「それと、これとは……」

「きさまだって、属州ガリアの出だろうが」

「…………」

「もとより、正義の問題ではない。今や強いほうが正義だ」

　ローマの政争が激化していた。都では門閥派、すなわちポンペイウスと元老院の一党が、民衆派カエサルの失脚に向け、その策謀に拍車をかけていた。「執政官命令」とか、「元老院最終勧告」とか、大義名分を振り翳して、じわじわ首を締めてくる。

　ガリアを平定して、一度は絶体絶命の危機を脱するも、なおカエサルには綱渡りのような二年だった。争点となった問題は、細々としたものまで数えると、まさに枚挙に遑《いとま》がない。

が、現下の争点は次のようなものである。

　ガリア総督の任期を終えて後に、華々しい凱旋式を挙行して、同時に次の執政官に立候補する。これがカエサルの目論見だった。が、公職に立候補する者は、私人としてローマにいなければばならない。この要件を満たすためには、総督職を辞し、軍隊を手放し、凱旋式を諦めなければならない。

カエサルは特例を要求した。丸腰で都に戻れば、むざむざ敵に告発の機会を、いや、暗殺の好機を与えるようなものだった。ローマ不在で在職のまま、執政官に立候補する特例を、護民官は民会で了承した。が、五二年の執政官ポンペイウス、五一年の執政官マルケルス、五〇年の執政官で同名の別マルケルス、というより、背後に暗躍する門閥派は、この例外を断じて認めようとしなかった。

双方の主張が対立したまま、年が明けて四九年一月一日、ポンペイウスの義父、門閥派の領袖スキピオは宣言した。定められた期日まで、軍隊指揮権を放棄しなければ、カエサルは国家の公敵であると。

最後通牒《つうちょう》である。一月七日、元老院は「国家防衛」の準備を始めた。緊迫した事態は、すでに内乱の危機だった。言論の段階でも、法の段階でもない。すなわち、ポンペイウスか、カエサルか、いずれか強いほうが正義となる。

「が、それなら、カエサル閣下の分が悪い」

隣の同僚が続けていた。やはり、今度ばかりは急ぎすぎた。だって第十三軍団だけじゃあ、どうしようもない。おまえの口真似じゃないが、ここは総力戦でないと。

「仕方がなかろう。護民官アントニウス殿とカッシウス殿が、いきなりラウェンナに飛びこんでこられたのだから」

と、マキシムスは答えた。カエサルに国家反逆の汚名を着せた議決に、護民官は拒否権を発動したが、これを元老院は無視した。アントニウス、カッシウス両護民官はじめ、民衆派の一党はローマの議場を飛び出した。変装の上で夜陰に紛れ、ラウェンナに逃れて、党派の領袖と合流を果たす。一月十日のことである。

受けて、カエサルも応戦の準備を始めた。が、ガリアの軍団は、ほとんどがアルプスの彼方に冬営していたのだ。即日の動員に応えられるのは、アキレアに駐屯していた第十三軍団、僅か一個軍団だけである。なあ、マキシムス、多少の時間はかかっても、やはり全軍を集めてからでないと、まともに戦えないんじゃないか。

「いや、カエサル閣下は数よりも、迅速な行動を優先させたのだろう。勝機があると確信なされたから、即日の出陣を少しも迷われなかったのだ」

「迷っておられるではないか。このルビコン河まで来て」

「………」

「やはり、勝機がないということだろう」

マキシムスは容易に言葉を継げなかった。誰がみても、悲観は自明である。現に脱走兵は跡を絶たない。兵卒風情が百人隊長のように、戦略、戦術を俯瞰《ふかん》できたわけではないが、理屈など吹き飛ばす衝撃の報が、ガリア総督の軍団に走っていた。

ラビエヌス将軍が引き抜かれた。この土壇場でポンペイウスの側についた。ガリア総督の副将であり、側近中の側近としてカエサルを支えてきた、あのティトゥス・ラビエヌスのことである。平民出ながら、同い年のカエサルに見出されて栄達した軍人は、ポンペイウスが有する大荘園の一角に生を受けた男でもあった。

「同郷の誼《よしみ》ということだ」

「しかし、マキシムス、いくら同郷でも、好んで負ける側にはつくまい。現にブルータス殿も、ポンペイウスの側についたとか。なんの誼もないのに」

「だから、ブルータスなどは根が腐り切った門閥なのだ。ラビエヌス将軍は違うぞ。あれは仁義に厚い方だ。現にカエサル閣下にも筋は通されている。御子息だけを伴う転向で、軍勢は一兵たりとも連れ出していない」

「が、イタリアには元老院が集めた軍勢がある。それを歴戦の将ラビエヌス閣下が指揮するんだ。もとより、大ポンペイウスは軍事的天才といわれた御仁じゃないか。カエサル閣下が劣るというわけじゃないが、いかんせん、一個軍団では……」

「黙れ」

黙れ、黙れ。マキシムスは怒鳴り散らした。隣の同僚だけでなく、くまなく四方を睥睨するのは、臆病顔の兵士たちが二人の百人隊長の会話に、聞き耳を立てていたからだった。ラビエヌスが去り、ブルータスが去り、風向きは圧倒的にポンペイウスの優勢である。だから、どうしたという。おまえら、裏切り者の跡を追うつもりなのか。

気に入らない。といって、下に怒る筋ではなかった。文句をいうなら、相手はガリア総督ユリウス・カエサルしかありえない。ルビコン河を前にして、ぐずぐず停滞しているから、兵士の心も揺らぐのだ。今は迅速な行動が全てだというのに、この期に及んで閣下は、なにを迷っておられるのか。

「カエサル閣下にお伺いしてくる」

と、マキシムスはいった。きつい口調は皆の赤い制服に、釘を打つような調子だった。聞いてくるから、おまえら、逃げずに待ってろよ。

ずんずんとマキシムスは歩を進めた。カエサルの居場所はわかっていた。総督は軍勢の最後尾にあり、ルビコン河に到着してから、少しも動こうとしなかった。なにかと思えば、補給隊の馬車の荷台を、ただ覗きこんでいる。閣下、と声をかけかけて、青年将校は息を呑んだ。

朗らかで、人好きのする、あのカエサルとは思われない。老人とみまがうばかりに痩せた肩から、ふと覗いた男の横顔は青白く浮かび上がり、というより、夜陰に冷たい光を放ち出すようだった。どこかでみたことがある、とマキシムスは思った。

馬車に積まれた大きな木箱は、一方の口が鉄格子になっていた。牢というより、檻というべきか。小さく身体を畳まされ、木箱には獣のような男が、ひとり飼われていた。全身に刺青があるので、そうはみえないが、この真冬に本当の裸である。

痩せたな、とカエサルは思う。長い髪も、長い髭も、もう美しい野獣というより、哀れな落伍者の風体だった。誇らしげに輝いた金色も、今では美しい白金というより、黄ばんだ白髪に近い。まだ歳は二十五にもならないだろうに……。

ウェルキンゲトリクスだった。投降したガリアの王は、その巨軀を狭い檻に縮こめながら、窶《やつ》れ、弱り、それでも生き伸びていた。明らかに温情ではない。ろくな食事も与えられず、要するに生かさず殺さず、それは拷問のような日々だった。あるいは本人の意志に反して、生き恥を晒させられたというべきか。

——これが、おまえの望みだろうが。

中年男は蛇のような顔で笑った。敬意など払うものか。そんなに綺麗に死なれてたまるか。カエサルは仇敵に名誉ある死を与えなかった。美しい若者に、あえて醜い生を強要する。狭い檻に閉じこめたまま、ウェルキンゲトリクスは来るべき晴れの凱旋式に、みせものとして使うことに決めていた。

俺も残忍な男だな。居直る目をして自虐の言葉を喜びかけ、が、それは直後に真面目な痛みとして、カエサルの胸を刺し貫いた。言葉は自嘲の趣に変わる。敵に同情するなどと、やはり俺は、つける薬のない御人好しなのだ。

朗らかで明るく、賑やかで愛想よく、その心は女のように優しくて、思いやりにも長けている。これで好かれないはずがない。仲間を増やすのは得意だ。おかげで、ローマ屈指の政治家に成長した。が、それではウェルキンゲトリクスに勝てなかったのだ。

相手が元老院なら勝てるだろうか。ポンペイウスなら勝てるだろうか。いや、勝てまい、とカエサルは考えていた。すでに敵は元老院でも、ポンペイウスでもないからである。できれば、内乱は避けたい。そう念じながら、カエサルは硬軟合わせ、水面下の工作を諦めなかった。公に論陣を張り、陰に金をばらまき、ときに脅し、ときに宥め、この人たらしの交際家が考えうる、全ての手段を尽くしたというのに、最後まで妥協点を探り出せなかったのだ。

これまでとは違う。現状すら維持できない。これは、ありきたりな政争では済まない。門閥派の頑な態度は他でもなかった。

反乱を鎮圧され、のみか全土を手中にされ、連中はガリア総督の成功を妬んでいた。いや、妬むというより、恐れている。ガリア征服に成功して、カエサルは巨大になりすぎたのである。

「……………」

はたして、そうだろうか。カエサルは事態の本質を別にみていた。俺が巨大になりすぎたわけではない。むしろ、ローマが小さすぎるというべきなのだ。

かのキケロを代表的な論客として、旧態依然たる都の門閥連中は、高尚にも「レスプブリカ（共和政）」の理想を打ち上げる。が、すでにローマの内実は「プブリカ（公の）」の「レス（物）」ではない。古ぼけた共和政は、もはや「インペラートル（総大将）」と呼ばれるような有力者が私物化して、分け前を奪い合うばかりなのだ。

高邁な理想が堕落を運命づけられるほど、ローマは醜く肥大化したということである。これ、この世界国家は卑小な村社会の論理では動かせない。それがカエサルであれ、ポンペイウスでああれ、これまでの政治では、立ち行かないところまで来たのだ。

——それを……。

変えなければならない。それが、こたびの戦いだと、カエサルは考えていた。歴史の岐路にある実感が、ひしひし我が身に押し寄せる。このままでは早晩ローマは滅びると、切実に思うからである。現下の体たらくでは、第二、第三のウェルキンゲトリクスは凌げまい。凌げるとするならば、誰かがウェルキンゲトリクスとなり、この弛んだローマを、ガリアのように変革するしか道がない。

すれば、際限のない自問は宿命だった。はたして、この俺に変えられるものだろうか。歴史を動かすのは人間が手塩にかけた文明ではない。むしろ、人間のうちに潜んで無くなることのない野性なのだ。すなわち、食うか、食われるか。

——それが……。

怖い、とカエサルは心に吐露した。大ポンペイウスを恐れるのではなかった。すでに実力では肩を並べた。両雄は並び立たず、雌雄を決するは早晩、避けられない運命だろう。が、ありきたりな覇権争いならば、こうまで恐れはしないのだ。

もとより、ポンペイウスに撃たれるなら、本望である。恐れるのは逆に自分が、ポンペイウスを撃たねばならないことだった。それが歴史の岐路ならば、闘争の過程では敵と妥協することも、敵の面子《メンツ》を立てることも、敵を見逃してやることもできない。だから、カエサルは自問するのだ。この仮借ない世界に、陽気な御人好しは、はたして堪えられるものだろうかと。

ポンペイウスは今は袂を分かつとはいえ、かつては親しい盟友だった。それを友情などという、綺麗な言葉で飾る気はない。ないが、ともに生きた時間は、抗えない事実としてあり、それが人生の秋を迎えた五十男には重かった。

執政官選挙は任せろと、どんと胸を叩いてみせた、国民的英雄の頼もしき笑顔がある。きっと花嫁を幸せにすると、この手を分厚い手で取った、娘婿の真摯な誓いを覚えている。闘争に乗り出せば、そうした全ての思いを、乱暴に断ち切らなければならない。それは自分を殺すことと同じだ。かかる蛮行が女のように心優しい男に、はたして、できるものだろうか。

——俺はウェルキンゲトリクスでなし。

カエサルは仇敵から目を逸らさなかった。緋色マントの袷を摘まみ、気持ち口許を隠しながら、静かに語りかけている。カルプルニアは元気だ。おまえに抱かれているくせに、今も立派に俺の女房面している。なあ、女には敵わんじゃないか。

笑いを刻み、冷やかし加減に吐露してから、カエサルの黒い瞳は俄に鈍い光を帯びた。内乱を平らげ、晴れの凱旋式を果たした折りに、俺は、おまえを殺す。ああ、俺は、おまえを許さない。が、その後でローマに神殿を立ててやろう。

「ウェヌス・ゲネトリクス神殿と、名前は少し変わるがな」

思えば、奇妙な縁だった。ウェルキンゲトリクスの名前ときたら、我が家の守護神を、ガリア風に訛らせたのかと思うくらいだ。

仇敵を弱らせながら、それでも生かしておくのは、辱めのためだけではなかった。今も落ち窪んだ目を、らんらんと輝かせる生物は、カエサルには勝利の護符、あるいは文字通りに守護神だった。獣のように無慈悲な若者は、心優しい中年男にとって、志を挫けさせない支えのようなものなのだ。この宝を手放すわけにはいかない。手放せば、俺は無様な老いぼれだ。

「カエサル閣下」

呼ばれて、カエサルは振り返った。百人隊長マキシムスだった。怯えたような表情で、若者は続ける言葉を躊躇していた。呼びかけるのが、やっとだったという風に、呼吸を乱してさえいる。遠慮はいらん、と微笑で気分を和らげてやる端から、この御人好しとカエサルは自分を責めた。知らず、青年将校は救われた笑みを浮かべ、勇気づけられたように口を開く。

閣下、いかがいたすのですか。

「その、申し上げにくいのですが……」

「脱走兵が増えそうだ、と、そういうことか」

「はい」

「逃げるものは、その場で殺せ」

「は？」

「元老院に味方する者は、全て叩き殺せと命じている」

「では」

「進軍する」

「………」

「ああ、なにが国家の法だ。なにが共和政の理想だ。ローマは今や、全てが腐り切っているではないか。ならば、この俺が息の根を止めてやる」

カエサルは動き出した。とたん、獰猛《どうもう》な火が宿る。どこまでやれるか、ではない。この御人好しが、やるしかないのだ。ポンペイウスでは無理だ。文明の出ずる土地、東方を制した男は優しすぎて、とても俺を撃てやすまい。ならば、骨太な西の大地を勝ち抜いた男こそが、ローマを変えなければならないのだ。

ずんずんとルビコン河に向かう顔に、もう微塵も迷いはなかった。ただ、冷たい。その悲壮な横顔は、これまでのカエサルとは別人だった。が、とてつもなく強い。もう陽気な御人好しではない。だから、ラビエヌスは離れた。ブルータスも、もういない。あげくの孤独は、すでに覚悟の上である。だから、さあ行こう。神々の示す彼方へ。

「ヤクタ・アレア・エスト（賽《さい》は投げられた）」

そう叫んで、カエサルはルビコン河を渡った。ばしゃ、ばしゃ、と水音を立てながら、荒々しく世界が動き出していた。

ローマの内乱の始まりである。ルビコン河を踏み越えると、イタリア、ギリシャと驀進して、エジプトにポンペイウスを倒すまま、絶世の美女クレオパトラに男児を生ませる五十男は、確かに別人になっていた。ガリアの若き野性に魅せられ、もうローマの醜い中年男はいなかった。やはり、カエサルは撃たれたのだ。

全てを薙ぎ倒して進んだ果てに、ユリウス・カエサルは帝政ローマの道を開いて歴史に残る。それが喜劇であれ、悲劇であれ、賽は投げられたのだ。

乱暴に投げつけたのは、ガリアの英雄ウェルキンゲトリクスだった。

『カエサルを撃て』　一九九九年九月　中央公論新社刊
二〇〇二年二月　C★NOVELS

『ガリア戦記』を撃て

樺山紘一

「アステリクス」というコミックスが、フランスで根づよい人気である。主人公のアステリクスは、フランスの歴史もあけそめぬ太古の未開人である。粗末な胴着をつけ、山野をかけめぐる。いささか野蛮にみえて、仲間や家族をいたわり、ときに遠征にも参加するという、ごくふつうの気の優しい男。なぜこんな古代人が人気なのかは、かなり複雑な議論ができようが、ともかくも単純で素朴、愛嬌《あいきょう》にあふれているのがいい。しかも、現代生活とは対極の自然さが、都会人をもって任ずるフランス人の虚をついたといってもよいだろうか。

アステリクスはガリア人である。フランス人の、はるかなる先祖。「われらが先祖のガリア人」というモットーは、よく愛用されるのだが、さしずめアステリクスこそ、共通の先祖として愛着をよせられているということだろう。

さて、そのガリア人。あえて解説するまでもなかろうが、太古のフランスの住民であった。おそらく紀元前6世紀ころまでに、東方、もしくは北方からヨーロッパ平原に移動してきたケルト人の一翼をになう。ケルト人は、系統不明の先住者たちのなかに浸透し、ときにはそれを駆逐《くちく》して、ヨーロッパ大陸ひろく居住地をみいだした。現在のドイツ、東欧、それにフランスから北イタリア、イベリア半島。さらには、イギリスやアイルランドにまでおよんだ。そうするうちに、ギリシアのデルポイ神域に侵入したり、ちいさな都市国家にすぎなかったローマを略奪したり。

近年、ケルト研究がすすみ、ヨーロッパ各地での発掘によって、ごく初期のケルト史も、ようやく光をあびはじめたとはいえ、いまだにその広がりや中身については、不明なことがおおい。なにせ、文字によるみずからの記録をのこしてはおらず、もっぱら侵攻をうけたギリシアやローマのがわの記録にたよって、理解せざるをえないから。しかしながら、南方地中海での高度な文明とくらべれば、いまだ未開としかいいようもなく、またのちにローマ帝国内に侵入するゲルマン人たちによっても圧倒され、いつともなくヨーロッパ史から姿をけしていったかにもみえる。

けれども、南北から挟撃されるかたちで、西方に避難したケルト人は、イギリスにわたって「島のケルト」として存在をたもつ。現在では、ウェールズ、スコットランド、アイルランドなどに、その明白な痕跡をうけついで健在である。また、ローマ帝国とゲルマン人によって制圧されたかにみえる「大陸のケルト」は、長年にわたる抑圧にもかかわらず、ヨーロッパ文明の基層に刻印をのこしていそうだ。

こうした事情のゆえに、フランスのガリア人のゆくえは、いつも注目をあつめてきた。というのも、フランスという国は、ローマからやってきた文明に、北東からはいってきたゲルマン系フランク人がくわわり、ラテン・ゲルマンの混交によって成立したのであるけれども、はたしてその先住者であるケルト系ガリア人はどこにいってしまったのか。いささかの謎をなげかけつづけるからである。歴史の表面からは消滅してしまったかにみえるガリア人。だが、ときとして、より古く、より深くフランス人の血液のなかに混和したはずのガリアを、記憶の底からすくいだそう。ことによると、コミックスのアステリクスは、そんなフランス人の古代の声かもしれない。

そのむかし、ローマ人が圧倒的な武力をもってフランスに侵攻してきたとき、ガリア人は当然のことながら抵抗した。紀元前58年から52年にかけての7年間、それは壮絶な攻防戦となった。ローマの側にたてば、文明の恵みを広布する戦い。ラテン語の系統をひくフランス語を使用する現在のフランス人にとってみれば、開化のための陣痛だった。だが、制圧されるガリア人の側からみれば、ただの植民地獲得のための侵略戦争。どちらの側にたつか。それは、時代と立場によって、さまざまだ。

いくども、ガリア擁護のための論陣がはられた。ケルト文化こそフランスの求心力とみなされることもあった。ドイツとも、イタリアとも、それにアングロ・サクソンのイギリスともちがう系譜をひく、フランスの国民的アイデンティティを強調するには、もってこいの題材だ。むろん、反論もある。すでにケルト文化は、後世のヨーロッパ文明のなかに吸収されつくしたとも。断片だけの瘢痕《はんこん》をおいもとめるのは、ただの幻想だともきめつけられる。

いずれにせよ、フランス人が、ときとしてその古代ガリアを想起するとき、評価はわかれるにしても、きまってある屹立する人物が引用される。抵抗するガリアの最後の指導者ウェルキンゲトリクス。ガリア全土に散在する諸部族の対立を収拾して統合し、ひたすらに侵入者たるローマ軍にたちむかったガリア国王。有力部族たるアルウェルニの族長の子としてうまれ、ガリアの自由をとなえて、部族連合軍を結成した。その数、じつに数十万人。だれもが、単純な武器をたずさえて、百戦錬磨のローマ軍を迎撃した。壮絶な包囲戦。紀元前52年、ついにウェルキンゲトリクスが降伏を宣言したとき、何万にもおよぶ両軍の戦死者とともに、古代ヨーロッパ最大の戦闘は終結した。ガリアはローマの軍門にくだり、ガリアの自由は永遠にうしなわれたのである……。

このウェルキンゲトリクスに、かのアステリクスを重ねあわせることもできる。だが、このような「ガリア解放戦争」論は、いささかドラマティックにすぎるかもしれない。現実には、ローマによるガリア制圧は、すこしずつ進行しており、ウェルキンゲトリクスの抵抗と敗北とは、そのごく一部にすぎないかもしれないからだ。それなのに、この戦闘がいまだにわたしたちの血をさわがせるのには、れっきとした理由がある。このガリア戦争を、ローマ側から記述した戦闘記録があるからだ。天下の名文というべきラテン語をもって、ローマの将軍であるガリア総督ユリウス・カエサルが記した戦記。『ガリア戦記』として、2000年間にわたり読みつがれてきた名著のゆえに、このガリア戦争はいやがうえにも、劇的な性格をおびざるをえない。

カエサルの筆のもとで、ガリア軍の総司令官ウェルキンゲトリクスは、もっとも称賛さるべき高潔な敵方の男性として描かれる。長髪で髭をたくわえ、絶妙な戦略眼をもち、堅忍不《けんにんふ》抜《ばつ》にして、決断力にみちた将軍である。だが、カエサルの記述戦略は、いかにもまるみえといえるだろう。その尊敬すべきガリア王にもまして、これを撃破したローマの将軍がいるのだと。平静をよそおって、本文では主語は「カエサルは」と記されるとはいえ、その正確無比な戦闘記録にあっても、なお全体の構図には、疑いの目がむけられねばなるまい。なんであれ、これは勝者による敗者への批評なのだから。

おおくの論者や作家が、もうひとつの「ガリア戦記」をかこうと努めてきた。カエサルの意図を暴露しようとする試みもおこなわれた。けれども、最大の難関はといえば、ガリア側に史料がほとんど存在しないこと。カエサル以外の史料もあるとはいえ、どれもカエサルほどに的確ではない。さて、どうしたらよいのか。

こうして、わたしたちは、いまようやく、われらの『カエサルを撃て』にたどりつく。考古学発掘をふくめて、いろいろの新出史料もある。『ガリア戦記』の裏読みも、必要だろう。だが、結局のところ、もっとも説得的な方法といえば、ふたりの将軍の人間的な対比をとことんまで押しすすめることしかない。

ウェルキンゲトリクスは、おそらくは、きりっとした長身の20歳、輝くほどの「美貌の巨漢」。だれもが、民族の運命を託したくなるような勇者。部下の怯懦《きょうだ》や裏切りには、ことさらに不寛容だが、あやうい最前線にも立つ責務感。かたや、カエサルはといえば、50歳にちかい中年。額ははげあがり、欲望ばかりは、ガリア王におとらぬとはいえ、精力はもう下り坂。だが練達の将軍として、兵を養う術《すべ》には、とびきり有能。おそらく、この両雄は、ともに相手をじゅうぶんに意識していたはずだ。『ガリア戦記』から想像できるとおりである。

年齢も性情も、そして過去も未来も、まったく対照的なふたり。そうした切りとりかたは、邪道だとの見方もできるかもしれない。『ガリア戦記』の罠にかかったと、非難をうけるだろうか。けれども、いまほかの方法によって、ガリア戦争の深部をさぐることがむずかしいのであれば、文学の想像力によって、ふたりのけわしい対面を再現してみるのに、どんな咎《とが》があろうか。カエサルの妻が、ウェルキンゲトリクスによって凌辱されるなど、ありえぬことと論評されうるにしても、それは両雄の敵意や反目の接点として、じゅうぶんに想定できるだろう。

ここまで考えてくると、どうしてもいまいちど、『ガリア戦記』の再読を、広くねがわざるをえなくなる。あえていえば、『カエサルを撃て』はヨーロッパ史上最高の戦記文学にたいする、正面きった挑戦だといえないこともないからだ。ちなみに、本書には、歴史事件としてのガリア戦争を理解するための地図や注釈が付されていないが、カエサルの邦訳書には、いずれも周到な資料が併載されている。

『王妃の離婚』や『カルチェ・ラタン』、それに『オクシタニア』にいたる佐藤賢一文学の系譜のうえで、この作品は重要な位置をしめる。その文学はいずれも、ありし日のヨーロッパ人を題材にして、人間たちの愛憎と矜持《きょうじ》、破滅と希望とをかたりあかしてきた。いまわれわれは、『カエサルを撃て』にあって、交錯する英雄たちの壮絶な人間ドラマにたちあえる僥倖《ぎょうこう》に感謝したい。

中公文庫

カエサルを撃《う》て

2004年5月23日　初版発行
2019年1月20日　3刷発行

著　者　佐《さ》藤《とう》賢《けん》一《いち》

発行者　松田陽三

発行所　中央公論新社
〒100-8152　東京都千代田区大手町1-7-1
電話　販売 03-5299-1730　編集 03-5299-1890
URL http://www.chuko.co.jp/

DTP　ハンズ・ミケ
印　刷　三晃印刷
製　本　小泉製本

Published by CHUOKORON-SHINSHA, INC.
Printed in Japan　ISBN978-4-12-204360-2 C1193

各書目の下段の数字はＩＳＢＮコードです。978－4－12が省略してあります。

中公文庫既刊より

さ-49-2
剣闘士スパルタクス
佐藤賢一
紀元前73年。自由を求めて花形剣闘士スパルタクスは起った。その行く手には世界最強ローマ軍が立ちはだかる!! 叛乱の英雄の活躍と苦悩を描く歴史大活劇。〈解説〉池上冬樹
204852-2

モ-5-4
ローマの歴史
I・モンタネッリ
藤沢道郎 訳
古代ローマの起源から終焉までを、キケロ、カエサル、ネロら多彩な人物像が人間臭い魅力を発揮するドラマとして描き切った、無類に面白い歴史読物。
202601-8

S-22-5
世界の歴史5 ギリシアとローマ
桜井万里子
本村凌二
オリエントの辺境から出発し、ポリス民主政を成立させたギリシア、地中海の覇者となったローマ。人類の偉大な古典となった文明の盛衰。
205312-0

フ-3-1
イタリア・ルネサンスの文化（上）
ブルクハルト
柴田治三郎 訳
歴史における人間個々人の価値を確信する文化史家ブルクハルトが、人間個性を謳い上げたイタリア・ルネサンスの血なまぐさい実相を精細に描きだす。
200101-5

フ-3-2
イタリア・ルネサンスの文化（下）
ブルクハルト
柴田治三郎 訳
本書はルネサンス文化の最初の総括的な叙述であり、同時代のイタリアにおける国家・社会・芸術などの全貌を精細に描き、二十世紀文明を鋭く透察している。
200110-7

モ-5-5
ルネサンスの歴史（上） 黄金世紀のイタリア
I・モンタネッリ
R・ジェルヴァーゾ
藤沢道郎 訳
古典の復活はルネサンスの一側面にすぎない。天才たちが活躍する社会的要因に注目し、史上最も華やかな時代を彩った人間群像を活写。〈解説〉澤井繁男
206282-5

モ-5-6
ルネサンスの歴史（下） 反宗教改革のイタリア
I・モンタネッリ
R・ジェルヴァーゾ
藤沢道郎 訳
政治・経済・文化に擾乱と咲き誇ったイタリアは、宗教改革と反宗教改革を分水嶺としてヨーロッパ史の主役から舞台装置へと転落する。〈解説〉澤井繁男
206283-2